Veröffentlicht von
DREAMSPINNER PRESS

5032 Capital Circle SW, Suite 2, PMB# 279, Tallahassee, FL 32305-7886 USA
www.dreamspinnerpress.com

Gefährliche Liebe
Urheberrecht der deutschen Ausgabe © 2019 Dreamspinner Press.
Originaltitel: Every Other Weekend
Urheberrecht © 2018 TA Moore
Original Erstausgabe. Oktober 2018
Übersetzt von Nora Lys.

Umschlagillustration
© 2018 Bree Archer
http://www.breearcher.com
Die Illustrationen auf dem Einband bzw. Titelseite werden nur für darstellerische Zwecke genutzt. Jede abgebildete Person ist ein Model.

Deutsche ISBN. 978-1-64405-682-0
Deutsche eBook Ausgabe. 978-1-64405-681-3
Deutsche Erstausgabe. Juli 2019
v 1.0

Gedruckt in den Vereinigten Staaten von Amerika.

TA MOORE

GEFÄHRLICHE LIEBE

1

DAS KLINGELN seines Handys, das gerade … irgendwo … zum Leben erwachte, riss Clayton aus dem Schlaf. Er drehte sich herum. Seine Beine verhedderten sich in den kühlen Satindecken, als er sich in seinem Bett lang ausstreckte. Ein Blick auf die Uhr zeigte, dass der Minutenzeiger kurz vor fünf Uhr stand.

„Mist", murmelte er. Ein Anruf um fünf Uhr morgens bedeutete nichts Gutes.

Nachdem er die Decken von seinen Beinen gestrampelt hatte, krabbelte er aus dem Bett. Sein Handy befand sich immer noch in seiner Jeans, dort wo er sie gestern Abend fallen gelassen hatte. Es surrte empört, als er es herausfischte und auf ‚annehmen' drückte.

„Ja?", meldete er sich.

Als er sich wieder zum Bett wandte, sah er den Typen von gestern Nacht breit ausgestreckt bewegungslos auf der Matratze liegen und den Schlaf der … nun ja, nicht der Unschuldigen, aber der Sorglosen schlafen. Gestern Nacht schnarchte leise ins Kissen. Clayton verzog das Gesicht und tapste leise in Richtung Schlafzimmertür, während Maureens raue Stimme in sein Ohr seufzte.

„Es ist zu früh", räumte sie ein. Es ließ sich nicht ohne Weiteres feststellen, ob das als Entschuldigung oder als Wertung gemeint war.

„Ich bin wach", sagte er, klemmte sich das Handy unters Ohr und ging in die Küche. „Wenn es um Janes Fall geht, ich habe ihr von Anfang an gesagt, dass wir einen langen Atem haben müssen. Theoretisch …"

„Nicht Jane", unterbrach ihn Maureen. Er hörte, wie sie an ihrer Zigarette saugte und dann den Rauch ausstieß. „Ein neuer Fall."

Oh verflucht.

Clayton zog die Kühlschranktür auf. Der aus dem weißen Kasten strömende Schwall kalter Luft sorgte dafür, dass sich seine Eier eng an seinem Körper nach oben zogen, und verscheuchte die letzten Reste Müdigkeit aus seinem Kopf. Fröstelnd griff er nach der Karaffe mit dem Cold Brew Kaffee und stieß die Tür anschließend wieder zu.

„Ich habe dir doch schon gesagt, dass ich keine weiteren Pro Bono Fälle mehr annehmen kann. Es tut mir leid, aber sie rechnen sich nicht – wortwörtlich."

Sie stieß ein unfreundliches Schnauben aus. „Ich habe dein Auto gesehen, Clayton. Es ist ja nicht so, als ob es dir wehtun würde."

„Nein, tut es nicht." Clayton goss sich eine Tasse Kaffee ein und trank einen Schluck. Er war so stark, dass er das Gesicht verzog. Dann schlenderte er damit zu dem großen, eine Wand dominierenden Fenster und blickte hinab auf den Verkehr, der wie Wasser die Straße hinabströmte. „Aber ich habe auch nicht vor, damit anzufangen. Keine weiteren Fälle."

„Nur noch einer."

Clayton runzelte die Stirn. Die Fensterscheibe spiegelte den scheinbar nur aus spitzen Knochen und ausgeprägte Vertiefungen bestehenden Ausdruck wider. „Ich feilsche nicht."

„Sie hat einen kaputten Arm, einen fünfjährigen Sohn und weiß nicht, wohin", leierte sie schnell herunter. Für eine Frau, die vierzig Kippen am Tag rauchte und ein Asthmaspray benötigte, konnte sie äußerst schnell reden, wenn sie nur wollte. „Wenn wir ihr nicht helfen, weiß ich nicht, was sie tun wird. Also ein Fall noch."

Sag einfach Nein. Du gehst schließlich noch einer bezahlten Arbeit nach. Bei diesem Thema war Clayton nicht sicher, ob er die Stimme in seinem Ohr als Engel oder als Teufel bezeichnen sollte. Sie besaß auf jeden Fall den spitzen Unterton von Claytons Mentor – Daniel Baker – dem Seniorpartner der Kanzlei.

„Sie hat um dich gebeten", erklärte Maureen, als könnte sie seinen inneren Kampf hören.

„Mich?"

„Namentlich. Clayton, sie meint, dass du ihr helfen kannst."

„Ein Treffen", gab Clayton nach. Er hatte genug Klienten, denen er Rechnungen schreiben konnte. Der Immobilienmarkt wuchs und nahm wieder ab, die Zahl der Straftaten nahm zu und sank wieder, aber die Liebe starb immer. „Ich werde sie beraten, einen Plan für sie ausarbeiten und du besorgst ihr einen Anwalt, der Zeit für ihren Fall hat."

Das Geräusch, das Maureen von sich gab, konnte mit viel Optimismus als zustimmend durchgehen. Sie legte auf, bevor er sich noch weiter absichern konnte. Das konnte man ihr schwerlich vorwerfen. Nach beinahe zwanzig Jahren als Leiterin eines Frauenhauses machte sie das Beste aus dem, was sie bekam.

Während er den kalten Kaffee austrank und ins Schlafzimmer zurückkehrte, ging Clayton im Kopf seinen Tagesplan durch. Seine Nachmittagstermine waren in Stein gemeißelt. Am Vormittag war er jedoch flexibler. Wenn er auf das Mittagessen verzichtete, das Meeting mit einem Juniorpartner nach hinten verschob und das Kaffeetrinken mit Baker ins Büro verlegte, statt sich mit ihm in der lächerlich protzigen Teestube zu treffen, die Baker so gut gefiel, müsste sein Tag eigentlich ohne einen Knacks wieder in den gewohnten Bahnen verlaufen.

Wenn er das Fitnessstudio am Abend ausließ, konnte er sich vielleicht endlich mal entspannen.

Das Selbstmitleid tropfte genau in dem Moment in sein Bewusstsein, als er die Schlafzimmertür öffnete und sein Blick auf den nackten Hintern und die langen Beine von Letzter Nacht fielen. Er stieß ein Schnauben aus, als sein Schwanz beschloss, dass er aufgewärmt genug war, um interessiert zu zucken.

Keine Zeit.

„Ich habe einen Anruf bekommen und muss zur Arbeit." Auf dem Weg am Bett vorbei versetzte er dem Hintern von Letzter Nacht einen Klaps. Der Mann stöhnte auf, streckte und kratzte sich. „Du musst aufstehen."

Letzte Nacht – oh Mann, er musste einen Namen genannt haben, der Clayton anscheinend entfallen war – rollte sich herum und rieb sich mit den Händen über das Gesicht, in dem Knitterfalten des Kissens prangten. „Wie spät ist es?"

„In der Küche steht Kaffee." Clayton angelte ein Netzshirt von der Stuhllehne und warf es in Richtung Bett. Letzte Nacht fing es unbeholfen aus der Luft und wickelte es sich um die Finger. „Tut mir leid. Die Pflicht ruft."

Er ließ den Mann sich anziehen und ging ins Badezimmer. Der starke Wasserstrahl hämmerte ihm die vorherige Nacht aus dem Körper und spülte Glitzer, Schweiß und klebriges Sperma in den Abguss. Das heiße Wasser vertrieb die Müdigkeit aus seinen Muskeln und Schultern.

Als Clayton geduscht und angezogen zurückkehrte, hatte sich der junge Mann – letzte Nacht in enger Lederhose die pure Verführung – in einen geschwätzigen Kunststudenten in Sportkleidung aus Wisconsin verwandelt. Der Mann hatte sich bereits Kaffee und Toast genommen.

„Letzte Nacht hatte ich viel Spaß", erklärte er, den Mund voller Brot und Marmelade. Selbstgefällig grinsend deutete er auf ein Stück Papier auf dem Tisch. Auf der Rückseite einer Chinarestaurant-Speisekarte stand eine hingekritzelte Zahlenreihe. „Ich dachte, falls du irgendwann Lust auf eine Wiederholung hast, könntest du mich ja anrufen?"

„Das mache ich vielleicht tatsächlich."

Würde er nicht. Das tat er nie. Wenn sie sich noch einmal treffen würden, wäre es kein One-Night-Stand mehr. Es schien jedoch ein wenig zu brutal, das vor Sonnenaufgang zu erwähnen. Daher hängte er die Karte stattdessen an den Kühlschrank. „Allerdings muss ich mich erst um die Arbeit kümmern."

Etwas im Blick von Letzter Nacht weckte in ihm die Vermutung, dass der Mann sehr wohl wusste, was Clayton nicht laut aussprach. Doch er bedrängte ihn nicht. Clayton hatte schließlich keine Versprechungen gemacht, die er dann nicht eingehalten hatte.

Stattdessen drückte der Kerl ihm einen leichten Abschiedskuss auf den Mund und ging. Clayton leckte den Geschmack nach Orange und Zweifel von seinen Lippen, während er auf das Klicken der Eingangstür wartete. Dann warf er einen Blick auf seine Uhr und verzog das Gesicht. Wenn er das durchziehen wollte, musste er sich langsam auf den Weg machen.

NADINE GRAHAM stellte sich als eine kleine, Jeans tragende nicht mehr allzu junge Frau mit üppigen Brüsten und blondem Haar heraus. Ihre Kleidung war teuer, die Jeans hauteng, das T-Shirt tief ausgeschnitten. Sie trug hübschen Modeschmuck aus klobigem Plastik und billigem Metall. Ihr Trauring dagegen bestand aus Weißgold.

3

Die Diamanten darauf könnten auch mit einem modischen Schliff oder unter einer Lupe nicht größer wirken. Ein Zeichen, um klarzustellen, dass sie vergeben war.

Wie ihr angespannter Blick verriet, hatte Clayton nicht als einziger Zweifel an seinen morgendlichen Entscheidungen.

Tatsächlich wirkte ihr kurzes Lächeln dann auch unbehaglich, als er seinen langen Körper in einen für eine kleinere Person gedachten Stuhl faltete und seine Aktentasche neben sich stellte.

„Ich ... ich glaube, ich habe einen Fehler gemacht", erklärte Nadine. Ihr Blick huschte unruhig durch den Raum, über die ramponierten Wände und die „Das bedeutet Einwilligung" Poster. „Ich sollte nicht hier sein."

„Niemand sollte hier sein", sagte Clayton. Er blickte auf den eingegipsten Arm. Merkwürdig verkrampft lag er in ihrem Schoß, als wäre das Gewicht ungewohnt. Der Gipsverband wies einige Tragespuren auf, war also nicht ganz neu, doch bisher hatte noch niemand darauf geschrieben. Clayton behielt das im Hinterkopf. Die meisten Menschen besaßen zumindest einige Freunde mit Filzstiften, die darauf bestanden, etwas darauf zu kritzeln: ein Herz, ein „Gute Besserung" oder bei Männern einen Schwanz und Eier. „Manchmal ist das hier einfach der sicherste Ort."

Nadine verschränkte wie um den Gips zu verbergen die Arme und begann abwesend mit ihren grellrosa Nägeln daran zu knibbeln. „Ich bin nicht ... Ich bin sicher, das ist es", stimmte sie zu. „Es ist nur nicht ... Sie würden es nicht verstehen."

Clayton lehnte sich in dem zu kleinen, schlecht gepolsterten Stuhl zurück. Es kam ihm immer noch merkwürdig vor, in Jeans und seinem alten College Sweatshirt ein Klientengespräch zu führen. Doch beim Anblick eines Anzugs mit Krawatte fühlten sich die Leute im Frauenhaus nur unwohl.

„Ich bin nicht die Polizei und auch nicht das Jugendamt", sagte er. „Ich bin einfach nur ein Anwalt. Wenn Sie irgendetwas nicht wollen, kann ich Sie nicht dazu zwingen. Ich bin heute nur hier, um Sie über Ihre Möglichkeiten zu beraten. Falls Sie das wollen."

Sie warf ihm einen scharfen Blick aus ihren unglaublich blauen Augen zu. Das Aufblitzen von Schläue gehörte einer weniger aufgerieben aussehenden Frau. „Und dann?"

„Das liegt ganz bei Ihnen."

Sie klemmte die Lippe zwischen die Zähne und nickte schließlich.

„Okay."

Clayton ging mit ihr schnell eine schmutzige kurze Liste mit den wichtigsten zehn Punkten durch, die zu erledigen waren, wenn man plante, seinen gewalttätigen Ehemann zu verlassen. Außerdem erklärte er ihr die rechtlichen Möglichkeiten in Bezug auf ihren Familienstand und die Sorgerechtsvereinbarungen. Er beschönigte und verharmloste nichts. Es klang unglaublich entmutigend, war jedoch immer noch besser, als zu lügen.

4

Nadine hörte schweigend bis zum Ende zu. Dann stieß sie ein völlig unglaubwürdiges Lachen aus.

„Tut mir leid", entschuldigte sie sich schnell und legte sich eine Hand auf den Mund. „Ich wollte nicht … das bin nicht ich. Das sind nicht wir. Wir sind nicht … wir sind nicht wie diese Menschen. Er ist kein Monster. Ich bin kein Opfer."

Es gehörte nicht zu Claytons Job, sie zu irgendetwas zu drängen. Das würde auch weiß Gott nicht funktionieren. Trotzdem musste er die Stille füllen.

„Ich bin Scheidungsanwalt, Mrs Graham", sagte er schließlich. „Ich habe mit einer Menge zerbrochener Ehen zu tun. Der Großteil der Betroffenen sind keine Monster oder Opfer, sondern einfach nur Menschen, die es nicht länger ertragen."

Durch ihre Finger erhaschte er einen Blick auf ein bitteres Lächeln. „Wie viele von uns sind in einem – oh Gott – Frauenhaus?"

„Einige."

Nadine wandte den Blick ab und begann auf ihrer Unterlippe zu kauen, bis sich der Lippenstift löste und die Schwellung darunter sichtbar wurde. Ihr Blick irrte weiter durch den Raum, als wären die Türen verschlossen und sie auf der Suche nach einem Fluchtweg.

„Sie denken, dass ich ihn verlassen sollte, oder? Das kann ich Ihnen nicht verübeln. Ich denke auch, dass ich ihn verlassen sollte. Nur was, wenn ich das nicht kann? Was soll ich dann tun? Er ist … er kümmert sich um Harry und mich. Alleine bin ich nutzlos. Das war ich immer schon."

Sie betonte es, als wäre es eine Tatsache, leierte es herunter wie ein Datum aus dem Geschichtsunterricht.

Eine übertrieben laute Stimme unterbrach ihr Gespräch. Auf der anderen Seite der Tür erklärte Maureen lang und breit die vielen guten – frei erfundenen – Eigenschaften eines ihrer Hunde. Der, den sie dabeihatte bekämpfte anscheinend Albträume, indem er sie wie Zuckerwatte aufaß.

„Hunde mögen keine Zuckerwatte." Die Stimme klang jung und unsicher, aber fasziniert.

„Speck-Zuckerwatte", konterte Maureen prompt. „Hunde lieben sie."

Nadine klappte ihren Körper auseinander und schnippte mit den Fingerspitzen schnell die Feuchtigkeit von ihren falschen Wimpern. Clayton hatte gar nicht bemerkt, wie zusammengekrümmt sie bis dahin gesessen hatte. Als Maureen – den dämonenfressenden Hund unter den Arm geklemmt – einen kleinen, stämmigen Jungen in den Raum schob, hatte sie ein Lächeln aufgesetzt.

„Entschuldigen Sie die Störung", sagte Maureen mit ihrer kratzigen Stimme. Sie klang wie eine große Frau. Die Art Frau, an die sich Clayton aus seiner Kindheit erinnerte: mit Titten wie Ablageflächen und Plattfüßen in abgenutzten Flip-Flops. Sie hatten sich von niemandem etwas vormachen lassen und seiner Überzeugung nach hatte der Spruch „mit beiden Beinen fest auf dem Boden stehen", bei ihnen seinen Ursprung gehabt. Und obwohl er nie Zeuge geworden war, dass sie sich von irgendjemandem hatte beeindrucken lassen, war die kleine, leicht abgekämpfte halbkoreanische Frau eine wahre Naturgewalt. „Harry hat sich gefragt, wo Sie sind."

Zum ersten Mal wirkte Nadines Lächeln echt. Sie streckte die Hand aus und wackelte mit den kaugummirosafarbenen Fingern in Richtung ihres Sohnes. „Genau hier. Hast du mich vermisst?"

„Nein", sagte er mit der beleidigten Eitelkeit eines kleinen Jungen. Als Nadine mit gespielter Enttäuschung den Mund verzog, gab er nach. „Vielleicht. Geht's dir gut, Mom?"

„Natürlich."

Die Lüge hatte ziemlich überzeugend geklungen, doch Harry sah nicht so aus, als würde er sie ihr abkaufen. Er warf Clayton einen misstrauischen Blick zu und stellte sich vor seine Mom. Sein rundes, mit Sommersprossen übersätes Gesicht besaß das gesunde Aussehen eines Kindes aus einer alten Abenteuergeschichte. Sein matter, müder Blick entsprach allerdings dem eines enttäuschten Mannes im mittleren Alter.

Diesen Ausdruck hatte Clayton bereits zuvor gesehen.

„Wer bist du?", fragte Harry herausfordernd. „Warst du gemein zu meiner Mom?"

„Nein, war er nicht", platzte Nadine offenkundig beschämt heraus. Sie griff nach Harrys Arm und zog ihn wieder neben sich. „Das war unhöflich, Harry. Mr Reynolds ist ein Freund von Mrs Park und wir unterhalten uns nur. In Ordnung?"

Sie wartete. Harry schlängelte sich herum und schaute Clayton finster an. Der lehnte sich zurück und versuchte so harmlos wie möglich auszusehen.

„Daddy hat gesagt, Frauen und Männer können nicht befreundet sein", verkündete Harry.

Bei der Antwort zerfurchte ein gequälter Ausdruck Nadines Gesicht. Nur mit Mühe gelang es ihr, die Stimme unter Kontrolle zu behalten, als sie weiter sprach. „Das reicht, Harry. Dein Daddy sagt eine Menge dummer Sachen. Klar?"

Harry schabte mit dem Fuß über den Boden und schaute mürrisch. „Klar", murmelte er schließlich.

Nadine wischte sich abermals über das Gesicht, sodass er ein Lächeln sah, als er wieder zu ihr blickte. „Warum gehst du nicht mit Mrs Park und spielst mit dem Welpen?"

„Er isst nicht nur böse Träume", beschwatzte ihn Maureen. „Er kann auch Kunststücke."

Offensichtlich hin und hergerissen, schaute er zu dem magischen, schlechte Träume essenden flauschigen Knäuel, das sich in Maureens Armen hin und herwand. Harry zappelte auf der Stelle herum.

„Bist du ganz bestimmt okay?", wollte er wissen.

Nadine verdrehte die Augen und versetzte ihm einen sanften Schubs in Richtung Tür.

„Mir geht es ausgesprochen gut. Geh schon."

Nach einem letzten Blick in Claytons Richtung, schlurfte Harry zu Maureen, die in die Hocke ging, sich vorbeugte und fragte: „Möchtest du ihn tragen?"

Harrys bekümmert gekrümmter Rücken straffte sich und er stieß ein „Ja, bitte" aus. Sie unterdrückte ein Lächeln und reichte ihm das flauschige Knäuel. Der Hund begann ihm sofort in der Hoffnung auf klebrige Überbleibsel, das Gesicht abzulecken. Nach einem beruhigenden Nicken in Nadines Richtung verließ Maureen mit dem Jungen den Raum.

„Er … James und ich hatten Streit und dabei habe ich mich selbst verletzt. Er war der Meinung, dass ich nicht ins Krankenhaus müsste. Als ich darauf bestanden habe, hat er mich eingesperrt. Bei Anbruch der Dunkelheit ist Harry nach unten geschlichen, um mich wieder rauszulassen. James wollte mich natürlich nicht die ganze Nacht dort lassen, aber Harry war …"

Sie holte tief Luft und presste im Versuch, die Tränen zurückzuhalten, die Fingerspitzen gegen die Augenlider.

„Eigentlich ist er nicht so. Das ist nicht seine Schuld", erklärte sie. „Er ist nur … Er versucht, Dinge zu ändern … für uns … und das … bedeutet eine Menge Stress. Die Leute stressen ihn. Es ist ja nicht so, dass er mich geschlagen hätte."

Clayton zog ein Taschentuch aus der Tasche und beugte sich vor, um es ihr anzubieten. „Ich kann Ihnen helfen, wenn Sie das wollen", sagte er. „Jetzt, später. Das spielt keine Rolle."

Sie nahm das Taschentuch, zerknüllte es jedoch in ihren Händen, statt es zu benutzen.

„Ich kann ihn nicht verlassen", stellte sie klar. „Ich wäre nicht in der Lage, für mich selbst zu sorgen – ganz zu schweigen für Harry. Ich habe seit fünf Jahren nicht mehr gearbeitet, und als ich es noch getan habe, war ich Kellnerin … eine … oben ohne Kellnerin. Das wird den Richter unglaublich beeindrucken, was?"

„Mein Job ist es, dafür zu sorgen, dass Sie bekommen, was Ihnen zusteht. Ihnen beiden."

Nadine schob kampflustig das Kinn vor und schnaubte verächtlich. Dann schob sie sich eine Strähne des hellen Haares hinter das Ohr. „Von James bekommt niemand das, was ihm zusteht", erklärte sie. „Er mag es nicht, zu verlieren. Was, wenn ich ihn verlasse und nicht das Sorgerecht für Harry bekomme? James liebt ihn. Ich weiß, dass er das tut. Aber er ist … hat keine Geduld. Das Risiko kann ich doch nicht eingehen, oder?"

Clayton wollte es ihr erzählen. Es würde nichts nutzen. Sie musste die Entscheidung alleine treffen. Doch er wollte es trotzdem.

„Bei einer Scheidung besteht immer das Risiko, das Sie nicht das bekommen, was Sie sich wünschen. Was *ich* mir wünsche", sagte er. „Manchmal ist am Ende niemand glücklich."

Sie holte tief Luft und drehte das Tuch zwischen den Fingern, bis es riss. „Kann ich darüber nachdenken?"

„Natürlich. Sie müssen sich sicher sein."

Mit einem Nicken stand Nadine vorsichtig auf. Claytons Muskeln spannten sich an, um ihr mit gewohnter Höflichkeit die Hand zu reichen. Ebenso wie sein Anzug führte das aber manchmal nur dazu, dass sich die Leute unwohl fühlten. Daher wartete er, bis sie stand, und erhob sich dann ebenfalls.

„Eins noch, bevor Sie gehen." Sie stoppte und blickte ihn wachsam an. „Maureen meinte, dass Sie explizit um mich gebeten hätten. Ich glaube nicht, dass wir uns schon einmal begegnet sind. Daher habe ich mich gefragt, wie Sie auf mich gekommen sind?"

„Durch James", sagte Nadine. Als Clayton fragend die Augenbrauen hob, huschte ein flüchtiges Lächeln über ihre Lippen. „Gewissermaßen. Dieser Mann, Davy – ein ehemaliger Arbeitskollege – hat sich voller Häme darüber ausgelassen, dass er diesen Superanwalt beauftragt hat, seine Frau aber nur diesen ehrenamtlichen Trottel Reynolds aus dem Frauenhaus hat. Sie heißt Mia? Mia Avagyon?"

Der Name klang vage vertraut, allerdings nicht genug, um ein Gesicht und eine Ehegeschichte aus Claytons Gedächtnis heraufzubeschwören. Das hatte allerdings nichts zu bedeuten. Er arbeitete bereits so lange als Anwalt, dass ihm nur die sehr gewinnbringenden und die sehr schlimmen Fälle ohne Blick in die Fallakte präsent waren. Trotzdem nickte er, als könne er sich an Mia erinnern.

„James hat ihn vor allen Leuten ausgelacht. Er meinte, dass Mia nicht nur die Mädchen bekommen würde, sondern ihn auch ansonsten an den Eiern hätte. Er sagte, Sie würden für diese noble Kanzlei arbeiten, bei der die besten Privatermittler im Staat auf der Gehaltsliste stehen und dass die es herausfinden würden, wenn Davy jemals auch nur ein Kind beschimpft hätte. Derzeit darf Davy seine Kinder nicht mehr unbeaufsichtigt sehen. Daher habe ich gestern Abend, nachdem ich gegangen bin, Mia angerufen. Sie riet mir, hierher zu kommen. Ich hatte Fragen von ihr erwartet, doch es kamen keine."

Es war das erste Mal, dass ein gewalttätiger Ehemann Clayton empfohlen hatte. Er war sich seiner Gefühle darüber nicht im Klaren, doch das war kaum Nadines Schuld.

„Sollten Sie beschließen, die Sache durchzuziehen, Nadine, werde ich mein Bestes für Sie und Harry geben."

Sie nickte und blieb bewegungslos stehen, als wären ihre Füße am Boden festgeklebt.

„Die Sache ist, dass ich ihn liebe", gestand sie trostlos. Erneut ließ sie den Blick durch den Raum schweifen: über die Wände, die dringend einen neuen Anstrich benötigten, die Klebebandflecken auf dem Teppich, die unter sorgfältig platzierten Stühlen und billigen Läufern versteckt waren. Sie schluckte angestrengt. „Vermutlich hören Sie das ständig."

Clayton dachte an den stumpfen Blick eines alten Mannes im Gesicht eines argwöhnischen Kindes – nicht das von Harry, normalerweise ein schmaleres und schmutzigeres. Doch der Blick war der gleiche.

„Jeden Tag meines Lebens", bestätigte er.

„SIE SIND spät", rügte ihn seine Assistentin, Heather, als er an ihr vorbei in sein Büro joggte. Heute war ihre Perücke schwarz: Ein strenger Bob umrahmte das hübsche runde Gesicht mit der Pfirsichhaut. „In fünf Minuten haben Sie eine Besprechung mit Mr Baker."

Mit einem Schnauben stellte Clayton seine Aktentasche auf den Schreibtisch. Die Ochsenblutfarbe der Tasche entsprach fast exakt der des dunklen Nussbaumholzes, auf der sie stand.

„Es ist nur ein Kaffeetrinken", stellte er klar, während er sich das Sweatshirt über den Kopf zog.

„Ersatzanzug?"

Sie schnalzte missbilligend, klackerte dann jedoch davon, um den gereinigten Richard Bennet Anzug zu holen, den er im Büro aufbewahrte. Ein Becher Pisse, der beim Verlassen des Gerichtsgebäudes auf einen geworfen wurde und man lernte, vorbereitet zu sein. Nachdem Clayton seine Sneakers abgeschüttelt hatte, schob er sie zusammen mit dem Sweatshirt in eine Schublade.

„Hier." Mit dem Rücken zu ihm stehend und ohne hinzuschauen, reichte ihm Heather den Anzug im Kleidersack. „Und wissen Sie eigentlich, was passieren würde, wenn ich mich umdrehe und Sie in Boxershorts sehe?"

„Ich würde mich fragen, wann ich angefangen habe, Boxershorts zu tragen." Clayton nahm ihr den Sack ab und öffnete den Reißverschluss. „Oder überhaupt Unterwäsche."

Prustend schloss Heather die Tür hinter sich. Clayton pellte sich die Jeans über die langen Beine hinab und zog die Anzughose an. Der metallisch graue Stoff und die eng geschnittene Beinform wahrten die vorsichtige Balance zwischen seriös und stylish. Das graue Hemd verschob die Waagschale jedoch vermutlich mehr in Richtung seriös.

„Heather, Sie müssen bitte einen Nachforschungsantrag bei den Privatermittlern unten in Auftrag geben." Er warf sich das Hemd über und ließ es offen, während er seine Aktentasche aufklappte. Nadines Akte war leicht unter den roten der Marke Redweld, die die Kanzlei für zahlende Mandanten nutzte, zu finden. „Als Gefallen."

Heather kam ins Büro zurück und riss ihm die Akte aus den Händen. Betrübt musterte sie sie. „Besteht auch nur die geringste Möglichkeit, dass sie lediglich eine „vom Glück verlassene" Frau ist, die Hilfe benötigt, ihren Ehemann ausfindig zu machen, um ihm die Scheidungspapiere übermitteln zu können?"

„Nein."

„Das sind sie nie", seufzte sie. „In Ordnung. Ich kontaktiere Larry und schaue, was sie tun können."

Sie drehte sich um und wollte gehen. Dabei stieß sie fast mit Daniel Baker zusammen. Der Seniorpartner von Talley, Baker and Jenks war gerade einfach ins Büro marschiert.

„Sir", quiekte sie und versteckte die Mappe hinter dem Rücken. „Tut mir leid. Ich habe Sie nicht gesehen."

Baker hob eine sandbraune Augenbraue. „Das liegt daran, dass die Tür geschlossen war, Ms Finnegan."

Weil sie mit dem Rücken zu ihm stand, konnte Clayton ihr Gesicht nicht sehen. Von früheren Vorkommnissen her wusste er jedoch, dass ihre Gesichtsfarbe inzwischen puterrot sein musste. Neunzig Prozent der Zeit war Heather — ehemalige Polizistin, Wochenendpunkerin und zwei Jahre Abendschule von einem Masterabschluss entfernt — durch nichts aus der Fassung zu bringen. Zehn Prozent der Zeit gab es jedoch Daniel.

Das entsprach übrigens auch ziemlich genau ihrer Beschreibung ihrer sexuellen Vorlieben — neunzig Prozent hübsche Frauen und zehn Prozent unerklärliche Schwärmereien.

„Ja Sir. Natürlich Sir", quietschte sie. „Ich gehe Ihnen sofort aus dem Weg."

Sie eilte um ihn herum zurück ins Hauptbüro. Daniel ließ sie bis auf halben Weg zu ihrem Schreibtisch kommen, dann räusperte er sich. „Oh und Ms Finnegan?"

„Ja, Sir?"

„Glauben Sie bloß nicht, ich würde das nicht sehen." Er streckte abwartend die Hand aus. Als keine sofortige Reaktion erfolgte, seufzte er auf. „Ms Finnegan, geben Sie es mir."

Clayton knöpfte mit einem resignierten Seufzer seine Manschetten zu. „Schon in Ordnung, Heather. Ich spreche später selber mit den Ermittlern."

Die Akte fiel in Daniels Hände und er reichte sie Clayton. „Nein, das wirst du nicht tun", widersprach er. „Du hast deine gesamten Pro Bono Stunden für dieses Jahr ausgereizt. Wenn du noch mehr ehrenamtlich arbeiten willst, ist das deine Sache, aber du wirst dafür keine Ressourcen der Kanzlei nutzen. Klar?"

Mit einem Mann, dem man vierzig Prozent der eigenen Karriere zu verdanken hatte, ließ sich nur schwer diskutieren. „Natürlich. Ich wollte nur Hintergrundinformationen auftreiben."

Daniel setzte sich und schnipste einen Fussel vom Knie seines makellosen, maßgeschneiderten Anzugs. Er war derjenige gewesen, der Clayton geraten hatte, den ersten Gehaltsscheck in einen guten Anzug zu investieren. „Wenn du einen 30 Dollar Anzug trägst, vermutet dein Klient, dass das der Betrag ist, den du für ihn rausholst." Natürlich mied er die seriösen Anzüge und entschied sich für die kostspieligen, modischen Varianten: vom mit Dachshunden bedrucktem Futter bis zu den Kamee-Manschettenknöpfen.

„Steig als Partner ein, wenn es so weit ist", sagte er. „Dann kannst du tun, was du willst."

„Vielleicht will ich das ja gar nicht." Clayton fing Heathers Blick auf – sie war wieder zu einem nervösen Rosa heruntergekühlt – und formte mit den Lippen das Wort „Tee".

Dann richtete er seinen Kragen, trat hinter den Schreibtisch und nahm Platz. „Inzwischen habe ich mir einen guten Ruf erworben. Ich könnte eine eigene Kanzlei gründen."

Daniel wirkte amüsiert, widersprach jedoch nicht. Er verschränkte lediglich die Finger und ging zum Geschäftlichen über, während Heather die Bestellung beim Coffeeshop unten abgab.

„Justin Harris heiratet."

„Schon wieder?"

„Schon wieder. Ich habe bereits mehr Arbeit, als mir lieb ist. Daher möchte ich, dass du dich um seinen Ehevertrag kümmerst. Er ist völlig unkompliziert. Genau wie die anderen."

Am Ende des Meetings war Claytons Monat zu einem Drittel verplant. Er hatte einem Abendessen mit Daniel und dessen neuestem Schützling zugestimmt. Außerdem war er dem Versuch ausgewichen, sich mit einem ehemaligen Freund von Daniels Ex verkuppeln zu lassen. Nachdem er seine zweite Tasse Tee ausgetrunken hatte, erhob er sich, um Daniel hinauszubegleiten.

An der Tür blieben sie stehen, da Daniel einen imaginären Krümel von seiner Krawatte entfernte.

„Natürlich", sagte Daniel, „kann ich dich kaum daran hindern, jemanden um einen Gefallen zu bitten."

Clayton brauchte eine Sekunde, bis ihm klar wurde, wovon Daniel sprach. Den Pro Bono Fall hatte er in seinem Kopf nach ganz hinten geschoben, um sich später darum zu kümmern. Daher brauchte er einen kurzen Moment, bis er ihn wieder ausgegraben hatte.

„Ich bezweifle, dass Larry Jenkins mich so sehr mag, dass sie mir einen Gefallen tut."

Daniel kicherte. „Nein, das tut sie nicht. Kelly würde es jedoch tun. Larrys Worten nach hat sich ihr Partner inzwischen freistellen lassen und treibt alle in den Wahnsinn, weil er nicht wirklich weg ist. Also."

„Er ist ein Idiot", protestierte Clayton.

Daniel verdrehte die Augen. Er schien Kelly gerne zu mögen – Katastrophen hin oder her. „Er ist ein Romantiker."

„Das ist das Gleiche." Das wussten sie beide. Clayton hatte es lediglich früher gelernt als Daniel.

„Der Punkt ist, dass er nichts mit sich anzufangen weiß", erklärte Daniel. „Ruf ihn an oder auch nicht. Das ist deine Sache."

Dann *nicht* dachte Clayton mürrisch.

Es WAR sieben Uhr abends, als Claytons Pflichtbewusstsein den Ärger zermürbt hatte.

Kelly – er besaß vermutlich einen anderen Namen, doch niemand würde zugeben, ihn zu kennen – war der Fluch in Claytons Leben. Die Tatsache, dass dem Mann das überhaupt nicht bewusst war und er es für einen Scherz halten würde, sollte er es herausfinden, steigerte Claytons Ärger nur noch mehr. Der Mann hatte unentwegt gute Laune, glaubte mit ganzem Herzen an die Liebe – ungeachtet der Tatsache, dass er bei der Auswahl seiner Partner so erfolgreich war, wie Claytons Mutter – und meinte ernsthaft, dass „alles nur besser werden konnte". Vermutlich war der Kerl völlig in Ordnung, doch da der Dezember immer näher rückte, ging es Clayton in Bezug auf Kelly wie dem Grinch mit Weihnachten.

Außerdem war er – trotz des Chaos in seinem Privatleben – gut in seinem Job. Ansonsten wäre er nicht der wichtigste Ermittler der Kanzlei. Unter den gegebenen Umständen stellte er Claytons beste Wahl dar, hatte jedoch einige Zeit freigenommen.

Als Clayton das bewusst wurde, war es zu spät, an Kellys Privatnummer zu gelangen. Er besaß lediglich die Einladung zu einer Einweihungsparty, an der er Anfang des Jahres teilgenommen hatte. Er bevorzugte seine sozialen Kontakte betrunken, im Dunkeln und vorzugsweise zügellos, akzeptierte jedoch auch die höflichen, arbeitsbedingten, oberflächlichen. Ein Barbecue im Hochsommer, bei dem der mustergültigste Mann der Welt mit seinem neuesten baldigen Ex-Freund Hof hielt, entsprach seiner Vorstellung von der Hölle.

Das Haus lag eine Stunde Fahrtzeit vom Büro entfernt in Santa Monica, wo die Hausfrauen und Kinder frei herumliefen.

Clayton parkte sein Motorrad hinter einem alten, ramponierten Chevy und nahm den Helm ab. Er brauchte die Hausnummer nicht zu überprüfen. Auf der Einladung war behauptet worden „du kannst es gar nicht verfehlen". Diese Beschreibung traf nur auf das alte sonnengelbe Reihenhaus im viktorianischen Stil zu. Es verfügte über einen Garten und an der Garage hing ein Basketballkorb.

Auf der gegenüberliegenden Straßenseite öffnete sich quietschend eine Tür und eine alte Frau spähte argwöhnisch heraus. Wahrscheinlich behielt sie Kellys Haus für ihn im Blick, backte ihm Kekse und versuchte, ihn mit ihrem Neffen zu verkuppeln. Kelly war der Typ Mann, für den die Leute das taten.

In Claytons Magen blubberte fröhlich die Gallenflüssigkeit, während er zu der himmelblauen Eingangstür hinaufstieg und die Klingel drückte. Als niemand kam, presste er die Zähne aufeinander und drückte erneut. Er hörte das *Ding-Dong* durch das Haus hallen. Eine Katze jaulte auf.

Toll. Er besaß eine Katze statt eines Hundes. Das passte.

Kurz bevor er erneut auf den Klingelknopf drücken konnte, riss Kelly endlich die Tür auf. Sein Oberkörper war nackt, er befand sich im Halbschlaf und an der breiten, tätowierten Schulter wiegte er ein laut katzenähnlich jaulendes Baby.

Verlangen stieg in Clayton auf und ließ seinen Mund trocken werden. Das irritierte ihn am meisten in Bezug auf Kelly. Er entsprach überhaupt nicht Claytons Typ: zu klein, zu muskulös, zu heiter und im Moment zu sehr Babyträger. Dennoch war er immer noch der verdammt heißeste Mann, den Clayton je gesehen hatte. Er schien es absichtlich zu machen. Er war auch gar nicht *so* klein, gerade dicht genug am Durchschnitt, um selbstironische Scherze darüber zu machen, statt in Selbsthass zu verfallen.

„Ich muss dich um einen Gefallen bitten", sagte Clayton durch die klebrige Lust auf seiner Zunge.

Eine kurze Pause trat ein, in der Kelly das quengelnde Baby an seiner Schulter wippte. Er wirkte verblüfft. Hätte Kelly so spät abends vor Claytons Tür gestanden, er hätte ihn aufgefordert, sich zu verpissen. Also kratzte sich Kelly natürlich am Kopf, zuckte mit den Schultern und trat einen Schritt zurück, um Clayton in den Flur zu lassen.

„Klar", stimmte er zu und klopfte dem Baby leicht auf den Rücken. „Komm rein. Entschuldige das Chaos."

Arschloch.

2

INNEN WAR Kellys Haus in hellen Farben gestrichen und auf den abgenutzten Holzböden lagen überall Sachen herum. Eine Wohnzimmerwand war halb gestrichen. Auf einer Zeitungsseite warteten eine Farbdose und ein eingetrockneter Pinsel auf den nächsten enthusiastischen Ausbruch.

Es war ein gemütliches Haus, in dem ein Kind glücklich aufwachsen konnte.

Bei dem Gedanken verspürte Clayton einen neidischen, bitteren Stich. Er verfügte über keinerlei Vaterqualitäten, doch sein widerborstiges, habgieriges Naturell nahm es jedem übel, der etwas hatte, das er nicht besaß – ob er es nun wirklich wollte oder nicht.

„Hast du es adoptiert?", fragte er steif.

„Was?" Kelly tapste in das Zimmer zurück, die nackten Füße halb unter den ausgefransten Säumen der Jeans verborgen. An seinem Finger baumelte eine Trinkflasche und das Baby schrie immer noch an seiner Schulter. Der kleine Körper war angespannt und rosa angelaufen. „Ich hatte Kaffee gekocht, aber der ist inzwischen kalt."

„Schon okay." Schließlich handelte es sich nicht um einen Freundschafts-, sondern einen dienstlichen Besuch … irgendwie. Er konnte nicht anders, deutete mit dem Kinn auf das Baby und fragte nochmals: „Hast du es adoptiert?"

Man hatte Schwierigkeiten, sich Kelly als verdeckten Ermittler vorzustellen. Auf seinem Gesicht zeigte sich jede Emotion wie ein Leuchtfeuer. Jetzt gerade sah er verwirrt aus, blickte dann aber hinab auf das Baby und die Erkenntnis blitzte in seiner Miene auf.

„Oh, Maxie?" Erneut klopfte er ihm leicht auf den Rücken. „Nein, er ist mein Neffe."

Die Erleichterung, die bei dieser Nachricht durch Claytons Bauch strömte, ließ sich nicht mit Habsucht erklären. Daher ignorierte er das Gefühl und nahm die Trinkflasche mit der hellgrünen Flüssigkeit von Kelly entgegen.

„Du babysittest also", stellte Clayton das Offensichtliche fest.

Kelly starrte ihn einen Moment mit schief gelegtem Kopf an. Dann tat er die Banalität des Kommentars mit einem Schulterzucken ab. „Ja."

Mit untergeschlagenem Bein setzte sich Kelly auf die Couch, sodass sich die Jeans dabei straff über seinem Schritt zusammenzog. Dort war der Stoff so verblasst, dass er die Farbe der weißen Säume angenommen hatte. Das Baby bekam einen Schluckauf und stoppte endlich sein dünnes, qualvolles Heulen. Allerdings jammerte es immer noch unglücklich vor sich hin, während Kelly ihm langsam streichelnd über den Rücken rieb.

Ganz eindeutig besaßen die Bewegungen etwas Perverses, so wie ihn der Anblick der Hand fesselte.

„Du hast von einem Gefallen gesprochen?" Kelly stützte sich mit dem Ellenbogen gegen die Sofarückseite und legte den Kopf auf die Faust. Neugierig blickte er Clayton aus seinen hellblauen, fast grauen Augen an und wartete auf eine Antwort.

„Ich benötige Hintergrundinformationen zu einer Person." Clayton nahm auf einem abgenutzten alten Ledersessel Platz, drehte den Verschluss der Trinkflasche auf und trank einen Schluck. Es schmeckte nach Zitrone mit stillem Wasser. „Nur das Wesentliche."

Kelly hob fragend eine Augenbraue. Eine schmale Narbe halbierte die gerade Linie genau an der Kante des Brauenknochens. Obwohl sich Clayton immer gefragt hatte, wie sie entstanden war, hatte er sich nie genug überwinden können, zu fragen.

„Freund?", wollte Kelly mit schiefem Lächeln wissen, das lange Furchen in seine Wangen grub.

Clayton warf ihm einen ausdruckslosen, alles andere als amüsierten Blick zu. „Nein."

Dieses Mal hob Kelly beide Augenbrauen. „Freundin?"

„Halt die Klappe."

Kelly brach in Lachen aus. Das heiße, raue, belustigte Schnurren löste bei Clayton den Wunsch aus, sich hineinzulehnen, als wäre die Wärme real. Es handelte sich um ein offenes, *glückliches* spontanes Geräusch, das zum Mitmachen animierte. Zum ersten Mal hatte Clayton dieses Lachen im Büro gehört und ob nun sein Typ oder nicht, er hatte geplant, den verlotterten, dunkelhaarigen Mann unter sich zu haben, sollte der auch nur *im Entferntesten* dazu geneigt sein.

Doch Kelly hielt nichts von One-Night-Stands und Clayton machte nichts anderes. Er nahm es dem Universum immer noch übel, das es jemandem, den er nicht haben konnte, ein solches Lachen geschenkt hatte.

„Der Mann einer Klientin", erklärte er.

Kellys Miene wurde neugierig. „Warum bist du dann hier? Wenn es beruflich ist, brauchst du nicht um einen Gefallen zu bitten. Du übergibst es einfach an Larry und lässt eine Rechnung auf die Kanzlei ausstellen. Außerdem arbeitest du doch lieber mit ihr zusammen."

Das stimmte. Unter normalen Umständen hätte Clayton diese Option auch ohne Scham in Anspruch genommen. Ihn verband eine gute Arbeitsbeziehung mit Larry – eine gleich auf den Punkt kommende, Wert auf ihr Äußeres legende Lesbe mit nur geringfügig mehr Vertrauen in Ehe als Clayton.

„Es ist ein Pro Bono Fall. Das hat nichts mit der Kanzlei zu tun. Ich bezahle dein Honorar aus eigener Tasche."

Kelly musterte ihn nachdenklich über das feine braune Haar des Babys hinweg. Schließlich nickte er knapp und stemmte sich von der Couch hoch.

„Okay. Tja, wenn es sich um Arbeit und nicht um eine Verabredung zum Sex handelt, musst du mir eine Minute geben." Er schob die freie Hand durch sein Haar und kratzte sich den Nacken. „Und einen Kaffee. Könntest du …"

Er deutete eine Bewegung an, als würde er Clayton das Baby reichen. Clayton rutschte so weit auf seinem Stuhl zurück, wie es die Lehne nur zuließ, und machte eine abwehrende Geste. „Mit Babys komme ich nicht klar."

Der in Kellys Armbeuge hin und hergewiegte Maxie quäkte auf und trommelte mit den winzigen roten Fäusten in die Luft. Er schien zu sagen, dass er auch nicht mit Clayton klarkam.

Kelly seufzte. „In Ordnung."

Mit einem nackten Fuß angelte er ein Baby … Ding … unter dem Couchtisch hervor und ging in die Hocke, um Maxie hineinzulegen. Dazu waren mehr Gurte erforderlich, als Clayton nötig erschienen. Das Kind konnte schließlich noch nicht einmal alleine den Kopf heben. Musste es dann tatsächlich wie ein Kampfpilot angeschnallt werden?

Die Aktion verhalf Clayton allerdings zu der Möglichkeit, seine Neugier zu befriedigen und verstohlen Kellys Tattoo zu betrachten. Er sah es heute zum ersten Mal. Die leuchtend bunten Farbkleckse waren normalerweise unter T-Shirts und Sweatshirts versteckt. Hätte er raten sollen, was für eine Tätowierung Kelly besaß, Clayton hätte etwas stereotypes Maskulines wie einen Drachen oder Wolf genannt. Stattdessen erstreckte sich ein stilisierter Papagei über die Schulter. Der Wust blauer und roter Federn flatterte hin und her, als sich die starken Muskeln unter der Haut bewegten.

„Kannst du wenigstens das Baby im Auge behalten, während ich mich frisch mache?", wollte Kelly wissen, während er den letzten Gurt anzog und sich auf die Fersen setzte. „Dafür sorgen, dass kein wilder Hund hereingestürmt kommt und Maxie wegträgt?"

„Warum?", fragte Clayton und wandte den Blick von Kellys breiten Schultern. „Streifen viele wilde, babystehlende Hunderudel durch die Nachbarschaft?"

Kelly grinste ihn träge an. „Einer würde reichen, oder?" Er versetzte dem Babysitz einen Stoß, sodass er zu schaukeln begann, und erhob sich. „Gib mir zehn Minuten."

Er zog die Jeans über den schlanken Hüften hoch und verließ den Raum. Clayton blickte ihm nach. Dann schaute er auf das Baby hinab.

„Wenn wilde Hunde hier hereinstürmen, bist du auf dich allein gestellt", erklärte er trocken.

Das Baby starrte aus riesigen, blauen Augen unfokussiert zu ihm hoch. Das Gesicht zog sich zusammen, bereit erneut loszuschreien. Es schien nur aus roten Falten und rosafarbenem Gaumen zu bestehen.

Clayton streckte vorsichtig die Hand aus und schaukelte den Stuhl sanft.

„Gut. Ich werde dir einen Vorsprung verschaffen."

Entweder die Bewegung oder das Versprechen stellte Maxie zufrieden. Beim Wippen kehrte er zu seinem relativ leisen Jammern zurück.

Kelly kam bereits nach fünf Minuten wieder hinunter. Sein feuchtes Haar war mit den Fingern aus dem Gesicht gekämmt und die Jeans hatte er gegen ein anderes Paar getauscht. Beim Hereinkommen schleiften die Bänder seiner ramponierten Springerstiefel hinter ihm her. Nach einem schnellen Blick auf Maxie streckte er Clayton den erhobenen Daumen entgegen.

„Ich schätze, er mag dich. Okay. Wo waren wir stehen geblieben? Pro Bono Klientin, Hintergrundrecherche; ich soll es gratis machen. Habe ich irgendwas vergessen?"

„Ich habe doch gesagt, dass ich dein Honorar bezahle."

„Natürlich. Ich werde dich für einen Arbeitsaufwand von wenigen Stunden für eine Frau mit einer so traurigen Geschichte, dass sie sogar *dein* Herz erweicht hat, ausnehmen." Die Betonung auf *dein* war nicht sehr schmeichelhaft. Kelly zog sich ein hellblaues Hemd über und knöpfte es während des Redens zu. Falls Clayton erwartet hatte, dass das weniger ablenkend sein würde, hatte er falsch gelegen. Der Baumwollstoff betonte das umgedrehte Dreieck von Kellys Oberkörper: angefangen bei den breiten Schultern bis hinab zur schmalen straffen Taille. „Komm für alle Sonderausgaben auf und wir sind quitt."

Das war großzügig. Clayton kannte Kellys übliches Honorar, da die Rechnungen zur Genehmigung über seinen Tisch liefen. Trotzdem kam es ihm falsch vor. Konnte Kelly nicht einfach mitspielen? Hatte er denn nicht eine einzige widerliche Schwachstelle?

„Sparst du etwa nicht, um mit deinem Freund nach Acapulco zu reisen, oder etwas in der Richtung?", wollte er wissen. Das sollte eigentlich für ihn völlig unwichtig sein, war ihm aber im Gedächtnis geblieben. Schließlich brauchte jeder ein Hobby. Clayton behielt den Überblick über Kellys Freunde und hoffte, dass dem Mann irgendwann klar werden würde, dass aufgeben die einfachere Lösung wäre. „Er wird begeistert sein, dass du Geld ausgeschlagen hast."

„Es war Bali. Zum Surfen", korrigierte ihn Kelly leichthin. „Und er ist nach Donegal zurückgekehrt."

„Aus Gesundheits- und Sicherheitsgründen?", fragte Clayton. Es sollte zum Großteil ein Scherz und zusätzlich eine kleine Stichelei sein. Möglicherweise mehr als nur eine kleine. „Ihr beide im gleichen Postleitzahlenbereich, das sind einfach zu viele Iren."

Kelly kniff kurz die Augen zusammen und schüttelte dann den Kopf. „Nein, seine gesamte Familie ist bei einem tragischen Unfall ums Leben gekommen." Eine Sekunde stieg Übelkeit in Clayton auf. Selbst seine Engherzigkeit hatte anscheinend Grenzen. Er öffnete den Mund zu einer Entschuldigung. Bevor er jedoch etwas sagen konnte, beendete Kelly fröhlich die Geschichte. „Sind in einem Kartoffelsumpf versunken. Der ganze Clan. Echt tragisch."

17

Die Entschuldigung blieb Clayton im Hals stecken. Er warf Kelly ein schwaches, ernstes Lächeln zu. „Ach, der berühmte Kellyhumor."

Kelly schnaubte. Das warmherzige Grinsen verblasste zu einem strengen Schatten seiner selbst und in seinen hellen Augen lag ein kühler Ausdruck. „Zumindest lächle ich, Claymore." Die Nennung des Spitznamens ließ Clayton verärgert die Zähne zusammenbeißen. Zwar war dieser Spitzname besser als eine Reihe anderer, die ihm verpasst worden waren, doch was „Bakers Claymore – Bakers schottisches Zweihandschwert" an Alliteration fehlte, machte es durch Lächerlichkeit wett. Schließlich war er nicht einmal Schotte. Wenn man den betrunkenen alten Männern und ihren großen Geschichten glauben konnte, waren die Reynolds ebenso irisch wie Kelly. Da er es jedoch verdient hatte, hielt er den Mund, als Kelly mit scharfen Worten weitersprach. „Liam geht dich nichts an. Das Gleiche gilt für mein Privatleben. Wenn du dich also nicht benehmen kannst, musst du dir einen anderen Ermittler suchen, der gewillt ist, dir einen Gefallen zu tun."

Verärgert biss Clayton die Zähne zusammen und musste sich anstrengen, die heiß in ihm aufwallenden scharfen Wörter, die aus seinem Mund drängten, hinunterzuschlucken. Es war nicht so, dass niemand so mit Clayton sprach. Jede Menge Leute taten das. Auch wenn er es hasste, oft hatte er es verdient oder es sich zumindest irgendwie eingehandelt. Ebenso kalt wie das Anziehen des Hemds erwischte ihn jedoch die Tatsache, dass Mr Supernett ein Temperament besaß, das ihn nur noch attraktiver machte – wie eine Prise Salz, um der karamellgebräunten Haut zusätzliche Würze zu verleihen.

Er konnte sich immer noch entschuldigen. Das sollte er vermutlich auch besser tun. Doch ihm gelang nur ein gestelztes: „Das kann ich verstehen." Dann fischte er einen Umschlag aus der Tasche und streckte ihn Kelly entgegen. „Das ist alles, was wir bis jetzt haben. Ich will nur wissen, wie er so tickt, ob er über ein Vorstrafenregister verfügt und welche Art Arschloch er ist."

„Vielleicht ist er ja gar kein Arschloch?" Kelly beugte sich vor, um den Umschlag entgegenzunehmen. Seine Finger waren lang und elegant geformt, doch alte Narben und Schwielen hatten die Haut über seinen Knöcheln rau werden lassen. Clayton war unter Männern mit solchen Händen aufgewachsen. Inzwischen hatte er viel Abstand und Handcreme zwischen sich und diese Männer gebracht. Kelly riss den Umschlag auf. „Vielleicht hat die Beziehung nur ihren Lauf genommen?"

„Er hat ihr den Arm gebrochen."

Kellys Mundwinkel verzogen sich vor Widerwillen. „So ein Arschloch also? Wie heißt er?"

„James Graham." Clayton überkam ein leichtes Schuldgefühl, daher fügte er hinzu: „Nadine schien zu glauben, dass er nicht nur für Frauen und Kinder gefährlich ist. Das ist nicht Teil deines Jobs. Wenn du es nicht übernehmen willst …"

„Ich habe doch gesagt, dass ich es mache."

Offenbar genügte das aus Kellys Sicht. Clayton erwischte es jedoch auf dem falschen Fuß, da seine vorbereiteten gut durchdachten Argumente dadurch nutzlos wurden.

„Meine Kontaktdaten befinden sich ebenfalls darin." Er deutete auf den Umschlag. „Wenn du etwas herausfindest oder etwas von mir benötigst, kannst du mich jederzeit anrufen."

Kelly machte einen amüsierten Eindruck. „Danke für die Erlaubnis." Er begleitete Clayton zurück zu der himmelblauen Tür und räumte beim Öffnen ein: „Seien wir doch ehrlich. Du tust mir auch einen Gefallen. Bei der Beantragung dieser Auszeit hatte ich noch einen Freund und den Irrglauben viel interessanter zu sein, als das tatsächlich der Fall ist. Inzwischen bin ich jedoch Single und habe alle geplanten Sachen in den ersten zwei Tagen erledigt."

Er lehnte sich gegen den Türrahmen und verschränkte die Arme. Dabei zog sich sein Hemd straff über den starken Schultern zusammen. Clayton widerstand dem Drang, eine Liste all der Dinge, die er mit Kelly tun könnte, anzufertigen. Dafür würde er mehr als einen Tag benötigen. Das ziehende Verlangen in seinen Eingeweiden schmerzte und er fragte sich mürrisch, ob er die Telefonnummer von Letzter Nacht vielleicht doch besser hätte behalten sollen.

„Stets zu Diensten. Sobald Maxie von seiner Mutter abgeholt wird, kannst du mit der Arbeit beginnen."

Kelly sah ihn merkwürdig an.

„Was?", fragte Clayton.

„Meine Schwägerin ist gestorben. Vor drei Wochen. Da ich für den Urlaub mit Liam sowieso schon eine Auszeit beantragt hatte, konnte ich bei Maxies Betreuung einspringen, da mein Bruder … nicht zurechtkommt."

Er sprach das *zurechtkommt* so vorsichtig und bedächtig aus, dass klar war, dass es sich um ein Ersatzwort handelte, und er eigentlich sagen wollte, dass sein Bruder nicht nüchtern, in der Nähe oder in der Lage war, die Situation zu bewältigen. So begnügte er sich mit *zurechtkommen* oder hätte es, wenn Clayton auch nur ein Wort geglaubt hätte.

„Sehr witzig."

Kelly beugte den Arm und kratzte sich den Nacken. Unsicher sah er ihn an. „Vermutlich, wenn man einen wirklich schwarzen Humor besitzt."

Clayton wartete, dass die Maske fiel und Kelly ihn mit einem Grinsen an dem Scherz teilhaben ließ. Nichts passierte. Mit einem Mal wurde ihm bewusst, dass er nie gefragt hatte, *warum* Kelly eine Auszeit genommen hatte.

„Das wusste ich nicht." Die Worte klangen steifer als beabsichtigt und durch den scharfen Unterton lieblos. „Das tut mir echt leid."

Kellys Mundwinkel hoben sich zu etwas einem Lächeln Ähnelnden. „Woher hättest du das auch wissen sollen?", sagte er. „Außerdem habe ich ja irgendwie darum gebeten mit dem ganzen Liam Witz. Mach dir deswegen keine Gedanken."

„Trotzdem." Clayton veränderte seine Position auf der Türschwelle. In seinem Anzug ging er in der schwülen Abendhitze fast ein. Manchmal vergaß er, wie heiß es in LA sein konnte. Sein Leben spielte sich in Gerichtssälen und Büros ab, die der Bequemlichkeit von Anzugträgern zuliebe über Klimaanlagen verfügten – oder aber in Nachtklubs, in denen der Schweiß einen Teil des Charmes ausmachte. Er widerstand dem Drang, an seinem Kragen zu zerren. „Wenn ich es gewusst hätte, hätte ich dich nicht gefragt. Ich kann jemand anderes finden."

Kelly schaute die Straße hinab. Sein Blick streifte über die Reihe der am Bordstein geparkten Autos: vom rostigen auf Klötzen aufgebockten Mustang, bis zu dem glänzend gelben Hummer, der halb in einem Garten parkte.

„Ich habe sie nicht sonderlich gut gekannt." Es klang wie ein Eingeständnis, als müsste er sich deshalb eigentlich schämen. „Mein Bruder ist … weg gewesen."

„Gefängnis?", fragte Clayton.

Urplötzlich richtete Kelly seine Aufmerksamkeit wieder auf ihn. Das verwunderte Stirnrunzeln schob seine Augenbrauen nach unten in Richtung Nase. „Was? Nein. Er ist nur arbeitsbedingt viel unterwegs."

Die Frage kam für Clayton fast ebenso überraschend wie für Kelly. Zu viele Geister heute. Dadurch fiel er in alte Gewohnheiten zurück. Dorthin, wo das Gefängnis oder ein drohender Gefängnisaufenthalt wegen Sex mit Minderjährigen zu den häufigsten Gründen zählte, wenn ein Familienmitglied „weg … ging."

„Wenn du meinst."

Maxie nieste in dem anderen Zimmer, bekam wieder einen Schluckauf und begann erneut zu schreien. Kelly schloss für eine Sekunde die Augen und stieß mit dem Kopf leicht gegen den Türrahmen.

„Glaub mir", meinte er, „ein Grund, der meine Brüder zwingt, ihren Beitrag hierzu zu leisten, ist genau das, was ich brauche."

Ein besserer Mensch hätte wahrscheinlich eine Diskussion begonnen oder die Ärmel hochgerollt und einen sehr teuren Anzug der Babyspucke geopfert. Clayton machte sich jedoch überhaupt keine Illusionen darüber, wer er war und konnte daher einfach gehen.

Natürlich taten das die meisten Leute irgendwann ebenfalls, nachdem der Glanz der Anerkennung für den Gutmenschen verblasst war. Wenn man Glück hatte, gingen sie.

„Sag Bescheid, falls du irgendetwas benötigst", forderte ihn Clayton auf. „Wenn ich mich nicht melde, wird es Heather tun."

Er schritt auf die Straße, schwang das Bein über das Motorrad und richtete es – den anderen Fuß auf den Bürgersteig gestützt – auf. Ein raues Lachen verfolgte ihn und er blickte mit kühl hochgezogener Augenbraue zu Kelly zurück.

„Ich habe dich immer für den eher austauschbaren Typ gehalten." Kelly stieß sich vom Türpfosten ab. Das dunkler werdende Licht der Abenddämmerung warf Schatten auf sein Gesicht. „Aber das Motorrad. Damit siehst du mehr …"

20

Doch bevor er den Satz beenden konnte, stieß Maxie ein Heulen aus, bei dem beide Männer zusammenzuckten. Es war ein gewaltiges Geräusch für einen so kleinen Körper.

„Geh lieber", forderte ihn Kelly auf und deutete über seine Schulter. „Ich bringe dich morgen auf den neusten Stand."

Er ging zurück ins Haus, die Tür schloss sich hinter ihm und Clayton blieb zurück und fragte sich, nach was ihn das Motorrad mehr aussehen ließ.

Nicht, dass das eine Rolle spielte. Clayton zerrte den Helm über seine Ohren und startete das Motorrad. Aber er wollte es trotzdem gerne wissen.

3

„OH SCHAUT euch nur diesen süßen Winzling an", gurrte Kathleen, als sie ihren Enkel von ihrem Sohn entgegennahm. Sie drückte ihm einen Schmatzer auf die vom Ausschlag gerötete Wange und zupfte an dem dreckigen Strampler, in den Kelly das Baby vor Verlassen des Hauses mit Schwierigkeiten gezwängt hatte. Zu dem Zeitpunkt war er allerdings noch sauber gewesen. „Was ist mit den hübschen Sachen passiert, die ich für ihn vorbeigebracht habe?"

Die ein Meter fünfzig kleine Kathleen Kelly war durch und durch eine irische Einwanderin der ersten Generation. Vierzig Jahre – zuerst in New York und dann in Nevada und Kalifornien von Stadt zu Stadt ziehend – hatten sie ihren Akzent nicht verlieren lassen. In Kellys Augen stellte das einen stillen Protest gegen die aggressive Art und Weise dar, mit der sein Dad Amerika und alles damit zusammenhängende willkommen geheißen hatte.

„Er hat sie vollgespuckt, Mom", erklärte Kelly, während er die Tasche mit den Babysachen von der Schulter gleiten ließ und auf den Tisch stellte. „Bekomme ich einen Kaffee?"

Sie schnalzte missbilligend. „Du weißt doch, dass ich keine künstlichen Genussmittel in meinem Haus dulde", stellte sie klar und kitzelte Maxie unter dem Kinn. Das Baby starrte sie misstrauisch an. „Sie sind nicht gut für dich. Es ist mir egal, was die Ärzte sagen. Seit wir das gesamte Koffein von seinem Speiseplan gestrichen haben, führt sich Byron nicht mehr so auf."

Kelly kratzte an der alten Narbe in seiner Augenbraue. „Oder aber er lässt sich einfach nicht mehr erwischen."

„Fang nicht damit an", Kathleen hob einen Finger – den Warnfinger hatten sie ihn als Kinder genannt – und wedelte damit über Maxies Kopf. „Du bist auf deinen Bruder zugegangen, kümmerst dich um Maxie. Mach das jetzt nicht zunichte, in dem du euren alten Kindheitsstreit wieder hervorkramst. Byron konnte echt schwierig sein mit seinen … Aufmerksamkeitsproblemen, aber du warst ein kleiner Verräter. Letztlich war einer so schlimm wie der andere."

Manche Mütter behaupteten, sie würden alle ihre Kinder gleich lieben. Kathleen sagte eher: „Ich habe es geschafft, euch alle gleich zu lieben, trotz allem." Als Kind hatte Kelly das verrückt gemacht, da er sich der Ungerechtigkeit bewusst gewesen war. Inzwischen machte eine Diskussion darüber jedoch keinen Sinn mehr. Kathleens verkalkte Erinnerung an ihre Kindheit bestand aus verschorften Knien und Streichen.

„Kein Kaffee also?", fragte Kelly erneut.

22

Das war der Geheimcode, den alle in der Familie kannten. Früher hatte er ihnen zu einem Bonbon oder einer Limo aus Moms geheimem Versteck verholfen. Heutzutage ging es um Kaffee oder ein Bier. Nicht jedes Mal klappte es. Manchmal hatte man auch Pech. Kathleen musterte ihn aufmerksam, bemerkte die Augenringe und wurde weich.

„Möglicherweise steht eine Dose unter der Spüle." Um sich nicht selbst in den Rücken zu fallen, fügte sie hinzu: „Mrs Lowry hat sie vorbeigebracht. Ich konnte sie ihr ja schlecht wieder mitgeben, oder?"

Sie nahm die Tasche mit den Babysachen vom Tisch und ging, sie von der Ellenbogenbeuge baumeln lassend, Richtung Treppe. Maxie zappelte und schrie auf ihrem Arm. Kelly musste sich zusammenreißen, um ihr nicht zu sagen, dass das Baby es nicht mochte, so gehalten zu werden und dass es sich gerne hin und herschlängelte.

Dabei wusste er nicht wirklich etwas über Babys. Bis zu Maries Tod hatte seine einzige Erfahrung diesbezüglich darin bestanden, die propperen, ruhigen Bündel auf den Arm zu nehmen, die ihm seine Schwägerin „zum kurz Halten" gereicht hatte. Sie waren alle entspannt und freundlich und schwer von Muttermilch und Babyspeck gewesen. Ganz anders der aus Blähungen und Spucke bestehende drahtige Maxie.

Kathleen redete auf dem Weg nach oben in Babysprache auf ihren Enkel ein. „Wir werden schon süße kleine Anziehsachen für dich finden, was? Du wirst das bestangezogene Baby im ganzen Land. Und wir besorgen dir eine Decke, damit dir nicht kalt wird. Wir wollen ja nicht, dass Omas kostbares Baby friert."

„Wir sind in Kalifornien, Mom", schrie Kelly hinauf.

„Und wie viele Kinder hast du schon großgezogen?"

Damit hatte sie wohl recht. Kelly ging in die Knie, um sich im Schrank unter der Spüle zwischen Flaschen mit Bleichmittel und antibakterieller Seife auf die Jagd nach dem Kaffee zu begeben. Kathleen mochte die Familie mit Bioprodukten ernähren, doch ihr war noch nie ein chemisches Reinigungsmittel begegnet, das ihr nicht gefallen hätte. Je stärker desto besser. Es handelte sich vermutlich nicht um den besten Platz zur Kaffeeaufbewahrung, doch da stand die staubige Dose mit dem Instantkaffee: ganz hinten, unter einem alten Polierlappen mit Wachsflecken.

Er stellte den Wasserkocher an und holte eine Tasse aus dem Schrank. Er war inzwischen fast dreißig Jahre alt und seine Kindheit schien lange zurückzuliegen, doch hier hatte sich nichts verändert. Der Stecker des Wasserkessels steckte immer noch in derselben Steckdose, die Tassen standen noch im gleichen Schrank und es waren immer noch die Gleichen. Die mit dem Logo des LAPD – des Los Angeles Police Department – aus denen er schon als Kind getrunken hatte.

Selbst das Familienfoto am Kühlschrank hing immer noch dort, als er die Milch holen ging. Es wurde von dem verblassten „Schönen Muttertag" Magneten gehalten, den ihr einer von ihnen als Kind geschenkt hatte. Alle sechs Kelly-Jungs hockten in ihren LAPD-Baseballtrikots im Gras, während Dad im Hintergrund grinste.

Der siebte Kellyjunge schüttete sich eine Überdosis aromatisierten Kaffeeweißer in seinen Kaffee und stieß die Kühlschranktür zu. Schau sich einer das an. Sogar sein alter Kindheitsgroll war noch genau dort, wo er ihn zurückgelassen hatte und nicht völlig unter den Teppich gekehrt.

Er drehte dem Kühlschrank den Rücken zu und zog sich gerade einen Stuhl unter dem Küchentisch hervor, als jemand an der Eingangstür klopfte.

„Machst du bitte auf, Schatz?", rief Kathleen von oben.

Schnell nahm er einen Schluck Kaffee, verzog angesichts des Geschmacks das Gesicht – zu viel Süßstoff – und rief: „Klar."

Es konnte kein Familienmitglied sein. Sie benutzten immer die Hintertür. Auf dem Weg den Flur hinunter kämmte sich Kelly schnell mit den Fingern durch die Haare und überprüfte sein Shirt auf Flecken. Eine ihm irgendwie vage bekannt vorkommende Frau stand mit einer Auflaufform in den Händen vor der Tür. Das Metallblau ihrer Uniform wirkte im Sonnenlicht unter dem Vordach irgendwie greller.

„Oh", zwitscherte sie überrascht. Sie versuchte, eine Hand von der Form zu nehmen, um sich die Fliegersonnenbrille ins Haar zu schieben. Aus einem sommersprossigen Gesicht blinzelten ihn große grüne Augen an. „Hi. Ich bin Officer Andrews. Ich arbeite mit Ihrem Bruder zusammen?"

„Welchem?"

Sie bekam Grübchen. „Guter Einwand. Sie müssen .."

„Der sein, der kein Cop ist?", beendete Kelly den Satz für sie. „Ja, das bin ich. Ist das für Mom?"

Andrews blickte hinab auf den Auflauf, als hätte sie vergessen, dass er existierte. Ihr Gesicht lief rosa an. „Oh, äh, ja. Beim letzten Barbecue hat er ihr gut geschmeckt und ich weiß ... nach allem, was passiert ist ...“

Kelly trat einen Schritt zurück und winkte sie durch die Eingangstür herein. Sobald sie im Haus war, nahm er ihr die Form ab und rief nach oben:

„Mom, Officer Andrews ...“

„Claire", murmelte sie.

„Claire ist vorbeigekommen."

Die Geschwindigkeit, mit der Kathleen – den quäkenden Maxie in einem hellblauen Kokon aus Angora auf dem Arm – wieder die Treppe heruntereilte, verriet, dass sie ein Auge auf die arme Claire geworfen hatte. Schließlich hatte sie laut der letzten Zählung noch zwei unverheiratete Söhne. Das zählte.

Kelly schnaubte über sein leichtes Selbstmitleid, als Kathleen Claire umarmte und jede Menge Trara darum machte, wie hübsch ihr Haar doch wäre, nachdem sie es hatte schneiden lassen. Er war ein erwachsener Mann. Er brauchte nicht der Liebling seiner Mutter sein. Außerdem: Mom mochte zwar mit seinem Schwulsein klarkommen, das bedeutete aber nicht, dass sie ihrem Männergeschmack traute.

Vermutlich würde sie einen netten irischen Kerl wie Ian für ihn aussuchen – mit irischem Akzent und Backkenntnissen, jemanden, den der Rest der Familie nicht als Bedrohung sehen würde. Und sie könnte mit seiner Familie daheim korrespondieren. Statt einen was? auszusuchen, fragte sich Kelly ironisch. Einen großen nüchternen amerikanischen Scheidungsanwalt mit rasiermesserscharfen Wangenknochen und noch schärferen Klamotten?

Wie immer klinkte sich seine Libido mit einem begeisterten Ja ein. Das feuchte Interesse angesichts dieser Vorstellung breitete sich wie warmer Honig in seiner Leistengegend aus.

Sein Schwanz zuckte und er biss die Zähne zusammen. Das hier war kaum der richtige Zeitpunkt, um sich Fantasien über den unerreichbaren Clayton Reynolds hinzugeben.

Das hatte er bereits letzte Nacht mit seiner eigenen ungeduldigen Hand in Decken verheddert getan und dabei ein sonderbar halbwüchsiges Schuldgefühl verspürt, weil sich ein Baby im Haus befand.

Genug. Er riss sich von dem Gedanken an den feuchten Abgrund seines … was? los. Kein Schwarm. Er wollte nicht Claytons stachelige Hülle abziehen und die nettere Person darunter finden. Er wollte nur, dass das Arschloch ihn – ab und zu – in die Matratze drückte und ihn raffiniert fickte. Möglicherweise also ein Problem, aber kein Schwarm. Was auch immer es war, er schob es in seinem Kopf nach ganz hinten – so, wie die Auflaufform in den Kühlschrank.

Talley, Baker and Jenks waren die besten Kunden seiner Firma. Ein One-Night-Stand mit Clayton – ganz egal, wie heiß er in dem blöden Anzug auf dem Motorrad ausgesehen hatte – war das Risiko nicht wert, das aufs Spiel zu setzen.

Wahrscheinlich.

Er schloss den Kühlschrank, und weil er ein gut erzogener Kellyjunge war, setzte er Wasser auf und spülte die verräterische Kaffeetasse schnell unter dem Wasserhahn aus.

„Sehen Sie?", sagte Kathleen, als sie Claire mit sich in die Küche zog. „Ich habe doch gesagt, dass es überhaupt keine Umstände macht eine Tasse Tee zu kochen. Setzen Sie sich. Setzen Sie sich."

Mit einem hilflosen Lachen gab Claire auf und nahm am Tisch Platz. Sie blickte auf die Uhr.

„Ich habe eine halbe Stunde Zeit", gab sie zu. „Also, wie geht es Bry? Ich habe ihn nicht mehr gesehen, seit er wieder arbeitet. Ich weiß, dass er und Marie …"

„Getrennt waren", beendete Kathleen den Satz. Während sie sprach, ließ sie Maxie in ihren Armen hüpfen. „Seit beinahe einem Jahr. Ich wusste immer, dass es nicht gut ausgehen würde. Die arme Marie ist nie mit seiner Undercoverarbeit, und damit, dass er nicht jeden Abend nach Hause gekommen ist, klargekommen. Trotzdem habe ich nicht mit einem solchen Ende gerechnet. Es war so ein tragischer Unfall, aber sie hätte nicht so spät abends ausgehen und dann noch fahren sollen."

Oder so betrunken, doch das gehörte nicht zu Kathleens Geschichte. So wie in Bezug auf die Kindheit ihrer Söhne, sah sie auch hier die Dinge mit anderen Augen.

„Mom, ich muss los", erklärte Kelly. „Ist es wirklich okay, wenn du heute auf Maxie aufpasst?"

„Natürlich." Kathleen blickte hinab und strahlte Maxie an, als wäre er das süßeste Baby der Welt. „Maxie und ich werden Claires wunderbaren Besuch genießen."

„Okay, ich hole ihn heute Abend wieder ab. Schön, Sie kennengelernt zu haben, Claire."

„Sie auch, ähm …" Sie stockte bei seinem Namen. Kathleen nutzte die Gelegenheit, um ihr das Babybündel in die Arme zu schieben. Claire erbleichte und hielt die Arme stocksteif, als Maxie wie immer bei einer neuen Person anfing, sich aggressiv hin- und herzuwinden und sich aufzubäumen. „Oh nein, Kathleen. Ich kann …"

„Nur eine Sekunde meine Liebe. Ich muss kurz mit meinem Sohn reden."

Kelly ging in den Garten hinaus. In zwei großen Pflanzkübeln, die mit den alten Zigarrenstummeln seines Dads dekoriert waren, wuchsen verholzte Kräuter.

Die Sonne war so hoch gestiegen, dass sie den letzten Rest feuchten Morgennebel verbrannt hatte und der Himmel ein mattes, permanentes Blau besaß. „Claire ist ein nettes Mädchen, findest du nicht?", fragte Kathleen und zog die Tür hinter sich zu. „Ich habe gehört, dass das Raub- und Morddezernat bereits einen Blick auf sie geworfen hat, nachdem sie bei ein paar Fällen mit ihnen zusammengearbeitet hat."

„Mom …"

„Sie ist eine Freundin. Byron darf doch schließlich Freunde haben, oder nicht?", fragte sie herausfordernd.

„Wann war Byron jemals mit einer Frau befreundet?"

Den Punkt konnte Kathleen nicht abstreiten. Seit der Pubertät lautete Byrons Motto, dass Männer und Frauen keine Freunde sein konnten. Daher schnalzte sie nur mit der Zunge und wischte das Thema mit einer Handbewegung weg.

„Dein Dad weiß wirklich zu schätzen, dass du so auf Byron zugehst und ihm hilfst", meinte sie. „Wie du weißt, wird er dir das niemals selber sagen, aber das tut er."

Kelly nickte. Er hasste dieses halbherzige Lob seines Dads aus zweiter Hand. Damit fühlte er sich immer noch wie ein kleines Kind, das gerade einen Klaps auf den Rücken bekommen hat. „Wie geht es ihm?"

„Oh, ihm geht's gut. Er hat den Schreibtischdienst langsam satt. Vielleicht kann ich ihn endlich überzeugen, in Rente zu gehen. Wirklich Schatz, ihm geht's viel besser. Dieses Mal hält er sogar seine Diät ein."

„Gut."

„In ein paar Wochen werden wir ein Barbecue veranstalten und hätten gerne alle unsere Söhne dabei. Es werden nur die Familie, ein paar Freunde und einige alte Arbeitskollegen deines Vaters kommen."

Sie machte eine hoffnungsvolle Pause.

Dads Arbeitskollegen. Das war ein weiterer Familiencode – ein neuerer. Er bedeutete: „Du kommst doch alleine, oder?" und „Uns stört nicht, dass du schwul bist, aber … nicht jeder versteht das", und „Wir lieben dich, kannst du deshalb nicht uns zuliebe lügen?"

Kelly schluckte den bitteren Geschmack auf seiner Zunge hinunter, denn was sollte das schon bringen.

„Natürlich", stimmte er zu. „Es ist schon eine ganze Weile her, seit wir alle zusammen waren."

Kathleen lachte erleichtert auf, weil er keine Szene machen würde. Sie drückte seinen Arm. „Weihnachten. Kannst du das glauben? Alle meine Söhne leben in der gleichen Stadt und trotzdem sehen wir uns kaum."

Tja, dafür gab es eine ganze Menge Gründe.

„Ich weiß, Mom." Er küsste sie auf die Wange. „Schwer zu glauben. Bis später."

HÄTTE KELLY Claytons Geld genommen, hätte er nach der Hintergrundrecherche ein schlechtes Gewissen gehabt. Es gab leicht zu verdienendes Geld und es gab James „Jimmy – das Brecheisen" Graham. Der Kerl stellte seine Gesinnung offen zur Schau.

Da Larry es mitbekommen würde, wenn er mit einem Bericht in der Hand in der Kanzlei auftauchte, verabredete er sich mit Clayton an einem Imbisswagen am Ende der Straße. Nach Ansicht einer listigen, leisen Stimme in seinem Kopf sah das nach einer Art Date aus. Er ignorierte sie jedoch und nahm seinen Burger von dem putzmunteren, breit lächelnden Mädchen hinter der Heizplatte entgegen. Er konnte die Hitze des Burgers durch die Pappverpackung spüren. „Hoffentlich schmeckt Ihnen Ihr Angry Burger nicht, Sir", sagte das Mädchen fröhlich und wünschte ihm mit einem zackigen Salut: „Mögen Sie daran ersticken!"

Kelly steckte trotzdem Geld in den Trinkgeldbehälter. Das gehörte zur Show. Miss Ann Throphy's Burgers – Bedienung mit Verwünschungen. Als Kalifornier gewöhnte man sich nur schwer daran, doch die Burger waren es wert. Er überließ es dem verwirrten Kunden in der Schlange hinter sich, die kratzbürstige Bestellung zu überstehen und zog sich an einen der Klapptische auf der breiten Bürgersteigkurve zurück. Die hohen verspiegelten Gebäude reflektierten glitzernd das strahlende Blau des Himmels. Ein unter einem Baum herumlungernder Obdachloser sorgte für dröhnende Musikbeschallung.

Kelly packte den bereits in zwei Hälften geschnittenen Burger aus. Saft und scharfe Sauce ließen seine Finger glitschig werden. Das Brötchen war schwarz –

man konnte zwischen Kohle oder Tintenfischtinte wählen, doch Kelly war es egal gewesen. Die beiden Hamburgerpatties waren vor dem Grillen in Kaffee mariniert worden. Kelly nahm einen Bissen. Er wusste nicht, ob er den Geschmack mochte, wollte jedoch noch einen Bissen.

„Das sieht eklig aus", stellte Clayton über seine Schulter hinweg fest.

Überrascht zuckte Kelly zusammen und verschluckte sich dabei an halb gekautem Kaffeefleisch. Scharfe Sauce brennt noch stärker, wenn sie in die falsche Röhre gerät. Hustend griff er nach seiner Wasserflasche, während er sich umdrehte, um Clayton anzusehen.

„Es schmeckt köstlich", erklärte er hinter vorgehaltener Hand. Nachdem er geschluckt hatte, grinste er Clayton schief an. „Noch besser, wenn du dich nicht daran verschluckst."

„Hoffentlich achtest du bei deinen Observationen besser auf deine Umgebung." Clayton nahm ihm gegenüber Platz. Einen kurzen Moment legte er den Kopf in den Nacken und genoss mit geschlossenen Augen die Sonne. Sein Haar glänzte golden. Dann schob er seinen Stuhl in einen Streifen Schlagschatten. „Das hat ja nicht lange gedauert."

Kelly legte den Umschlag zwischen sie auf den Tisch. „Ich bin noch nie bei einer Observation erwischt worden", behauptete er. Das war eine Lüge. Jeder wurde mal erwischt. Dafür sorgte schon Murphys Gesetz. Da gab es eine höhere Gewalt: Eine verärgerte Frau hielt dein Auto für das ihres fremdgehenden Exmannes oder irgendetwas ließ die Zielperson die Nerven verlieren. Kelly beruhigte sein Gewissen mit einem nachgeschobenen stummen „Na ja, in letzter Zeit" – das immer wie das seines Dads klang. „Und deine Klientin hat einen Drecksack geheiratet. Mann, der Dreck war einfacher zu finden als der Sack."

Beim Durchblättern des Berichts bildete sich eine steile Falte zwischen Claytons geraden, sandfarbenen Augenbrauen. Kelly beobachtete ihn. Eines Tages würde er herausfinden, was *genau* Clayton Reynolds an sich hatte, das sich nicht ignorieren ließ.

Clayton war eindeutig attraktiv. Sein ernstes, scharfkantiges Gesicht hätte in ein europäisches Schloss oder in einen Westernfilm gepasst – nur scharfe Kanten und Entschlossenheit. Seine Schultern waren breit, die Hüften schmal und die Beine wirkten in dem maßgeschneiderten dunkelblauen Anzug meterlang. Das alles erklärte, warum Kelly der Mund trocken wurde und er schmutzige Gedanken hatte; aber nicht, warum ihm Clayton nicht aus dem Kopf ging.

Er arbeitete mit jeder Menge attraktiver Männer zusammen: Männern, denen er einen aufmerksamen zweiten Blick schenkte. Sie schafften es jedoch nicht in seine Fantasien und nahmen keinen Platz in seinen Gedanken ein. Sicherlich steckte nicht mehr dahinter als ein Bedürfnis, das befriedigt werden wollte. Clayton stellte zweifellos einen guten Fang dar, allerdings nicht für Kelly.

Er fing nichts mit anstrengenden, zurückhaltenden Männern an, die ihre Gefühle tief im Inneren verbargen, dort, wo sie niemand sehen konnte. Seine Lover waren gutmütig und unbeschwert. Die Art Männer, die nichts von dir fordern, aber trotzdem mit dir zusammen sein wollen.

Bis sie das nicht mehr wollten. Doch selbst dann herrschte kein Groll.

Eines Tages würde er herausfinden, warum ein großer, schlaksiger, messerscharfer Mann – nicht das, was er wollte, nicht das, was er brauchte – es geschafft hatte, Kelly unter die Haut zu gehen. Allerdings wohl nicht heute. Kelly nahm einen Bissen von seinem Burger. Er hatte gerade zu kauen begonnen, als Clayton vom Bericht mit Jimmys Dummheiten aufblickte.

„Was hältst du von ihm?"

Kelly schluckte angestrengt und wischte sich mit einer Serviette die scharfe Soße vom Mund. Die Schärfe klang auf seiner Zunge nach, sodass er noch einen Schluck Wasser nahm, während er sich von seinen schmutzigen Gedanken losriss.

„Auf dem Papier sieht es so aus, als sei sie in einer günstigen Position", erklärte Kelly. „Auch ohne den gebrochenen Arm hat sie jede Menge Gründe, ihn zu verlassen. Das Sorgerecht zu bekommen, sehe ich nicht als Problem, falls er vor Gericht geht."

„Falls?", fragte Clayton nach. „Denkst du, sie ist in Gefahr?"

„Er hat ihr den Arm gebrochen. Und für ihn steht mehr als nur sein Stolz auf dem Spiel." Kelly wischte sich die Hände an den Jeans ab, beugte sich vor und blätterte zurück. „Schau. Das Haus läuft auf ihren Namen. Es gibt keine Bankkonten oder Kreditkarten. Wahrscheinlich wickelt er seine gesamten Geschäfte ohne ihr Wissen über ihre Konten ab. Sollte sie ihn verlassen, läuft er Gefahr viel zu verlieren. Und wir sprechen hier nur von seinen Finanzen. Seine Partner sind … unangenehme Menschen. Wenn ihre Geschäftsinteressen mit seinen verstrickt sind, könnte es Auswirkungen auf sie haben."

Clayton machte einen unzufriedenen, jedoch nicht überraschten Eindruck. Er wusste besser, was diese Fakten bedeuteten als Kelly.

„Verdammt." Er schob den Hefter wieder in den Umschlag und lehnte sich zurück. Sein Kiefer war so angespannt, dass es aussah, als würden sich die spitzen Gelenke durch die Haut bohren. „Ich habe gehofft, dass sie nur Angst vor ihm hat."

Kelly brauchte das Offensichtliche nicht laut auszusprechen: dass andere Menschen Angst vor Jimmy Graham hatten. Es stand in dem sachlichen Schwarz-Weiß seines Berichts, das Rot versteckt unter den trockenen Fachausdrücken der Anklagen: Körperverletzung, Freiheitsberaubung, Drogenbesitz mit Handelsabsicht, Nötigung. Er war kein netter Mann. Wenn es bei dem gebrochenen Arm blieb, hatte sie mehr Glück als die meisten anderen Menschen in seinem Dunstkreis.

Er schob den Karton mit der ungegessenen Burgerhälfte wie einen fettigen Protein Trostpreis über den Tisch.

„Falls du Hunger hast."

Nach einem wenig begeisterten Blick schob Clayton ihn zurück. „Ich bin Vegetarier."

Kelly klappte die Packung zu und zog sie zurück auf seine Tischseite. Ja, das war echt wie ein Date. Sonderbar. Ein Mann mittleren Alters in einer Batikshorts, für die er nicht wirklich den Körper besaß, rollte auf seinen Inlineskates an ihnen vorbei. Die Räder klapperten auf dem Asphalt.

„Soll ich noch mehr über Mr Graham herausfinden?", fragte Kelly.

„Hast du denn etwas vergessen?" Clayton nahm den Umschlag hoch. Eine Sekunde später verzog er entschuldigend das Gesicht. „Entschuldige. Noch nicht. Es besteht keine Notwendigkeit, noch mehr Zeit zu investieren, bevor sich Nadine nicht entschieden hat, ob sie es angehen will oder nicht."

„Wie du meinst."

„Auf jeden Fall vielen Dank hierfür." Clayton hielt den Umschlag hoch. „Das weiß ich echt zu schätzen."

„Sag Bescheid, falls du etwas benötigst", forderte ihn Kelly auf und grinste. „Zu den gleichen Bedingungen."

Clayton schenkte ihm den verkrampften Abklatsch eines Lächelns. „Dazu wird es vermutlich nicht kommen", sagte er und erhob sich. „Nicht dieses Mal. Wahrscheinlich nicht das nächste Mal. Vielleicht nie."

Das raue Kratzen in seiner Stimme überdeckte die übliche Höflichkeit. Etwas, das zu aufrichtig war, um es zu verbergen? Es ging Kelly überhaupt nichts an, doch er fragte trotzdem.

„Dieser Fall … diese Klientin hat dich wirklich berührt. Warum?"

Clayton stand in der Sonne, den schrottreifen Imbisswagen im Rücken und richtete die Manschetten seines teuren Anzugs. Es wirkte wie ein Fotoshooting für den Steckbrief in einem Hochglanzmagazin. Blättere um und du findest ein Foto von ihm mit hochgerollten Ärmeln, auf dem er eine Tasse exklusiven Kaffees trinkt.

Das Raue blieb in seiner Stimme – etwas Echtes unter der Politur.

„Wenn Kinder schon Angst vor etwas haben müssen, dann vor der Dunkelheit und Monstern unter dem Bett. Nicht vor ihren Eltern." Er stoppte und verzog den schmalen Mund zu einem Grinsen. Mit dem Briefumschlag schlug er sich gegen das Bein. „Das und ich verliere nicht gerne."

Nach einem letzten Winken mit dem Umschlag ging er. Kelly beobachtete, wie er sich entfernte, und fragte sich, was Clayton so gut zusammengefaltet unter seinen gebügelten Hemden und exzellenten Anzügen versteckt hielt.

4

EGAL, WIE viel Putzmittel am Ende des Tages auf dem Boden verteilt wurde, das Fitnessstudio roch immer nach alten Socken, Schweiß und Hintern. Kellys Vermutung nach hatten sich die meisten Boxer so oft die Nase gebrochen, dass es sie nicht kümmerte.

Kelly tänzelte auf dem Ringboden rückwärts, die Hände in den Handschuhen bis zum Kinn gehoben, als Cole von den Seilen zurückschnellte. An Coles Kinn befand sich Blut, das er mit dem Arm wegwischte. Er grinste mit blutigen Zähnen und verfolgte Kelly.

Die Sportskanonen am Rand spotteten gutmütig „steh auf und kämpf" und „zeig uns dein hübsches Gesicht", während Kelly vorsichtig zurückwich. Der hinter seine Schutzbrille rinnende Schweiß brannte in seinen Augen und er blinzelte ihn weg.

Mit dem Unterarm blockte er eine harte Linke ab. Die Erschütterung strahlte bis in seine Schulter aus. Er versetzte Cole einen Hieb in den Magen und erntete dafür ein schmerzerfülltes Knurren, eine kurzzeitige Siegesgewissheit und einen Schwinger aus dem Nichts, der ihn umwarf.

„Hur…"

Cole stupste ihm den Zeh in die Rippen. „Denk an deine Erziehung."

Cole klemmte sich den Handschuh zwischen Rippen und Ellenbogen, um ihn abzuziehen. Dann streckte er Kelly die Hand entgegen und wackelte auffordernd mit den Fingern. Grunzend nahm Kelly die Hilfe an. In seinen Ohren klingelte es und durch den abrupten Positionswechsel von der Bauchlage in die Senkrechte geriet sein Magen ins Schlingern. Eine Sekunde war er überzeugt, Maxie-gleich einfach auf seine eigenen Füße zu kotzen.

Doch Coles Klaps auf die Wange, der sich seine Aufmerksamkeit sichern wollte, verhinderte das. Er hielt Kelly den Mittelfinger vor die Nase.

„Wie viele Finger sind das?", wollte er wissen.

Idiot. Kelly versetzte ihm einen Schubs, damit der verschwitzte Körper aus seiner Reichweite kam.

„Du musst wissen, in meinem Fitnessstudio gibt es einen Boxgymnastikkurs", murmelte er, sich das Kinn reibend. „Ich könnte auch dorthin gehen."

Lachend packte ihn Cole an der Schulter und bugsierte ihn aus dem Ring.

„In einem Boxgymnastikkurs lernst du nicht, wie man einem Schlag ins Gesicht ausweicht." Er versetzte Kelly einen freundschaftlichen Schlag auf den Hinterkopf. „Und deine Visage bettelt geradezu um Schläge."

Kelly duckte sich weg und krabbelte unter den Seilen durch. Er zog sich die Handschuhe aus und schnappte sich eine Flasche kaltes Wasser von einer der herumlungernden Sportskanonen. Die Flasche hatte kein Etikett und der Inhalt schmeckte nach Leitungswasser. Die Hälfte trank er in einem Zug aus. Damit wäre ungefähr ein Drittel seines Flüssigkeitsspeichers wieder aufgefüllt – alles, was er ausgeschwitzt hatte, weil er sich von Cole hatte verprügeln lassen.

Er beugte sich tief nach unten, stützte die Hände auf die Knie und versuchte, wieder zu Atem zu kommen. Seine Rippen schmerzten, sein Kiefer tat weh. Er fühlte sich, als hätte er zehn Runden mit Conor McGregor geboxt anstatt zwanzig Minuten mit einem Vierzigjährigen. Möglicherweise – nicht, dass er das laut zugeben würde – war er etwas außer Form.

„Das sagt der Richtige." Er drückte sich hoch und schaute hinüber zu Cole, dessen langer, schlanker Körper über den Seilen baumelte. „Dein hübsches Gesicht wird immerhin nur durch Klammern zusammengehalten."

Jeder andere hätte sich dafür eine gefangen. Nicht wegen der Erwähnung der Operation, sondern wegen der Bezeichnung hübsch. Da die Bemerkung jedoch von seinem kleinen Bruder gekommen war, grinste Cole lediglich und wischte sich das Blut vom Kinn.

„Der Fluch der Männer in unserer Familie", stellte er leichthin fest, schob sich durch die Seile und sprang hinab. Er schlang einen Arm um Kellys Nacken und drückte ihm einen schmatzenden Kuss auf die Schläfe. „Was glaubst du denn, warum Dad aus Irland weg musste? Sein Gesicht brauchte eine Erholung. Komm. Nimm die lächerliche Brille ab und wir gehen zusammen ein Bier trinken."

„WIE KOMMST du klar?", wollte Cole wissen, während er ein Pint Guiness über den Tisch schob. Schaum tröpfelte an den Seiten hinab und durchnässte den Untersetzer. Cole drehte einen Stuhl um, setzte sich breitbeinig darauf und trank einen genüsslichen Schluck von seinem eigenen Bier.

„Mit Maxie und du weißt schon … wegen Liam."

Kelly fuhr mit dem Daumen am Glas hinauf, um einen Ring aus dem Schaum zu bilden. Er mochte Guinness nicht einmal sonderlich gerne – er bevorzugte Bier, das er nicht kauen musste – doch das Geständnis würde mehr Diskussionen auslösen als sein Schwulsein.

Okay. Vielleicht auch nicht. Das hier war schließlich Coles und sein Ding. Sie boxten zusammen. Sie gingen zusammen auf ein Bier. Als Cole zwanzig und Kelly zehn gewesen war, hatten sie damit angefangen. Damals hatten sie Ginger Ale getrunken. Kellys Meinung nach war es heute genau wie früher. Er war kein sonderlich schlaues Kind gewesen. Inzwischen tranken sie Bier und Cole fragte nach Dingen, nach denen er lieber nicht gefragt hätte.

„Liam hat mich gebeten, mit ihm zurückzugehen. Nach Irland. Ich habe darüber nachgedacht."

32

„Jaysus", stieß Cole aus. Sein irischer Akzent verstärkte sich. Er war nie dort gewesen, hatte ihn jedoch von Mom und Dad übernommen, bevor ihn die Jahre in Amerika abgewetzt hatten. „Mom hätte sich umgebracht."

Kelly zuckte zusammen. „Das ist nicht witzig." Er nahm einen Schluck von dem dickflüssigen Hefebier und stellte das Glas behutsam wieder in den Ring, den es auf dem Untersetzter hinterlassen hatte. „Es hätte Sinn gemacht, mitzugehen. Schließlich habe ich ihn wirklich gerne gemocht."

„Man zieht nicht in ein anderes Land, nur weil man jemanden mag", warf Cole ein. „Man zieht um, weil man unmöglich alleine an dem alten Ort wohnen bleiben kann."

„Ach verdammt." Kelly lümmelte sich wieder in seinen Stuhl und nuckelte an seinem Guiness. „Das hast du schön gesagt."

Ein breites Grinsen, bei dem seine Zähne sichtbar wurden und sich Lachfältchen in seinen Augenwinkeln bildeten, erschien in Coles Gesicht. Er besaß zwar die gleichen grauen Augen und das gleiche zu Gold statt Grau verblassende rotblonde Haar, lächelte jedoch viel öfter als Dad.

„Ja, nicht schlecht", stimmte er zu. „Was hast du ihm geantwortet?"

Kelly stieß seufzend den Atem aus den aufgeblähten Wangen. „Gewartet, bis er gemerkt hat, dass ich mir kein Ticket besorgt habe und ihn dann darauf hingewiesen, dass ich nicht mitwill?"

Cole verzog das Gesicht und bemühte sich, nicht zu entsetzt auszusehen. Das gelang ihm nicht ganz. „Das ist immerhin ein Ansatz."

„Genau. Das hätte ich besser hinbekommen können."

„Du hättest mit mir darüber reden können." Cole verschränkte die Arme hinter der Stuhllehne und grinste verschlagen. „Ich kann gut mit Wörtern umgehen, wenn schon sonst nichts."

Kelly zuckte mit den Schultern. „Du hättest gesagt, dass ich nicht gehen soll."

„Ich hätte recht gehabt. Du bist nicht gegangen."

Darum ging es gar nicht, doch Kelly ließ das Thema trotzdem fallen. Manche Dinge waren die Aufregung nicht wert.

„Maxie ist heute Abend also bei seinem Vater?", fragte Cole. „Wie klappt das?"

„Sehr gut. Byron meinte, dass er den Abend mit ihm bei Will und Molly verbringen würde. Ich habe Maxie vorhin dorthin gebracht." Er zog sein Handy hervor, um nachzusehen, ob er irgendwelche neuen Nachrichten von seinem zweitältesten Bruder und dessen zweiter Frau bekommen hatte. „Natürlich: Er ist verschwunden. Molly bringt mir Maxie morgen zurück."

„Das ist sein Job", sagte Cole seufzend. „Es ist schon schwer genug, Polizist zu sein. Die Arbeit als verdeckter Ermittler ist doppelt so hart. Byron kann nicht einfach so einen Abend freinehmen – nicht, wenn er dadurch seine Deckung gefährdet oder eine Spur verliert. Das weißt du."

„Es ist sein Sohn." In dem Versuch, die Worte aus seiner Kehle zu spülen, nahm Kelly noch einen Schluck Guiness. Es funktionierte nicht. „Er könnte einen Abend freinehmen. Die Dienststelle kann ihn rausnehmen, wenn er das will."

Das wich vom Protokoll ab, wie sie beide wussten.

„Mom hat erzählt, dass du Maxie letzte Woche einen Tag bei ihnen gelassen hast", wechselte Cole das Thema. „Sie meinte, dass du einen Job hast? Ich dachte, du hättest eine Auszeit genommen?"

„Es schien ihr nichts auszumachen."

„Das hat es nicht", behauptete Cole. „Aber wie du weißt, kann sie nicht lange auf Maxie aufpassen. Bei Dads Gesundheitszustand kann sie sich nicht auch noch um ein Baby kümmern."

„Dad war arbeiten."

„Ja, aber du weißt, dass Dad im Moment nicht in der Lage ist, sich um Maxie zu kümmern. Das führt nur zu einem Streit mit Mom über Byron und … alles und den Stress kann er wirklich nicht gebrauchen. Wir wollen doch schließlich nicht, dass er wieder ins Krankenhaus muss, oder?"

„Nein."

Cole streckte die Hand über den Tisch und umfasste liebevoll Kellys Nacken. „Ich weiß, dass es nicht fair ist. Okay? Byron wird schon wieder zu sich finden, Mom wird ihn mit einer Frau verkuppeln, die Maxie eine neue Mom sein kann und dann wird alles entspannter. Falls du mal eine Pause brauchst, ruf Wilde oder mich an und sag deinen Vorgesetzten, dass sie zur Hölle fahren sollen. Schließlich bedeutet es nicht das Ende der Welt, wenn irgendein Ehemann fremdgeht."

„Du weißt aber schon, dass meine Arbeit aus mehr besteht, oder?", wollte Kelly wissen.

Cole lachte und ließ ihn los. „Ich weiß. Ich weiß, wie hart du arbeitest, Junge. Aber es ist ja nicht so, dass du Mörder aufhältst. Du kannst Urlaub nehmen."

„Klar. Nur, Clayton ist … ein Freund."

„Ein Freund?" Cole verzog zweifelnd das Gesicht. „Du machst hier niemandem was vor, Junge. Letztes Thanksgiving hast du nur von diesem Clayton gesprochen: Was für ein toller Anwalt er doch ist, seine ehrenamtliche Arbeit für misshandelte Frauen, seine schicken Anzüge … Über Liam hast du nie so viel erzählt. Eine Schwärmerei ist das eine, aber du wirst keine Beziehung mit einem dieser verräterischen Baker Lustknaben eingehen. Du kannst jemand Besseren finden. Vermutlich wird dir irgendwann der neue Mann auf dem Revier über den Weg laufen. Er ist katholisch und so, Mom wäre glücklich. Soll ich mit ihm sprechen? Dich anpreisen? Den Mist weglassen?"

Vermutlich gab es Schlimmeres, doch Kelly fiel nichts ein. „Nein."

„Das macht überhaupt keine Umstände", erklärte Cole fröhlich. „Er kommt wahrscheinlich zu Moms und Dads nächstem Barbecue. Du weißt ja, wie wichtig es Dad ist, dass sich die neuen Mitarbeiter wohlfühlen. Ich werde euch einander vorstellen."

Kelly schüttelte den Kopf und schluckte das Guiness herunter. „Ich kann mir meine eigenen Freunde suchen."

Bevor Cole noch weiter drängen konnte, erklangen die ersten Töne von „Mackie Messer" in Kellys Tasche, und das Handy begann an seiner Hüfte zu vibrieren.

„Das muss ich annehmen", erklärte er. „Ich gehe besser."

Er trank den Rest seines Pints aus und erhob sich. Cole folgte seinem Beispiel und zog ihn in eine grobe Umarmung, die auch einen Schlag auf den Rücken beinhaltete.

„Sag Bescheid, falls du Hilfe benötigst." Cole trat einen Schritt zurück und deutete einen Schlag gegen Kellys Gesicht an. „Und achte auf deine Gesichtsdeckung."

„Arschloch."

„Idiot."

Cole setzte sich wieder, um sein Bier auszutrinken, während sich Kelly durch die Gäste in Richtung Tür schob. Bei ihrer Ankunft war die Bar fast leer gewesen, doch inzwischen hatte der Zeiger die Sieben hinter sich gelassen und der Fernseher hinter der Bar zeigte auf dem Sportkanal die Vorbereitungen eines Hockeyspiels.

Er umrundete eine erschöpfte Frau im Kostüm. Dabei traf er mit der Schulter einen im toten Winkel an der Bar stehenden Mann. Er drehte sich, um ihn ins Blickfeld zu bekommen. „Sorry." Entschuldigend hob er sein Handy. Der Anrufton war verstummt und auf dem Display erschien die rote „Anruf in Abwesenheit" Benachrichtigung. „Ich muss telefonieren."

Der Mann wischte sich mit Finger und Daumen Alkohol aus dem Bart. „Verdammt, wegen dir habe ich meinen Drink verschüttet."

Er war nicht betrunken genug – noch nicht – um einfach so aggressiv loszuschlagen. Kelly klopfte ihm beruhigend auf die Schulter.

„Tut mir leid, Mann. Ich habe dich echt nicht gesehen." Mit der freien Hand sicherte er sich die Aufmerksamkeit des Barkeepers. „Noch mal das Gleiche für den Herrn, Mike. Setz es meinem Bruder auf die Rechnung."

Hinter der Bar zuckte Mike die Schultern und tat wie befohlen. Der angerempelte Mann wirkte etwas verstimmt, weil sich alles so schnell geklärt hatte. Seine Freunde zogen ihn jedoch zur Bar, wo er Verwünschungen in seinen neuen Drink murmelte.

Kelly drängte sich durch die Schlange an der Tür hinaus auf den Bürgersteig in die heiße Nacht. Die Hitze hing feucht in der Luft und drang beim Atmen klebrig in seinen Mund. In seinem Nacken brach Schweiß aus, als er sich von dem Geschnatter und Gequatsche der Bar entfernte, um Clayton zurückzurufen.

Auf der Straße brummten die Autos vorbei. Einheimische rasten in Höchstgeschwindigkeit auf dem Weg nach Hause oder in den Pub durch den Wüstenstaub, während Touristen in SUVs nervös mit gegen die Windschutzscheibe geklebten Karten aus Richtung Autovermietung die Straße entlang krochen.

Eine Gruppe herumlungernder Kids, Möchtegernschlägertypen in neuen Converse Tretern und selbst gemachten Bandanas mit grinsenden Totenköpfen musterte ihn von der Seite, als er stehen blieb. Nach einer schnellen Begutachtung – altes Handy, ältere Jeans, das neueste an ihm waren die Prellungen auf Knöcheln und Kiefer – kamen sie zu dem Schluss, dass er nichts besaß, was die Mühe des anschließenden schnellen Weglaufens wert wäre.

Clayton antwortete nach zwei Mal Klingeln.

„Hey", begrüßte ihn Kelly. „Was brauchst du?"

„Für das hier bin ich dir echt was schuldig", verkündete Clayton finster.

„Für was?"

Stille. Kelly konnt es zwar nicht sehen, doch er hatte Clayton in genügend Meetings beobachtet, um vor Augen zu haben, wie er sich in die Nase kniff.

„Anscheinend ist Bewegung in den Graham Fall gekommen. Können wir uns am Saint Bernhard's Frauenhaus treffen?"

Es schrie geradezu nach einem Witz – Hunde und Bedürftigkeit/Engagement, das forderte geradezu zu neckischen Scherzen auf. Claytons Tonfall klang jedoch beinahe brüchig, bewegte sich irgendwo zwischen verärgert und frustriert. Es erweckte bei ihm das Gefühl von Vertrautheit, und obwohl Kelly wusste, dass das nicht der Fall war, konnte er sich nicht dazu bringen, die Illusion zu zerstören.

„Wo?", fragte er nach.

„Wofür genau bezahlen wir dich noch mal?"

„Ich kann es natürlich herausfinden, aber schneller geht es, wenn du es mir einfach sagst." Kelly hatte sich bereits umgedreht und die Hand gehoben, um ein vorbeifahrendes Taxi anzuhalten. Der Fahrer unterzog ihn der gleichen Begutachtung wie die Halbstarken und gelangte zu demselben Ergebnis. Der rotgesichtige Mann hinter der dreckigen Windschutzscheibe wandte den Blick ab und fuhr weiter. „Arschloch."

„Was?"

„Nicht du."

Das nächste Taxi hatte nichts Besseres vor. Es hielt an und Kelly stieg ein, während Clayton ihm in abgehackten Worten die Adresse mitteilte.

DER KLEINE Junge weinte nicht.

Kelly hätte das in dem Alter getan, vielleicht auch noch jetzt. Er blieb in der Tür stehen, als sich Mrs Park, die kleine, kurz angebundene Frau, die ihn ins Haus gelassen hatte, mit dem Erste Hilfe Kasten an ihm vorbeidrängte.

Die Mutter des Jungen – Nadine, rief sich Kelly aus der Hintergrundrecherche in Erinnerung, eine Schulabbrecherin aus einem Ort, der eher einem Trailerpark als einer Stadt draußen in der Wüste entsprach – saß auf der durchgesessenen, karierten, alten Couch und blutete entschuldigend in eine zusammengeknüllte Krawatte. Clayton hockte sich neben sie und hielt sie an ihr Gesicht. Sie sah aus, als wäre sie durch eine Windschutzscheibe geschleudert worden. Blutige Kratzer überzogen ihr Gesicht und die Arme. Jemand hatte ihr die Ohrringe herausgerissen, sodass die Ohrläppchen gespalten und wund waren. Der Blutmenge auf der Baumwolljacke nach zu urteilen, verbarg sich unter dem zerknitterten Seidenmuster eine gebrochene Nase.

„Tut mir leid", murmelte sie durch den Stoff. Die monotone Litanei aus Selbstvorwürfen stellte eine Patentlösung für jeden dar, der sie anschrie. „Ich hätte nicht kommen sollen. Ich weiß, dass ich Ihnen nicht zugehört habe. Ich habe mir das selber eingebrockt. Das weiß ich. Ich weiß es. Aber ich weiß einfach nicht, wohin ich sonst gehen soll."

„Das spielt jetzt keine Rolle", beruhigte Clayton sie. Dankbar überließ er seinen Platz neben Nadine Mrs Park und ihrem Erste Hilfe Kasten.

Mit einem Blick und einem Nicken nahm er Kellys Ankunft zur Kenntnis und bat ihn, eine Minute zu warten. Kelly konnte das kurze, störende Aufflackern von Interesse, das ihn bei Claytons Anblick – mit offenem Kragen und hochgerollten Ärmeln – überkam, nicht verhindern. So leger hatte er ihn noch nie gesehen. Er schob den Gedanken für später beiseite und richtete seine Aufmerksamkeit wieder auf die Geschehnisse im Raum. „Lassen Sie sich einfach von Maureen verarzten. Okay? Danach entscheiden wir dann, was wir tun."

Kelly zuckte zusammen, als Mrs Park vorsichtig die provisorische Bandage von Nadines Gesicht pellte. Frisches Blut strömte aus einer Nase, die eher zerschmettert als gebrochen aussah. Sie war geschwollen und neigte sich schief in Richtung Wange. Unter der Haut und um die Augen häuften sich die Prellungen.

Bei der Berührung der feuchten Watte an ihrer Lippe zuckte sie zusammen und ballte die Hände auf den Knien zu Fäusten. Ihrer Kehle entwich ein Wimmern.

„Wir müssen ...", begann Clayton.

„Kann das nicht warten? Sie ist ..." Mrs Park stoppte, als Nadine erneut dem Wattebausch auswich.

Das „Tut mir leid. Tut mir so leid" Klagelied aus Nadines rauen Entschuldigungen stoppte sie.

Es war das Kind, das sie alle zum Schweigen brachte. „Bist du ein Cop?", fragte der Junge barsch und starrte Kelly mit zusammengebissenen Zähnen an. „Dad sagt, wir sollen nicht mit Polizisten reden."

Nadine fuhr hoch und versuchte von der Couch zu flüchten. „Nein. Ich habe es Ihnen doch gesagt." Es gelang ihr nicht, auf die Füße zu kommen und sie sank wieder in die Polster zurück. Ihre Wangenknochen und Schläfen färbten sich rot, während sie versuchte, Mrs Parks Hände wegzuschlagen. Ihre Stimme brach und wurde panisch. „Ich habe Ihnen wieder und wieder gesagt, dass ich nicht mit der Polizei reden kann und ich kann auch nicht ins Krankenhaus. Ich kann einfach nicht. Um Harrys willen."

„Ich bin kein Cop." Kelly trat einen Schritt vor und hob beschwichtigend die Hände. Er setzte ein Lächeln auf, bei dem die Prellungen an seinem Kiefer zu schmerzen begannen. „Dafür bin ich bei weitem zu klein", scherzte er.

Nadine verschluckte sich fast an einem überraschten Lachen. Sie presste den Handrücken an die geschwollenen Lippen. Der vom Daumen bis zum Ellenbogen reichende weiße Gips war schmuddelig und wies starke Risse auf. Aus blutunterlaufenen, feuchten Augen schaute sie ihn argwöhnisch an.

„Wirklich?"

„Ich bin Privatermittler", erklärte er ruhig. „Ich arbeite für Mr Reynolds. Er hat mich gebeten, zu kommen und zu helfen."

Sie blinzelte angestrengt und holte tief zitternd Luft. Dann nickte sie knapp. „Okay. Okay. Es tut mir leid. Aber ich kann einfach nicht zur Polizei gehen. Ich brauche Hilfe, das ist alles. Es tut mir leid."

„Das muss es nicht", sagte Kelly. „Wir alle brauchen irgendwann mal Hilfe."

„Nicht so." Nadine wischte sich mit den Fingern die Nase ab. „Andere Menschen lassen sich nicht einfach so ihr Leben aus der Hand nehmen. Nicht die guten Menschen."

„Sie wären überrascht. Ich bin jeder Menge guter Menschen an schlimmen Orten begegnet", widersprach Clayton. „Ist es okay, wenn ich Sie eine Minute mit Maureen alleine lasse? Ich muss kurz mit Kelly sprechen."

Nadines Nicken fiel äußerst knapp aus, sie ließ die zitternden Lippen jedoch zusammengepresst. Mrs Park drückte sanft ihr Knie. „Sie kommt klar."

Der Junge krabbelte auf die Couch und drückte stürmisch Nadines unverletzten Arm. „Es ist in Ordnung, Mom", sagte er. „Es ist in Ordnung. Wir haben das Richtige getan."

Sie beugte sich zu ihm und legte das Kinn auf seinen Kopf. Blut tropfte auf ihn, doch keiner der beiden schien es zu bemerken. „Es tut mir leid, Baby. Ich hätte es besser machen sollen."

Clayton wischte sich grob mit dem Unterarm durchs Gesicht und forderte Kelly dann mit einer Kinnbewegung auf, ihm in den Flur zu folgen. Irgendwo im Gebäude bellte ein Hund. Das anhaltende Jaulen hallte von den hohen Decken wider.

„Hat ihr Mann ihr das angetan?", fragte Kelly, nachdem er die Tür hinter sich zugezogen hatte.

„Sie behauptet nein." Stirnrunzelnd betrachtete Clayton seine blutigen Hände und schien unsicher zu sein, was er deswegen unternehmen sollte. Dann verzog er das Gesicht, spreizte die Finger und rieb sie heftig gegeneinander. Die Blutflecken wurden kleiner und trockene Krusten verschwanden in seiner Knöchelhaut. Als sie so sauber wie möglich waren, verschränkte er die Arme. Dabei traten die schlanken Muskelstränge in seinen Unterarmen hervor. „Das könnte gelogen sein. Sie hat definitiv Angst, dass er sie finden könnte."

Kelly rieb sich mit dem Daumen über das Kinn. Rau spürte er die einen Tag alten Stoppeln unter seinem hindurchhakenden Daumen. Vermutlich war seine Anwesenheit wegen des letzten Teils erforderlich.

„Und hier kann er das nicht?" Er blickte sich um. Die Wände in Industrie-Beige waren alt und heruntergekommen und wiesen Dellen auf. Bei den meisten handelte es sich um gewöhnliche Abnutzungserscheinungen wie scharfkantige Absplitterungen und Kratzer; es gab jedoch auch ein paar tiefere mit dem Umriss von Fäusten.

„Er weiß anscheinend, dass sie hier war."

„Ein Peilsender in ihrem Handy", bemerkte Kelly sofort. Kleinlaut verzog er das Gesicht und schob hinterher: „Oder sie hat einfach nicht daran gedacht, die Standortbestimmung auszuschalten. Das machen die Leute meistens nicht."

„Wenn ich ihr Anwalt werde, kann ich mir den Anschein eines Fehlverhaltens nicht leisten. Ich weiß, dass es nicht zu deinem üblichen …"

„Das tut es", fiel ihm Kelly ins Wort. Auf Claytons unsicheren Blick reagierte er mit einem Grinsen. „Wir kümmern uns nicht nur um Familienrechtsfälle. Bakers Klienten neigen dazu, etwas … heikler zu sein."

Kellys Gästezimmer stand leer. Bereits vorher schon hatten Klienten dort gepennt, wenn ihr Prozess unerwartet und krass den Bach runtergegangen war. Doch mit Maxie im Haus konnte er das nicht zulassen. Auch wenn Nadine und ihr Sohn harmlos waren, traf das auf den Ex definitiv nicht zu.

„Es gibt ein Safe House, das wir manchmal nutzen", sagte Kelly. „Die Exfrau meines Bruders ist Maklerin. Sie hat alles für uns organisiert. Meistens warten die Leute nur dort, bis wir sie zum Gericht bringen. Daher sind nicht viele Einrichtungsgegenstände vorhanden, aber für einige Tage – bis ihr euch etwas überlegt habt – wird es gehen. Ich kann Larry bitten, die Alarmanlage per Fernsteuerung auszuschalten, damit wir reinkommen."

Mit einer Lösung in Reichweiche vor Augen, wich etwas von der drahtseilähnlichen Spannung aus Claytons Körper. Nicht alles, aber genug, um die Schultern leicht sinken zu lassen. „Das funktioniert. Ich hätte sie in einem Hotel untergebracht, aber …"

„Du hast nicht die Kanzlei als Stoßdämpfer", stimmte Kelly zu. „Das würde einen noch verdächtigeren Eindruck machen, als sie auf deiner Couch schlafen zu lassen."

Clayton lächelte grimmig. „Das letzte Mal war ich eine Bedrohung für die Tugendhaftigkeit einer Frau, als ich versucht habe, meine Pflegeschwester zu überreden, einen Krug mit Sojasauce aus unserem Lieblings-Chinarestaurant zu stehlen."

„Clayton Reynolds verstößt gegen die Regeln?", fragte Kelly trocken voller Skepsis. „Das zu glauben, fällt mir schwer."

Das Lächeln auf Claytons Gesicht entflammte für eine Sekunde zu einem Grinsen, verblasste dann aber schnell zu etwas Nachdenklicherem. Der Blick seiner grauen Augen überflog Kellys Körper von oben bis unten. Das geschah so schnell, das es nur Einbildung hätte sein können. Oder aber, dachte Kelly, vermutlich dauerte eine Musterung vom Kopf bis zum Schritt aufgrund seiner Größe einfach nicht so lange.

„Manchmal hält man sich an die Regeln, weil man weiß, wie gut es sich anfühlt, sie zu brechen", erklärte Clayton mit rauer Stimme. „Und wie schlimm es endet."

Das klang mehr nach einer Warnung als nach einer Anmache. Falls es das war, funktionierte es nicht. Kelly glaubte nicht, dass er jemals eine Fehlentscheidung von jemandem gewesen war, aber er hätte kein Problem damit, herauszufinden, wie sich das anfühlte. Bevor er jedoch diesen quälenden Wunsch in Worte fassen konnte, zerstörte Clayton den Moment durch ein Schulterzucken.

„Wir sollten gehen", verkündete er. „Ich möchte Nadine und Harry unterbringen. Falls du dann noch Zeit hast, könnten wir besprechen, was ich noch aus diesem Gefallen herausholen kann."

Der Gedanke an Nadines übel zugerichtetes Gesicht – die gebrochene Nase und die von den Tränen rauen Wangen – wirkte besser als ein Eimer kaltes Wasser. Sein Dad sagte immer, dass Einsätze wegen häuslicher Gewalt die härtesten wären. Nicht die schlimmsten – er hatte in seiner Laufbahn Schlimmeres gesehen – aber hart, weil man wusste, dass das blaue Auge, der gebrochene Arm, die blutigen Beine und das geschwollene Gesicht lediglich den Anfang bildeten und es noch doppelt so schlimm werden würde. Außerdem waren sie gefährlich: für den Cop und das Opfer.

Wie Kelly bei der Hintergrundrecherche erfahren hatte, war der gebrochene Arm Nadines erster Krankenhausbesuch wegen „gegen die Tür Laufens". Es würde unübersehbar nicht ihr letzter bleiben, wenn sie zurückging.

„Mach dir deswegen keine Gedanken", sagte Kelly. „Alles Erforderliche, damit sie in Sicherheit ist."

5

KINDER LERNTEN von Vorbildern. So war Kelly bestimmt Pfadfinder geworden, hatte gelernt Freundschaften zu schließen, das Richtige zu tun, Menschen zu helfen und das alles auf den Knien seines Dads sitzend. Vermutlich konnte er herzerfreuende Geschichten darüber erzählen.

Andere Kinder besaßen dagegen nur schlechte Vorbilder. Baker hatte von seiner Mutter gelernt, dass Brandy zwar prima war, Schnaps aber schneller wirkte. Harry wusste trotz aller gegenteiligen Behauptungen des Fernsehens, seiner Lehrer und seiner Bücher, dass nicht jedes Kind „den besten Vater der Welt" hatte.

Clayton hatte früh gelernt, dass, wenn etwas im eigenen Leben nicht wie gewünscht lief, die einzig angemessene Reaktion darin bestand, jemand anderen unfair zu behandeln. Es half zwar nicht, aber zumindest war dann jemand noch schlechter dran als man selber und das war wenigstens ein kleiner Trost.

Dieser Impuls – ausgelöst durch Frustration und ein vertrautes Gefühl – war nicht der Grund, warum er Kelly gegen eine Wand drücken und den ernsten Ausdruck von diesem üppigen, merkwürdig *un*geküsst wirkenden Mund küssen wollte. Es war einfach nur noch mehr Munition für seinen Schwanz.

Er gab sein Bestes, der Versuchung zu widerstehen, während sie Nadine säuberten und abfahrbereit machten.

„Aber ich brauche mein Handy", protestierte Nadine, als Kelly sie darum bat. Sie presste die Finger um das flache Rechteck aus Glas und Plastik. Ihre Stimme klang belegt und nasal, nachdem sie sich durch das geschwollene Chaos, das ihre Nase darstellte, gezwängt hatte. „Was, wenn es einen Notfall gibt? Wenn Harry krank wird?"

Clayton nahm seine ruinierte Krawatte von der Sofalehne. Blut, Schnodder und Tränen hatten sich in dem dünnen Stoffband verkrustet und es steifgetrocknet.

„Ich kann das für Sie waschen", bot Maureen an.

Bei der Erinnerung an raue, alte T-Shirts, die geschrubbt wurden, bis sie löchrig und fadenscheinig waren, aber trotzdem nie richtig sauber wurden, begann die Haut auf Claytons Schultern zu jucken. Als Kind hatte ihn stets ein leichter Mief umgeben – nicht nach Unsauberkeit, nur der muffige Geruch der Vernachlässigung, den ungeliebte Autos und ungeliebte Kinder annehmen.

„Machen Sie sich keine Gedanken. Das ist nur eine Krawatte." Er warf sie in einen Mülleimer. Dabei fiel das Ende schlaff über den Rand. Dann schaute er wieder Nadine an. „Sie haben gesagt, Sie wollen nicht, dass James Sie findet."

„Das stimmt", bestätigte sie leise und schlang den Arm um Harrys schmale Schultern.

„Ihren Worten nach wusste er, dass Sie hier gewesen sind."

Bestätigend presste sie die Lippen zusammen, umkrallte mit den Fingern jedoch immer noch das Handy. Durch den angestrengten Griff waren die Krusten auf ihren Knöcheln wieder aufgeplatzt und nässten.

„Was, wenn meine Mom anruft? Was, wenn ihr etwas zustößt?"

Harry zog an ihrem Ellenbogen. „Gran ruft nie an Mom. Bitte."

Nadines Gesichtsausdruck nach zu urteilen, entsprach das der schmerzlichen Wahrheit. Sie blickte auf ihre Hände hinunter, holte schniefend Luft und reichte Kelly schließlich das Handy. Er schaltete es mit seinen kompetenten, sonnengebräunten Fingern aus und ließ es in seine Tasche fallen.

„Ich besorge Ihnen ein Wegwerfhandy", versprach er. „Sie dürfen niemandem mitteilen, wo Sie sind. Nicht einmal Ihrer besten Freundin oder Ihrer …"

„Ich habe keine Freunde", gestand Nadine. Sie schnipste eine Träne von der geschwollenen Wange und auf ihren Lippen zeigte sich ein hartes, bitteres kleines Lächeln. „Sie mochten James nicht."

Wenn sie nur halbwegs gute Freunde gewesen waren, würden sie, Claytons Meinung nach, keine Genugtuung verspüren, weil sie recht gehabt hatten. Er warf Maureen einen Blick zu und deutete mit dem Kopf zur Tür. Sie verdrehte zwar die Augen, tätschelte Nadine jedoch das Knie, und entschuldigte sich mit dem Vorwand, rauchen zu gehen.

„Nadine, bevor wir fahren, müssen wir darüber reden, was passiert ist", erklärte Clayton. „Möchten Sie, dass Kelly geht?"

Sie schüttelte den Kopf, bevor er zu Ende sprechen konnte. „Ich kann Ihnen nichts sagen. Bitte. Wenn ich das tue …"

Die Worte gingen ihr aus und sie zog Harry in eine Knochen zerquetschende Umarmung.

Der Junge protestierte mit der Kinder eigenen Direktheit. „Mom, ich kriege keine Luft mehr." Beim Versuch, sich unter ihrem Arm herauszuwinden, rutschte er fast von der Couch.

Der strenge, unfreundliche Teil in Clayton wollte sie anfahren, sich zusammenzureißen. Wie er wusste, war das weder fair noch würde es etwas nützen, doch die Situation brachte seine schlimmsten Eigenschaften zum Vorschein.

Er arbeitete freiwillig ehrenamtlich. Normalerweise war die Arbeit jedoch sauber. Schließlich erfolgte sie unter Verwendung eines Schriftsatzes und einer Beratung; ohne dass er Blut an die Hände bekam – er hatte ganz vergessen, wie es unter die Nägel gelangte – und ohne den widerlichen Geschmack von Tränen und Angst hinten auf seiner Zunge.

Vor mehr als zwanzig Jahren hatte er diesen widerlichen Geschmack wahrgenommen. Damals, als kleiner Junge, voller Ärger auf die ganze Welt oder zumindest seinen Teil der Welt. Jetzt stand er hier in Kleidung, die mehr wert war als sein altes Haus und die ganzen bitteren, ungehaltenen Worte kratzten in seiner Kehle.

Nur, dass Nadine nicht seine Mom war. Sie liebte ihren Sohn. Sie hatte eine Chance. Sie beide.

„Nadine, wenn Ihnen Ihr Mann das angetan …"

Sie schüttelte den Kopf. „Das hat er nicht. Ich schwöre es. Okay? Bitte. Stellen Sie einfach keine Fragen …"

„Das waren die Männer", begann Harry plötzlich zu sprechen und krabbelte von seiner Mutter weg. „Sie kamen nach Hause, um Dad zu besuchen, aber er war nicht da und …"

„Harry!"

„Das ist mir egal! Dad ist … Dad ist ein Arschloch", stieß Harry mit brüchiger Stimme in einer Mischung aus Trotz und Angst hervor. Ganz eindeutig stellte das in seinen Augen die allerschlimmste Beleidigung dar. Ihm kamen die Tränen und er rieb sich mit dem Ärmel durchs Gesicht. Nadine streckte die Hand nach ihm aus. „Es ist mir egal, wenn er Ärger bekommt. Ist mir egal. Ich hoffe er … er … kommt für immer ins Gefängnis!"

„Hör auf. Harry, das meinst du nicht wirklich", sagte Nadine. „Dein Dad liebt dich, ganz egal, was zwischen ihm und mir los ist. Er liebt dich."

Einen kurzen Moment wirkte Harry sehr alt. Vielleicht war dies die erste Sache in seinem Leben, die er mit absoluter Bestimmtheit wusste.

„Nein", widersprach er bestimmt. „Das tut er nicht."

Nadine besaß nicht mehr viele Tränen. Sie legte erschrocken die Hand auf den Mund und starrte ihren Sohn durch den übriggebliebenen Tränenfilm an. Die zwei Versuche einer Erwiderung erstarben ihr auf den Lippen, bevor sie auch nur eine Silbe bilden konnte. Am Ende schüttelte sie einfach nur den Kopf und sank besiegt in die Couch zurück.

„Dann hast du recht, Junge. Er ist ein Arschloch", schaltete sich Kelly ein. Das Wort aus einem anderen Mund zu hören, ließ Harry in nervöses Kichern ausbrechen – ein schüchternes, belustigtes Hicksen. Kelly beugte sich hinab und legte eine Hand auf Harrys schmale Schulter. „Sieh mal, wir müssen mit deiner Mom reden. Könntest du dich bitte auf die Suche nach Mrs Park machen und ihr sagen, dass *ich* gesagt habe, dass du dir einen Schokoriegel verdient hast?"

Harry starrte ihn skeptisch an. „Ich bin keine drei mehr."

„Wenn du ihn nicht willst, nehme ich ihn", sagte Kelly.

Bei diesem Vorschlag schnaubte Harry. Er drehte die Finger in das langgezogene T-Shirt und versuchte eine Entscheidung zu treffen. „Wirst du nett zu meiner Mom sein?", wollte er wissen.

„Hey, *meine* Mom würde mir die Ohren langziehen, wenn nicht", erwiderte Kelly. „Wir werden Freundschaft schließen."

Harry seufzte übertrieben auf. „Du kannst nicht mit einem Mädchen befreundet sein. Du bist ein Junge und kannst nur einen Jungen als Freund haben. Dad meint, dass Frauen nur gut zu ertragen sind, wenn man erwachsen ist."

„Harry!", stieß Nadine aus. Die Beschämung überwog den Schock und die Schmerzen. „Ich habe dir doch gesagt, dass du nicht alles wiederholen sollst, was dein Dad von sich gibt. Geh zu Mrs Park!"

Nach einem kurzen Moment blickte Harry zwecks endgültiger Absicherung zu Clayton. Der deutete mit einem Nicken zur Tür. „Geh schon." Er wartete, bis Harrys schlurfende Schritte verklungen waren, und schaute dann Nadine an.

„Ich bin Ihr Anwalt. Ich werde Sie nicht zwingen, zur Polizei zu gehen, wenn Sie das nicht wollen", stellte er klar. „Aber wenn ich Sie vertreten soll, muss ich wissen, was los ist."

Kelly ließ sich auf der mit Klebeband befestigten Armlehne der Couch nieder. Da sie nicht abfiel, verschränkte er die Arme. Sein weiches, ausgeblichenes, graues Shirt schmiegte sich an seinen muskulösen Oberkörper. „Wir werden sowieso versuchen, es herauszubekommen", gestand er. „Also erzählen Sie es uns besser, bevor wir in ein Wespennest stechen."

Eine Minute verstrich.

Nadine starrte eine angespannte, gereizte Minute lang auf ihre Knie, bevor sie schließlich aufgab und zu sprechen begann. Es klang wie ein Geständnis. Die leise, bittere Stimme brach immer, wenn sie sich selbst die Schuld gab.

„Ich weiß nicht, wer sie waren. Einfach zwei Männer, die ich manchmal in James' Begleitung gesehen habe ... draußen im Auto oder in der Bar. Aber er stellt mich seinen Freunden nicht vor. Ich hätte sie nicht hereinlassen sollen, als sie an der Tür geklopft haben, aber ich dachte, sie wären mit ihm verabredet. In letzter Zeit war er okay. Er hat schon lange nicht mehr die Geduld verloren. Nicht, seit ich hierher gekommen bin. Daher wollte ich nicht ..." Ihre Fassung und ihre Stimme brachen zur gleichen Zeit. Endlich hob sie den Blick und gestand erschöpft: „Ich wollte nicht zur Normalität zurückkehren. Wann ist es normal geworden, Angst vor ihm zu haben?"

Die Frage klang aufrichtig, als würde sie eine Antwort zu schätzen wissen. Clayton wünschte, er könnte ihr eine bieten. Es überraschte ihn, dass Kelly eine hatte.

„Als sie das mussten", erklärte er. „Die Menschen fürchten sich davor, zufällig ausgeraubt oder in einen Autounfall verwickelt zu werden. Den nicht angeleinten, aggressiven Hund, an dem sie jeden Tag vorbei müssen und den Tyrann am Schuleingang schließen sie in ihre Planung mit ein. Das ist kein bisschen angenehmer, aber einfacher. Es ist sicherer."

Nadine berührte zaghaft ihre Nase und zuckte zusammen.

„Nicht heute."

Kelly lächelte sie mitfühlend an. „Man kann nicht alles planen."

Mit einem Nicken griff sie nach seiner Hand und hielt sie fest. Ihre Finger wurden weiß und die Knochen traten hervor, während sie sie fest drückte und tief Luft holte. Kelly warf Clayton einen schnellen, überraschten Blick zu. Falls er jedoch bereits zuvor schon einmal dieses Lächeln und diesen Tonfall – ein Hauch irischer Akzent umwehte seine *t*'s und *r*'s – hervorgeholt haben sollte, musste er daran gewöhnt sein, dass sich die Leute zu ihm hingezogen fühlten. Clayton bedeutete ihm, gelassen zu bleiben. Zumindest so lange, bis Nadine ihre Geschichte beendet hatte.

„Ich hätte sie nicht hereinlassen sollen", räumte sie ein. „James hat sich mit ihnen über … etwas gestritten. Ich habe keine Ahnung. Ich habe nicht verstanden, wovon sie gesprochen haben. Ich glaube, es ging um Geld. Er schuldete es ihnen oder hatte ihnen zugesagt, es ihnen zu besorgen und das nicht getan. Sie wollten mit ihm reden. Das mag James nicht … er kann es nicht leiden, gesagt zu bekommen, was er tun soll. Das hätten sie wissen müssen. Er war … Er macht dieses *Ding*, indem er dich anschreit. Du versuchst ruhig zu bleiben, darüber zu reden, doch er schreit dir ins Gesicht, bis du verrückt wirst. Dann wird er völlig ruhig."

Bei dieser Beschreibung spannte Kelly den Kiefer an. Eine Grimasse des Verstehens, die Nadine nicht mitbekam und die Clayton im Gedächtnis behielt, um später darüber nachzudenken.

„Und diese Freunde?", fragte Clayton. „Sind sie verrückt geworden?"

Nadine ließ schließlich Kellys Hand los und wollte sich wieder an die Nase fassen, stoppte sich aber im letzten Moment. Stattdessen stieß sie abrupt den Arm mit weit auseinandergespreizten, steifen Fingern nach vorne. „Sie haben mich gegen die Wand gestoßen. Mein Gesicht. Sie haben mein Gesicht gegen die Wand gestoßen. Ich glaube, dabei ist meine Nase gebrochen. Ich habe nicht wirklich etwas gespürt, aber ein Knacken gehört. Einer von ihnen hat mir die Ohrringe rausgerissen. Sie waren billig, aber er hat es trotzdem getan und als Anzahlung bezeichnet. Dann … sagte er, dass er zurückkommen würde."

„War Harry dabei?", wollte Clayton wissen.

Nadine senkte den Blick auf die Knie und schüttelte den Kopf. „Er war draußen. Ich habe ihm erzählt, was passiert ist. Das ist alles. Er hat nichts gesehen."

Die Lüge klang halbherzig. Clayton überlegte, ob er sie darauf ansprechen sollte, doch das schien zu diesem Zeitpunkt noch nichts zu bringen. Er musste erst den Rest der Geschichte hören. Dann konnte er auf den Unwahrheiten und Erfindungen herumhacken. Letzten Endes logen ihn alle seine Klienten an. Nadine tat es immerhin, um *eine Person* und nicht im Ausland verstecktes Schwarzgeld zu schützen.

„Was ist mit James?", fragte er stattdessen.

„Er hat mich nicht angefasst."

„Was hat er getan?"

Nadine blickte unter gesenkten Lidern zu ihm auf. „Nichts. Er war … er schien nicht zu begreifen, was passiert ist … bis ich versucht habe, die Polizei zu rufen."

Sie zog den Gipsarm an die Brust und fing an, mit zersplitterten Nägeln an den Rissen darin herumzupicken.

„War er das?"

45

Sie hob leicht die Schultern. „Ich wollte das Telefon nicht loslassen. Das war dumm. Hätte ich bloß … Himmel. Hören Sie mich bloß reden."

„Ich habe schon Schlimmeres gehört", beruhigte Clayton sie. Nadine schaute ihn zweifelnd an.

„Ein gewalttätiger Partner, der sagt „Wenn sie doch nur zugehört hätte."

Nadine lächelte zwar nicht, aber der angespannte und schmerzerfüllte Ausdruck um ihre Mundwinkel lockerte sich etwas.

„Das ist allerdings leichter gesagt als getan. Er hat mich nicht angefasst. Ich glaube, wenn er es getan hätte, wäre ich nicht hier. Ich hätte Entschuldigungen dafür gefunden, weshalb er die Beherrschung verloren hat. Nur, dass er das nicht hat. Ich bin gefallen. Mir war schwindelig und ich konnte nicht … konnte nichts sehen." Sie deutete auf die Wunde an ihrer Schläfe. Es musste stark geblutet haben, sodass ein wahrer Blutschleier vor ihren Augen gehangen hatte. Nadine hob den gebrochenen Arm und starrte auf den Verband, der ihn schützen sollte. Darin lag eine Art bitterer Tiefsinn. „Er hat sich auf meinen Arm gestellt, bis ich das Telefon losgelassen habe. Dann hat er mir gesagt, dass er von meinem Besuch hier wüsste. Aber er war nicht besorgt. Wenn ich gehen würde, würde er Harry bekommen und ich ihn nie wieder sehen."

„Das werde ich nicht zulassen", versicherte Clayton ihr zuversichtlich.

„Er schien sich sehr sicher zu sein."

„Ich ebenfalls", beruhigte Clayton sie. „Und die Leute zahlen mir eine Menge Geld, damit sie sich bei diesen Dingen sicher sein können."

Nadine starrte ihn zweifelnd an. Dann wandte sie sich, wie zuvor ihr Sohn, an Kelly.

Er erhob sich von der Sofalehne. Deren Neigung war etwas größer als zuvor. Er hakte die Daumen in die Taschen seiner Jeans.

„Und mir zahlt man für das Herausfinden von Dingen, damit er sicher sein kann, gutes Geld." Das unbeschwerte, süße Lächeln blitzte in seinem Gesicht auf, wurde dann jedoch ernst. „Sie können ihm trauen. Er ist ein guter Anwalt und ein guter Mensch."

Dieser sonnige Optimismus weckte in Clayton den Wunsch, Kelly in seine Welt und sein Bett zu zerren, bis der Mann seinen Fehler einsah. Clayton war ein exzellenter Anwalt, aber kein guter Mensch. Er war auch kein schlechter – davon hatte Kelly genug gesehen – aber er hatte Mängel.

Doch es überzeugte Nadine, die endlich mit dem Kopf nickte und ein „Okay" hauchte. Daher ließ es Clayton auf sich beruhen.

„Gut", sagte er. „Heute Abend werden wir Sie und Harry an einen sicheren Ort bringen, Ihnen einen Arzt besorgen …"

Sie zuckte zusammen. „Ich kann nicht ins Krankenhaus. Das wird er erfahren. Er wusste es auch letztes Mal."

„Ich besorge einen Arzt, der Hausbesuche macht", versprach Clayton. Das entsetzte Zucken seiner habgierigen Seite ignorierte er. In seiner Vergangenheit hatte es zu viele leere Taschen gegeben, sodass Großzügigkeit für ihn keine Selbstverständlichkeit darstellte. Daran musste er ständig arbeiten. „James wird davon auf gar keinen Fall erfahren, aber wir müssen es ärztlich dokumentieren lassen. Vielleicht benötigen wir den Bericht später noch. Morgen können wir dann die weitere Vorgehensweise besprechen und erörtern, was auf Sie zukommen wird."

„Dass es hart wird", warf Nadine ein. „Das haben Sie mir bereits mitgeteilt."

Kelly half ihr von der Couch. „Betrachten Sie es einfach als Zusammenfassung."

Clayton warf ihm einen scharfen Blick zu. Manchmal war Kellys natürlicher Charme nicht angebracht. „Es ist wichtig, dass Sie begreifen, dass nur, weil wir gute Siegeschancen haben, es dadurch nicht leicht wird", erklärte er. „Wenn Ihr Mann es uns schwer machen will, kann er den Prozess in die Länge ziehen, um Ihnen soviel Schmerz wie möglich zu bereiten."

„Ich denke nicht, dass er mich noch mehr verletzen kann, als er das bereits getan hat", sagte Nadine leise.

Das war eine Fehleinschätzung, konnte aber bis zu ihrem Gespräch morgen warten. Inzwischen rief Clayton ein Taxi, das sie zu Kellys Safe House bringen sollte.

NADINE BEMÜHTE sich, ihre Bestürzung zu verbergen, als sie aus der schwarz glänzenden Limousine stieg und das kleine, graue Haus auf dem taschentuchgroßen Stück mit abgestorbenem Gras und Sand betrachtete. Ein Maschendrahtzaun trennte es von der Straße ab. Das hatte jedoch irgendetwas nicht davon abgehalten, genau in die Mitte des toten, kleinen Gartens zu scheißen. *Wahrscheinlich* war das ein Tier gewesen.

„Und Sie sind sicher, dass Sie okay sind?" Die Taxifahrerin kurbelte das Fenster auf der Beifahrerseite herunter, um nach Nadine zu sehen. Clayton fing hinter ihren Brillengläsern einen unfreundlichen, flüchtigen Blick in seine Richtung auf. „Wenn Sie möchten, bringe ich Sie woanders hin. Ins Krankenhaus?"

Eine Sekunde lang glaubte er, die entmutigte Nadine würde das Angebot tatsächlich annehmen. Dann jedoch straffte sie die Schultern und schüttelte den Kopf.

„Danke, aber genau hier muss ich sein."

Clayton reichte der Fahrerin zwei Fünfziger. Sie faltete sie in den Fingern und schien hin- und hergerissen zwischen der Versuchung und der dunklen Ahnung, dass es sich um Schweigegeld handelte.

„Wenn jemand nach ihr fragen sollte", bat er, „sagen Sie demjenigen bitte nicht, wo sie ist. Um ihretwillen. Können Sie warten? Es wird nicht lange dauern."

Sie nahm das Geld. Er war nicht sicher, ob das hieß, dass sie die Geschichte gekauft hatte. So oder so, sie winkte Nadine zum Abschied zu, kurbelte das Fenster hoch und stellte den Motor aus. Es war das schönste Auto in der Straße. Beim Umsehen erblickte Clayton Häuser mit abblätternder Farbe und herabhängenden

Regenrinnen. Das Ganze wurde schonungslos von dem weißglühenden, blendenden Licht der LED-Straßenlaternen beleuchtet.

Es war keine üble Gegend – es gab keine Graffititags auf den Gebäuden, keine auf der Veranda herumlungernden Drückeberger, die die Leute an ihre Existenz erinnerten – sie war einfach nur heruntergekommen. Kaputte Schaukeln baumelten an rostigen Ketten in unkrautüberwucherten Gärten und Schrotthaufen aus kaputten Kühlschränken und alten Autos stapelten sich an den Hauswänden. In einem davon, irgendwo außer Sichtweite hinter ihnen, verkündete ein Hund in einem monotonen Bariton bellend seine Einwände gegen … irgendetwas. Vielleicht gegen sie. Vielleicht gegen einen Vogel.

Es fühlte sich vertraut an, schließlich handelte es sich um die Art Viertel, in dem Pflegekinder wie Clayton aufgezogen wurden. Süße Kleinkinder bekamen die wohlwollenden Mittelklassefamilien mit Hochschulabschluss. Sie schliefen in extra für sie eingerichteten Zimmern und erhielten wöchentliche Termine zur Behandlung ihrer Trennungsangst. Unflätige, zornige Jugendliche dagegen bekamen ein Gästebett in einem Zimmer, das nach anderen Kindern roch und erschöpfte Pflegeeltern, die eigentlich nicht noch ein Kind in ihrem Clan wollten, aber den staatlichen Scheck brauchten. Einige davon waren nett gewesen. Einige nicht. Die meisten waren abgestumpft.

„Das ist wahrscheinlich nicht gerade die Umgebung, mit der unsere Klienten rechnen würden, wenn die Rede von einem „Safe House" ist", bemerkte Clayton, als er sich Kelly auf dem rissigen Asphalt anschloss. „Falls wir jemals eins für einen Klienten der Kanzlei benötigen sollten."

Schulterzuckend erwiderte Kelly: „Es ist sicher und ein Haus." Er hängte sich den Beutel mit gebrauchten Anziehsachen, den Maureen ihnen aufgedrängt hatte, über die Schulter. Aus dem Reißverschluss schaute der Kopf eines Plüschpandas. Ein zerrissenes Ohr und das fehlende Auge verliehen ihm ein leicht piratenhaftes Aussehen. Clayton vermerkte im Hinterkopf, im Gegenzug einen großzügigen Scheck an das Frauenhaus zu spenden und sich zu bemühen, seine persönlichen Gefühle nicht anderen Leuten gegenüber durchsickern zu lassen.

„Das sollte keine Kritik sein", erklärte er.

Kelly schenkte ihm ein schnelles, schiefes Grinsen. „Lügner."

„Oft", gestand Clayton. „Aber jetzt gerade nicht. Dieses Viertel ist nur …"

„Deprimierend?", schlug Kelly vor, als Clayton schwieg. Das war zwar nicht das Wort, das Clayton vermeiden wollte – dass es vertraut, verhasst, zu hart an der durch Bildung und hübsche Anzüge verdeckten Schmerzgrenze lag – doch es war nicht falsch.

„Passt schon." Er beobachtete, wie Nadine versuchte, einen Arm um Harry zu schlingen. Sie war zur Hälfte Mutter, zur anderen Klettergerüst, da der erschöpfte Junge wimmernd an ihr hing. „Kannst du morgen ihren Mann genauer unter die Lupe nehmen? Such nach freien Vermögenswerten. Befrag die Nachbarn …"

„Bring einem alten Fuchs neue Tricks bei?", schlug Kelly vor. Sein Grinsen nahm den Worten jede Schärfe. Er begann, auf dem Gehsteig auf Nadine zuzugehen. „Mach dir keine Sorgen. Ich besorge dir, was du brauchst."

Mit diesen Worten stolzierte Kelly voller Selbstvertrauen mit schwingenden Hüften und breiten Schultern davon. Seinen Bewegungen nach zu urteilen, fühlte er sich wohl in seiner Haut und Clayton konnte nicht anders, als sich zu fragen, wie er wohl im Bett war.

Da. Manchmal log er. Clayton hätte etwas dagegen tun können. Er wollte nur einfach nicht.

Er sah zu, wie Kelly mit dem Torriegel, dem Rucksack und Nadines Zweifeln jonglierte.

Sein Kopf war voll mit Überlegungen, wie er Nadines Scheidung zwischen seine Fälle schieben konnte und den Dingen, die er von Kelly wollte – nicht brauchte.

Er *brauchte* niemanden.

Es gab schon eine ziemliche Liste. Irgendwo in der Mitte befand sich der Wunsch, dass Kelly sich Jeans kaufen sollte, die seinen Hintern besser betonten. Clayton war zuversichtlich, dass er ihn mögen würde. Einem Mann mit Bauchmuskeln, aber ohne Hintern müsste er zwar erst noch begegnen, doch es wäre schön, Gewissheit zu haben.

Clayton schüttelte den Gedanken ab und ging, um dabei zu helfen, Harry und Nadine ins Haus zu bekommen. Innen sah es noch deprimierender aus als von draußen. Es hatte fleckige, gelbe Wände, einige alte Stühle standen darin und in einer Zimmerecke befand sich ein Messi-ähnlicher Haufen Lieferserviceverpackungen. Falls es eine Klimaanlage gab, war sie schon eine ganze Weile nicht mehr in Betrieb gewesen, denn die Luft im Haus war drückend und roch sauer.

„Der Code für die Alarmanlage lautet 2785kc", teilte Kelly über das leise Dröhnen der Anlage mit. Er tippte die Zahlen in den Ziffernblock und drückte Enter. Es wurde leise, abgesehen von dem metronomgleichen, konstanten Gebell des Hundes draußen. „Wenn Sie jemand zwingen sollte, ihn auszuschalten, lassen Sie die letzten beiden Ziffern weg. Der Alarm wird abgestellt, aber wir bekommen trotzdem ein Signal im Büro, sodass wir wissen, dass wir rauskommen müssen."

Nadine nickte und schaute sich an dem freudlosen Ort um, an dem sie wohnen sollte. Ihr zusammengepresster Kiefer verriet keine Reaktion. Es war die Miene einer Frau, die ihre gebrochene Nase gegen ein Haus in Glendale und einen guten Schulbezirk für ihren Sohn abwägen musste.

„Es ist nicht für lange", versprach ihr Clayton.

Kelly warf ihm einen Blick zu und ließ ihn danach durch den schäbigen Raum gleiten, als würde sie ihn zum ersten Mal sehen. „Ich werde morgen jemanden vorbeischicken", sagte er. „Zum Saubermachen. Meine Schwägerin leitet eine Reinigungsfirma – normalerweise reinigt sie Tatorte – sie kann dieses Haus also in Nullkommanichts säubern."

Nadine holte flach Luft. „Haben Sie nicht gesagt, dass es nicht für lange sein wird?"

„Das wird es nicht", antwortete Clayton. „Aber nicht lange bedeutet im Juristenjargon länger als einige Tage."

Das war nicht das, was er sagen und definitiv nicht das, was sie hören wollte. Sie musste allerdings die Wahrheit wissen. Wenn sie es nicht bis zum Ende durchziehen würde, wäre es für sie sicherer, jetzt zu James zurückzukehren. Sobald sie ihrem Mann die Scheidungspapiere vorlegte, würde sie sich selbst einer völlig neuen Kategorie von Risiko aussetzen.

„Länger als eine Woche?", wollte sie wissen. Ein Anflug von Hoffnungslosigkeit erschien auf ihrem Gesicht, während sie sich umschaute. „Ein Monat?"

„Ich hoffe nicht, aber Sie sollten sich ganz sicher sein, dass Sie das hier durchziehen wollen", teilte ihr Clayton mit. „Ich halte es für das Richtige, aber ich bin nicht Sie. Es ist Ihr Leben. Sobald wir die Sache in die Wege leiten …"

„Kann ich meine Meinung nicht mehr ändern", warf sie ein. „Ich verstehe."

„Sie können Ihre Meinung ändern", korrigierte Clayton sie. „Sie können sie nur nicht zurücknehmen."

Sie sah nachdenklich aus. Und besorgt.

6

„MEINST DU, sie zieht es durch?"

Clayton lehnte am Türrahmen und starrte die schon lange getrockneten Farbproben an der Wand an. Sie hatten Nadine – die Betten bezogen und den Kühlschrank zur Hälfte mit Pizza und anderen Tiefkühlgerichten von der Tankstelle gefüllt – vor einer Stunde verlassen. Clayton hätte danach in seine Wohnung zurückfahren können.

Stattdessen stand er hier mit einem kalten Bier in der Hand und versuchte zu erraten, in welcher Farbe Kelly sein Haus streichen würde.

Er hatte vergessen, wie gut es sich anfühlte, einfach einer dummen Idee nachzugeben und zu sehen, wohin einen das führte. Oder hatte es jedenfalls versucht.

„Weißt du, wie meine wichtigste Erkenntnis aus der Juristenausbildung lautet?", fragte Clayton.

Das klang nicht wie eine Antwort auf die Frage. Noch nicht. Kelly kam aus der Küche und sah ihn neugierig an.

„Dass kein Kriminaltechniker jemals ausgesprochen hilfreich sein wird?", schlug er vor.

„Ich bin Scheidungsanwalt", erinnerte Clayton ihn. „Ich musste bisher nur wenige Male mit Kriminaltechnikern zusammenarbeiten und wir haben sie gut bezahlt, sodass sie sehr hilfsbereit waren. Nein. Es war etwas, das Baker zu mir gesagt hat, nachdem ich meinen ersten Fall verloren hatte … gegen ihn. Er fuhr mit mir auf ein billiges Bier und eine Portion eingelegte Muscheln zum Santa Monica Pier."

Wie sich Clayton erinnerte, hatte er den Rat länger behalten als die Meeresfrüchte. Doch er fand, dass er das auslassen konnte.

Kelly lachte und trank einen Schluck Bier. „Das klingt nach Baker." Da Clayton der dummen Idee bereits nachgegeben hatte, gab er sich erst gar keine Mühe, so zu tun, als würde er nicht bemerken, wie Kelly den Mund über den Flaschenhals stülpte. Ein Bild von Kelly mit dem Mund über seinem Schwanz schoss ihm durch den Kopf: Die vollen Lippen feucht und gedehnt, die rauen Hände auf Claytons Hüften, Claytons Hand in Kellys kurzen, strubbeligen Haaren vergraben.

Schnell und brutal strömte heiß und völlig überraschend die Lust in Claytons Kehle und Eier. Natürlich war er sich des Wunsches, Kelly zu ficken, bewusst, doch anscheinend hatte der Entschluss es auch tatsächlich zu tun, ihn drängender werden lassen.

Er blickte auf seine Hände hinunter und versuchte, den Faden der halb erzählten Geschichte wieder aufzunehmen. Nur weil er beschlossen hatte, die dumme Idee in die Tat umzusetzen, hieß das noch lange nicht, dass Kelly auch Interesse hatte. Auf jeden Fall nicht, ohne dass Clayton etwas nachhelfen musste.

„Baker sagte, die drei wichtigsten Dinge, die ich als Scheidungsanwalt wissen müsste, wären, dass es die Reichen regeln, die Armen ausfechten und die Verrückten einfach nur jemanden unfair behandeln wollen. Die ersten beiden stimmen nicht immer, aber ich habe noch nie erlebt, dass das dritte widerlegt wurde. Es wird nicht leicht, aber sie hat mich. Ich bin sehr gut."

„Und so bescheiden."

„Dafür habe ich nie einen Grund gesehen." Clayton blickte wieder auf die Farbstreifen an der Wand und wechselte das Thema. „Hast du dich entschieden, in welcher Farbe du die Wände hier drinnen streichen willst?"

Kelly drehte sich um und betrachtete die Wand. Darauf prangten drei verschiedene Beigetöne, dazu ein gelber, ein aggressiv leuchtend blauer und ein lila Farbton.

„Ich habe keine Ahnung. Jeder mag eine andere Farbe. Was meinst du?"

„Keine davon", gestand Clayton. „Aber das ist nicht meine Wand."

„Sag das meiner Familie, wenn du ihnen das nächste Mal begegnest", bat Kelly trocken und reichte ihm sein Bier. „Halt das Mal bitte eine Minute."

Clayton nahm es entgegen und Kelly begann ihn zu küssen. Er umfasste mit beiden Händen Claytons Gesicht. Seine Finger waren rau von den Schwielen, sein Mund hart und gierig, als er sich an Clayton schmiegte. Es war ein selbstbewusster Kuss – die Lippen sanft, das Kinn voller Stoppeln. Doch vor allem kam er aus ganzem Herzen. So, wie Kelly küsste, hielt er nichts zurück, dass ihn bei einer Zurückweisung sein Gesicht wahren ließe.

Verlangen dörrte Claytons Kehle aus, glitt unter seine Haut, bis die Berührungen schmerzten. Sein Schwanz wurde praller und der Pulsschlag der *Lust* pochte dumpf von seinem Damm zurück.

Clayton erwiderte den Kuss ein Mal. Mit den Lippen glitt er kurz und grob über Kellys und wich dann zurück. Nachdem er einen Schluck Bier getrunken hatte, lehnte er den Kopf gegen die Wand.

„Das hätte ich auch noch getan", sagte er.

„Ich weiß." Kellys träges Lächeln war voller Spott. In seinen Augenwinkeln zeigten sich Lachfältchen und die noch nicht allzu ausgeprägten Falten um seinen Mund vertieften sich. Genau die Art Lächeln, bei der man meint, etwas darauf schmecken zu können, wie zum Beispiel Honig oder Sonnenschein. „Ich habe nur befürchtet, dass du den ganzen Abend brauchst, um es in die Tat umzusetzen."

„Ich wollte lediglich charmant sein."

Kelly nickte bedächtig. „Ach so. Tja, das hat funktioniert."

„Verführerisch."

Kelly hakte die Finger in Claytons Hosenbund und zog ihn von der Wand. Ihre Körper pressten sich aneinander und Kellys Erektion stupste gegen Claytons Oberschenkel. Er schien nur aus Muskelmasse und Knochen zu bestehen, sein fester Körper wirkte irgendwie … direkter als die der Fitnessstudio-gestählten Männer, mit denen Clayton normalerweise ins Bett ging.

„Ich bin verführt", versprach Kelly und etwas Dunkles und Hungriges flocht sich in seinen gedehnten, lockeren Tonfall. „Können wir weitermachen?"

Sein eigenes schnaubendes Gelächter überraschte Clayton. Das gehörte nicht zu seiner normalen Aufrissmasche. Nicht, dass er es in den Clubs, in denen die One-Night-Stands zu Hause waren, jemals gebraucht hätte.

„Mich hat noch nie jemand beschuldigt, langsam zu sein."

„Vielleicht hast du nicht soviel Zeit damit verbracht, dich mit ihnen über Farben zu unterhalten?"

Clayton drehte sich um und stellte die beiden Bierflaschen auf einem Regal zwischen einem gerahmten Foto von Liam und einem Plexiglaskasten mit einer Captain Sparrow Actionfigur ab. Selbstverständlich standen sie dort. Vermutlich hatte Kelly auch Sporterinnerungsstücke in seinem Schlafzimmer – die Glanzzeit der Highschool für immer konserviert.

Kelly entsprach nicht Claytons Typ. Sie verfügten nicht einmal über eine gemeinsame Schnittstelle. Anscheinend spielte das jedoch keine Rolle. Clayton wollte nicht wissen, warum das so war. Er wollte ihn einfach nur gegen die Wand drücken und ihm zeigen, dass man auch ohne verliebt zu sein eine tolle Zeit haben konnte.

Er drehte sich um und umfasste Kellys schweißfeuchten Nacken mit seiner von der Glasflasche kalten Hand. Unter der Handfläche spürte er das stoppelige, kurz geschnittene Haar. Mit dem Daumen glitt er über Kellys ausgeprägte Kieferknochen, weiter über den Dreitagebart und beugte sich dann hinab, um ihn grob und gierig zu küssen.

„Weißt du, ich dachte, ihr romantischen Kerle würdet das mögen", stieß er mit rauer Stimme zwischen den Küssen hervor, während er seine freie Hand Kellys Bauch hinab bis zur Beule des Schwanzes unter der Jeans gleiten ließ. „Sanfte Worte, Blumen, Küsse im Mondschein und sich vorher besser kennenlernen."

Er konnte Kellys Grinsen unter seinem Mund spüren. Das war irgendwie ausgesprochen heiß.

„Das tue ich", bestätigte er. „Bei einem Date. Bittest du mich gerade um ein Date, Clayton?"

Schnaubend stieß sich Clayton von der Wand ab und dirigierte Kelly rückwärts, bis er mit den Oberschenkeln gegen die Armlehne des Sofas stieß.

„Ich bleibe nicht einmal über Nacht."

Schulterzuckend setzte sich Kelly auf die Sofakante und streifte sein T-Shirt ab. Der glänzende Strauß der bunten Farben auf seiner Schulter glitt bei der

Bewegung über die stark gewölbten Muskeln. Es schien, als würde der Papagei seine Federn aufplustern.

Clayton tat, was er hatte tun wollen, seit er die Tätowierung das erste Mal gesehen hatte und fuhr mit dem Finger über die leuchtenden Schattierungen. Das sah nicht nach einer „kurzentschlossenen", undurchdachten Entscheidung aus. Jemand hatte viel Zeit darauf verwendet, dem Vogel auf Kellys Körper Gestalt zu verleihen; die verwischten, aquarellfarbigen Verfärbungen zu erschaffen, bei denen Blau und Rot ineinander verflossen.

„Warum ein Papagei?", wollte er wissen.

Kelly knüllte sein T-Shirt zusammen und schleuderte es zur Seite. Nach einem kurzen Zögern zuckte er ungezwungen mit den Schultern und begann Claytons Hemd aufzuknöpfen. „Ich mochte immer schon Piraten."

Das war ein so typischer Kelly-Grund, dass Clayton das Kribbeln in seinem Hinterkopf ignorierte, das anzeigte, dass das vermutlich nicht die ganze Wahrheit darstellte. Es war jedoch auch keine Lüge und außerdem hatte Clayton im Moment Besseres zu tun, als ihn ins Kreuzverhör zu nehmen.

Kelly schob seine Hände unter das offene Hemd und strich mit den Fingern über die schlanken Muskeln. Dann drückte er mit offenem Mund einen feuchten Kuss auf Claytons Brust.

„Dein Körper gefällt mir", gestand er. „Du ähnelst einem Messer in einem Anzug."

„Ist das gut?"

Kelly blickte unter kurzen, dicken Wimpern zu ihm auf. Sein träges Lächeln verriet Anerkennung.

„Bei dir schon."

Mit dem Daumen fuhr er grob über Claytons Nippel, bis Clayton angesichts des scharfen, lustvollen Prickelns aufkeuchte. Kelly biss sich zufrieden auf die Lippe und wiederholte den Vorgang auf der anderen Seite. Das Zupfen der schwieligen Finger ließ die Nippel anschwellen und dunkel werden.

Clayton verflocht die Finger in Kellys kurzen, braunen Haaren und zog den Kopf nach hinten, bis die grau-blauen Augen zu ihm hochblickten. Er beobachtete, wie sich Kelly mit der Zunge über die Unterlippe fuhr, sodass sie feucht und glitschig wurde.

„Ich mag deinen Mund. Er ist wunderschön." Clayton strich mit der Daumenspitze über die feuchte Kurve. Bevor er es verhindern konnte, entglitt ihm das Geständnis: „Mir gefällt, dass du so oft lächelst."

Bei Kellys Auflachen zuckte Clayton zusammen. Beleidigung bohrte sich wie ein Stachel in seinen Kiefer. Das kratzbürstige, verstoßene Kind von früher schlummerte immer noch dicht genug unter der Oberfläche, um Schmerz zu empfinden. Er begann seine Hand wegzuziehen.

„Weißt du, mir gefällt es irgendwie, dass du das nicht tust. Viel lächeln, meine ich", sagte Kelly, während er die Hände auf Claytons schmale Hüften legte.

„Dadurch fühle ich mich herausgefordert, zu testen, ob ich es schaffe, dich dazu zu bringen."

Durch die Bemerkung hätte es leichter werden sollen. Clayton wünschte, dass das so einfach wäre. Er wäre sehr viel weniger verkorkst, wenn das zutreffen würde.

„Du glaubst, du könntest mich zum Lächeln bringen?" Er zog an Kellys dunklem, dichten Haar. Dadurch hob sich Kellys Kopf noch ein wenig höher, sodass seine Kehle straff und verletzlich dalag. „So bezaubernd bist du nicht, Kelly."

„Wollen wir wetten?"

Kellys Augen funkelten voller Schalk, während er den Knopf an Claytons Hose aufschnipste. Dann versenkte er die Hand in den Bund. Warm strichen seine Finger über den unteren Bauch hinab in die Leistengegend.

In Claytons Kehle baute sich ein Stöhnen auf, als er sich Kelly erneut auf den Knien vor sich vorstellte, den Mund feucht und willig um seinen Schwanz gelegt. Nur, dass er Kelly zum Stöhnen bringen wollte.

„Später", brachte er mit rauer Stimme aus seiner trockenen Kehle hervor und stieß Kelly rückwärts auf die Couch. Schamlos lag der Mann lachend mit ausgespreizten Beinen da, sodass seine Tätowierung gut sichtbar war.

Clayton stieg aus seiner Hose. Die schwarze Baumwollunterhose betonte den dicken Schaft seines erigierten Schwanzes, der er sich gegen seinen Bauch hob.

Auf der Couch hob Kelly – dessen Beine immer noch über einer Armlehne hingen – die Hüften und schob die abgetragene Jeans und die leuchtend rosafarbene Unterhose zusammen bis zu den Knien hinunter. „Falls du Gleitgel brauchst ... es steht hinter Captain Sparrow."

Natürlich tat es das, dachte Clayton sarkastisch. Er schob die Schachtel zur Seite und griff nach dem Gel.

„Ich bin getestet", erklärte er, die Hand auf die Schachtel mit den Kondomen gelegt. „Ich habe einen Persilschein. Und du?"

„Auch", erwiderte Kelly abgehackt.

Clayton nahm die Hand von der Schachtel und drückte sich Gleitgel in die Handfläche. Es fühlte sich kalt und glitschig an seinen Fingern an und war immer noch kalt, als er in seine Unterhose griff und seinen Penis damit befeuchtete. Während er das Gel von den Eiern bis zur Schwanzspitze rieb, bewunderte er den Anblick des nackt und hart mit gespreizten Beinen auf dem dunkelbraunem Leder liegenden Kelly. Claytons Blick wanderte über die starken Schultern, hinab zu den schmalen Hüften, bevor er schließlich aufmerksam den steifen, gekrümmten Schwanz zwischen Kellys Oberschenkeln betrachtete. Es war ein hübscher Schwanz: schwer und straff mit feuchter, glitschiger Spitze.

Erregung zerrte an seinen Muskeln und pochte durch einen Impulsdraht von seinen Eiern bis zum Schwanz und durch ein Hochleistungskabel in seinen Oberschenkeln.

„Steh auf", befahl er.

Kelly gehorchte und streckte sich. Geschmeidig bewegten sich die straffen Muskeln unter der gebräunten Haut.

„Ich dachte, die Iren sind hellhäutig?"

„Schwarzer Ire", erklärte Kelly mit einem Grinsen. „Und der Garten ist nicht öffentlich zugänglich."

Die Vorstellung, Kelly im Gras zu ficken, verschwitzt, sonnenwarm und ohne Zeitdruck, streifte Clayton, bevor sie sich auf den Weg in seine bevorzugte Fantasiesammlung begab. Angestrengt schluckend bedeutete er Kelly sich umzudrehen.

Kelly war anzusehen, dass er kurz darüber nachdachte. Die eine Hand um den Schwanz gelegt betrachtete er Clayton aufmerksam.

„Vielleicht will ich ja dich ficken", verkündete Kelly leicht herausfordernd.

Bei dem Vorschlag zog sich Claytons Hintern zusammen und er spürte das erregende Pochen wie einen Stromschlag in seiner Leistengegend. Er zog es zwar vor zu toppen, machte jedoch auch Ausnahmen. Die Vorstellung von Kellys Penis in ihm und Kellys Händen auf ihm, war nicht … abstoßend.

Allerdings nicht heute Nacht. Schließlich handelte es sich hierbei um Claytons dumme Idee und er wollte Kelly eng und um mehr bettelnd unter sich spüren.

„Ich will dich kommen lassen", erklärte Clayton, während er über den Holzboden tappte. Kelly beobachtete mit seinen hellen Augen, wie Clayton mit dem Daumen über den zuckenden Schwanz fuhr. „Ich will meinen Namen in deinem Mund und meinen Schwanz in deinem Hintern haben, wenn du kommst. Ich will, dass du dich umdrehst."

Kelly holte tief Luft und kam dem Befehl nach. Mit dem Gesicht zur Wand stützte er die Arme gegen die Sofarückseite. Dabei spannten sich die langen Muskeln vom Unterarm bis in die Schultern an. Die straffen Muskelstränge seines Rückens verliefen hinab zur festen, schweißglänzenden Kurve seines Hinterns.

„Du solltest dir bessere Jeans besorgen", schlug Clayton vor, als er seine Unterhose abstreifte.

Kelly warf ihm einen Blick über die Schulter zu. „Was? Warum?"

Clayton zuckte mit den Schultern, da ihm dämmerte, dass es keinen Anlass gab, jemand anderem einen Grund zu liefern, Kelly an die Wäsche zu gehen. Er hatte dem Hintern einfach vertrauen müssen. Das konnten sie auch.

„Das sollte jeder", sagte er vage.

Sein Schwanz war glatt und glitschig von dem Gleitgel und Sperma. Jede langsame Drehung seiner Hand sandte ein lustvolles Zucken in seine Eier. Clayton biss sich auf die Lippe, während er mit dem Finger Kellys Wirbelsäule hinab bis zur Ritze des Hinterns glitt und dann hinein.

Es handelte sich immer noch um eine dumme Idee, murmelte der vernünftige, aber überstimmte Teil von ihm. Die Stimme war allerdings nicht laut genug, um den Vorgang zu unterbrechen. Außerdem war Clayton das ohnehin bewusst. Es handelte sich definitiv um eine dumme Idee, mit der er jedoch leben konnte.

Langsam zog er mit den glitschigen Fingern neckende Kreise um Kellys Loch. „Was willst du, Kelly?"

Kelly stieß mit den Hüften nach hinten gegen Clayton und gestand dann mit abgehackter Stimme: „Dich." Er stöhnte. „Ich will dich in mir haben. Irgendwann heute."

Schnaubend versetzte Clayton Kellys festem Hintern einen festen Schlag. Ein rosafarbener Abdruck seiner gespreizten Hand blieb auf der straffen Haut zurück. Zeitgleich schob er seine Finger in Kelly. Die widersprüchlichen Sinneswahrnehmungen überrollten Kelly, er krümmte sich zusammen und stieß einen abgehackten Fluch aus.

Kelly massierte das Gel tiefer in den engen, heißen Hintern. Ein Knie auf ein Kissen gestützt, die Hand auf Kellys Schulter gelegt, schob er sich dichter heran und spreizte ihn weiter auseinander. Kelly gab ein ersticktes Geräusch von sich und drückte nach hinten gegen Claytons Hand.

„Ich habe deinen Schwanz gemeint", murmelte Kelly und ließ den Kopf sinken. Seine festen Arme waren angespannt, alle Muskeln zusammengezogen; die Finger in die Polster gekrallt, gegen die er lehnte.

„Du bist zu ungeduldig", neckte ihn Clayton. Dann krümmte er den Finger und streifte den wulstigen Ansatz der Prostata. Ein antwortendes Zittern rann Kellys Rücken hinab und entkam in einem erstickten Wimmern. Noch mal, dieses Mal etwas fester ... und noch einmal, bis Kellys Arme zitterten und seine Ellenbogen unter seinem Körpergewicht nachgaben. Mit einem Griff um Kellys Schulter hielt Clayton ihn, bis die Arme diese Arbeit wieder übernehmen konnten. „Siehst du? Wer warten kann, wird belohnt."

Kelly schnaubte. „Du bist ein Arschloch."

Das fügte er nicht seiner Liste hinzu, doch Clayton musste grinsen, als er seine Finger herauszog. „Ich dachte, du wolltest mich in deinem Arschloch."

Was auch immer Kelly darauf hatte erwidern wollen, verwandelte sich in ein atemloses „Hurensohn", als Clayton seine Schwanzspitze gegen die gelfeuchten Arschbacken drängte. Schmerzhaft pochte die Erregung bis hinunter in seine Eier, während er nach vorne drückte und sich endlich Kellys Hintern eng um seinen Penis zusammenzog.

„Ich mag auch deinen Hintern", gestand Clayton mit rauer Stimme. Mit der Hand zeichnete er die Kurve nach, bis hinab zu Kellys kräftigem Oberschenkel. Die angespannten Muskeln zuckten unter seiner Hand. Sie waren so fest, dass sie zu zittern begannen. „Warum haben wir das nicht schon früher getan?"

Clayton konnte Kellys Lachen bis in seinen Schwanz spüren. Es fühlte sich noch besser an als in seiner Vorstellung.

„Weil das hier eine echt dumme Idee ist. Und wir normalerweise mehr Verstand besitzen?"

Dem ließ sich schwerlich widersprechen. „Darüber können wir uns morgen Gedanken machen."

Ein weiteres Lachen. Kellys Hintern zog sich um Claytons Penis zusammen, als wolle er ihn auswringen. Mit zusammengebissenen Zähnen blieb er bewegungslos stehen, bis er seine Kontrolle wiedererlangt hatte.

„Klingt eher nach mir als nach dir", stellte Kelly fest.

Mit einem kurzen Stoß schob Clayton die Hüften vor und vergrub seinen Schwanz noch einen Zentimeter tiefer. Aufkeuchend krallte Kelly die Finger in das dicke Leder des Sofas.

„Vielleicht kennst du mich ja gar nicht so gut, wie du meinst", gab Clayton zu bedenken. „Ich könnte eine wilde Seite haben."

Hatte er nicht. Sie war vor Jahren weggeschnitten worden. Zusammen mit allem anderen von seiner Mutter Geerbten. Die Wurzeln ihrer Tendenz, schlechte Entscheidungen zu treffen, schienen zwar offensichtlich immer noch vorhanden zu sein, aber nicht ihre Hingabe dafür.

„Ich muss gestehen", stieß Kelly abgehackt hervor, „irgendwie denke ich, dass deine wilde Seite flache Gräber in der Wüste einschließt."

Mit einem Schnauben begann Clayton erneut die Hüften zu bewegen. Glitschig und hart glitt sein Schwanz in Kelly hinein und wieder hinaus. Jedes Mal schob er sich tiefer, bis seine Eier schließlich gegen Kellys Hintern gepresst wurden und ein Pochen bis in die Mulde seiner Hüften zurücksandten. Er beugte sich über Kellys Rücken, legte ihm locker einen Arm um die Schulter und biss sanft in den verschwitzten Nacken.

„Noch nicht."

Dann zog er Kellys Kopf herum und küsste ihn leidenschaftlich. Das Eintauchen seiner Zunge passte sich den glitschigen Stößen seines Schwanzes an. Aus Kellys Kehle stieg ein Stöhnen empor und schlüpfte in Claytons Mund. Grob rüttelten die langen, schnellen Stöße durch ihre Körper.

Kelly zog eine Hand von der Couchrückseite und stemmte sie gegen die Wand, um Claytons raue Stöße etwas abzufangen.

Die Hitze schien sich in Claytons Eiern zu stauen: Diese süße, glitschige Lust nahm mit jedem Stoß zu.

Clayton streckte die Hand nach unten, umschloss Kellys schweren, heißen Penis und begann ihn grob zu wichsen. Voller Genugtuung vernahm er Kellys raues Wimmern.

„Oh Gott, Clayton, bitte", bettelte er und schob sich verzweifelt nach hinten gegen Claytons Körper.

Das dichte Knäuel Lust in Claytons Weichteilen platzte auf, und als er heftig kam, wurde die Befriedigung geradezu aus seinen Eiern gepresst.

Er verschnaufte an Kellys Rücken gelehnt, spürte die festen Muskeln unter sich und presste ihm atemlos einen feuchten Kuss auf die Wange. Dann zog er seinen immer noch steifen Schwanz raus und schubste Kelly auf den Rücken. Mit unzüchtig gespreizten Beinen lag er auf den Kissen; sein Schwanz drängte sich durch die spärlichen Locken in seinem Schritt und neigte sich leicht in Richtung seines Bauchs.

„Großartig", stellte Kelly mit brüchiger Stimme fest. „Ich muss auf der feuchten Stelle liegen?"

Clayton krabbelte auf die Couch und setzte sich breitbeinig auf ihn. Er schob Kellys Beine auseinander und fuhr mit den Händen die Innenseite der Oberschenkel hinauf, und umfasste die schweren Eier. Ein kurzes Drücken unterband jede weitere Witzelei von Kelly und er wölbte die Hüften von der Couch hoch.

„Dieser hübsche Mund muss nicht immer wie ein Wasserfall reden", erklärte Clayton. Dann beugte er sich runter und schloss die Lippen um die Schwanzspitze. Der scharfe, moschusartige Geschmack des Spermas erblühte auf seiner Zunge, als er damit über den feuchten Spalt streifte. Da sich Kelly unter ihm hin- und her wand, schlang er einen Arm unter Kellys Oberschenkel und griff nach dem spitzen Hüftknochen. Langsam glitt er mit dem Kopf tiefer und widmete sich mit Lippen und Zunge eifrig dem harten Schaft.

Aufstöhnend schob Kelly die Finger in Claytons kurze Locken. Er drückte nicht und zerrte auch nicht daran, legte einfach nur die Hand hinein – als ob er ihn einfach nur berühren wollte. Clayton saugte an dem Schwanz, fuhr mit der Hand zurück zwischen Kellys Oberschenkel und stieß den Finger grob gegen den engen Strang des Damms.

„Clayton. Ich werde gleich …", keuchte Kelly warnend, als sich sein Körper zum Orgasmus zusammenzog.

Mit einem langen, groben Zungenschlag leckte Clayton über die Unterseite von Kellys Penis. Wenn er Kelly nicht hätte schmecken wollen, hätte er die Hände genommen. Ein weiterer Zungenschlag und Kelly wurde mit einem erstickten Geräusch, das erneut Claytons Name hätte sein können, vom Orgasmus überrollt. Dickflüssiges, salzig-scharfes Sperma mit dem metallischen Nachgeschmack warmer Pennies pulsierte auf Claytons Zunge.

Schluckend hob er den Kopf. Kellys Schwanz glitt heraus und schmiegte sich an den Oberschenkel. Clayton krabbelte hinauf, umfasste mit einer Hand Kellys Kinn und küsste ihn leidenschaftlich.

„Hast du ein Bett?" Kelly hob die Augenbrauen und Clayton grinste an dessen Lippen. „Ich glaube, in mir schlummert mehr als nur eine schlechte Idee."

ODER, WIE sich herausstellte, eine und eine halbe.

Als ein Wecker schlechte, morgendliche DJ-Sprüche herausposaunte, öffnete Clayton die Augen und starrte eine Sekunde lang verwirrt die halb gestrichene Decke an. Es dauerte jedoch nicht lange, bis sich die Puzzleteile zu einem Ganzen zusammenfügten.

Verdammt, er hatte schließlich doch die Nacht hier verbracht. Clayton schloss wieder die Augen und stieß einen an die schwarzen Innenseiten seiner Augenlider gerichteten Fluch aus. So etwas tat er nicht. Es war einfacher, das Rendezvous der Nacht zuvor zur Tür zu begleiten, wenn es sich um die *eigene* Tür handelte und man nicht gezwungen war, nach der Toilette oder der Adresse zu fragen, um sie dem Uber-Fahrer mitzuteilen.

„Wenn du mit dem Gedanken spielst, dir den Arm abzukauen", murmelte eine schläfrige Stimme neben ihm, „pass auf, dass kein Blut auf den Boden tropft. Es macht eine Heidenarbeit, es wieder aus dem Holz zu schleifen."

Clayton blickte zur anderen Bettseite hinüber, auf der, breit ausgestreckt, Kelly mit dem Gesicht nach unten auf einem Kissen lag. Die Decken hatten sich unter seinem Bauch zusammengeballt und der durch das Fenster scheinende Streifen Sonnenlicht betonte die lebendigen, die Schulter hinabfließenden Farben. Noch ein paar Minuten und die goldenen Strahlen würden sich auf den Weg hinab begeben und die gebräunte, inzwischen vertraute Erhebung des Hinterns einrahmen. Ein interessiertes Zucken seines Schwanzes rief Clayton in Erinnerung, wie genau er hier gelandet war.

Der letzte Rest der selbstzerstörerischen „Ach Scheiß drauf" Einstellung von gestern Nacht versuchte sich mit der Erinnerung, dass er erst in drei Stunden im Büro erscheinen *musste*, durchzusetzen. Clayton unterdrückte sie. Die letzte Nacht war genau das gewesen, was er gebraucht hatte, um die Geister der Vergangenheit zu bannen und Kelly endlich aus dem Kopf zu bekommen. Aber es war eben auch letzte Nacht gewesen.

„Will ich wissen, woher du das weißt?", fragte er.

Kelly rollte sich herum und streckte sich mit der Gründlichkeit einer Katze. Er schien nur aus lockeren Muskeln zu bestehen und bot einen unglaublich heißen Anblick. Clayton verspürte einen hungrigen, starken und hartnäckigen Stich in seinen Eingeweiden. Anscheinend hatte sein Schwanz das Memo, dass sie über Kelly hinweg waren, noch nicht erhalten. Kelly rieb sich mit der Hand über das Gesicht und schob sie dann weiter hinauf in sein Haar.

„Was glaubst du denn, wie ich mir dieses Haus leisten konnte?", fragte er mit einem durchtriebenen Lächeln.

Clayton schwieg eine Sekunde, während er versuchte, herauszufinden, ob Kelly die Wahrheit sagte oder nicht. Dann entschied er, dass das keine Rolle spielte. Schließlich war es unwahrscheinlich, dass er einen Grund haben würde, noch einmal in das sonnige, kleine Haus zurückzukehren. Falls doch, würde er es wohl kaum bis oben schaffen.

Als ob das eine Rolle spielte, murmelte der Rest der dummen Idee. Schließlich hatte es gestern Abend bestens unten funktioniert.

„Ich muss gehen", verkündete er.

Kelly kratzte sich den Bauch, gähnte und deutete mit dem Kinn zur Badezimmertür. „Du kannst zuerst duschen, wenn du magst."

Das machte Sinn und würde dem klebrigen Clayton eine Fahrt in seine Wohnung ersparen. Doch das in seinem Kopf aufblitzende Bild, das ihm den Mund trocken werden ließ, zeigte Dampf, weiße Fliesen und einen nassen und willigen, dagegen gedrückten Kelly. Das tat Clayton definitiv niemals. Der morgendliche Alarm des Weckers – normalerweise seines eigenen – doch es war nun mal, wie es war – war gleichzeitig auch der Ausschaltknopf für One-Night-Stands. Danach widmete er sich dann dem vor ihm liegenden Tag.

„Danke, aber ich werde im Büro duschen", erklärte Clayton nach einem Blick auf die Uhr. „Ich muss früh anfangen, wenn ich Nadines Stunden noch in meinem Arbeitstag unterbringen will. Sieh mal …"

Kelly winkte ab. „Nein, keine Sorge. Ich werde heute damit anfangen, die Infos aufzutreiben, die du benötigst. Außerdem werde ich meine Cousine anrufen. Wenn ich ihr erzähle, was los ist, hat sie das Safe House bis heute Abend geputzt und mit Vorräten gefüllt."

„Ah. Ja. Ich brauche die Informationen über die Finanzen so schnell wie möglich." Clayton befand sich in der Defensive, da sein Hirn damit beschäftigt war, von „peinlichem Gespräch" auf „Arbeit" zu schwenken. Er kratzte sich den Kopf – die kurzen Locken fühlten sich verschwitzt unter seinen Nägeln an – und legte in Gedanken den Kurs für Nadines Fall fest. „Ich will nicht, dass James' Vermögen auf einmal in Bewegung gerät und dann verschwindet."

Kelly erwiderte schulterzuckend: „Das ist dein Part. Ich werde dir allerdings die Munition besorgen."

Er drehte sich auf die Seite, stützte sein Gewicht auf den Ellenbogen und grinste auf Clayton hinab.

„Ich habe letzte Nacht gebraucht." Er beugte sich hinunter und küsste Clayton kurz. Der Kuss nahm Rücksicht auf den morgendlichen Atem und den immer noch auf ihrer Zunge liegenden Geschmack der letzten Nacht. Dann wich er zurück, bevor Clayton dem Verlangen, den Kuss zu erwidern, nachgeben konnte. Ein Lächeln blitzte auf. „Ich denke, ich habe dich auch einmal zum Lächeln gebracht."

„Du bist ein Idiot", knurrte Clayton.

Die Antwort bestand aus einem Schulterzucken. Kelly rollte aus dem Bett und ging ins Badezimmer. Der Drang, ihm zu folgen, nagte an Clayton, führte ihn in Versuchung und ließ seine Eier straff werden. Er ignorierte das Gefühl jedoch, stieg aus dem Bett und tapste auf der Suche nach seinen Sachen nach unten.

Sie befanden sich genau dort, wo er sie gestern zurückgelassen hatte: auf Kellys Fußboden. Nachdem er sich die Hose angezogen hatte, entdeckte er sein Hemd. Stirnrunzelnd betrachtete er die Falten. Doch da er Kelly nicht nach einem T-Shirt fragen wollte, musste es so gehen.

Gerade, als er es über die Schultern gezogen hatte und halb mit seiner Bestellung eines Taxis durch war, hörte er, wie ein Schlüssel in die Eingangstür gesteckt wurde.

„Verflucht", murmelte er leise. Die Frau am anderen Ende reagierte verärgert. „Nein, nicht Sie. Entschuldigung. Zehn Minuten ist perfekt. Ich werde warten."

Er legte auf. Bevor er irgendetwas tun konnte, öffnete sich die Tür und eine kleine, adrette Frau mit einer Wolke dunkler Locken und einem jammernden Baby auf dem Arm kam herein. Bei seinem Anblick stoppte sie und hob hinter ihren großen, schwarzen Brillengläsern eine Augenbraue.

„Oh, hallo", begrüßte sie ihn mit einem trägen, schelmischen Lächeln. „Ich bin Aggie. Und Sie sind … neu, nicht wahr?"

Clayton erschauderte. Er musste *nicht* die … Babysitterin oder Freundin, oder was auch immer Aggie sein mochte, treffen. Während er sein Hemd zu Ende zuknöpfte, lächelte er sie angespannt an.

„Sehr neu", stellte sie immer noch mit diesem Lächeln fest.

„Kelly wird in einer Minute unten sein", sagte er. „Wenn Sie …"

Sie überreichte ihm Maxie. Clayton starrte auf das Bündel Baby hinab, das unter einem flauschigen Schopf schwarzer Haare zurückstarrte.

„Ich bin nicht …"

„Kelly!" Anscheinend konnte man in Aggies Nähe keinen Satz vollenden. Sie lehnte sich an das Treppengeländer und schrie die Treppe hinauf: „Hast du vergessen, dass ich vorbeikomme?"

Oben wurde die Dusche ausgestellt und Clayton hörte Kelly „Scheiße" stöhnen.

7

WASSER TROPFTE auf die hässlichen Bodenfliesen – der Plan sah vor sie auszutauschen, wenn er mit dem Streichen unten fertig war – als Kelly aus der Dusche stieg. Er nahm ein Handtuch vom Halter und trocknete sich schnell damit ab, während er zur Tür hüpfte.

„Natürlich nicht", log er hinunter zu Aggie, ließ das Handtuch an der Schlafzimmertür fallen und begab sich auf die Jagd nach seinen Jeans. „Weil du dich mit Mr Neu vertraut gemacht hast?"

Kelly verdrehte die Augen. Er liebte Aggie. Sie war die einzige Verwandte, die ihn wegen seines Sexlebens ebenso aufzog, wie sie es bei seinen Brüdern tat. Doch sie war auch unverbesserlich.

„Er heißt Clayton", schrie er hinunter. Seine Jeans befanden sich – natürlich – unten. *Mist.* Er zog eine fast saubere aus der Schmutzwäsche und zwängte sich hinein. Der trockene Stoff blieb an seinen feuchten Beinen kleben. „Sei nett. Bei ihm besteht immer noch Fluchtgefahr."

„Er hat Maxie auf dem Arm. Wenn er wegrennt, können wir ihn auf die Fahndungsliste setzen lassen."

Schuld drohte ihn wegen der ganzen „vergiss das Baby" Sache zu übermannen, doch er schob sie zurück in ihre Schachtel. Schließlich war Maxie nicht sein Sohn. Wenn sich jemand schuldig fühlen sollte, dann ja wohl Byron, falls er jemals herausfand, wie das ging.

Schließlich bekam Kelly die Jeans doch über die Hüften. Mit den Fingern kämmte er sich die Haare aus dem Gesicht und überprüfte im Spiegel seine Augen. Eine alte Gewohnheit, doch mehr als einen Freund – oder wie auch immer man einen One-Night-Stand bezeichnen wollte, der eine echt gute dumme Idee war – musste man nun wirklich nicht total verängstigen. Vermutlich würde er dieses Mal darüber hinwegkommen, ohne dass es aufgrund des katholischen Schuldgefühls in einer dreijährigen Beziehung endete.

Dem Büroklatsch nach ging Clayton keine Verpflichtungen ein. Seine längste „Beziehung" hatte ihren Höhepunkt wahrscheinlich bereits nach ein paar Monaten überschritten. Etwas in der Art brauchte Kelly jetzt. Mit Maxie und seiner Mom gab es in seinem Leben genügend Komplikationen. Dem musste er nicht auch noch Clayton auf irgendeine langfristige, dem Untergang geweihte Art hinzufügen.

Er sprang nach unten, direkt in eine von Aggies Umarmungen mit dem Geruch nach Babypuder und Granatäpfeln. Sie verfügte über unerwartete Kräfte. Sie war Pathologin und Cole prahlte gerne damit, dass sie mehr Gewicht stemmen konnte als ein Feuerwehrmann.

„Ich mag ihn", zischte sie ihm nicht sonderlich subtil ins Ohr. „Er ist heiß und weiß, wie man ein Baby hält."

Kelly blickte über ihre Locken zu Clayton hinüber und musste angesichts der überrumpelt wirkenden Miene in dem ernsten, scharfkantigen Gesicht grinsen.

Clayton hielt Maxie mit cooler Kompetenz in seiner Armbeuge und schien kurz davor, sich den eigenen Arm abzubeißen, um zu entkommen. Ein dumpfes, interessiertes Pochen verfing sich in Kellys Eiern und gesellte sich zu dem immer noch vorhandenem, angenehmen Schmerz in den durchs Duschen gelockerten Muskeln.

Der Zeitpunkt war allerdings nicht allzu geeignet.

„Er ist verheiratet", teilte er Aggie voll fröhlicher Verlogenheit mit. „Zwei Kinder, eine Hypothek und ein Teilzeitwohnrecht in der Karibik. Ich bin bloß der Seitensprung."

Diese kleine Attacke auf seinen Charakter brachte Clayton dazu, Kelly anzustarren. Anscheinend fand er wenig Gefallen daran, als Ehemann gesehen zu werden *geschweige denn* als fremdgehendes Arschloch.

Aggie trat einen Schritt zurück und musterte Clayton nachdenklich. Dabei trommelte sie mit den Fingern gegen ihr Kinn.

„Du sagst also, dass er Grundbesitz hat."

Kelly sandte Clayton ein schulterzuckendes „Ich hab's versucht" hinter ihrem Rücken zu. Dann bekam er Mitleid mit ihm. Manchmal ertrug selbst er seine Familie nur schwer. Da war es nicht fair, Clayton ihr ohne Vorwarnung früh am Morgen auszusetzen.

Er nahm ihm Maxie ab und klemmte sich das Baby in die Ellenbogenbeuge. Maxie nieste und schwang – in unsäglichem Babyprotest über sein Leben – die Fäuste durch die Luft.

„Du solltest jetzt gehen", schlug er vor. „Deine Frau wird sich schon fragen, wo du bleibst."

Clayton schaute ihn streng an, wandte sich dann Aggie zu und streckte ihr die Hand entgegen. Als sie sie lächelnd ergriff, bildeten sich Grübchen in ihren Wangen.

„Es war schön, Sie kennenzulernen", sagte er freundlich. In seiner Wange zuckte ein Muskel und nachdrücklich fügte er hinzu: „Und ich bin nicht verheiratet."

Aggie brach in ein kehliges Lachen aus. „Oh, keine Sorge. Niemand nimmt Kelly ernst. Er ist der Scherzkeks der Familie. Es war schön, Sie kennenzulernen, Clayton." Sie verstummte und warf Kelly einen schelmischen Blick zu. „Vielleicht sehen wir uns ja bei dem Barbecue nächste Woche wieder."

„Schhhh", machte Kelly. „Du vergraulst ihn noch."

Während sie in sich hineinkicherte, fasste er Clayton an der Schulter und dirigierte ihn zur Haustür.

„Gib mir etwas Zeit, Maxie unterzubringen", bat er und öffnete die Tür, um Clayton hinauszulassen. „Dann mache ich mich daran, Jimmys Finanzen unter die

Lupe zu nehmen. Wegen Aggie brauchst du dir keine Sorgen zu machen. Sie wird dich nicht aufspüren. Sie *könnte* – immerhin hat sie Zugang zur DNA-Datenbank CODIS – wird es aber nicht."

Clayton stand schlank und linkisch in dem schwarzen Anzug, den er bereits den zweiten Tag trug, auf der Türschwelle und faltete seine Aufschläge wieder über den drahtigen Unterarmen zurück.

„Gibt es irgendetwas in LA, in dem deine Familie nicht ihre Finger hat?", fragte er trocken. „Hör mal Kelly, wegen gestern Nacht …."

Kelly verzog das Gesicht. Seine Schwägerin musste wirklich nicht mitbekommen, wie er auf seiner eigenen Türschwelle das „Es liegt nicht an mir, sondern an dir" Gespräch über sich ergehen lassen musste. An dem bisschen Selbstachtung, das er besaß, würde er gerne festhalten. Daher griff er nach Claytons Hemd und zog ihn für einen schnellen, ungestümen Kuss mit von Stoppeln zerkratzten Lippen zu sich hinab.

Kurz geriet er in Versuchung, doch Maxies Protestgezappel unterbrach den Kuss, bevor Kelly ihn zu mehr als einer Ablenkungstaktik werden lassen konnte. Lässig das Baby in seiner Armbeuge wippend, wich er zurück.

„Hat Spaß gemacht", vollendete er den Satz und grinste. „Ich habe immer vermutet, dass das so sein würde. Gut zu wissen, dass ich richtig lag."

Langsam fuhr sich Clayton mit der Zunge über die Unterlippe und warf einen schnellen Blick über Kellys Schulter. Was auch immer Aggie gerade tat – vermutlich um die Tür herumlinsen – schien ihn zu überzeugen, dass er Kelly auch noch zu einem späteren Zeitpunkt enttäuschen konnte.

Vielleicht lag das aber auch an dem vorfahrenden Auto, das gerade in zweiter Reihe hinter dem verrosteten Chevy des Nachbarn parkte und hupte.

„Sag Bescheid, wenn du irgendetwas in Bezug auf Nadines Situation hinausfindest", bat Clayton schnell. Dann drehte er den Kopf, schaute in den Flur und nickte kurz und sarkastisch. „War nett, Sie kennenzulernen, Aggie."

„Gleichfalls", rief sie, völlig unbeeindruckt, beim Linsen erwischt worden zu sein. „Denken Sie an das Barbecue. Ich mache mithilfe des Restaurantlieferservice ein sehr gutes, japanisches Sushi."

„Ignorier sie einfach", schlug Kelly vor. „Es gibt verbrannte Hotdogs und rohe Rippchen. Geh, solange du kannst."

Claytons Mund zuckte erheitert, doch er befolgte die Aufforderung und ging den Weg hinunter zum Überwagen. Hinter dem Lenkrad beobachtete ihn der Fahrer mit der emotionslosen Apathie eines Menschen, der an diesem Morgen bereits sechs wesentlich interessantere „walks of shame" gesehen hatte.

Daran ließ sich Kellys Ansicht nach vermutlich etwas ändern.

Er lehnte sich mit bloßem Oberkörper gegen den Türrahmen und bemühte sich, mit nackten Füßen und einem Baby auf der Hüfte sexy zu wirken.

„Ich wünsch dir einen schönen Tag, Schatz", rief er hinter Clayton her. „Ruf mich an, okay? Die Kinder vermissen dich."

Der Fahrer blickte inzwischen etwas interessierter. Clayton schaute nicht zurück, zeigte Kelly auf dem Weg zum Auto jedoch über die Schulter den Stinkefinger.

Lachend kehrte Kelly ins Haus zurück. Er schloss die Tür und grinste Aggie an, die ihn mit hochgezogener Augenbraue anschaute.

„Was?"

„Er scheint nett zu sein. Jetzt siehst du ihn nie wieder."

„Du meinst, dass er heiß ist", konterte Kelly. „Du kennst ihn nicht. So nett ist er gar nicht."

Er verspürte leichte Gewissensbisse. Nett war nicht das erste Wort, das Kelly im Zusammenhang mit Clayton benutzen würde. Wahrscheinlich nicht einmal das fünfte. Das Wort war zu … sanft und an Clayton Reynolds gab es nichts Sanftes. Definitiv nicht – stieß ihn sein Hirn kichernd an – letzte Nacht. Doch Clayton war ein guter Mensch, wenn auch nur ehrenamtlich.

„Na, das war ja keine Sache, die in einem gegenseitigen Elternkennenlernen gipfelt", stellte Kelly klar. Er blickte auf Maxie hinab und hielt ihm einen Finger zum Herumkauen hin. „Du verstehst das, Maxie. Manchmal will dein Onkel einfach nur ein bisschen Spaß haben, stimmt's?"

Maxie nieste und schien sich über sich selbst erschreckt zu haben. In Kellys Augen konnte das als Babyzustimmung gewertet werden.

„Gefühle lassen sich nicht wegf… durch Spaß vertreiben", belehrte ihn Aggie. Ihre Zunge stolperte mitten im Satz, um ihn kindersicher zu machen, während sie auf dem Weg in die Küche seine Sachen vom Boden aufhob. „Ich habe bemerkt, wie du ihn angesehen hast. Genau so hast du als kleines, fettes Kind die Rice Krispies angeschaut."

Kelly schnaubte. „Du bist schon zu lange mit meinem Bruder verheiratet." Die fettes-Kind-Phase hatte nur einige Jahre angedauert, bis er akzeptiert hatte, dass es nicht bei einem Wachstumsschub verbrannt werden würde. „Hast du jemals eine Scheidung in Betracht gezogen? Ich kann dir eine gute Kanzlei empfehlen."

Die Pause aus der Küche dauerte so lange an, dass sich Kelly schon fragte, ob er sie beleidigt hatte. Kurz bevor er zu einer Entschuldigung ansetzte, antwortete Aggie leise, mit ruhiger Stimme: „Manchmal."

„Was verflucht noch mal ist los?", platzte Kelly heraus. Er ging zu ihr in die Küche und sah zu, wie sie seine Sachen in die Waschmaschine stopfte. Ursprünglich war es ihre gewesen, die bei seinem Umzug hierhin an ihn weitergereicht worden war. Er hatte nur noch keine Zeit gehabt, sich damit zu beschäftigen. „Du und Cole seid … Himmel, ich weiß nicht. Nicht glücklich?"

Schnaubend ließ sie den Deckel der Waschmaschine fallen. „Sei nicht albern. Wir sind jetzt seit zwanzig Jahren verheiratet. Natürlich sind wir nicht durchgängig glücklich. Niemand ist zwanzig Jahre lang unentwegt glücklich. Es sei denn, er hat irgendeine Störung oder gute Drogen."

„Scheidungsunglücklich denn?"

„Nein. Nicht wirklich", erwiderte Aggie abweisend. Sie drehte sich um, schaute ihn an und verdrehte die Augen. „Hör auf damit. Du siehst aus, als hättest du gerade erfahren, dass der Weihnachtsmann nicht existiert. Cole und ich sind nicht immer einer Meinung. In den letzten Wochen waren wir einfach … noch weniger einer Meinung als sonst."

Ah. Kelly rückte die wahrscheinliche Quelle der Unzufriedenheit in seinen Armen zurecht.

„Das Kind macht mir nichts aus", sagte er. „Es ist ja nicht für lange."

„Vielleicht sollte es dir aber etwas ausmachen", sagte Aggie scharf. „Vielleicht hätten dir eine Menge Dinge etwas ausmachen sollen. Byron … Byron könnte in eine Dose kacken und deine Mutter würde es als Pecanuss Pie anpreisen. Vielleicht sollte es euch allen etwas ausmachen."

Die Worte platzten aus ihr heraus, als hätten sie Angst, sie könnte sich auf die Zunge beißen, bevor sie entwischt waren. Nachdem sie heraus waren, wirkte sie erstaunt. Nicht so, als würde sie das Gesagte bedauern, eher überrascht, dass es so viel zu sagen gab.

„Vielleicht sollten wir das", pflichtete ihr Kelly bei. „Aber was würde das bringen? Die Kacke wäre immer noch am Dampfen, Byrons noch-nicht-ganz-Ex hätte sich immer noch umgebracht und Mom würde dem immer noch nicht gewachsen sein. Es ist einfacher … sich einfach damit abzufinden."

Das war nicht die Antwort, die Aggie hören wollte. Wie sie beide wussten, konnte sie jedoch nichts dagegen vorbringen. Kelly mochte das jüngste Kind seiner Mutter sein, doch das spielte keine Rolle. Byron war das verwöhnte Baby der Familie, der geplante Letztgeborene. Kelly dagegen nur das Ergebnis eines Hochzeitstags mit einem Mangel an Kondomen.

„Ich kapiere das nicht", gestand Aggie rundheraus. „Cole will nicht mal mit mir darüber reden. Er behauptet einfach nur, dass ich das nicht verstehe, dass ihr für Byron Zugeständnisse machen müsst. Warum? Weil er Cop ist? Ihr seid alle Cops. Weil er verdeckt arbeitet? Er könnte kündigen."

„Was will er?", fragte Kelly.

„Das ist eine Frage. Keine Antwort."

„Das ebenso wenig."

Aggie legte den Kopf in den Nacken, sodass die Locken locker über ihre Schultern fielen. Langsam holte sie Luft durch die Nase.

„Tut mir leid", entschuldigte sie sich. „Ich hatte nicht vor, das Thema anzuschneiden. Ich dachte, ich hätte es aus dem Kopf bekommen."

„Was ist es?", drängte Kelly sie. Mit dem Fuß zog er einen Stuhl vom Küchentisch und setzte sich. Es war schon komisch: Babys, insbesondere Maxie, wogen fast nichts, aber das Gewicht des Pakets Zucker, das man mit sich rumschleppte, sorgte nach einer Weile trotzdem für schmerzende Ellenbogen. Er setzte Maxie auf den Tisch, stützte mit einer Hand den Kopf des Babys und schnitt ihm Grimassen. „Wenn es Maxie ist, das Kind ist glücklich bei mir. Ohnehin wird er – bis du eine Vertretung für dich in der Leichenhalle organisiert hast – krabbeln können.

Aggie stieß ein Prusten aus und rieb sich mit den Händen über die Augen. „Bis ich eine Vertretung organisiert habe, ist er in der Vorschule. Nein. Selbst Byron weiß, dass er dabei verlieren würde. Er will Geld."

Maxie zog die Beine in Froschhaltung und wedelte mit den Ärmchen durch die Luft. Das konnte von „Füttere mich" bis zu „Ich mache gerade Kacka" alles bedeuten. Vielleicht war dem Kind auch einfach nur bewusst, dass die Kombination aus Byron und Geld schlecht war. Das hatten sie *alle* bereits in jungem Alter gelernt.

„Warum?", wollte er wissen.

Schnaubend verschränkte Aggie die Arme und umfasste mit den Fingern die Ellenbogen. „Er weiß es besser, als mich zu fragen. Und Cole sagt mir nichts. Er will das Haus verkaufen."

Scheiße.

Obwohl er einen Moment wartete, fiel ihm nichts Besseres ein. „Scheiße."

„Genau." Mit einer merkwürdigen Mischung aus Zuneigung und Bedauern betrachtete Aggie Maxie. Dann stieß sie sich von der Theke ab und kam hinüber, um mit dem Finger über Maxies flaumigen Kopf zu streichen. „Ich liebe das Haus. Mehr als deinen Bruder."

„Du meinst Byron?"

Es herrschte kurz Stille, dann hob Aggie eine dunkle Augenbraue so hoch, dass sich einige Fältchen auf der glatten Haut andeuteten. „Im Moment", antwortete sie erschöpft. „Frag mich noch mal, wenn wir mein Haus verkaufen."

„Aggie …"

„Das war ein Witz", erklärte Aggie schnell. „Du weißt, dass ich Cole liebe. Ihm zuliebe ertrage ich eure Familie. Es ist nur … es seid ihr alle. Ich sollte jetzt gehen, Süßer. Ich komme noch zu spät."

Sie drückte Maxie einen Kuss auf den Kopf und strubbelte Kelly durchs Haar.

„Bring diesen großen, hübschen Kerl mit zum Barbecue. Ich bin immer noch Ärztin. Falls jemand ohnmächtig wird, kann ich damit umgehen."

Kelly verdrehte die Augen und hob Maxie an seine Schulter. „*Clayton* würde ohnmächtig werden. Er ist nicht der Typ für so was."

„Gut, aber wir sehen uns dort", sagte Aggie. Auf dem Weg aus der Küche klopfte sie sich auf die Taschen, um zu überprüfen, ob sich ihre Schlüssel dort befanden. „Und falls sich Byron dazu herablässt, dort zu erscheinen, begreife ich vielleicht endlich, was ihr alle in ihm seht."

Kelly tätschelte Maxies Rücken und hoffte, nicht.

DER SCHUH war unter eines der geparkten Autos gefallen. Der eleganten BMW-Silhouette nach zu urteilen, gehörte es einem Klienten. Keiner der Ermittler fuhr einen derart auffälligen Wagen. Sie besaßen alle nette, mittelalte Fords und staubige alte Pick-ups. In ihrem Metier wollte man nicht zu viel Aufmerksamkeit auf seinen Wagen lenken. Kelly kniete sich auf den Asphalt und atmete den Geruch der Öl- und anderen Dämpfe ein, während er unter dem Fahrwerk nach dem Nike-Turnschuh im Miniaturformat tastete.

„Ich weiß nicht, warum du überhaupt Schuhe brauchst", murrte er. „Du kannst ja nicht mal laufen, Maxie, geschweige denn einen Korbwurf machen."

„Weiße Jungen machen keine Korbwürfe, Kelly."

Kelly wandte den Kopf. Beim Anblick der neben Maxies Babysitz stehenden, äußerst modischen Schlangenlederstilettos verfinsterte sich sein Gesicht.

„Ich glaube, du meinst den Sprungwurf", widersprach er und lehnte sich zurück.

Larry schob eine Hüfte vor, verschränkte die Arme vor der Brust und hob eine perfekt gezupfte Augenbraue. Sie war die einzige ihm bekannte Frau, die es schaffte, in einem Wickelkleid so scharf auszusehen, dass einem die Augen wehtaten.

„Du kannst keines von beiden", behauptete sie. „Da du Urlaub hast, ist das hier vermutlich eine neue, aufregende und bereichernde Erfahrung für Max?"

„Es ist nur ein Gefallen." Kelly duckte sich und spähte wieder unter das Auto. Da war er. Er streckte den Arm aus und griff nach dem Schuh. „Ich muss nur in die Datenbank und einige Anrufe machen. Du bist mich noch vor der Mittagspause wieder los."

Larry nahm ihm den Schuh aus der Hand und beugte sich hinunter, um Maxie hochzuheben. Den Babysitz über den Ellenbogen gehakt, stöckelte sie auf den Aufzug zu. Maxie, der kleine Verräter, gab ein erfreutes Möwengeräusch von sich und schlug mit den Händen in ihre ungefähre, farbenfrohe Richtung.

„Urlaub", schleuderte sie über die Schulter zurück. „Ein festgelegter Urlaubszeitraum. Eine Pause vom Studium, der Arbeit oder dem Alltagstrott. Nicht einfach nur den Arbeitsbeginn nach hinten verschieben."

„Ein Freund hat mich um eine Hintergrundrecherche gebeten." Kelly krabbelte auf die Füße, bürstete sich den öligen Schotter von der Jeans und folgte ihr. „Nichts Aufregendes."

Larry warf ihm einen Blick über die Schulter zu. „Der gleiche Gefallen wie gestern Abend? Für Reynolds?"

„So ziemlich."

Ihr bitteres Lächeln verriet Mitgefühl. „Joe war heute Morgen dort. Ihrer Erzählung nach hat die arme Frau furchtbare Angst. Sie hat sie kostenlos in ihrem Netflixkonto angemeldet."

Das hieß bei Larry soviel wie „ich werde dich nicht mit Rechnungen belästigen". Das wusste Kelly zu schätzen. Technisch gesehen waren sie Partner – Kelly und Jessop stand auf dem Briefkopf, aber … tja, Kelly entsprach eher einem der Detektiv spielenden Hardy Boys aus der gleichnamigen Krimireihe. Larry dagegen ähnelte mehr der Forensic Accounting, einer als Sachverständige in einem Gerichtsverfahren tätigen Wirtschaftsprüferin aus einer Zweitauflage.

Beim Aufzug angekommen, drückte Larry auf den Knopf. Als sich die Türen öffneten, drehte sie sich um und überreichte ihm den wieder mit Schuhen versehenen Maxie zurück.

„Und sie tragen winzige Schuhe, Kelly", erklärte sie, während sie in den Aufzug stieg, „weil sie verdammt niedlich sind."

„Mann, Larry", grummelte Kelly auf dem Weg in den engen, schwarzen Glasaufzug. „Fluch nicht vor Maxie. Sein erstes Wort soll „Grandma" lauten, nicht „Scheiß drauf"."

Auf der Fahrt nach oben verstellte sie grinsend das Armband ihrer Uhr.

„Du wirst ihn vermissen", stellte sie fest, „nachdem dein Bruder seine Sachen geregelt hat."

Kelly lehnte sich gegen die kalte Wand. Er konnte das Brummen des Motors an seinen Schulterblättern spüren.

„Er isst, kackt und schläft. Wenn ich ihn allzu sehr vermissen sollte, kann ich einfach einen meiner Brüder bitten, eine zeitlang bei mir einzuziehen."

Ihn durchzuckte der Gedanke, dass das wohl Cole sein würde, wenn sein ältester Bruder die Sache mit seiner Frau nicht in Ordnung brachte. Ein unheimlicher Gedanke. Cole und Aggie hatten auf Kelly immer wie ein unerschütterlicher Fels in der Brandung – so wie Mom und Dad – gewirkt.

Den ersten Teil von Larry Satz hatte er verpasst, doch sein Gehör zerrte sein Hirn für die letzte Hälfte wieder online.

„… wie leicht du dich mit den Umständen angefreundet hast, Kelly."

„Ich könnte mich damit anfreunden, mal wieder nachts durchzuschlafen", erwiderte Kelly beim Öffnen der Tür.

Ihr Büroleiter begrüßte Larry mit einem Arm voller Akten und Kelly mit einem Stirnrunzeln.

„Du hast Urlaub", rügte ihn Randall. Dann holte er aus seiner Tasche einen Zettel hervor und überreichte ihn Kelly. „Unser Arzt war bereits bei der Klientin. Falls du mit ihm sprechen willst, das hier ist seine Mobilnummer."

„Danke." Nach einem kurzen Blick auf die Nummer, steckte er sie in seine Tasche. Er hob Maxies Sitz hoch und hielt ihn Randall entgegen. „Ich muss einige Recherchen durchführen. Du willst vermutlich nicht …"

Randall scheute zurück, als hätte ihm Kelly gerade einen brennenden Sack Hundekacke überreichen wollen. Er drohte Maxie mit dem Finger.

„Steht nicht in meiner Aufgabenbeschreibung. Babys sind ekelig. Sie bekacken sich – vor deinen Augen."

Er schnappte sich die inzwischen unterschriebenen Akten von Larry, blickte Maxie noch einmal schaudernd an und marschierte zurück in sein Büro. Schulterzuckend blickte Kelly ihm nach, wandte sich dann an Larry und hob hoffnungsvoll den Sitz.

„Larry?"

„Verlockend", gestand Larry und kitzelte Maxie unter dem Kinn. „Aber wenn ich beim nach Hause kommen schon wieder nach Baby rieche, bringt meine Frau mich um. Alles andere gerne. Frag einfach."

Damit versetzte sie ihm einen Klaps auf die Schulter und schritt davon in ihr Büro.

„Wir sollten uns etwas für Eltern überlegen", rief er ihr hinterher. „Wie zum Beispiel eine Kinderbetreuung."

„Dafür gibt es Kinderkrippen", erklärte die inzwischen bei ihrer Tür angekommene Larry. „Und wir haben stattdessen eine großzügige Elternurlaubsregelung."

Mit einem nachdrücklichen Klicken schloss sie die Tür. Kelly blickte auf Maxie, der sich gerade eine pummelige Faust in den Mund schob und zu sabbern begann. Kelly seufzte.

„In Ordnung. Okay, ich erledige die harte Arbeit. Du besorgst Kaffee."

Maxie gähnte ihn an.

„Ich weiß, ich weiß." Kelly kratzte sich im Nacken und machte sich auf den Weg in sein Büro. „Du bist ein Baby. Du kannst nicht mit heißen Flüssigkeiten umgehen. Nun, früher oder später wirst du deinen Beitrag leisten müssen, Junge."

WÄHREND KELLYS Abwesenheit hatte jemand seinen Schreibtisch benutzt. Auf der Glasplatte stand eine leere Kaffeetasse und in seiner Tastatur befanden sich Müslikrümel. Obwohl er sie bereits über dem Mülleimer ausgeschüttelt hatte, spürte er die hartnäckigen Brösel immer noch bei jedem Drücken der Leertaste.

„Wie schwer ist es denn, nicht an meine Sachen zu gehen, Maxie?", fragte er mit einer Hand tippend und gleichzeitig mit der anderen einen blauen Hund mit Knitterohren in Richtung Baby schwenkend. „Das ist doch wirklich nicht schwer."

Maxie gab irgendetwas zwischen einem Quaken und einem Glucksen von sich und begann in dem Sitz auf und ab zu hopsen.

„War das ein Lachen?" Kelly nahm den Blick von dem Monitor mit Jimmy Grahams Lebensgeschichte. Er ließ den blauen Hund – könnte bei näherem Betrachten auch ein Drache sein – herumspringen, bis Maxie erneut das freudige Geräusch von sich gab und mit den Füßen strampelte. Kelly entschied, dass das definitiv ein Lachen sein sollte. Grinsend stupste er den Drachenhund sanft gegen Maxies Nase. „Schau sich einer dich an. Freust du dich, auf der Arbeit zu sein, Maxie?"

Okay. Vielleicht würde Kelly Maxie doch vermissen, falls Byron tatsächlich beschließen sollte, seine Rolle als Single-Vater doch wahrzunehmen. Für einen nervigen, affenähnlich aussehenden Säugling war ihm Maxie ziemlich ans Herz gewachsen.

71

„Vergiss in Zukunft bloß nicht, dass ich dein Lieblingsonkel bin", bat er, als es Maxie gelang, sich eine Handvoll knisterndes blaues Veloursohr in den Mund zu stecken. „Hör nicht auf das, was dein Dad sagt."

Maxie starrte ihn mit riesigen, blauen Augen an und kaute zufrieden auf dem geräuschvollen Ohr. Kelly beließ es dabei und widmete sich wieder der Aufgabe, die Abgründe in Jimmys Leben ans Tageslicht zu bringen. Die erste Recherche hatte die Grundlage gebildet, doch diese hier ging tiefer.

Zumindest theoretisch. Jimmy Graham schien nichts unter der Oberfläche verborgen zu haben. Kelly kratzte sich die Wange und griff nach der Kaffeetasse. Nur der Geruch nach altem Zimt bewahrte ihn davor, den Spuckschluck eines anderen zu trinken. Er verzog angewidert das Gesicht, beugte sich vor und stellte die Tasse weit außerhalb seiner Reichweite an den Schreibtischrand.

Irgendetwas stimmte da nicht. Kelly lehnte sich in seinem Stuhl zurück. Als sich sein Gewicht nach hinten verlagerte, ächzte der Stuhl. Er verfügte über genug, damit Clayton Jimmys Finanzen einfrieren lassen konnte. Um mehr war er nicht gebeten worden.

Er warf einen Blick auf Maxie, der immer noch glücklich auf sein Kuscheltier sabberte und versuchte, sich das Baby in einem trostlosen, stickigen, kleinen Safe House vorzustellen: verängstigt, voller Sorge um seine Mom, nicht bereit, irgendjemandem zu vertrauen. Die modrige, neue Angst, die sich in Kellys Magen zu einem Knoten zusammenballte, kümmerte es nicht, dass das gar nicht zur Debatte stand.

„Noch ein bisschen rumzuschnüffeln, kann ja nicht schaden", sagte er und zwickte in Maxies, inzwischen wieder nackte, Füße. „Nachdem ich das hier an Clayton geschickt habe. Nur um zu sehen, was dabei ans Licht kommt. Nun, wir werden sehen. Du bleibst so lange bei Mrs Ryder und ihren Kätzchen. Keine Obervierungen, bis du älter bist."

8

MAN KÖNNTE die Häuser in Nadines Straße wie die Steine beim Damespiel versetzen, ohne dass es jemand bemerken würde. Die flachen, geräumigen Häuser waren hübsch und besaßen große Fensterfronten. Es waren jedoch alles die gleichen akkuraten, schnörkellos geometrischen Häuser auf den gleichen, gepflegten Grundstücken. Einige waren in der gleichen Farbe gestrichen und bei einem hatte man den Rasen durch ein Rechteck kleiner, weißer Steine und große graue Gehwegplatten ersetzt. Doch das war nur Kosmetik. Hinter der Fassade war alles gleich.

Kelly hatte zwei Tage und eine Stunde länger als vorgesehen gebraucht – ein Stau auf der I-405, Kellys Vermutung nach, nachdem er bis an die Stelle gelangt war, vermutlich ausgelöst durch eine von einem Kind auf die Straße geworfene Spongebob Haarbürste – ehe er tiefer in Jimmys Leben eintauchen konnte. Zwei Tage und den Austausch von vier förmlichen, arbeitsbedingten E-Mails mit Clayton, wie ihn sein stets hilfsbereites Gedächtnis erinnerte.

Er ignorierte es, während er auf Nadines Haus zuging. Jemand hatte den Garten mit jeder Menge Rosen bepflanzt. Vermutlich Nadine, da Jimmy nicht der Typ dafür zu sein schien. In den letzten Tagen waren sie welk geworden. Die dicken rosafarbenen Köpfe hingen auf den dornigen Stielen und auf dem Rasen lagen Unmengen an Blütenblättern. In der Luft hing schwer der süßliche, an schlecht gewordenes Parfüm erinnernde Geruch verfaulender Blumen.

Kelly ignorierte das am Maschendrahtzaun befestigte Zutritt Verboten-Schild und ging hinein. In seiner Straße hätten sich die Vorhänge von drei Häusern auf jeder Seite bewegt. Hier passierte nichts.

Nadine hatte zwar gesagt, dass Jimmy diese Woche wahrscheinlich arbeitsbedingt nicht zu Hause sein würde, doch Kelly klopfte trotzdem an die Eingangstür und wartete. Es gab nichts Peinlicheres, als erwischt zu werden. Er ließ den Blick durch die leere Straße schweifen, steckte dann die Hände in die Jeanstaschen und ging um das Haus herum.

Im hinteren Garten hatte sich ein Wutanfall entladen.

Eine große Holzplatte war über eine Seite der Terrassentüren gehämmert worden und im Gras lag ein Küchenstuhl. Glassplitter glitzerten auf dem Rasen. Eine alte Schaukel – dem Anblick nach älter als Harry – war aus ihrem Betonfundament getreten worden. Windschief lehnte sie am hohen Zaun. Der kaputte Sitz baumelte traurig an den langen Ketten.

Kelly stieg über ein großes Stück Glas und verzog das Gesicht. Jimmy schien bemerkt zu haben, dass ihn seine Frau verlassen hatte.

Er suchte sich durch die Trümmer einen Weg zur Hintertür und spähte hinein. In der weißen Wand prangte eine Delle. Verantwortlich dafür könnte die auf dem Boden stehende leere Whiskeyflasche sein. Eine zerstörte Toilettentür lehnte an gerade noch verankerten Angeln. Etwas an dem Anblick brachte ganz hinten in Kellys Gehirn eine Saite zum Klingen. Es war nicht die Zerstörung selbst, sondern die Art und Weise, wie sie abgeebbt war. Kelly hatte schon öfter Häuser aufgesucht, um zukünftigen Exfreunden und –freundinnen zur Seite zu stehen. Dabei hatte er die Art Zerstörung vorgefunden, zu der nur die Feindseligkeit und das unermüdliche Weitermachen einer aus dem Gleichgewicht gebrachten Person führen – alles im Haus herausgerissen und auf dem Rasen angezündet, Hundekacke von jedem Tier aus der Nachbarschaft auf die Kleidung des Ehepartners geschmiert. Wenn Menschen durchdrehten, rissen sie sich normalerweise erst wieder zusammen, wenn die Erschöpfung einsetzte.

Das hier war zwar ein einziges Chaos – aber ein halbherziges. Entweder hatte jemand den Spaß gestört oder aber Jimmy war bewusst geworden, dass ihn das überhaupt nicht weiterbrachte, und hatte aufgegeben. Kelly erinnerte sich, dass Byron genau das in ihrer Kindheit getan hatte. Er war zu sechs Therapeuten gegangen, die ihm helfen sollten, seine Wut in den Griff zu bekommen. Das Einzige, das ihn jedoch tatsächlich während eines Anfalls gestoppt hatte, war die Erkenntnis, dass es dieses Mal nicht funktionieren würde.

Doch natürlich konnte man Jimmy nicht mit einem verwöhnten Zehnjährigen vergleichen. Schnell machte Kelly mit seinem Handy mehrere Fotos von dem Chaos und ging dann zurück auf die Straße.

In den Häusern direkt nebenan befand sich auf beiden Seiten niemand. Zwei Türen weiter öffnete eine große, müde aussehende Frau in zerknittertem OP-Schwesternkittel und spähte durch die Lücke zwischen Tür und Sicherheitskette. Sie hörte geduldig zu, bis er Jimmys Namen erwähnte. Dann verschloss sich ihr Gesicht schlagartig.

„Ich kenne sie nicht", stieß sie hervor. „Wir reden nicht miteinander. Wir haben nichts miteinander zu tun."

„Haben Sie letzte Nacht jemanden ins Haus gehen sehen?", wollte Kelly wissen. Er zog sein Handy aus der Tasche und wischte darüber. Die finsteren Visagen einiger Partner von Jimmy waren bereits aufgerufen. „Vielleicht einer dieser Männer?"

Die Krankenschwester presste gereizt die Lippen zusammen. Sie warf nicht einmal einen kurzen Blick auf das Handydisplay.

„Ich arbeite. Ich komme nach Hause. Ich schlafe." Sie wich ins Haus zurück und fügte durch die bereits fast geschlossene Tür hinzu: „Ich kümmere mich um meine eigenen Angelegenheiten."

Damit fiel die Tür ins Schloss. Sie wurde zwar nicht zugeknallt, aber die Aktion vermittelte die gleiche Endgültigkeit.

Kelly versuchte sein Glück bei fünf weiteren Häusern. Nur zwei Türen wurden geöffnet und keiner der Bewohner hatte irgendetwas gesehen.

„Ich wohne nur zur Miete", erklärte ein blonder Mann verschlafen und zuckte hilflos mit den Schultern. Er war so hübsch, dass Kelly Schwierigkeiten hatte, seine Gedanken wieder auf das Thema zu lenken. „Ich möchte in nichts reingezogen werden."

Die letzte Tür schien die vielversprechendste zu sein. Die Frau mittleren Alters, die die Tür öffnete, hatte das Haar unter einem Handtuch verborgen. An ihren Ärmelaufschlägen haftete der Geruch von Bleichmittel.

„Oh, ich bekomme jede Menge mit", sagte sie mit einem gereizten Schnauben. „Dieser Tunichtgut …"

Bevor sie den Satz beenden konnte, unterbrach ihr Mann sie. „Lass es", forderte er sie auf und schaute Kelly finster an. „Nichts für ungut, aber Sie werden morgen nicht mehr hier sein. Er schon."

Damit wurde die Tür zugeknallt.

Seufzend stieß Kelly entmutigt die Luft aus den aufgeblähten Wangen, trat von der Veranda und blickte sich um. Am Ende der Straße widmeten sich zwei kleine Mädchen mit großem Ernst der Aufgabe, ihre gesamte Auffahrt mit matschiger Farbkreide zu bedecken.

Aus einem der Häuser kam eine alte Frau in einem leuchtenden Hawaiihemd und Shorts auf die Straße gehumpelt. Vorsichtig nahm sie auf einer Bank Platz, um auf den Bus zu warten. Ihr Haar war asphaltschwarz. Einen Versuch war es wert.

Kelly joggte über die Straße. Die alte Dame sah ihn kommen und schüttelte den Kopf.

„Junge, was nützt es mir, etwas zu sehen?", fragte sie, als er nahe genug herangekommen war. „Der Mann bedeutet nur Ärger."

„Woher wissen Sie, über wen ich etwas wissen will?"

Mit einem Schnauben nahm sie ihre Disneytasche auf den Schoß. Die gebräunte, mit Altersflecken gesprenkelte Haut spannte sich über ihren Knöcheln, als sie den Griff umfasste. „Sie fragen also nach Petrosyan?", wollte sie höhnisch wissen. „Weil er seine Mülltonnen die ganze Woche auf dem Bürgersteig stehen lässt? Oder geht es um die Harpers, weil ihre Tochter einen merkwürdig geformten Kopf hat?"

„Sie haben ja recht."

Kelly nahm auf der Bank Platz und streckte die Beine aus. Durch das T-Shirt spürte er heiß das Plastik.

„Kelly", stellte er sich vor. „Ich bin Privatermittler und arbeite für Jimmy Grahams Frau."

„Margaret Sirkasian. Dann ist sie also endlich zu Sinnen gekommen und hat ihn verlassen?" Sie bemühte sich, bissig zu klingen, konnte jedoch einen erleichterten Unterton nicht verhindern. „Das wurde auch Zeit. Ich habe es ihr gesagt." Verärgert presste sie die Lippen aufeinander.

„Sie haben ihr gesagt ...?", ermunterte Kelly sie.

Margaret schaut ihn ausdruckslos an und seufzte dann. „Ich habe ihr gesagt, dass Männer ihre Söhne zu ihrem Ebenbild formen. Mein Mann war ein Mistkerl. Meine Söhne sind Mistkerle. Gute Jungen – wie ihre Mutter. Aber Betrüger und Lügner. Harry verdient etwas Besseres, als wie sein Vater zu werden."

„Sind Sie und Nadine befreundet?"

„Waren befreundet", verbesserte Margaret ihn. Sie kramte eine Rolle Bonbons aus ihrer Tasche, holte eins heraus und bot sie dann Kelly an. Es war nicht ganz klar, um was es sich handelte – die übrig gebliebene Hälfte des auf der Seite stehenden Namens war in einer fremden Sprache geschrieben – doch er nahm trotzdem eins. Vielleicht handelte es sich ja um Minzbonbons. *Ihm* gefiel das nicht. Konnte mich aber nicht daran hindern. Ich habe keine Angst vor einem Laufburschen der hiesigen Gauner, der in der Hierarchie ganz unten steht. Dafür bin ich verdammt noch mal zu alt."

Kelly ließ das Bonbon über seine Zunge rollen – er wusste immer noch nicht, um was es sich handelte, doch es schmeckte nach Rosen – und nickte.

„Aber er hat Nadine dazu gezwungen?"

Margaret zerkaute ihr Bonbon. „Mit Freude würde ich dem Mann für vieles die Schuld geben – Lärm, unangenehme Freunde, Einschüchterung – aber er brauchte sie zu nichts zu zwingen. Sie wollte nicht hören, was ich zu sagen hatte. Daher war ich keine gute Gesellschaft. Und niemand möchte mit einer alten Frau befreundet sein, die keine gute Gesellschaft ist."

„Ich glaube, inzwischen würde sie zugeben, dass Sie recht gehabt haben." Kelly schob sich das Bonbon in die Backe. Dann kramte er erneut sein Handy hervor und holte die Fotos aufs Display. „Haben Sie je einen dieser Männer hier gesehen?"

Margaret war die Erste, die tatsächlich die Gesichter der Männer anschaute.

„Ihn kenne ich." Sie tippte mit dem Finger auf das Handy. „Er war eine zeitlang mit meiner Nichte zusammen. Hat geheult, als sie ihn verlassen hat und ihr jeden Tag Pralinen geschickt. Ich weiß nicht, ob er sie zurückhaben wollte oder nur wollte, dass sie fett wird. Kris ... irgendwas. Moushian? Die anderen habe ich möglicherweise hier gesehen, aber *er* hat viele beschissene Freunde."

„Und vor ein paar Abenden?", fragte Kelly. „Haben Sie da jemanden zum Haus kommen sehen? Hineingehen?"

„Keinen von denen."

„Wen?"

Sie lutschte an ihrem Bonbon und hob die perfekt gezupften, sturmgrauen Augenbrauen.

„Es ging um Jimmy", sagte Kelly, „aber sie haben Nadine eingeschüchtert."

Margaret schloss die Augen und verzog das Gesicht. „Solche Männer schüchtern keine Frauen ein", widersprach sie. „Geht es ihr gut?"

„Sie ist ... jetzt in Sicherheit."

Margaret nahm sein Handy und tippte vorsichtig mit dem Zeigefinger auf das Display. „Ich weiß nicht, wie die Männer heißen, die hier waren. Aber mit dem hier hat Jimmy zusammengearbeitet. Gregor. Er hat immer hier rumgehangen und versucht, den starken Mann zu markieren. Einmal habe ich die Polizei gerufen, weil er ein Mädchen belästigt hat. Er hat mir gedroht, ich solle den Mund halten. Hat mir seine Waffe gezeigt."

Ihre Stimme triefte vor Verachtung. Kopfschüttelnd tippte sie erneut auf das Display.

„Keine Ahnung, warum er sich die Mühe gemacht hat. Die Polizei unternimmt nie etwas gegen den Mann oder seine Freunde. Niemand tut das."

Sie reichte Kelly sein Handy zurück. Darauf standen in Kleinbuchstaben der Name und die Adresse.

„Danke. Ich werde Nadine davon erzählen. Sie wird sich bestimmt freuen, wenn sie erfährt, dass Sie ihr immer noch helfen wollen."

Wenn Marie gewusst hätte, wie viele ihrer alten Freunde – die im Laufe der Jahre wegen Byrons umherstreifendem Schwanz und seiner Unfähigkeit, Aufmerksamkeit zu teilen, verloren gegangen waren – ihre Beerdigung besucht und Tränen vergossen hatten, hätte sie sie vielleicht nach der Scheidung angerufen. Dann wäre sie möglicherweise in einer Rehaklinik statt in einem Sarg gelandet.

Margaret stieß ein Schnauben aus und reichte ihm ein Taschentuch. „Spucken Sie es einfach aus, wenn es Ihnen nicht schmeckt", forderte sie ihn auf. Dann erhob sie sich mühsam von der Bank und starrte ihn böse an, weil er versuchte, ihr seinen Arm anzubieten. Am Ende der Straße stoppte ein unscharfer roter Fleck. Mit einem Nicken in die Richtung erklärte sie: „Mein Bus."

Der Bus hielt an und senkte sich ab. Das Zischen der Federung klang beinahe wie ein Seufzer. Nachdem sie eingestiegen und die Fahrkarte bezahlt hatte, blieb sie stehen und blickte zurück.

„Sagen Sie Nadine, dass sie die richtige Entscheidung getroffen hat. Für Harry. Ich bin nicht nachtragend."

Die Tür schloss sich und der Bus fuhr ab, während sie zu einem Sitz stolperte.

Kelly blickte auf sein Handy. Dort stand „Frank's Body-Sheep. Für das Buchstabieren des Namens hatte sie sich mehr Zeit genommen. Gregor Kevoian.

Auf dem Weg zu seinem Pick-up googelte er die Adresse.

KEVOIAN SAH nicht so aus, als würde er unter ein Auto passen. Er war ein großer Mann mit einem noch größeren, über den Bund seiner Jeans hängenden Bauch. Allerdings hatte er kein Doppelkinn. An dem pummeligen Zinken vorbei, der seine Nase war, starrte er auf Kelly hinab und kratzte sich die ungleichmäßigen, schwarzen Stoppeln auf seiner Wange.

„Ich habe keine Ahnung, was verflucht noch mal Jimmy im Moment treibt", knurrte er, steckte sich eine Zigarette in den Mund und schnipste den Zündstein seines Feuerzeugs. Während er redete, wippte das unangezündete Ende und erreichte nie ganz die Flamme. „Wenn Sie ihn wollen, müssen Sie einen Freund von ihm finden."

Kelly hob die Hand, um nicht von der Sonne geblendet zu werden. Hinter Kevoian sah er mehrere, für die Reparatur aufgebockte Autos – von einem sanft gealterten, lila Toyota bis zu einem schwarz glänzenden Firebird-Flitzer. Keiner der Mechaniker befand sich jedoch bei der Arbeit. Sie standen in ihren ölbefleckten Overalls herum und unterhielten sich leise, den Blick auf ihren Chef gerichtet. Kevoians Name mochte nicht über der Tür stehen, aber er war definitiv der Chef.

„Ich habe gehört, dass Sie sein Freund waren", sagte Kelly so freundlich wie möglich. Er hielt seine gekreuzten Finger hoch. „Sie waren so. Oben der, sind Sie."

Das war ein Schnauben wert. Kevoian gelang es endlich, die Zigarette anzuzünden. Er nahm einen tiefen Zug, sodass die Tabakfäden glühten. Dann pflückte er sie von seinen Lippen, stieß den Rauch aus, klemmte die Zigarette zwischen Daumen und Zeigefinger und umfasste sie mit der schwieligen Handfläche. Rauch strömte durch seine Finger.

„Dann lügen Sie", warf er ein. „Jimmy hat keine Freunde."

„Kollegen?"

Kevoian kniff die Augen zusammen. Kelly drehte die Handflächen nach oben, um seine Harmlosigkeit zu verdeutlichen. „Ich bin kein Cop."

„Reporter?"

„Privatermittler. Ich arbeite für seine Frau."

Lachend nahm Kevoian noch einen Zug. Durch den Rauch blinzelnd sagte er: „Hat die dumme Kuh endlich herausgefunden, dass er sich durch die Gegend vögelt?", fragte er. „Wurde auch Zeit. Ich dachte schon, sie ist genauso blind, wie sie blöd ist."

Kelly stellte es nicht richtig. Aus irgendeinem Grund machten die Leute bei der Erwähnung häuslicher Gewalt immer dicht und murmelten „ich habe keine Ahnung, was hinter verschlossenen Türen vor sich geht". Bei dem leisesten Hauch von skandalträchtigem Sex wären sie allerdings in Windeseile an der Tür, um durchs Schlüsselloch zu gucken.

„Ich habe gehört, dass Jimmy für Sie gearbeitet hat", übertrieb Kelly das Erfahrene, um Kevoian Honig um den Bart zu schmieren. Es funktionierte. „Ich … folge nur einigen seiner Einnahmequellen. Den legitimeren."

„Kein Cop?", fragte Kevoian nach.

„Zu klein", erklärte Kelly und zuckte grinsend die Schultern.

Kevoian lachte und blickte über die Schulter in die Werkstatt. Dann deutete er mit dem Daumen auf Kelly. „Hört euch das an. Er wollte Cop werden, konnte aber nicht mal über die Theke sehen."

Die anderen Mechaniker brachen wie auf ein Stichwort in Gekicher aus. Kevoian wandte sich wieder Kelly zu. Er umfasste mit dem Daumen die Nase und atmete ein.

„Jimmys und meine", erzählte Kevoian, „Wege haben sich getrennt. Er hielt sich für ein Ass und zu gut für meine … wie haben Sie es genannt?"

„Einnahmequellen?"

Kevoian deutete mit einem stumpfen, nagelzerkauten Finger auf Kellys Nase. „Genau. Einnahmequellen. Neuerdings hat er neue Kollegen. Aber wecken Sie nicht zu große Hoffnungen bei seiner Frau."

„Oh?"

„Wie ich gehört habe, sind Jimmys gesamte Einnahmequellen kurz davor, völlig zu versiegen", sagte Kevoian. „Dauerhaft. Scheint, als hätte er seine Lektion nicht gelernt, als er mich hintergangen hat. Und seine neuen Freunde? Die sind nicht so verständnisvoll wie ich."

Kellys Job hatte sehr viel Ähnlichkeit mit einem Gespräch mit seiner Mom. Man überzeugte die Leute, Vertrauen zu haben, noch etwas Schmeichelei, um das Ganze in Gang zu bringen und wenn es vorbei war, war es vorbei. Kevoian schien versiegt zu sein, doch Kelly versetzte ihm sicherheitshalber noch einen Schubs.

„Es ist mein Job, eine Liste zu erstellen", erklärte er. „Diese neuen Partner, haben die auch Namen?"

Als Kevoian grinste, wurden seine gelben Zähne hinter den Lippen sichtbar. Er schnippte die Zigarette auf den Boden und zermahlte sie mit der Stahlkappenspitze seiner Schuhe zu Fetzen.

„Lassen Sie mich nachdenken. Es waren … Verpiss Dich … und Halbe Portion."

Schlau.

Schulterzuckend trat Kelly zurück. Er zog eine Sonnebrille aus der Tasche und setzte sie auf, um das grelle Licht zu dämpfen.

„Danke für Ihre Hilfe. Nadine wird das mit Sicherheit zu schätzen wissen."

Kevoian stieß ein Knurren aus und spuckte einen feuchten Klumpen auf den Boden direkt vor Kellys Füße. Dann drehte er sich um und marschierte in die Werkstatt. Die anderen Mechaniker zuckten mit den Schultern. Sie wirkten enttäuscht, dass es nicht zu einem Kampf gekommen war, und entfernten sich langsam.

Tja, das hatte weniger gebracht, als Kelly gehofft hatte, aber mehr, als er erwartet hatte. Er zog das Handy aus der Tasche und rief im Gehen seine SMS auf. Cole war einige Jahre lang für Glendale zuständig gewesen. Er würde wissen, bei wem Kelly wegen Informationen über die Spannungen zwischen den örtlichen Gangs nachhaken konnte.

Die fast sofort erscheinende Antwort lautete:„Warum?"

Kelly verdrehte die Augen. Er begann, eine Antwort zu tippen, stoppte jedoch, als er seinen Pick-up erreichte. Unter seinem Scheibenwischer klemmte ein strahlendweißer Strafzettel.

„Scheiße."

Genau das hatte er jetzt noch gebraucht. Er streckte sich, zog den Zettel vom Fenster und warf ihn auf den Beifahrersitz, während er in das ofenheiße Fahrerhaus kletterte. Gerade wollte er den Motor anlassen, da unterbrach ihn ein lautes Klopfen von Knöcheln auf Glas.

Ein schlanker, dunkler, Baseballcap tragender Mann mit einem Allerweltsgesicht lächelte ihn ausdruckslos an und drehte seinen Finger in einer „runterkurbeln" Geste. Das schien keine gute Idee zu sein, doch als Kelly durch die Windschutzscheibe blickte, stand ein weiterer Mann – mit von der Sonne gebleichten, blonden Haaren und der gleichen ausdruckslosen Miene – vor dem Pick-up. Sein Grinsen ähnelte dem eines Hais: weiße Zähne und völlig humorlos.

„Tja, ich war immer zu hübsch, als gut für mich war", murmelte Kelly und nahm die Brille ab.

Er ließ das Telefon fallen und stieß es mit dem Fuß unter den Sitz. Bevor er irgendetwas anderes tun konnte, explodierte das Seitenfenster. Heiße Glasstücke trafen Kelly am Arm und an einer Gesichtshälfte. Größere Scherben verfingen sich in seinem Ausschnitt. Fluchend fuhr er herum und sah Groß-Dunkel-und-Allerweltsgesicht mit einer Waffe die Überbleibsel des Fensters aus dem Rahmen schlagen. Dann griff der Mann hinein und öffnete die Tür.

„Weißt du, die Tür war gar nicht abgeschlossen", quatschte Kelly los. Anspannung verleitete ihn immer zu dummen Bemerkungen. „Das werde ich der Versicherung melden müssen."

Allerweltsgesicht fand ihn nicht witzig. Er griff Kelly am Kragen und zog ihn aus dem Wagen.

„Du stellst zu viele Fragen", stellte er klar, während er Kelly gegen das Dach des Pick-ups klatschte. „Wir finden, du solltest lernen, dich um deine eigenen Angelegenheiten zu kümmern."

„Das hier sind eigentlich meine eigenen Angelegenheiten", erwiderte Kelly und klopfte sich suchend auf die Hüften. „Ich habe sogar irgendwo eine Visitenkarte."

Höhnisch grinsend schaute Allerweltsgesicht zu Muskelprotz hinüber. „Er hält sich für einen Comedian. Vielleicht sollten wir ..."

Kelly schob die Hand zwischen die Beine des Mannes, packte zu und drehte so fest er konnte. Das Geräusch, das Allerweltsgesicht von sich gab, klang wie aus einem Ballon entweichende Luft. Sein Gesicht verlor jede Farbe. Bevor er sich erholen konnte, versetzte Kelly ihm einen Kopfstoß ins Gesicht.

Er erhielt als Antwort zwar nicht das befriedigende, Knorpel platzende Geräusch einer verschobenen Nase, aber sein Gegner taumelte ächzend rückwärts, während Blut aus den gerissenen Lippen drang.

„Dummes Arschloch", sagte Muskelprotz mit sanfter Stimme. „Du hättest einfach nur die Schläge einstecken sollen."

Er stürzte sich auf Kelly, der auswich. Mit einem heftigen Rumms prallte Muskelprotz gegen die Seite des Autos – Muskeln trafen auf die Metalllegierung –

und prallte wieder zurück. Kelly führte einen schönen Schlag aus – sauber aus der Schulter heraus, die Knöchel direkt auf das Ziel gerichtet – auf den Cole stolz gewesen wäre. Er erwischte Muskelprotz hart genug am Kinn, um ihn genügend durcheinanderzubringen, sodass er einen zweiten, kurzen und fiesen Schlag in den Bauch folgen lassen konnte.

Dieser verursachte seiner Meinung nach mehr Schmerzen in seinen Knöcheln als in Muskelprotz' Bauch. Der Mann grunzte und schüttelte sich einmal kurz, um dann Kelly zu rammen. Seine breite Schulter traf Kellys Bauch und brachte ihn aus dem Gleichgewicht. Kelly schnaubte und hämmerte seine Ellenbogen zwischen Muskelprotz' Schulterblätter. Das war für diesen so schmerzhaft, dass es Kelly gelang, sich aus seinem Griff zu winden.

Allerweltsgesicht spuckte Blut auf den Bürgersteig und zog einen Schlagstock aus der Jacke. Mit einer Schleuderbewegung fuhr er ihn aus. Kelly stolperte mit abwehrend erhobenen Händen zurück.

„Nun komm schon. Kein Grund …"

Er hatte Muskelprotz Zwei übersehen. Der Schlag kam aus dem Nichts links von ihm und erwischte ihn am Jochbein. Er spürte ein hässliches knackendes Knallgeräusch und einen kühlen Luftzug dicht am Auge. *Verdammt.* In seinen Ohren setzte ein schrilles, unmelodisches Klingeln ein und seine Beine gaben unter ihm nach.

Seine Knie prallten mit einem Knacken und einem dumpfen, unangenehmen Knallen, das schnell verebbte, auf den Bürgersteig. Kelly stützte die Hand auf den Boden und versuchte, sich wieder hochzudrücken. Allerweltsgesicht trat ihm mit dem Stiefel auf die Finger und bewegte den Fuß hin und her.

Fluchend biss sich Kelly auf die Innenseite seiner Wange.

„Du gehörst hier nicht hin", erklärte Allerweltsgesicht. „Wir kennen dich. Wir kennen deinen Wagen. Vergiss das nicht."

Der Knüppel knallte auf Kellys Oberschenkel. Dann trat ihm einer der Muskelprotze in den Magen. Kelly stöhnte schmerzerfüllt auf und warf sich zwischen Allerweltsgesichts Beine. Durch den Aufprall wich der Mann zurück und sein Fuß hob sich von Kellys Fingern. Doch die Aktion hatte nichts genutzt. Der nächste Tritt landete mit einem dumpfen Aufprall in Kellys Rippen und riss ihn zu Boden.

Er sog schmerzhaft den Atem ein und rollte sich zusammen, während Tritte und Schläge auf ihn einprasselten. Muskelprotz Eins hatte recht. Es waren drei gegen einen. Er hätte einfach nur die Schläge einstecken sollen. Dann wäre es schneller vorbei gewesen. Jetzt musste er es aussitzen.

9

„NACH SORGFÄLTIGER Abwägung ist mein Klient nicht gewillt, seine Anteile an der Schauspielagentur abzugeben", sagte John Barton. Der Spur Überdruss in seiner Stimme nach zu urteilen, war er seinen Klienten genauso leid wie alle anderen. „Sein Beitrag zum Geschäftserfolg lässt sich vielleicht nicht leicht beziffern, die Unterstützung, die er seiner Frau gewährt hat, war dagegen unbezahlbar."

Auf dem Stuhl neben Clayton stieß Charity Tate ein Schnauben aus. Dieses großartige Schnauben voller Verachtung entstand irgendwo direkt unter ihren Nebenhöhlen. Bevor sie irgendetwas sagen konnte, hob Clayton mahnend einen Finger. Sie schnaubte erneut, lehnte sich jedoch wieder in ihrem Stuhl zurück.

„Na gut", sagte Clayton.

„Was?", platzten beide, baldigen Ex-Ehegatten, heraus.

Charity fügte ein „Einen Scheiß ist es" hinzu, um dem ganzen Nachdruck zu verleihen.

„Da wir nicht zu einer Einigung gelangen", fuhr Clayton ruhig fort, „kann der Richter eine Entscheidung treffen. Außerdem kann ich dann meine Klientin überzeugen, ihren begründeten Anspruch auf Mr Tates – er fächerte mehrere Dokumente auf und überflog die Liste mit den Besitztümern – Strandhaus und Weingut weiterzuverfolgen."

Declan Tates Haut färbte sich vor Zorn über den Wangenknochen rötlich. Das tiefe Dunkelviolett erweckte den Eindruck, als hätte ihn jemand von innen heraus geschlagen.

„Die Hexe mag doch noch nicht einmal Wein", fauchte er.

„Das behaupten Sie", warf Clayton ein. „Und doch trägt jeder dort hergestellte Merlot den Namen meiner Klientin. Außerdem verfüge ich über Zeugenaussagen, die besagen, dass sie wesentlich mehr Arbeitsstunden im Weingut verbracht hat, als das bei Ihnen jemals der Fall gewesen wäre."

„Weil sie den Geschäftsführer gefickt hat!" Declan spuckte die Worte zwischen zusammengepressten, weißen Lippen heraus.

„Eine Affaire, die sie bedauert." Clayton ignorierte Charitys gemurmeltes „nicht". „Und die sie nur aufgrund der Entfremdung eingegangen ist, verursacht durch die langen Abwesenheiten ihres Mannes und dessen Affaire mit seiner Nichte. Ich denke, hier übertrifft die Blutsverwandte den Angestellten."

Declans Gesichtsfarbe wurde tatsächlich noch dunkler. Es sah nicht gesund aus. Das beinahe gestaute Rot bildete einen deutlichen Kontrast zur Blässe seiner Schläfen und seines Kiefers. Er war ein wohlhabender Mann, ein großzügiger Mann in Bezug auf Wohltätigkeitsgalas und glitzernde, funkelnde Benefizveranstaltungen mit Promis. Seine Scheidung hatte jedoch seine schlechte Seite zum Vorschein gebracht. So, wie bei einem Kleinkind, dem man nicht seinen Willen ließ, und bei dem dann das Schlechte zum Vorschein kam.

„Sie glauben wohl, dass Sie mich verflucht noch mal erpressen können", zischte er über den Tisch. „Die verdammte Hure hat von Anfang an geplant, mir alles zu nehmen."

Unter dem Tisch stupste Clayton mit seinem Knie gegen Charitys, doch sie hielt den Mund. Sie benahm sich stets besser, nachdem es ihr gelungen war, ihren Ex zu provozieren. Sie verzog nur die mattroten Lippen zu einem süffisanten Grinsen und beugte sich zu Clayton, um ihm etwas ins Ohr zu flüstern.

„Wenn ich wegen Ihnen die Agentur verliere, werde ich Sie heiraten", wisperte sie. Er spürte ihren Atem klebrig und heiß an seinem Hals. „Und Ihnen das Leben versauen."

Sie drückte seinen Arm und lehnte sich immer noch lächelnd zurück. Auf der anderen Seite des Tischs ballte Declan die Fäuste, stieß urplötzlich ein Knurren aus und schnellte von seinem Stuhl hoch, der krachend nach hinten fiel, sodass Declan auf seiner Flucht aus dem Raum über die Stuhlbeine steigen musste. John schien erleichtert zu sein, dass der Stuhl das einzige auf dem Boden war.

„Ich werde mit meinem Klienten reden", erklärte er, während er die Papiere zusammenraffte und in seine Aktentasche warf. Bevor er den Deckel schloss, zögerte er. „Clayton. Mein Klient ist äußerst … überzeugt, dass er ungerecht behandelt wurde. Er verlangt eine Wiedergutmachung."

Die glänzenden Riegel schnappten unter seinen Daumen zu. Nach einem schnellen Nicken lief John seinem Klienten nach.

„Er verlangt eine Wiedergutmachung", imitierte Charity höhnisch Johns schleppenden Nevada Akzent und lümmelte ihren langen Körper in den Stuhl. Der rote Anzug des früheren Starlets entsprach der Farbe ihrer Lippen. „Er hat Gefühle. Oh, armer Schatz."

Clayton verstaute seine eigenen Dokumente in dicken Ordnern mit dem Emblem der Kanzlei. „Damit wollte er andeuten, dass Ihr Mann etwas Dummes tun könnte."

„Ich verfüge über ausgezeichnete Sicherheitsleute", erklärte Charity. „Und mein neuer Freund ist Fight Choreograf. Daher …"

„Seien Sie einfach vorsichtig."

Sie klopfte mit dem Fingernagel auf den Tisch und holte kurz Luft. Man sah förmlich, wie der Elan aus ihrem Körper rann. Sie seufzte. „Sie wissen, dass er unrecht hat."

Clayton nickte und erhob sich. „Ich halte die Vereinbarung für ausgesprochen fair. Wie schon gesagt, ich hätte mehr für Sie herausholen können."

„Das Weingut ist finanziell gesehen ein schwarzes Loch", teilte Charity ihm abweisend mit. „Der Wein schmeckt wie Essig und der Geschäftsführer hat seiner gesamten italienischen Großfamilie dort Jobs zugeschachert. Ich will es nicht. Und ich wollte nie alles, was ich kriegen kann. Declan ... war mir ... wirklich wichtig. Ihm dagegen war ... nur die Person wichtig, die ich seiner Meinung nach sein sollte."

Clayton schaute überrascht auf sie hinunter. Seiner Erfahrung nach war Charity keine nachdenkliche Frau. Bei ihrer ersten Begegnung hatte sie sich auf direktem Weg zur Kanzlei begeben, nachdem sie ihren Mann mit ihrer zwanzigjährigen Nichte im Bett erwischt hatte. Daher kannte er sie bisher nur verärgert.

„Sie denken, dass ich lüge, stimmt's?", fragte Charity.

„Nein", widersprach Clayton. Er bot ihr eine Hand an, um ihr beim Aufstehen behilflich zu sein. Dann ging er um den Tisch herum und richtete Declans Stuhl wieder auf. „Meiner Erfahrung nach gehen die meisten Menschen mit den besten Absichten eine Ehe ein. Allerdings vergessen sie das manchmal, wenn es schiefgeht."

Charity nickte und nahm die glitzernde Clutch von der Stuhllehne. „Vermutlich. Ich meine, verstehen Sie mich nicht falsch, Clayton. Ich will ihm wehtun. Wenn ich das Sorgerecht für seinen Penis beantragen könnte, würde ich ihn über der Toilette montieren. Es war allerdings nicht immer so. Meinen Sie, er wird seine Forderung nach der Agentur zurückziehen?"

„Er glaubt, dass Sie das Weingut wollen", sagte Clayton und legte Charity die Hand aufs Kreuz, um sie zur Tür zu dirigieren. „Vor die Wahl gestellt, das Gut zu verlieren oder Gefahr zu laufen, die Kontrolle an einen Richter abgeben zu müssen, wird er sich dafür entscheiden."

Clayton brachte sie bis zum Aufzug und ging dann zurück in sein Büro. Während er die restlichen Aufgaben des Tages abwägte, löschte sein Hirn die Einzelheiten des Tate Falls. Den zuständigen Leuten für die Bearbeitung von Nadines einstweiliger Verfügung Dampf zu machen, schob er nach ganz oben auf die Liste, da es nicht viel Zeit in Anspruch nehmen würde. Danach musste er die Änderungen am Ehevertrag zurückweisen, mit deren Ausarbeitung Harris' Verlobte ihren Anwalt beauftragt hatte. Das würde wohl kaum auf Widerwillen treffen, schließlich bezweifelte er, dass Harris' Anwalt Lust hatte, über vertraglich vereinbarten, gegenseitigen Oralsex zu diskutieren.

Heute hatte sich Heather für eine Perrücke mit angeklatschter Pagenfrisur und einen Rat Pack Anzug entschieden. Als sie Clayton kommen sah, sprang sie hinter ihrem Schreibtisch auf.

„Clayton", stieß sie hervor.

„Könnten Sie bitte beim Justizangestellten nachhaken, ob der Richter inzwischen die vorläufige einstweilige Verfügung für Nadine ausgestellt hat?", bat Clayton. „Und wann die Anhörung für die dauerhafte stattfindet? Sollte es irgendwelche Probleme geben, machen Sie einen Aufstand. Ich verstehe nicht, wie unser ursprünglicher Antrag zum falschen Richter geleitet werden konnte. So etwas passiert einfach nicht."

„Das mache ich. Clayton …"

„Außerdem benötige ich jemanden, der ihrem Mann die Verfügung zustellt", sagte er, während er die Tür zu seinem Büro aufstieß. „Kelly wollte ihn anscheinend heute ausfindig machen, sodass er das hoffentlich übernehmen kann. Beim Neilson Fall will mein Klient Widerspruch gegen die Sorgerechtsentscheidung einlegen. Wenn Sie also die ursprünglichen Schriftstücke raussuchen …"

Die Worte blieben Clayton im Hals stecken, als er Kelly auf der Sofakante in seinem Büro sitzen sah. Mit einem Gefühl des Unbehagens hatte er gerechnet – es war lange her, seit er mit jemandem ins Bett gegangen war, der sich möglicherweise mehr erhoffte – aber nicht mit der heißen Welle starken Zorns, der ihn beim Anblick der getrockneten Blutflecken auf Kellys T-Shirt und Jeans überkam. Auf den Armen prangten Blutergüsse in matten, kurz vor dem Erblühen stehenden Hellblautönen. Er saß zusammengekrümmt über einem gegen die Nase gepressten Taschentuch.

Er würde also nicht auf die Couch bluten. Für den Boden erhielt man trotzdem einen Schlag gegen den Hinterkopf, rief sich Clayton aus seiner Kindheit in Erinnerung. Wenn es jedoch auf die Möbel gelangte, stand einem eine weitere Tracht Prügel bevor. Was echt kontraproduktiv war.

„Was zur Hölle ist denn mit dir passiert?", krächzte Clayton. Es klang, als würde sich sein Ärger gegen Kelly richten; doch er konnte ihn nicht einordnen und daher nicht zum Verstummen bringen.

„Das will er nicht *sagen*", platzte Heather hinter Clayton heraus. „Er ist einfach aus dem Aufzug gehumpelt und hat verkündet, dass er auf Sie warten würde. Schauen Sie sich nur dieses arme Gesicht an."

Kelly hob den Kopf und zog hinter dem Taschentuch eine Grimasse.

„Bei Ihnen klingt es, als hätte ich die Nase verloren", nuschelte er mit belegter Stimme.

Clayton schritt hinüber und schnappte sich Kellys Kinn, um den Kopf so weit zu neigen, dass er eine gute Sicht hatte. Die Nase befand sich immer noch an Ort und Stelle, doch das restliche Gesicht sah übel aus. Eine Wange zierte eine dunkelviolette Abschürfung, am Kinn hatte er eine Beule und über einem Auge wölbte sich eine schwarze Augenklappe. Clayton hatte schon Schlimmeres gesehen. Trotzdem sollte sich das nicht auf dem Gesicht befinden, das er unter seinen Finger gespürt hatte und in dem es nur eine einzige Narbe – die alte, verblasste, in der Augenbraue – gegeben hatte.

„Au", stöhnte Kelly.

„Was ist mit deinem Auge passiert?", fragte Clayton.

„Rausgesprungen."

„Oh mein Gott", kreischte Heather. Sie schlug sich entsetzt die Hände auf den Mund und presste die Wörter durch die Finger. „Soll ich 9-1-1 anrufen? Ich sollte 9-1-1 anrufen."

„Sehr witzig", sagte Clayton. „Ist es im gleichen Sumpf versunken wie Liams Familie?"

Er streckte die Hand nach der Klappe aus, doch Kelly hielt seine Hand fest. „Lass das. Das ist kein schöner Anblick. Ich meine, es ist nicht ekelig, aber …"

„Ihr Auge ist wirklich rausgefallen?", fragte die im Hintergrund herumzappelnde Heather. „Ich sollte jemanden anrufen."

„Nein", widersprach Kelly.

„Ja", verbesserte ihn Clayton. „Du siehst grauenhaft aus."

„Was soll ich tun?", fragte Heather aufgeregt.

Kelly zog das Kinn aus Claytons Griff und lehnte sich zurück. Vorsichtig zupfte er das Taschentuch von seiner Nase und ballte es zusammen, als kein Blut herauslief. „Ich bin in Ordnung. Wirklich. Könntet ihr mir bitte einfach nur ein paar feuchte Tücher oder so was besorgen?"

Nach einem Moment nickte Clayton Heather auffordernd zu. Sie schien erleichtert, etwas zu tun zu haben, und sauste hinaus. Clayton setzte sich neben Kelly und fuhr mit den Fingern prüfend durch die schwarzen Bartstoppeln. Es gab keine klebrigen Stellen, keine empfindlichen Schwellungen an den Knochen.

„Sie wollten mich nicht umbringen", erklärte Kelly.

„Dann bist du also einfach nur ein Idiot?"

Kelly grinste, zuckte jedoch zusammen, als er gegen seine Nase stieß.

„Wusstest du, dass es beim LAPD keine Mindestgröße gibt?", fragte er.

Clayton schwieg eine Sekunde und nahm dann widerwillig seine Hand weg.

„Das wusste ich nicht." Er erhob sich von der Couch und ging zum Aktenschrank hinüber, in dem er den „ach scheiße" Whiskey aufbewahrte. Es war kein guter Whiskey. Er war nicht mal okay. Doch jeder neue Dad, den er bekommen hatte, hatte ihn getrunken und das herbe Brennen passte gut zu schlechter Stimmung. „Du hast immer gesagt, das wäre der Grund, warum du kein Cop bist."

„Ich habe gelogen. Dem LAPD ist es egal, ob du eine halbe Portion bist. Sie setzen allerdings voraus, dass die Anwärter noch alle Körperteile besitzen, aber mir fehlte ein Auge."

Clayton goss ein Glas voll und brachte es ihm. „Trink das."

Kelly schnüffelte zuerst daran. Das scharfe Brennen brachte ihn zum Blinzeln. Allen Mut zusammennehmend, trank er einen Schluck … und zuckte zusammen.

„Was ist passiert?" Claytons Frage klang eher neugierig als teilnahmsvoll. So, als wolle er die Geschichte auf Ungereimtheiten prüfen.

„Ich war ein Kind. Es war traumatisch. Ich kann mich nicht mehr wirklich erinnern." Irgendetwas daran klang für Clayton zu bemüht – nicht unbedingt nach einer Lüge, aber wie etwas, das er so oft gesagt hatte, dass es keine Verbindung zum tatsächlichen Ereignis mehr besaß. „Um ehrlich zu sein, denke ich kaum noch daran."

„Bis dir jemand ins Gesicht schlägt?"

Kelly signalisierte seine Zustimmung durch ein Schulterzucken.

„Ja. Sie haben mir das falsche Auge direkt aus dem Kopf geschlagen." Er streckte Clayton den Whiskey entgegen und neigte ihn einladend, sodass die bernsteinfarbene Flüssigkeit gegen die Seiten des Glases schwappte. Clayton nahm es entgegen und leerte den Rest. Er schmeckte, wie Rohrreiniger roch, doch der starke Alkohol half ihm, sich trotz des Ärgers und der leichten Verwirrung zu konzentrieren.

„War das Nadines Mann?"

„Nicht direkt." Kelly rieb über die Ecke seiner Augenklappe, als würde sie jucken. „Diese Aufmerksamkeit habe ich Männern zu verdanken, die ich für verdeckte Polizisten halte."

Clayton leckte sich herben Alkohol von den Lippen. „Das waren Polizisten? Bist du sicher?"

„Du kennst doch die Bedeutung des Wortes Verdeckt? Sie haben mir nicht ihre Marke gezeigt." Kelly lehnte sich zurück und legte einen Arm beschützend über seine Rippen. „Aber ich bin unter Cops aufgewachsen. Einer meiner Brüder arbeitet undercover. Sie haben sich wie Cops bewegt. Groß, Dunkel und Allerweltsgesicht hat seinen Knüppel wie ein Cop eingesetzt."

„Allerweltsgesicht?"

„Das war eine Schlägerei, keine Verabredung zum Sex. Wir sind nicht wirklich dazu gekommen, uns gegenseitig vorzustellen."

Claytons Mundwinkel zuckten. Er hatte das Gefühl, dass Kellys und seine Definition einer Verabredung zum Sex etwas voneinander abwichen. Es hatte einige gegeben, bei denen er das Gesicht nicht gesehen hatte und nur die mit heißem Atem gehauchte Zustimmung und Hände in einem schummrigen Club wichtig gewesen waren. Währenddessen war er nie von jemandem zusammengeschlagen worden, dessen Geburtsdatum er nicht kannte.

Das war nur einer der Gründe, warum er nicht das war, was ein alberner Romantiker wie Kelly brauchte.

„Und was bedeutet das jetzt?" Clayton zog ein weiteres Glas Whiskey in Erwägung, entschied sich dann jedoch dagegen. Einer weckte die Lebensgeister. Zwei dagegen waren einfach nur Saufen am helllichten Tag. Er stellte das Glas auf die Schreibtischkante. „Ermitteln sie gegen Jimmy? Sie wollen nicht, dass du ihn verschreckst. Er wäre nicht der erste Mann, der während eines Scheidungsverfahrens keine Nachsendeadresse hinterlässt. Deshalb bin ich so hinterher, seine Finanzmittel eingefroren zu bekommen."

Kelly schien daran zu zweifeln. „Vielleicht."

„Aber?"

„Wahrscheinlicher ist, dass es sich um eine laufende Ermittlung handelt *und* er ein Informant ist", meinte Kelly. „Ich habe mit ein paar Leuten geredet. Er ist nicht sehr beliebt bei seinen Nachbarn. Mehrere Male sind die Cops gerufen worden, haben aber nichts unternommen. Bei meiner Nachforschung habe ich kein Protokoll zu dieser Adresse gefunden."

Clayton runzelte die Stirn. „Das ist kein Beweis."

„Ich weiß, aber irgendetwas geht da vor sich."

Er ließ das Gummi seiner Augenklappe zurückschnellen, um seinen Standpunkt zu unterstreichen. Dagegen konnte Clayton nichts sagen. Außerdem ließe sich mit einer Einmischung auch die zuvor nie dagewesene Fehlleitung des Antrags für die einstweilige Verfügung erklären.

„Ich werde mit Baker reden", schlug er vor. „Er hat früher für den Bezirksstaatsanwalt gearbeitet und immer noch Freunde dort. Falls irgendetwas vor sich geht, werden ihnen zumindest kleine Wellen aufgefallen sein."

Kelly nickte. „Ich werde ..."

„Nichts tun", sagte Clayton bestimmt. Er ignorierte Kellys Protestversuch und ließ ihn nicht zu Wort kommen. „Ich habe dich um einen Gefallen gebeten. Du solltest lediglich ein paar Recherchen zu einem Schmalspurmisshandler durchführen. Das hier ist eindeutig darüber hinausgegangen. Halt dich da raus, Kelly."

Das war ein guter Rat, doch Kelly antwortete nur mit einem unhöflichen Schnauben. „Leck mich", fauchte er und drückte sich von der Couch hoch. „Ich tue das nicht für dich. Ich mag das Kind. Nadine tut mir leid und ich werde ihnen helfen."

Clayton strich mit dem Daumen über den Kratzer auf Kellys Wangenknochen. „Das auf dem Gewissen zu haben, das brauche ich nicht, Kelly. Ich brauche dich nicht."

Ein verletzter Ausdruck huschte über Kellys Gesicht – eine Emotion, die jeder andere, nur nicht der das Herz auf der Zunge tragende Privatermittler, versteckt hätte – und verschwand wieder. Kelly zuckte mit den Schultern.

„Sie schon."

Die Tür öffnete sich und Heather kam hereingetrippelt. Unter ihrem Kinn klemmte ein Haufen Papiertaschentücher und ein Erste Hilfe Set.

„Ich habe die hier im ... äh ... Tut mir leid."

Clayton widerstand dem Drang, seine Hand wegzureißen. Er tat nichts Intimes, sondern zeigte einfach nur allgemeine Besorgnis gegenüber einer Verletzung. Gelassen trat er zurück und strich sich abwesend mit einer vertrauten Geste das Hemd über dem Bauch glatt.

Die griffige Baumwolle unter seinen Fingern war eine Erinnerung daran, wer er jetzt, aber auch, wer er früher gewesen war.

„Wasch dich und fahr nach Hause, Kelly", forderte er ihn nachdrücklich auf. „Falls ich noch etwas benötige, werde ich Larry anrufen."

Heathers halbblauten Protest ignorierend marschierte Clayton aus seinem Büro. Heißer Zorn rumorte in seinen Eingeweiden und quälte ihn während des Gehens. Kelly war ein guter Mensch. Er verliebte sich und plante Urlaube auf

Bali. Er nahm ein Baby bei sich auf, um seinem Bruder eine Pause zu ermöglichen. Und jetzt hatten ein paar Arschlöcher beschlossen, ihm wehzutun, um einem gewalttätigen Ehemann einen Gefallen zu tun.

Um derartigen Dingen zu entfliehen, war Clayton von zu Hause weggegangen.

BAKER LEHNTE sich in seinem ergonomischen Lederstuhl zurück und schob sich die Brille mit dem dünnen Drahtgestell auf die Stirn. Dann verschränkte er die Arme vor dem Bauch und klopfte die Daumen gegeneinander.

„Der Graham Fall?", fragte er und verlagerte sein Gewicht nach hinten. „Ich könnte jetzt verwirrt tun … so, als wäre es mir entfallen, um dich zu zwingen, es mir zu erklären. Dabei würdest du hoffentlich bemerken, wie unvernünftig du bist. Oder aber, ich könnte einfach darauf hinweisen, dass wir uns einig waren, dass die Kanzlei keine Arbeitskraft dafür verschwendet. Entscheidungen über Entscheidungen."

Clayton faltete seinen langen Körper in einen der Stühle auf seiner Seite des Schreibtischs. Ganz anders als Bakers extra auf ihn angepasster, die Lendengegend-unterstützendes-und-aktivierendes-Hightech-Technologie-Teil, bestanden sie aus Metallröhren mit Ledergeflecht.

Wie Baker zu sagen pflegte, schenkte ihm ein unbequem sitzender Klient Aufmerksamkeit. Zum Glück war Clayton die Stühle gewohnt.

„Wir können ja einfach voraussetzen, dass du beides getan hast. Dann könnte ich erklären, warum ich gerade meinen Kopf dafür hinhalte."

„Nun, ich hatte vermutet, dass das etwas mit dem verdammten Kelly in deinem Büro zu tun hat." Er grinste über Claytons überraschte Miene und gab vor, die Nägel an seinem Anzugrevers zu polieren. „Ich habe meine Augen überall, Clayton."

„Heather hat es dir erzählt?"

„Heather hat es mir erzählt. Also …" Baker blickte auf seine Uhr. „Du hast zehn Minuten, mich davon zu überzeugen, dass ich dir keinen Vortrag halten und dir nicht unsere unangenehmsten Klienten zuteilen sollte. Ab jetzt."

Als Startsignal deutete er mit einem silbernen Kugelschreiber auf Clayton und wartete.

„Ich glaube, wir haben ein Problem mit dem LAPD."

Es herrschte Schweigen, doch in Bakers tiefblauen Augen blitzte Interesse auf. Er hatte angebissen. Den geflüsterten Erzählungen nach – und selbst Clayton kannte nicht die ganze Geschichte – war Bakers Abschied von der Bezirksstaatsanwaltschaft bitter gewesen.

„Okay. Köder geschluckt", verkündete Baker. Er hatte seinen Job als Bezirksstaatsanwalt schließlich nicht an den Nagel gehängt, weil er nicht gerissen genug gewesen wäre. „Zwanzig Minuten. Rede weiter."

Clayton umriss grob das Geschehene: von der Verzögerung bei Gericht bis zur professionell ausgeführten Schlägerei gegen Kelly. Die Wut schlich sich wieder in seine Stimme, als hätte sie nur auf die Gelegenheit gewartet. Bakers geschürzten Lippen und der Ticktack Bewegung seines Kugelschreibers nach zu urteilen, hatte er es ebenfalls bemerkt.

Es war kein Fall, mit dem Clayton gerne vor Gericht gegangen wäre, da er nur Vermutungen und Zufälle aufweisen konnte. Eine Sache gab es, doch er wusste nicht, ob sie ausreichen würde, um Baker zu überzeugen.

„Kelly denkt, dass es Cops waren. Wenn er recht hat, haben wir ein Problem", beendete er seine Erzählung.

„Ich will ja kein Miesepeter sein, aber wenn er unrecht hat, habt ihr immer noch ein Problem", stellte Baker klar. „Wie geht's Kelly?"

„Er ist immer noch ein Idiot", antwortete Kelly. Dann versetzte ihm sein Gewissen einen Tritt und er verzog das Gesicht. „Das ist nicht fair. Er ist kein Idiot, sondern einfach nur … Kelly. Was das Gleiche wie ein Idiot ist, nur mit voller Absicht."

Baker schüttelte glucksend den Kopf. „Du weißt schon, dass du dir eines Tages eingestehen musst, dass du ein kleines bisschen in ihn verliebt bist?"

Für eine Sekunde zog Clayton die wilde Spekulation in Betracht, dass Bakers „Augen überall" bis in Kellys Wohnzimmer reichten. Das war natürlich nicht der Fall.

„Sag mir bitte nicht, dass du rückfällig geworden bist und die Anonymen Romantiker verlassen hast", seufzte Clayton.

Baker schnaubte und erhob sich. Dann nahm er sein maßgeschneidertes Jackett vom Haken hinter dem Schreibtisch und zog es an. „Romantik ist es, wenn das Objekt deiner Zuneigung in deinen Augen besser ist, als das tatsächlich zutrifft. Liebe, wenn du es nicht schaffst, dir einzureden, dass er ein Idiot ist, egal, wie sehr du dich auch bemühst."

„Ich liebe Kelly nicht."

„Natürlich nicht", sagte Baker mit leichtem Spott. „Du glaubst ja nicht an die Liebe."

„Ich bin Scheidungsanwalt." Als er die Worte in seinem Kopf geformt hatte, waren sie unbeschwert gewesen. Auf seiner Zunge angekommen, enthielten sie einen Hauch Bitterkeit. „Ich glaube an Eheverträge."

Baker schwieg und schloss die Knöpfe seines Jacketts. „Liebe kann halten, Clayton. Meine Eltern waren fünfzig Jahre lang wahnsinnig verliebt ineinander. Von dem Moment an, an dem sie sich begegnet sind."

„Du hast deine Eltern gehasst."

„Tja, sie waren homophobe Arschlöcher. Aber nur, weil sie mich gehasst haben, bedeutet das nicht, dass sie sich nicht geliebt hätten."

Clayton verdrehte die Augen. „Eine immer besser werdende Geschichte", stellte er ungeduldig fest. Dann versuchte er, das Gespräch wieder auf das eigentliche Thema zu lenken. „Was soll ich deiner Meinung nach wegen dieses Falls unternehmen? Ich bin auch früher schon bedroht worden, aber normalerweise richtet sich das direkt gegen mich. Noch nie hat jemand Schläger auf einen unserer Ermittler gehetzt."

„Außerdem waren sie Rassisten", verkündete Baker. Als er Claytons verwirrten Gesichtsausdruck bemerkte, erklärte er schulterzuckend: „Meine Eltern. Das will ich nicht auslassen. Und jetzt mach deinen Job und konzentrier dich auf deine Fälle."

„Ich kann nicht ignorieren …"

Baker sprach einfach weiter. „Ich werde einige Anrufe tätigen. Mal sehen, was ich über diesen Jimmy Graham herausfinden kann. Es gibt immer noch einige Gefälligkeiten, die ich einfordern kann. Überlass das mir."

„Danke." Clayton erhob sich. „Jetzt schulde ich dir einen. Wie du gesagt hast: Das ist kein Fall der Kanzlei."

„Ich war ein sehr guter Bezirksstaatsanwalt", sagte Baker. Er wirkte ungewohnt ernst, beinahe grimmig. „Ich bin gegangen, weil ich aus … verschiedenen Gründen kein guter Staatsanwalt mehr sein konnte. Daher erwarte ich, dass die Leute, die geblieben sind, ihren Job machen, die Leute beschützen und nicht eine misshandelte Frau und ihr Kind wegen irgendwelcher fragwürdigen Informationen aus einer fragwürdigen Quelle verraten. Wenn deine Vermutung stimmt, ist das der Fall. Sollten die anderen Partner Einwände dagegen haben, werde ich mich darum kümmern."

Jahrelang hatte sich Clayton den extravaganten Baker mit dem trockenen Humor nicht in einem Gerichtssaal vorstellen können. Jetzt schon.

„Ich werde heute Abend mit Nadine sprechen", verkündete Clayton und vermerkte im Hinterkopf, Heather von der Aufgabe zu befreien. Sie hatte bereits mehr als genug getan, und er würde sie keiner Gefahr aussetzen. „Falls du irgendwelche Fragen hast …"

Nachdenklich richtete Baker seine Manschetten und überprüfte sein Aussehen im Spiegel. Ein Zupfer am Kragen und er war zufrieden. „Eigentlich würde ich gerne selber mit ihr sprechen. Ich weiß, was ich fragen muss. Später. Manche Gefälligkeiten fordert man besser von Angesicht zu Angesicht ein."

Nachdem er gegangen war, musterte sich Clayton prüfend im Spiegel. Sein Anzug war genauso – fast genauso – teuer wie Bakers, aber statt leuchtender Farben und gemustertem Futter hatte er sich für Dunkelgrau mit einem schwarzen Hemd entschieden.

Doch das war das Problem. Es war nicht so, dass er nicht an die Liebe glaubte. Er glaubte nur nicht, dass sie hielt.

Schließlich ging er jedes Mal, wenn er vor Gericht trat, zu ihrer Beerdigung.

10

Zu den wenigen Dingen, die Clayton von zu Hause vermisste, gehörte die Dunkelheit. In Utah fiel die Nacht wie ein Bühnenbild urplötzlich in die Wüste hinab. In LA dagegen wurde es nie richtig dunkel. Die Lichter leuchteten nur noch heller. Es wurde langsam spät, aber nicht zu spät, um sich in einen Club zu begeben und dort auf die Suche nach einem hübschen Hintern in schwarzem Leder zu machen. Allerdings definitiv zu spät, um sich durch die dichten Verkehrssträngen auf dem Highway zu schlängeln und definitiv zu spät, auf einem Motorrad durch die adrette, kleine Straße zu Kellys komischem, gelben Haus zu brausen.

Doch irgendwie war er jetzt trotzdem hier.

In seinem Kopf hob ein grinsender Baker mit wissender Miene die Augenbrauen. Clayton stieß gereizt den Atem aus. Er hielt an und trat mit der Ferse den Ständer hinunter. Baker wusste nicht so viel, wie er zu wissen meinte. Außerdem gab es nichts, das Clayton gegenüber sich selbst noch gegenüber irgendjemand anderem hätte zugeben müssen. Er hatte in seiner Kindheit lediglich zu viele Nächte damit zugebracht, sich Sorgen darüber zu machen, dass der violette Knoten an der Schläfe seiner Mom sie umbringen würde oder dass die Flasche, die sie zu seinem neuesten Dad mitgenommen hatte, sie in eine Mörderin verwandeln würde. Die alten Gewohnheiten würden ihn nicht in Ruhe lassen, bis er sich vergewissert hatte, dass Kelly nicht ohnmächtig und an der eigenen Zunge erstickt war.

Clayton nahm den Helm ab und hängte ihn an den Motorradgriff. Mit der Hand fuhr er sich durch das schweißnasse, verklebte Haar. Stirnrunzelnd entdeckte er am Bordstein den vertrauten Pick-up mit den staubigen Fenstern. Falls Kelly zurückgekehrt und seinen Wagen nach Hause gefahren hatte, würde Clayton das als Bestätigung nehmen, dass der Mann ein Idiot und nicht bloß ein Romantiker war.

Er stieg vom Motorrad und ging zur angelehnten Eingangstür. Erhobene Stimmen und das unglückliche Jammern eines Babys drangen hinaus in die warme Nachtluft. Clayton versteifte sich, seine Nackenhaare stellten sich auf. Vielleicht hatte gar nicht Kelly den Pick-up nach Hause gefahren. Irgendeine Art Ausweis darin, und die Männer, die Kellys Gesicht zuvor über den Bürgersteig gerieben hatten, hätten mit Leichtigkeit hierhergefunden. Wenn Kelly recht hatte mit seiner Vermutung, dass die Polizei in der Sache mit drin hing, hätten sie dazu nicht einmal einen Ausweis benötigt.

Das bedeutete jedoch auch, dass es keinen Sinn machte, 9-1-1 zu wählen.

Clayton verzog das Gesicht, stieß die Tür auf und trat vorsichtig in den Flur. Die drei Männer im Raum drehten sich um und starrten ihn an.

„Wer zur Hölle bist du?", fragte die größere, blonde Version von Kelly barsch.

„Was willst du hier?", wollte der älteste der drei wissen und legte dem blonden Kelly die Hand auf die Schulter. Kelly ähnelte er nicht allzu sehr, besaß aber große Ähnlichkeit mit dem Blonden.

„Er ist willkommen", erklärte Kelly bissig hinter ihnen. Er trug immer noch die Augenklappe, die ihm ein verwegenes Aussehen verlieh. „Anders als ihr zwei."

Brüder. Natürlich. Kelly hatte seine Familie – eine große, eng verbundene irische Familie. Clayton brauchte sich nicht von seinem Wohlergehen zu überzeugen – diese Aufgabe konnte er ohne jeden Skrupel abgeben.

„Du hast uns hergebeten", stellte der Blonde klar.

Der Ältere trat einen Schritt vor und streckte die Hand aus. Wenn er lächelte, besaß er mehr Ähnlichkeit mit Kelly. Das Lächeln erreichte jedoch nicht die Augen unter den rotbraunen Brauen.

„Du musst Clayton sein", sagte er, als Clayton die Hand ergriff. „Ich bin Cole. Das ist Wilde."

Mit einem Kopfnicken deutete er nach hinten auf den anderen Bruder. Wilde begann zu kichern und schaute zu Kelly. „Das ist er also? Thanksgiving Clayton?"

„Halt die Klappe", murmelte Kelly. Röte breitete sich über seinen Wangenknochen aus.

Wilde lachte. Cole ignorierte ihn und musterte Clayton aus zusammengekniffenen Augen.

„Du hast neulich meine Frau kennengelernt. Agatha."

„Stimmt."

Der Griff um Claytons Hand verstärkte sich. „Und weil er dir einen Gefallen getan hat, wurde mein Bruder zusammengeschlagen."

„Ja."

Der Blonde lachte erneut. „Komm schon, Cole. Bleib fair. Von uns hat er Schlimmeres abbekommen. Weißt du noch, als Byron ihn vom Dach geschubst hat, um zu testen, ob er fliegen kann? Wir dachten, wir hätten ihn umgebracht."

Cole zog eine Grimasse. „Sei still, Wilde. Was, wenn sie die andere Seite erwischt hätten? Er hätte sein Auge verlieren können."

„Wieder", quatschte Wilde und stieß Kelly den Ellenbogen in die Seite. „Einmal ist ein Missgeschick, zweimal riecht nach Leichtsinn, was?"

Er lachte über seinen eigenen Witz. Sowohl Cole als auch Kelly verdrehten die Augen. Im Hintergrund bekam der auf dem Rücken in einem gepolsterten Laufstall liegende Maxie einen Schluckauf und brach in noch mehr Gejammer aus.

Es fühlte sich wie Familie an. Zumindest so wie die, die Clayton als Außenstehender kennengelernt hatte und in denen er die Pointe der Insiderwitze gewesen war.

„Ich wollte nicht stören", sagte er kühl und zog die Hand zurück. „Ich wollte nur sichergehen, dass er alles hat."

Cole starrte ihn an. „Dafür ist die Familie da."

„Na schön, ich wollte einen Schwanz", erklärte Kelly gedehnt. „Wenn Familien das tun, werden sie von den Leuten verachtet."

Clayton hätte fast gelacht. Röte breitete sich in Coles Gesicht aus. Durch die blasse Haut fiel sie besonders auf. „Musst du so vor dem Baby reden?", fragte er. „Willst du, dass Mom, die auf *Nana* wartet, als Maxies erstes Wort *Schwanz* zu hören bekommt?"

„Behaupte einfach, dass er seinen Vater gemeint hat", schlug Kelly rundheraus vor.

Stille. Auch das war Familie: die Grenzen, für deren Ausloten man ein ganzes Leben benötigte. Wildes Lachen durchbrach die gespannte Atmosphäre. Er schlang den Arm um Kellys Nacken.

„Du könntest auch einfach dankbar sein, dass es sie davon abbringt, dir Vorträge darüber zu halten, warum du die Brille mit den Spezialgläsern tragen sollst."

„Clayton bleibt bei uns", erklärte Cole kurz angebunden.

„Clayton bleibt bei mir", berichtigte ihn Kelly. Dann schüttelte er Wildes Arm ab und versetzte ihm einen Schubs Richtung Tür. „Ihr fahrt jetzt nach Hause. Kümmert euch um euer eigenes Liebesleben."

Wilde schnaubte. „Meine Frau ist immer noch in Idaho. Anscheinend sind wir alle verseucht, sodass sie zur Entgiftung in einer Kommune bleiben muss. Als ob *ihre* Familie so toll wäre." Bei Clayton angelangt stoppte er kurz und legte den Kopf schräg. „Dir ist doch klar, dass du es mit sechs von uns zu tun bekommst, wir Cops sind und dir echte Schwierigkeiten bereiten können, wenn unserem kleinen Bruder irgendetwas zustößt? Das haben wir doch wohl mit unserer Körperhaltung vermittelt? Ich kann nämlich auch die Brust rausdrücken und ein paar leere Drohungen ausstoßen, falls du noch ein bisschen mehr brauchst."

„Es reicht, Wilde!", fauchte Cole.

Wilde zwinkerte Clayton zu und ging. Er warf noch ein „War irgendwie schön, dich kennenzulernen, nach allem, was die Kinder über dich erzählt haben" auf dem Weg nach draußen über die Schulter, sodass Cole ihm finster hinterhersah.

„Er findet das vielleicht alles witzig", sagte er zu Kelly. „Ich nicht. Du sollst dich um Max kümmern. Du hast gemeint, das könntest du und uns versichert, dass wir uns auf dich verlassen können. Ich habe Dad gesagt, dass du das schaffst, wir dir vertrauen könnten, dass du auf Byron zugehst und ihm hilfst. Wenn du das nicht kannst, lieber herumfickst und dich in Schlägereien verwickeln lässt, vielleicht … vielleicht sollte Max dann zu mir und Aggie kommen. Ich glaube, damit wäre Byron glücklicher."

Er ging.

Clayton wünschte, er könnte das ebenfalls. Der Tag war schon schlimm genug gewesen, bevor er in das Drama eines anderen hineingezogen worden war. Er machte keine Szenen. Er fing nichts mit Familien an. Gelegentliche Verabredungen zum Sex und One-Night-Stands vereinfachten sein Leben. So mochte er es.

„Entschuldige", sagte Kelly. Er rieb sich mit der Hand übers Gesicht und zerrte von irgendwoher ein Lächeln hervor. „Deshalb kann ich keine zwanglosen Beziehungen eingehen. Du bist nur ein unangekündigtes Mal-eben-Vorbeischauen von einer Begegnung mit meinen Eltern entfernt, und wenn das eintrifft, müssen wir etwas Dauerhaftes eingehen. Das ist Gesetz."

Er ging in die Hocke, um Maxie zu bespaßen und einen heißgeliebten, spuckefeuchten Drachen in die klebrige Babyfaust zu legen. Die Ablenkung reichte, um Maxies Geheul zu stoppen, doch er gab weiterhin abgehackte, verärgerte Schluckaufschluchzer von sich.

„Und ich dachte, das Problem wäre, dass du an Liebe auf den ersten Blick glaubst", wunderte sich Clayton.

„Das ist nicht gerade hilfreich", gab Kelly mit rauem Lachen zu. Er setzte sich auf den Boden und lehnte sich gegen die Couch. Die Schnittwunde in seinem Gesicht war verschorft, die damit verbundene Prellung an den Rändern blau verlaufen. Seine Nase sah rund um den Nasenrücken herum wund aus. „Hat Baker irgendetwas herausgefunden?"

Clayton wollte es ihm erzählen. Vielleicht war er deswegen hier, anstatt zu Hause Fallakten zu studieren oder einen One-Night-Stand im Revolver aufzugabeln. Um über Nadines sonderbaren Stolz auf die kriminellen Wertvorstellungen ihres misshandelnden Ehemanns zu reden und darüber, wie Baker ihre Geschichte derart elegant zerpflückt hatte, dass sie es nicht mal mitbekommen hatte.

Doch das wäre eine dumme Idee und davon gestattete er sich immer nur eine.

„Du solltest auf deine Brüder hören", riet er. „Wie ich dir heute Nachmittag schon gesagt habe, hast du genug um die Ohren. Wenn die Polizei irgendwie in der Sache mit drinhängt, würde es deine Familie bestimmt nicht gerade zu schätzen wissen, wenn du dich in die falsche Richtung wendest."

„Hätte das LAPD gewollt, dass ich ihre schmutzigen Geheimnisse für mich behalte, hätten sie mich nehmen sollen. Außerdem habe ich sechs Brüder. Da kann ich gut eine Weile mit zweien davon zerstritten sein."

„Dreien", korrigierte ihn Clayton. „Klingt so, als würde sich Maxies Dad auch nicht darüber freuen."

Kelly lächelte, jedoch ohne die übliche Wärme. „Oh, glaub mir, damit kann ich leben."

Diesen bitteren Unterton hätte Clayton nie mit Kelly in Verbindung gebracht, doch das machte Familie mit einem. Früher oder später brachte sie das Schlimmste in den Menschen zum Vorschein.

„Hast du schon etwas gegessen?", wollte Clayton wissen.

Der abrupte Themenwechsel ließ Kelly blinzeln und Verwirrung ersetzte den alten, verbitterten Groll. „Nein, bisher nicht. Warum?"

Es war kein Date. Clayton rief die Grubhub App auf seinem Handy auf und scrollte auf der Suche nach etwas Ansprechendem durch die nahe gelegenen Restaurants. Es war nur Essen. Das bedeutete überhaupt nichts.

BIER UND PIZZA, auf dem Boden sitzend gegessen. Als Clayton das letzte Mal auf die Art eine Mahlzeit zu sich genommen hatte, war er ein Student mit einer Schachtel kalter Stücke von seinem Teilzeitjob und keinem Geld für Strom gewesen. Die Pizza schmeckte jetzt besser und in LA befand sich der Temperaturregler automatisch immer ganz oben.

„.... Nadine bestreitet alles. Meiner Ansicht nach aus Gutgläubigkeit", berichtete Clayton. „Doch Baker ist bei der Befragung ein Muster aufgefallen, das seiner Meinung nach auf etwas hindeutet."

Kelly klappte seine Pizza in der Mitte zusammen, nahm einen Bissen und wischte sich dann mit dem Handrücken über die vom Käse fettigen Lippen.

„Belästigung der Polizei, aber keine Anklagen", zählte er auf, nachdem er geschluckt hatte. „Verschwundene Strafzettel. Anrufe wegen häuslicher Gewalt werden nicht notiert."

„Dass seine Bewährung vor ein paar Monaten aufgehoben wurde, ist das Einzige, was nicht passt", gab Clayton zu bedenken. „Er musste fünf Wochen abbüßen. Vielleicht hatte der Richter das Finger-Weg-Memo nicht erhalten."

Kelly zuckte mit den Schultern und warf ein Stück verbrannten Pizzarand in die mit Fettflecken übersäte Schachtel auf dem Couchtisch. Durch die Augenklappe wirkte sein Gesicht schlanker – beinahe hart – bis ein albernes, glückliches Lächeln aufblitzte. Clayton erhob keine Einwände gegen den neuen Blickwinkel.

„Byron – das ist der, der undercover ist – musste seine Strafe immer absitzen, wenn er eine Atempause brauchte oder sich neu auf die reale Welt einstellen musste", erklärte Kelly. „Mann, um die gleiche Zeit herum, in der Jimmy ins Gefängnis verfrachtet wurde, musste Byron einen Termin beim Verkehrsgericht in West Virginia vortäuschen, damit er seine Frau beerdigen konnte. Dem Richter in Jimmys Fall wurde vielleicht befohlen, ihm eine Kaution zu verweigern, weil ihn die Cops zu jemandem in die Zelle stecken wollten, den er zum Reden bringen sollte. Vielleicht wollten sie auch Druck auf Jimmy ausüben, weil er sich gesträubt hat, die Drecksarbeit für sie zu erledigen."

Clayton konnte sich nur schwer vorstellen, dass einer von Kellys Brüdern tatsächlich undercover ermittelte. Die drei, die er getroffen hatte, wirkten wie Männer, die regelmäßig und mit Anstand beim Poker verloren. Ob nun Antipathie oder Sympathie, ihre Gefühle waren so leicht lesbar wie eine Seite in den Gerichtsunterlagen. Er konnte sich keinen von ihnen bei dem Drahtseilakt von Lüge und Wahrheit vorstellen, den ein verdeckter Ermittler beherrschen musste.

Vielleicht schien deshalb keiner von Byrons Brüder allzu sicher zu sein, ihm trauen zu können.

„Ich verstehe nur nicht, warum es sie kümmert, ob Nadine ihn verlässt, oder nicht", sagte Clayton, nachdem er seine Gedanken von dem potenziellen, schwarzen Schaf-Bruder gerissen hatte. Er nahm eine Champignonscheibe aus der Schachtel und warf sie sich in den Mund. „Sie ist nur indirekt durch ihren Mann an dieser ganzen kriminellen Sache beteiligt. Ihr Vater war Bauarbeiter – er ist tot – und ihre Mutter arbeitet in einer Fabrik. Es dürfte keine Auswirkungen auf die polizeilichen Ermittlungen haben, wenn sie Jimmy verlässt."

„Falls er ein langjähriger Informant ist", warf Kelly mit reuiger Miene ein, „könnte es sich auch einfach um einen Gefallen für Jimmy handeln, um ihn bei Laune zu halten. Wie du gesagt hast, Nadine hat keinerlei Verbindungen. Daher bringt es Jimmys Betreuern und Führern keinen Vorteil, wenn sie ihnen einen Gefallen schuldet."

Das hinterließ einen schalen Geschmack in Claytons Mund. Es schmeckte so sauer, dass er genug von der Pizza hatte. Er schnippte die Schachtel über den übrig gebliebenen Stücken mit Grünkohl und Champignons zu und versuchte, den Geschmack mit einem Schluck Bier und einem Themenwechsel wegzuwaschen.

„Sind alle deine Brüder nach Dichtern benannt? Byron. Wilde. Cole … ridge?"

Kelly blickte ihn an und sagte schließlich: „Ich werde dir meinen Namen nicht sagen." Er stand auf. „Du brauchst ihn nicht zu wissen. Niemand muss das. Willst du noch ein Bier?"

Clayton überlegte. Er hatte bisher eine Flasche getrunken. Eine weitere würde ihm eine durchaus glaubwürdige Entschuldigung bieten, zu bleiben und so seine „nur eine dumme Idee pro Jahr" Regel zu brechen.

„Nein", erwiderte er. „Danke."

Schulterzuckend nahm Kelly die leere Pizzaschachtel mit in die Küche. Metall klapperte, Plastik raschelte und das Kühlschranklicht leuchtete auf, als Kelly ihn öffnete.

Auf dem Regal blinkte entspannt das Babyfon. Seit Kelly ihn nach oben gebracht hatte, war Maxie ruhig. Die mit Sommersprossen übersäte Pizzabotin mit dem abgefahrenen Motorradhelm hatte beim Blick durch die Tür ein „Ooh" ausgestoßen. Clayton hatte sie nicht berichtigt. Neben dem Babyfon grinste Kellys irischer Ex fröhlich aus seinem Bilderrahmen.

Er sah verliebt aus, aber wo war er jetzt?

„Nicht hier", sagte Clayton leise zu sich selbst. Er stand auf, ging zur Küchentür hinüber und lehnte sich dagegen. Auf dem Weg dorthin legte er Liams Foto mit dem Gesicht nach unten in das Regal. In der Küche herrschte Chaos – sie war nicht dreckig, aber nur halb fertig eingerichtet. Ein glänzender, silberner Kühlschrank stand einsam an einer Wand und die Gerippe unfertiger Schränke lehnten an der hinteren Wand unter dem breiten, schmutzigen Fenster.

Neue, meerblaue Fliesen bedeckten den Boden und der Geruch frischen Zements hing immer noch im Raum. Kelly öffnete gerade zischend den Deckel der Limoflasche, die er statt eines Bieres genommen hatte, als Clayton es erneut probierte. „Wordsworth?"

„Schön wär's", murmelte Kelly so leise, dass Clayton es vermutlich nicht hören sollte. „Und nein."

„Es sind aber alles Romantiker", stellte Clayton fest. „Das grenzt es ein. Ich werde es schon noch herausfinden."

Kelly drehte sich um und blickte ihn ausdruckslos über die Flasche an. Dann nahm er einen Schluck. „Du setzt voraus, ich würde es dir sagen, wenn du richtig liegst."

„Das wäre nur fair."

„Ich verrate keinem meinen Namen."

„Liam kannte ihn also nicht?", fragte Clayton, während er über die meerblauen Fliesen ging. Eine war bereits gebrochen und mit Klebeband – das vermutlich eine Weile dort bleiben würde – provisorisch geklebt worden. „Er hat mit dir zusammengelebt und nie irgendetwas mit deinem Namen darauf zu Gesicht bekommen?"

Der raue Unterton in seiner Frage gefiel Clayton nicht. Es klang wie ein eifersüchtiges oder besitzergreifendes Kratzen. Er war nicht sicher, welches davon zutraf und hatte auf beides kein Recht.

„Er hat meine Mutter getroffen. Leider hat sie meinen Namen noch nicht vergessen. Meinen Geburtstag manchmal, aber nicht den Namen."

Clayton nahm ihm die Limoflasche ab und stellte sie vorsichtig ganz oben auf die nackte Rahmenkonstruktion der zukünftigen Theke.

„Ich werde nicht urplötzlich zu einer guten Wahl werden", stellte er klar und hakte die Finger in den Bund von Kellys Jeans. Falls Baker wirklich überall Augen hatte, würde er den abrupten Themenwechsel absurd finden. Doch sie beide wussten, was Clayton meinte. „Wir werden Spaß haben – jede Menge Spaß – und dann wird es enden. Ich will dich, aber ich bin nicht dein nächster Märchenprinz."

Er zog Kelly nach vorne und neigte sich hinab, um ihn grob, schnell und leidenschaftlich zu küssen. Kellys Mund schmeckte nach Zucker und Salz; Limo und Pizza.

Es fühlte sich intim an, so alltäglich war es. Ungeübt, als wäre es real. Clayton wölbte die Hand um Kellys Nacken und schob den Daumen unter Kellys spitzes Kiefergelenk. Durch die mit Stoppeln bedeckte Haut spürte er Kellys erregten Pulsschlag und die heiße Welle der Lust unter seiner eigenen.

Nach einer Minute lehnte Kelly sich zurück, leckte sich Claytons Speichel von den Lippen und schüttelte den Kopf.

„Ich habe dich nicht gebeten, das zu sein."

Der schmerzhafte Stich überraschte Clayton. Natürlich war das die richtige Antwort, doch das tat nichts zur Sache. Nur weil man wusste, dass man nicht die Zukunft von jemandem sein konnte, hieß das nicht, dass der andere einem darin zustimmen sollte. Besonders nicht, wenn es von jemandem kam, der sich wie auf Kommando verliebte.

Um über den Moment scheinheiliger Betroffenheit hinwegzutäuschen, schob Clayton die Hand wieder in Kellys kurzes, gewelltes Haar und zog ihn für einen weiteren Kuss an sich. „Gut", murmelte er um Kellys Zunge herum. „Blake?"

Das prustende Gelächter verfing sich zwischen ihren Mündern, wurde schließlich zu einem tröpfelnden Geräusch und Kellys Lächeln legte sich breit über Claytons Lippen. Auf dem Weg aus der Küche zog sich Kelly sein Sakko aus und hängte es beinahe akkurat gefaltet über eine Stuhllehne.

„Ich werde ihn dir nicht verraten", verkündete Kelly zwischen zwei Küssen und zog an Claytons Krawatte. „Aber meinst du wirklich, ich würde mich wegen Blake so anstellen?"

Clayton murmelte seine Zustimmung zu diesem Punkt gegen Kellys Lippen. Er wusste nicht, warum ihm Kellys Name wichtig war. Wenn er ihn wirklich wissen wollte, konnte er Baker fragen oder Kellys Zulassung als Privatermittler beim Bundesstaat überprüfen. Er konnte auch einfach warten, bis Kelly schlief und dann auf dem Führerschein nachschauen.

Doch er wollte ihn von Kelly erfahren – Claytons Vermutung nach steckte einfach die Gewohnheit des Anwalts dahinter. Er ignorierte das Baker ähnliche *Hmmpf* aus den hinteren Kammern seines Gehirns. Es teilte ihm nichts mit, das er hören wollte und es machte viel mehr Spaß, sich auf Kellys gierigen Mund und die wandernden Hände zu konzentrieren.

Sie steuerten auf die Treppe zu.

BLUTERGÜSSE SPRENKELTEN Kellys Körper wie Schatten. Beim Ausziehen stand Clayton hinter ihm und untersuchte mit den Fingerspitzen die empfindlichen Ränder der Verletzungen, während er sie im Geist katalogisierte. Die dünnen, schonungslosen Striemen des Schlagstocks befanden sich zum Großteil auf Armen und Rücken. Als sich die Prellung ausgedehnt hatte, waren die Ränder langsam verschwommen. Die schwarzen und blauen Male der Stiefelabdrücke verteilten sich über Schenkel und Oberarme.

„Nächstes Mal", bat er murmelnd und beugte sich hinunter, um Kellys lädierte Schulter zu küssen, „versuch, einigen der Schläge auszuweichen."

Kelly schnipste mit den Fingern. „Verflucht noch mal, ich wusste doch, dass ich etwas vergessen habe."

Clayton entdeckte ein unverletztes Stück Schulter und biss hinein – gerade fest genug, um Kelly erschaudern zu lassen. Seine Hände glitten über Kellys Bauch nach unten; über feste Muskeln und spärliche, dunkle Haarbüschel bis zum erwartungsvollen Schwanz.

„Zumindest das funktioniert noch", zog ihn Clayton auf und schloss die Finger um den zuckenden Schaft. In seiner Hose spürte er seinen eigenen Penis als

Reaktion darauf anschwellen. Seine festen, schweren Eier zogen sich nach oben in Richtung Leistengegend. „So ein Glück."

Kelly schmiegte sich entspannt wie eine Katze rückwärts gegen Claytons Oberkörper, griff nach hinten, schob die Hand in Claytons Nacken und flocht die Finger in die kurz geschnittenen Locken.

„Ich kenne mich mit Schlägereien aus", protestierte er träge. Dann drückte er einen feuchten Kuss auf Claytons Hals und ließ leicht die Zähne darüber gleiten. „Glaubst du denn, auf dem kleinen, einäugigen Jungen mit dem Polizistenvater wäre nicht herumgehackt worden?"

Langsam streichelnd, sodass sich die Haut unter seinen Fingern zusammenschob, fuhr Clayton erneut mit der Hand über Kellys Schwanz. Dessen Hüften begannen zu zucken. Ein ersticktes „Hurensohn" presste sich durch seine Zähne und er grub die Finger in Claytons Nacken. Als Clayton erneut über den Penis streichelte, kam sein Atem nur noch stoßweise.

„Ich hätte dich zum Heulen gebracht", gestand Clayton mit schiefem Lächeln.

Er fügte nicht hinzu, dass es aus Eifersucht geschehen wäre, weil er sich Kellys große, herzliche Familie mit den komischen Vornamen gewünscht hätte … eine Mom, der ihre Kinder so wichtig waren, dass sie sie alle nach Dichtern benannte, statt nach dem Kerl, auf den sie es wegen des Kindesunterhalts abgesehen hatte. Und mit Eintreffen der Pubertät hätte er Kelly, der nicht nur mit einem Lächeln, sondern auch völlig ernst unglaublich attraktiv war, selbst gewollt.

Er hatte Kelly gewollt, seit er ihn das erste Mal gesehen hatte. Es gab keinen Grund, anzunehmen, dass es anders gewesen wäre, wenn er ihm früher begegnet wäre.

Kelly lachte prustend auf und drehte sich um. Er zog Clayton hinab, küsste ihn und murmelte dann an den feuchten Lippen: „Wie du hoffentlich weißt, hätte die Antwort lauten müssen, dass du mich verteidigt hättest."

Der Stoff der Augenklappe rieb gegen Claytons Wange. Aus den Augenwinkeln betrachtet ähnelte sie einem merkwürdigen, schwarzen Klecks. Es *störte* ihn zwar nicht, doch er konnte die Vorstellung, dass es sich um eine Verkleidung handelte, nicht abschütteln.

„Wenn ich die Unterdrückten hätte verteidigen wollen", sagte Clayton, als Kelly ihn rückwärts zum Bett schubste, „hätte ich mich nicht auf Scheidungen mit hohen Vermögenswerten spezialisiert."

Die Matratze war weich, die Laken frisch und weiß. Clayton setzte sich, umfasste Kellys schlanke Hüften, zog ihn näher heran und drückte einen feuchten, langsamen Kuss auf die Rippen, auf denen Blutergüsse blühten. Heiß pochte das Blut unter seinen Lippen. Er ließ seine Hände hinab zu Kellys Oberschenkeln und über die straffen Muskelstränge gleiten.

„Und das aus dem Mund des Mannes, der angeboten hat, meinen Stundensatz bei einem Pro Bono Fall aus eigener Tasche zu zahlen", spottete Kelly und schubste ihn rückwärts aufs Bett. „Du gibst dir zwar alle Mühe, uns vom Gegenteil zu überzeugen, Clayton, aber wir wissen alle, dass du ein guter Mensch bist."

„Das habe ich nicht aus Idealismus getan, sondern zur Beruhigung meines Gewissens, damit ich den Rest meines Lebens einen Stundensatz in Rechnung stellen kann, der dir die Tränen in die Augen treibt."

„Lügner."

Für die Gewissheit in Kellys Stimme gab es überhaupt keinen Grund. Er kannte Clayton nicht – nicht wirklich. Mit einer scharfen und sarkastischen Antwort wäre Clayton in der Lage, Kellys unerschütterliches Vertrauen ins Wanken zu bringen. Bevor es ihm jedoch gelang, die Wörter aneinanderzureihen, ließ sich Kelly auf die Knie hinab und schloss die Lippen um Claytons Schwanz.

Das Gefühl der weichen Lippen und feuchten Hitze um seinen harten Penis zersprengte Claytons selbstzerstörerischen Impuls. Auf einen Ellenbogen gestützt beobachtete er, wie Kelly seinen Penis mit Spucke und Zunge befeuchtete und gleichzeitig die Schwanzwurzel umfasst hielt. Heiße, quälende Lust krampfte sich in Claytons Oberschenkel und Bauch zusammen. Das Gefühl ähnelte einem überlasteten Muskel. Der Anblick seines zwischen Kellys Lippen gleitenden feucht glänzenden Schwanzes, war selbst ohne die Eier zusammenziehende Empfindung einer Zunge, die über die Schwanzspitze schnellte oder den Daumen, der gegen seinen Damm drückte, heiß.

Das gierige – bis in seinen Hintern zurückzuckende – Pochen zwischen seinen Beinen brachte Clayton dazu, die Zehen in den Holzboden zu pressen. Er biss sich auf die Wangeninnenseite, beugte sich hinab und vergrub die Finger in Kellys Haaren, die zwischen seinen Knöcheln in widerspenstigen Zotteln hochstanden. Kelly ließ den Schwanz aus seinem Mund gleiten und leckte mit der Zunge wieder hinauf. Gleichzeitig strich er mit den Händen über Claytons Oberschenkel. Die rauen Daumen zeichneten die dünnen Falten seiner Leistengegend nach, während er feuchte, gierige Küsse auf die Eier hauchte.

„Oh Gott", stöhnte Clayton und zog Kellys Kopf von seinem Penis. Kellys protestierendes Wimmern aus den geröteten, vom Sperma klebrigen Lippen, führte zu einem erneuten Zucken in seinen Eiern. Er musste sich in die Wange beißen, bis er Blut schmeckte, um nicht die Kontrolle zu verlieren. „Noch nicht."

Kelly krabbelte auf das Bett und setzte sich mit gespreizten Beinen auf Clayton. Er schien nur aus starken Muskeln und Knochen zu bestehen. Sein dicker, hartnäckiger Schwanz stieß gegen Claytons Oberschenkel, während er sanft beißend eine Spur aus Küssen über Claytons Schultern zog. Clayton schüttelte mit den Füßen seine Hose ab – dabei kam ihm flüchtig der Gedanke, dass Heather ihn umbringen würde, wenn sie noch öfter zur Reinigung gehen musste – und liebkoste Kellys schweißfeuchte Schulterschräge.

„Ich will nicht ficken", stellte Kelly klar.

„Das hätte ich dir fast abgenommen", erwiderte Clayton. Er verkniff sich ein Stöhnen, als Kelly zwischen ihre Körper griff und seinen Schwanz drückte. „Anscheinend habe ich das völlig falsch verstanden."

„Du weißt, was ich meine. Ich habe einen lädierten Hintern. Abgesehen davon fühlt es sich komisch an, wenn Maxie in der Nähe ist."

Clayton legte die Hände um den betreffenden Hintern und drehte sich auf die Seite. Als er Kelly küsste, schmeckte er sich selbst. „Machst du dir Sorgen, dass er uns hören könnte?"

Kellys Mundwinkel hoben sich im Kuss zu einem schiefen Lächeln. Clayton jagte ihnen nach, als ob er sie mit seinen Lippen fangen könnte.

„Eher Sorgen, dass ich einem Cop ins Gesicht schauen und ihm gestehen muss, dass ein Kojote mein Baby mitgenommen hat." Kelly rieb mit dem Daumen über die Unterseite von Claytons Schwanz und Hitze durchschoss die Stelle. „Na ja, Byrons Baby. Das macht es nur noch schlimmer."

Clayton verstärkte seinen Griff um den straffen Hintern und schob seinen Oberschenkel zwischen Kellys Beine, bis er gegen dessen Eier drückte. Kelly entschlüpfte ein leises, ersticktes Geräusch. Er stieß die Hüften nach vorne und sein harter, heißer Schwanz rieb gegen Claytons Bauch.

„Aber das ist okay?", fragte er.

„Ich habe nicht gesagt, dass das einen Sinn ergibt", sagte Kelly abgehackt. „Aber ja. Das ist in Ordnung."

Clayton lachte an seinem Hals. Das Knurren ignorierend zog er ihn näher an sich. Die Decken verhedderten sich unter ihnen und ballten sich unter ihren Hüften zusammen, als sich ihre Körper gegeneinander bewegten. Clayton schmeckte salzigen Schweiß, während er hungrige Küsse über Kellys Mund, Kinn und Schultern drückte. Bei jedem Stoß stießen und glitten Schwänze gegeneinander. Unter ihm stöhnte Kelly auf und umklammerte mit gierigen Händen Claytons Hüften und Oberschenkelrückseiten.

Der vom leichten Kontakt der glänzenden, harten Schwänze und der rauen Berührung der Körperhaare ausgelöste Reiz verfing sich in Claytons Eiern und verursachte ein Ziehen. Er brauchte mehr.

Er drückte Kelly mit dem Rücken auf die inzwischen zerknitterten Decken. Durch die Augenklappe wirkte Kellys Gesicht irgendwie weicher, benommener und verstörter – jetzt, da die Lust seine Wangen rosa färbte und sich die feuchten, vom Küssen geschwollenen Lippen teilten. Clayton umfasste die Handgelenke und presste sie in die Matratze. Mit langsamen, harten Stößen, bei denen ihre Schwänze so fest gegeneinandergedrückt wurden, dass das Pochen beinahe schmerzte, rollte er seine Hüften gegen Kellys.

Kelly wölbte seine Hüften jedem Stoß entgegen. Sein Körper lag angespannt und fest unter Claytons, die Muskeln spannten sich unter der blassen, sommersprossigen, irischen Haut. Dann kam er, Claytons Namen keuchend.

Glitschig und feucht ergoss sich sein Sperma über seinen Bauch und schmierte mit jedem Stoß über Claytons Schwanz.

Mit Rücksicht auf den violetten und blauen Flickenteppich auf Kellys Rippen stützte sich Clayton auf die Ellenbogen und küsste ihn leidenschaftlich. Er konnte sich – seinen Schwanz und den leichten Moschusgeschmack des Spermas – immer noch auf Kellys Zunge schmecken und kam heftig auf seinem Bauch.

„Fuck", stöhnte Kelly.

Grinsend zog Clayton einen Kuss über das mit rauen Stoppeln übersäte Kinn und rollte sich dann von ihm hinab. Seine Hand fuhr durch die klebrige Sauerei auf Kellys Bauch. „Bisschen spät, um die Meinung zu ändern."

„Sehr witzig." Kelly reckte sich und zuckte zusammen, als die Prellungen unter seiner Haut spannten. Unter dem Kissen verschränkte er den Arm hinter dem Kopf und schloss die Augen. Nur sein eines Auge, vermutete Clayton. „Du bist immer noch ein Lügner."

Vielleicht war er das tatsächlich, überlegte Clayton, während er mit der Hand Kellys kräftigen Oberschenkel hinabstrich. Der Penis war weich und satt, reagierte jedoch mit einem Zucken auf die vorbeistreichenden Finger. So ungern er auch nur das kleinste bisschen in Kelly verliebt sein wollte: Lust bringt einen nicht dazu, das Lächeln von jemandem schmecken zu wollen.

Vermutlich hatte der Mann aber etwas ganz anderes gemeint.

„Du bist ein guter Mensch", erklärte Kelly. Ohne hinzuschauen, streckte er die Hand aus, schob sie unter Claytons Kopf und flocht die Finger in das kurze, verschwitzte Haar. „Und mir gefällt es, dich zum Lächeln zu bringen."

Nur ein kleines bisschen verliebt.

11

NICHTS RIEF einem besser in Erinnerung, dass man kein Sexgott war, als Babykotze auf der Schulter. Kelly riskierte eine Wiederholung des Schauspiels, indem er Maxie an die andere Schulter hob. Dann zog er ein Tuch aus der Schachtel und griff sich auf den Rücken, um das warme Erbrochene abzuwischen, bevor es in seine Unterhose tropfen konnte.

„Okay, das haben wir doch schon mal besprochen", sagte er, während er das Tuch in den Mülleimer warf. „Das hier ist deine letzte Chance. Wenn dir schlecht wird, hebst du die Hand und bittest mich, dich zur Toilette zu bringen. Klar?"

Maxie winkelte die Beine an und rülpste.

„Mein Klient wird das Angebot überdenken und sich bei Ihnen melden", verkündete Clayton mit amüsierter Stimme hinter Kelly. Der gedehnte Tonfall schickte ein Kribbeln von Kellys Nacken bis hinab zum Steißbein. „In der Zwischenzeit bittet er um eine Erhöhung des Windelbetrags. Diese hier besitzen nicht die gewohnte Qualität."

Mit einem Schnauben erwiderte Kelly: „Bring ihn bloß nicht auf dumme Gedanken. Mom hat bereits ägyptische Baumwolltücher für seine Pflege gekauft."

Er beugte sich vor und legte Maxie vorsichtig zurück in sein Bett. Obwohl er inzwischen mehr Selbstsicherheit verspürte als damals – als seine Mutter ihm den koboldähnlichen Maxie zum ersten Mal überreicht hatte – war es ihm nie gelungen, die Angst vollständig abzuschütteln, dass ihm das Baby eines Tages einfach aus den Händen rutschen und auf den Kopf knallen könnte.

„Man sieht, dass sich gut um ihn gekümmert wird", stellte Clayton fest. „Dein Bruder kann sich glücklich schätzen, dass er eine Familie hat, die ihn unterstützt. Was dein anderer Bruder, Cole, gestern gesagt hat … wenn ich irgendwelche Schwierigkeiten verursacht habe, tut mir das leid."

Kelly stieß geräuschvoll die Luft aus. „Byrons einer Pluspunkt ist, dass es ihn nicht kümmert, mit wem ich schlafe. Cole war nur … Er ist der Älteste und meint, er müsse sich um uns alle kümmern, dafür sorgen, dass wir nichts tun, um Mom und Dad zu verärgern. Allerdings scheint ihm entgangen zu sein, dass wir inzwischen erwachsen sind."

Die Frage hing in der Luft und wartete nur darauf, gestellt zu werden. Eifrig ignorierten sie sie. Das mochte Kelly an Anwälten – sie wussten, wann man besser keine Fragen stellte. „Wie zum Beispiel: „Haben Sie es getan?" oder „Werden Sie im Zeugenstand lügen?" und „Ist es für deine Eltern ein Ärgernis, mit wem du schläfst?"

Kelly zog das Mobile wieder auf und schaltete es an. Es begann sich zu drehen und die früher farbigen Comic-Plastiktiere fingen an, am Ende ihrer Fäden zur Melodie von „Hush, little Baby" zu wippen. Maxie schaute neugierig mit großen Augen aus dem Bett zu und schlug wie in einem Jazzercise-Kurs mit Armen und Beinen um sich.

Das Ding sollte ihm beim Einschlafen helfen, aber Kelly war sich nicht sicher, ob es das tat.

Er überließ Maxie dem Mobile und drehte sich um. Beim Anblick des elegant am Türrahmen lehnenden Clayton wurde sein Mund schlagartig trocken. Letztes Mal hatte er nicht die Chance bekommen, Claytons Anwesenheit am Morgen danach zu würdigen. Damals hatte es nur Sex, Schlaf und danach Unbehagen gegeben.

Jetzt dagegen bot sich ihm die Möglichkeit, das kantige, hübsche Gesicht und den langen, schlanken – immer noch von Kellys Mund, Händen und Schwanz beschmutzten und markierten Körper – zu würdigen. Nicht, dass Kelly die Anzüge nicht zu schätzen wusste. Er hatte *viel Zeit* damit verbracht, den Anblick der Anzüge und die Art und Weise, wie die teuren Maßanfertigungen Clayton … so scharf aussehen ließen, dass man sich daran schneiden konnte – zu würdigen. Doch ein halb nackter, gerade aus Kellys Bett gestiegener Clayton war ein ganz neuer Anblick. Er wirkte irgendwie genauso gefährlich, doch da war auch eine Wärme, die man durch die obszön teuren Anzüge nicht immer sah.

Vielleicht lag das auch nur an den Haaren, die unbezähmbar wild wurden, sobald das Pflegeprodukt ausgeschwitzt war.

„Hey", brachte Kelly schließlich heraus, nachdem ihm bewusst wurde, dass er ihn anstarrte. „Ich bin überrascht, dass du immer noch hier bist. Nach dem letzten Mal hätte ich gedacht, dass du dich rausschleichst, bevor irgendwer vorbeischaut."

Clayton wirkte belustigt. „Vielleicht hatte ich ja genau das gerade vor?"

„Tatsächlich? Tja, in dem Fall hast du deine Hose vergessen." Er schubste Clayton aus dem Zimmer und schloss die Tür hinter sich. „Aber du musst wahrscheinlich bald los. Kann ich dir einen Kaffee kochen?"

„Aha", sagte Clayton.

„Was?"

„So fühlt es sich also an, auf dieser Seite des Rausschmisses zu stehen."

Hitze stieg Kelly ins Gesicht. Er kratzte sich am Kopf und lachte verlegen auf. „Entschuldige. Ich wollte nicht … ich kenne mich nur nicht mit unverbindlichem Sex aus. Normalerweise hätte ich dir jetzt eine Zahnbürste und einen Schlüssel besorgt. Vielleicht bin ich etwas übers Ziel hinausgeschossen."

Clayton legte den Knöchel unter Kellys Kinn und neigte dessen Kopf nach hinten. Obwohl er Kelly nur sanft und mit geschlossenen Lippen küsste, fuhr ein Prickeln bis hinab in Kellys Schwanz.

„Ich werde nicht aus dem Fenster springen, wenn du mich bittest, zum Frühstück zu bleiben."

Kelly legte die Finger um Claytons Hüftknochen. „Und wie sieht's aus, wenn ich dich bitte, wieder mit mir ins Bett zu kommen?"

Das erforderte keine Antwort.

Zurück im Schlafzimmer setzte Clayton sich aufs Bett und zog Kelly auf seinen Schoß. Mit den Händen fuhr er Kellys straffen Hintern hinab, um von hinten dessen Oberschenkel zu umfassen.

„Das hier." Er neigte sich vor und drückte die Lippen auf den Sprühnebel aus leuchtenden Farben, der sich über Kellys Schlüsselbein zog. Zwei Sitzungen waren nötig gewesen, bis der Papagei fertiggestellt und ausgemalt gewesen war. Am Schlüsselbein und am Schulteransatz hatte es am stärksten geschmerzt. „Hat das was mit deinem Auge zu tun?"

Kelly hatte es fast verdrängt. Er streckte die Hand aus und kratzte sich am Rand der Augenklappe die vom Kleber gereizte Haut.

„Ja, ich stand total auf Piraten", gestand er.

„Ich habe den DVD-Stapel unten gesehen", teilte ihm Clayton mit und begann leicht schmerzende Küsse Kellys Schlüsselbein entlang zu beißen. Kurz fühlte sich Kelly dadurch an eine sehr verlangsamte Version der schmerzhaften, alten Tätowiermaschine erinnert – allerdings mit Honig ummantelt.

„Du stehst immer noch auf Piraten."

Er flocht die Finger in Claytons Locken und bog den Kopf nach hinten. An seinem Hintern spürte er Claytons Schwanz interessiert stupsen. Vielleicht waren die Prellungen doch nicht allzu schlimm.

„Früher habe ich noch mehr auf sie gestanden", stellte er klar. „Wie du weißt, gibt es nicht gerade übermäßig viele einäugige Vorbilder für ein Kind. Daher musste mein Dad mit dem Vorhandenen vorliebnehmen. Piraten. Die Cops der Meere. Sie hatten zwar nur ein Auge, doch das hat sie nie beeinträchtigt."

Kelly spürte Claytons leises, raues Lachen durch seinen Kiefer vibrieren. „Hat er das bereut, nachdem du dich hast tätowieren lassen?"

„Das ist wahrscheinlich das Geringste, das er an mir bedauert." Fast sofort überkam ihn ein leichtes Schuldgefühl, schließlich war das undankbar. Sein Dad war nicht immer toll, doch es gab weitaus schlimmere Eltern. „Abgesehen davon befindet sich auf seinem Oberschenkel eine Tätowierung mit einem großen Glas Guiness. Daher kann er eigentlich nichts sagen."

„Ich bin deinem Dad noch nicht begegnet und kann mir das auch weiterhin nicht vorstellen", erklärte Clayton.

„Gute Entscheidung."

Ein Telefon klingelte – genauer gesagt zwei: eins eine Sekunde nach dem ersten. Die aufeinandertreffenden Klingeltöne lärmten durch das Haus und lösten ein entrüstetes Katzengejaule bei Maxie aus.

„Scheiße."

Kelly rollte von Claytons Schoß und griff auf die Kommode, auf die er normalerweise sein Telefon legte. Nichts. Er drehte sich um und ließ den Blick durch den Raum schweifen.

„Unten", sagte Clayton, während er nach seiner Hose griff und das Handy aus der Tasche schüttelte. Mit dem Daumen wischte er darüber, um es zu entsperren. „Daniel?"

Baker. Kein gutes Zeichen. Wenn man um drei Uhr morgens von seinem Chef angerufen wird, bedeutete das nie etwas Gutes. Kelly schnappte sich eine Jogginghose von der Stuhllehne und lief schnell nach unten. Dort roch es nach alter Pizza und Bier. Barfuß rutschte er über den Holzboden und bremste gerade noch rechtzeitig mithilfe der Couch ab. Unter dem Tisch erspähte er das leuchtende Handy.

Er griff danach und blickte auf dem Weg an sein Ohr auf das Display. Wenn man um drei Uhr morgens einen Anruf von seiner Geschäftspartnerin erhielt, war das ebenfalls kein gutes Zeichen.

„Was?", fragte er.

Im Hintergrund vernahm er das ohrenbetäubende Heulen einer Alarmanlage und einen wütend bellenden Hund. „Wir haben ein Problem", erklärte Larry.

Mit einem Mal hämmerte jemand mit den heftigen, entschlossenen Schlägen gegen die Tür, die einen dazu bringen sollen, aus dem Bett zu springen und die Tür zu öffnen.

„Warte kurz", bat Kelly.

„Es ist das Safe House", erklärte Larry. Wer auch immer dort draußen stand, hämmerte erneut gegen die Tür.

„Verdammt." Ungeniert schlüpfte Kelly auf dem Weg zur Tür in die Jogginghose. Der elastische Bund verfing sich unter seinem Schwanz und sprang dann darüber. „Ist jemand verletzt."

Eine kurze, unheilvolle Pause. „Noch nicht."

„Warte. Lass mich erst – wer auch immer das ist – loswerden. Eine Minute?"

Sie seufzte zwar, widersprach jedoch nicht. Kelly klemmte sich das Handy unters Kinn und riss die Tür auf, bevor die Person erneut dagegenschlagen konnte.

„Was?", fauchte er. Die junge, rothaarige Polizistin auf seiner Schwelle kam ihm bekannt vor, doch der Name fiel ihm nicht ein. Eines der Verkuppelungsprojekte seiner Mutter. Cathleen? Cara. Irgendwas mit C. „Tut mir leid, ich wollte nicht …"

Sie hob eine Hand, um ihn zu unterbrechen. „Ihr Bruder ist verletzt." Sie klang ängstlich. „Er ist im Krankenhaus. Ihr Dad hat mich gebeten, zu kommen und Sie zu holen."

Die Angst traf Kelly fast wie ein Schlag in die Eingeweide. Er hätte es wissen müssen. In seiner Kindheit hatte es zwei solcher Anrufe gegeben. Damals war Dad angeschossen worden und drei Jahre später in einen Brand geraten: das gleiche Klopfen an der Tür, der gleiche feuchte, bedauernde Blick in den Augen des davor stehenden Polizisten.

„Wer?"

Sie blickte ihn mitfühlend an. „Byron. Er war, äh … es war ein Unfall mit Fahrerflucht. Wir waren … er hat mich angerufen, damit ich ihm bei irgendetwas helfe. Der Fall, an dem er gerade arbeitete, war kompliziert geworden. Er hatte den Verdacht, dass ihn jemand verfolgt. Wir wollten uns treffen, doch bevor es dazu kam, hat ihn das Auto überfahren. Ich habe gesehen, wie es passiert ist. Er wurde ins Cedars-Sinai-Krankenhaus gebracht."

Claire. So hieß sie. Nervös rieb sie mit den Händen über die Oberschenkel. Kelly fragte sich, wie viel Blut zuvor daran geklebt hatte.

In seinem Ohr zischte Larry seinen Namen. „Du musst kommen und dich darum kümmern."

Claire deutete zum Auto. „Ich fahre Sie ins Krankenhaus."

„Eine Minute, Larry", bat er.

„Ich habe dir eine gewährt. Weißt du, mir ist es egal, dass du das Safe House benutzt, aber das hier ist dein Fall, nicht der der Kanzlei. Ich kann – und will – mich heute Nacht nicht darum kümmern."

„Ich weiß. Ich … sei bitte eine Minute still." Er legte auf. Später würde er dafür büßen müssen, doch mit so vielen Stimmen in seinem Ohr kam er nicht klar. „Wurde er schlimm verletzt?"

Auf jeder Seite von Claires Mund erschienen verkniffene Klammern. „Er war bewusstlos. Dort war Blut. Ich … hätte es überprüfen sollen, aber es … es war nicht wie im Training."

Kelly rieb sich mit beiden Händen schnell übers Gesicht, als könnte er so einen klaren Kopf bekommen. Als sie seine mit Prellungen übersäte Brust musterte, erinnerten ihre Überraschung und Misstrauen ihn daran, dass er eine Entschuldigung hatte, sich Zeit zu nehmen.

„Ich muss mich anziehen." Maxies wütendes, abgehacktes Geschrei aus dem Obergeschoss rief ihm ins Bewusstsein, dass das nicht alles war. „Mich um Maxie kümmern. Wir treffen uns am Auto."

Er schloss ihr die Tür direkt vor der Nase – das würde nicht sehr gegen das Misstrauen helfen – und steuerte wieder auf die Treppe zu. Auf dem Treppenabsatz angekommen, klingelte sein Handy. Wahrscheinlich hatte Larry so lange gebraucht, um es aus der Ecke, in die sie es gepfeffert hatte, wiederzufinden.

„Entschuldige", fing er an. „Es ist etwas passiert …"

Clayton trat aus dem Schlafzimmer. Der Kragen seines Hemds stand offen, die Ärmel waren hochgerollt und er wirkte, als hätte er bis spät abends gearbeitet und nicht gefickt. Er nahm Kelly das Handy aus der Hand.

„Larry, hier ist Clayton Reynolds. Daniel hat mich angerufen. Kelly hat einen familiären Notfall. Einer seiner Brüder wurde ins Krankenhaus eingeliefert und … Ja. Das werde ich. Das weiß ich zu schätzen."

Er legte auf und gab das Telefon zurück.

„Fahr ins Krankenhaus", forderte er ihn auf. „Das ist deine Familie."

„Was ist mit Nadine?", wollte Kelly wissen. „Wenn ihr Mann oder seine ‚Freunde' herausgefunden haben, wo sie ist …"

Seufzend fuhr sich Clayton mit der Hand durch die Haare. Es war immer noch ein wirres Chaos aus kurzen Engelslöckchen. Das einzige an ihm, das sich weigerte, cool und besonnen auszusehen.

„Falls das der Fall ist, hat sie ihnen wahrscheinlich mitgeteilt, wo sie ist. Baker meinte, dass es keine Anzeichen eines gewaltsamen Eindringens gegeben hätte. Sie hat Harry dort gelassen, ihm erzählt, dass sie sich mit jemandem treffen müsse. Harry hat den Alarm aus Versehen ausgelöst."

Kelly runzelte die Stirn und schob sich an Clayton vorbei. Dann nahm er ein altes T-Shirt von der Kommode und zog es sich über. „Ich glaube nicht, dass sie zu Jimmy zurückgeht. Sie hat eine Entscheidung getroffen."

„Die sie hoffentlich nicht geändert hat", sagte Clayton. „Aber es ist nicht immer so einfach. Er hatte viel Zeit, herauszufinden, wie er sie manipulieren kann. Sie dagegen hatte nicht viel Zeit, in der sie sich für ihr eigenes Leben verantwortlich gefühlt hat. Ich rufe dich an, sobald ich mehr weiß."

„Du könntest auch einfach so anrufen", schlug Kelly vor. „Wenn du möchtest."

Auf Claytons Gesicht blitzte ein seltenes Lächeln auf. Er beugte sich vor und drückte Kelly einen flüchtigen Kuss auf den Mund. Unbefangen strich er vertraulich mit der Hand über Kellys Arm. „Ich werde daran denken."

Er ging, doch die Wärme seiner Hand klang nach und der Raum roch immer noch nach ihm.

Kelly rieb sich über den Arm. Es fühlte sich komisch an, jemanden zu vermissen, der gerade – erst wenige Sekunden zuvor – gegangen war. Clayton und er waren nie lange genug – etwas mehr als nichts, aber weniger als etwas – gewesen, um ein Vermissen zu rechtfertigen.

„Mach dir nichts vor", warnte Kelly sich selbst. „Keine Märchen."

Es dauerte einige Minuten, bis er sein künstliches Auge gefunden hatte. Irgendwann war er zu dem Entschluss gekommen, dass es sich am sichersten unter der Kappe einer alten Augenspüllösung aufbewahren ließ. Nachdem er das Auge abgewischt hatte, setzte er es ein. Durch die Prellungen schmerzte es und er biss die Zähne zusammen. Es wäre einfacher gewesen, sich nicht um das Auge zu kümmern, doch es bestand die Möglichkeit, dass seine Mutter die Prellungen nicht bemerken würde. Die Augenklappe war etwas auffälliger.

Er schnappte sich seine Sneakers, zog sie an und lief die Treppe hinunter. An der Tür angelangt registrierte sein Hirn, dass Maxie immer noch schrie.

Mist. Er hatte ihn völlig vergessen.

Zwei Stufen auf einmal nehmend rannte Kelly, ungeachtet der Schmerzen in seinen geprellten Muskeln, in Windeseile die Treppe wieder hinauf. Als er sich über das Bett beugte, schien Maxies Starren zu signalisieren, dass ihm bewusst war, dass er fast vergessen worden wäre.

„Entschuldige. Wir gehen deinen Dad besuchen", erklärte Kelly und hob Maxie hoch. „Das ist mal was Neues, stimmt's?" Maxie nieste als Erwiderung eine Blase, was Kelly seiner Meinung nach so oder so deuten konnte.

Unten wurde quietschend die Tür geöffnet und er hörte, wie Claire unsicher hineinkam. „Mr Kelly?" Ihre Stimme besaß den leicht schwankenden Unterton eines Traumas. „Ich würde wirklich gerne zurück ins Krankenhaus fahren. „Sind Sie ..."

Kelly wischte Maxie die Nase mit einem Sabberlätzchen ab und klemmte ihn in seine Armbeuge. „Ich komme."

Aber nicht auf die Art, die er geplant hatte.

ZU BEHAUPTEN, dass Kathleen Freude an Krisen hatte, wäre nicht fair. Sie war jedoch gut im Meistern dieser Krisen. Vielleicht lag das einfach an der Übung. Als frischgebackene Mutter von Cole und Worth mochte sie bei offenen Wunden vielleicht noch einen Würgreiz bekommen haben und beim Anblick von gebrochenen Knochen in Panik geraten sein. Doch als Kelly kam, hatte sie einfach einen Verband über die Überreste seines Auges geschlungen und ihn ins Krankenhaus gefahren, da das Warten auf den Rettungswagen zu lange gedauert hätte.

Ein einfacher Autounfall reichte nicht aus, um eine Frau mit derartiger Erfahrung zu erschüttern.

Als Claire und Kelly sie gefunden hatten, waren zwar ihre Augen gerötet, doch sie war gefasst. Den Warteraum der Notaufnahme hatte sie gegen einen Stuhl in der Cafeteria getauscht. Vor ihren Ellenbogen stand ein langsam kalt werdender Becher Kaffee, während sie über das Handy das Familienleben regelte.

„... sag ihm, dass er langsam fahren soll", bat sie gerade, als sie bei ihr ankamen. Mit einem angespannten Lächeln nahm sie ihre Ankunft zur Kenntnis, ohne den Anruf zu unterbrechen, und deutete mit einem Kopfnicken auf den gegenüberstehenden Stuhl. „Das Letzte, was wir brauchen, ist noch jemand in der Notaufnahme. Okay. Ich liebe ihn und dich auch."

Sie beendete den Anruf und legte das Telefon hin.

„Dad?", fragte Kelly.

Kathleen umfasste mit beiden Händen den Plastikbecher und nickte. Zu ihren Jeans trug sie noch ihr Schlafanzugoberteil – Comic-Kätzchen mitten im Absprung auf blaugrünem Satin. Ihr ungeschminktes Gesicht glänzte, die Falten um die Augen und Mundwinkel waren tiefer als in Kellys Erinnerung.

„Jim war auf einer Fortbildung in San Diego. Gott sei Dank habe ich Worth überredet, mit ihm zu fahren." Nervös überprüfte sie den obersten Knopf ihres Schlafanzugoberteils, öffnete ihn erst, um ihn dann wieder zu schließen. „Gott sei Dank habe ich Worth dazu gebracht, mitzufahren. Jim hat mich für paranoid gehalten, mir versichert, dass er klarkommen würde, aber er kann nicht fahren. Nicht nach einem solchen Schock. Claire. Vielen Dank, dass Sie gekommen sind."

Das war das, was sie sagte. Kelly übersetzte es schweigend in das tatsächlich Geschehene. Für einen Tag Kathleens Gesundheitsregime entkommen, hatte sich Jim in einer Bar – es gab immer eine – mit anderen alten Cops besoffen.

Kathleen streckte die Hand aus und umklammerte Claires knochige, sommersprossige Finger. Dabei murmelte sie, dass alles gut werden würde, dass Byron einen starken Willen besaß und er so vielen Menschen etwas bedeutete. Es sah aus, als würden zwei Frauen mit rötlichem Haar vor einem im Schatten liegenden Fenster beten.

Kelly unterbrach sie nicht. Die Lüge machte ihm zu schaffen. Vielleicht war es ungerechtfertigt, aber sein Vater war ein Säufer, eine Stimmungskanone. Nachdem er jedoch nach Amerika gekommen war, hatten ihn die Leute hier missbilligend als „Alkoholiker" bezeichnet. Er hatte nie jemanden geschlagen oder etwas beschädigt. Das Schlimmste, das er je getan hatte, war der Versuch gewesen, ihnen allen nach einem besonders schlechten Jahr einen Flug nach Hause zu buchen. Der Einzige, dem er wehtat, war er selber.

Warum also deswegen zwei Leute anlügen, die es wahrscheinlich sowieso besser wussten?

„Was ist mit Wilde?", fragte er. „Cole?"

Kathleen schüttelte den Kopf. „Sie müssen arbeiten. Ich habe ihnen gesagt, dass sie am Vormittag kommen sollen. Dann können sie bei Byron sitzen, während ich nach Hause fahre und mich umziehe." Ihr Blick fiel auf Maxie. Seine Decke hing halb auf dem Boden, da er sich bei jedem Kreischen weiter herauszappelte. Ihre Lippen begannen zu zittern.

„Da ist ja mein Junge." Sie streckte die Arme aus. „Gib ihn mir. Er will zu seiner Oma, stimmt's?"

„Er ist müde", erklärte Kelly, während er Maxie überreichte. Das war die Wahrheit, fühlte sich jedoch wie eine Entschuldigung an: ein Grund für Maxie, um zu schniefen und zu jammern, als ihn seine Großmutter knuddelte und erneut zudeckte.

„Schau dir das nur an. Was hat dein Onkel nur mit dir gemacht, Schatz?", gurrte Kathleen. Sie drehte die Decke um und faltete sie wie eine Zwangsjacke um ihn. Er steckte jetzt so fest darin, dass Kelly nicht sagen konnte, ob der Druck von innen oder Frustration sein Gesicht rot färbten und ihn zum Heulen brachten. „Das ist besser."

„Das hasst er", wandte Kelly ein.

Statt ihm zuzuhören, ruckte Kathleen am Ende der Decke, um sie noch fester zu ziehen. Sie drehte sich halb zu Claire und schüttelte mit gespieltem Entsetzen den Kopf.

„Er ist ein guter Junge. Er gibt sich Mühe. Aber er ist nicht … Nun, Kelly hat nie Interesse gezeigt, zu heiraten und eine Familie zu gründen. Er zieht das Junggesellenleben vor, stimmt's mein Lieber?"

Kathleen setzte sich und gab dem wütenden Maxie statt eines Schnullers ihren Finger zum Saugen. Hinter ihrem Rücken signalisierte Claire unbeholfen ihr Mitgefühl mit Kelly. Ihr hübsches Gesicht war erstaunlich beweglich.

„So hat er seine Mom verloren", teilte Kathleen mit und wiegte Maxie langsam in ihren Armen. Gleichzeitig tätschelte sie in einem bedächtigen, fast hypnotischen Rhythmus seinen Rücken. „Ich bin hingefahren und habe mit ihm dort gesessen, während wir auf Neuigkeiten gewartet haben. Meinen Sie, er erinnert sich daran? Eine solche Tragödie für eine derart kleine Person."

Bei Claires Stirnrunzeln zuckten die rotbraunen Augenbrauen zusammen. „Ich dachte … Byron hat erzählt, dass er dort war. Dass er mit Maxie gewartet hat, während seine Frau starb."

„Oh, er war ebenfalls dort", sagte Kathleen. „Allerdings erst später. Zuerst waren nur Maxie und ich dort. Genau wie heute."

Sie holte zitternd Luft und eine Träne fiel auf Maxies Decke.

„Es tut mir so leid", sagte Claire und legte Kathleen mitfühlend den Arm um die Schultern. „Ich wollte Sie nicht … Es wird alles wieder gut werden."

Es war eine Angewohnheit, Kathleen ihre rosafarbene Sicht der Dinge zu lassen; die Umdeutung von Wildes Drogenproblem als Teenager in Faulenzerei; dass Byron hyperaktiv war, dass sie wegen Dads Arbeit so oft umgezogen waren … dass Kelly lediglich ein überzeugter Junggeselle war und nicht, dass er mit Männern zusammen war.

Ihre Erinnerung bestand nicht nur aus einer absurden, optimistischen Sichtweise der Dinge. Es handelte sich um eine glatte Lüge. Kelly konnte sich noch an die Anrufe seiner Mutter an Cole, Dad und ihn erinnern, in denen sie sie gedrängt hatte, Byron ins Krankenhaus zu bringen. Jeder einzelne Anruf hatte Erleichterung ausgedrückt, dass das vorige, unüberwindbare Hindernis aus dem Weg geräumt war, das Byron davon abhielt, in ein Auto zu steigen, um seine Frau zu sehen. Dazu gesellte sich Frustration, weil sie das nächste noch nicht aus dem Weg geräumt hatten.

Nicht ein einziges Mal hatte sie dem „Er will einfach nicht" Beachtung geschenkt.

Kelly biss sich frustriert auf die Wangeninnenseite. Seine Zähne blieben an der alten, wunden Stelle hängen. Er schmeckte Kupfer und Salz.

„Ich werde mal mit den Ärzten reden", verkündete er und schluckte das Blut hinunter. „Sehen, was los ist oder ob sie schon irgendetwas Neues sagen können."

Kathleen presste die Lippen zusammen, holte zitternd Luft und nickte. „Danke. Sie, ähm … haben gesagt, dass er immer noch ohnmächtig ist und sie erst näheres sagen können, wenn er aufwacht. Und das wird er. Er hat seinen Jungen hier. Er wird für ihn aufwachen."

Sie blickte hinunter auf Maxie, während ihr Claire unbeholfen die Schulter tätschelte und fragte, ob sie einen Tee trinken wolle. Kelly lud die Tasche mit Maxies Sachen auf einem Stuhl ab und machte sich auf die Suche nach Informationen.

Reumütig rieb er mit dem Daumen über den Rand des verletzten Auges und stieß mit der Schulter die Tür auf.

Wahrscheinlich wäre es Kathleen nicht einmal aufgefallen, wenn er die Augenklappe aufgelassen hätte.

12

BYRON KAM äußerst selten schlecht aus einer Sache heraus. Ein Autounfall bildete anscheinend die Ausnahme von dieser Regel. Er lag auf den gebleichten, weißen Krankenhauslaken; Prellungen sprenkelten seine Haut vom Kinn bis hinauf zu den Schläfen. Die durch eine Konstruktion aus Stiften und Streben zusammengehaltenen Beine hingen in einer Schlinge in der Luft.

Die Zehen waren an den Stellen, an denen sie aus dem Verband schauten, geschwollen und violett. Kelly fühlte sich an eine Leiche erinnert, die er einmal gefunden hatte: eine vermisste Frau, die Selbstmord begangen hatte. Sie hatte sich angezogen, um zum Strand zu gehen, sich stattdessen jedoch in einem verlassenen Lagerhaus erhängt. Sie hatten vier Tage benötigt, bis sie das Loch gefunden hatten, durch das das gesamte Familienvermögen verschwunden war. Als sie endlich in dem Lagerhaus angekommen waren, hatten die Füße der Frau exakt dieselbe Farbe gehabt.

Trotz seiner Probleme mit Byron verspürte Kelly Erleichterung, dass sein Bruder immer noch atmete. Letzten Endes war er immer noch Teil der Familie und Blut nun mal dicker als Wasser.

Die Stationsärztin war eine Frau mittleren Alters mit müdem Blick. Ihre Schuhe quietschten, als sie um das Bett ging.

„Bei seiner Einlieferung hat Ihr Bruder immer wieder das Bewusstsein verloren. Außerdem weist sein Schädel einen Haarriss auf", erklärte sie forsch. Es war nicht so, dass ihre Stimme kein Mitgefühl enthielt. Es musste nur warten, bis es an der Reihe war. „Das kann zu einem Schädel-Hirn-Trauma führen. Im Moment sind wir jedoch zuversichtlich, dass es keine Blutungen im Gehirn gibt. Er musste …"

Sie hielt inne, um sich vorzubeugen und den intravenösen Zugang in Byrons Arm und den am Ständer hängenden Tropf zu überprüfen. Dann nahm sie ihren Gesprächsfaden wieder auf, als hätte sie ihn nie fallen gelassen.

„… wegen Komplikationen seines gebrochenen Sprunggelenks operiert werden. Es gab erhebliche innere Blutungen, die eine sofortige Operation erforderlich gemacht haben, um den Druck zu senken. Sie ist gut verlaufen und im Moment gibt es keinen Grund, pessimistisch zu sein. Detective Kelly schlägt sich gut, Detective Kelly." Der letzte Satz triefte vor Ironie.

„Tut mir leid", stellte Kelly klar. „Ich bin der Einzige in der Familie, der keiner ist."

Die Ärztin hob eine perfekt gewölbte Augenbraue und tippte mit einem Stift voller Bissspuren gegen den schwachen, dunklen Halbmond unter ihrem Auge.

„Ist das eine Prothese?"

Kelly rieb sich erneut über das Auge. Er verfügte über keine Erinnerung mehr an das beidseitige Sehen – seiner Vorstellung nach funktionierte es jetzt wie bei einem Chamäleon – und ignorierte, dass eins aus Glas war. Die Erfahrung hatte ihn jedoch gelehrt, dass die meisten Menschen der Anblick der nackten Augenhöhle abschreckte. Die, die sie heiß fanden, waren nichts für ihn. Trotzdem fühlte es sich immer noch sonderbar an, wenn jemand hervorhob, dass er nur eins hatte. Es fühlte sich wie Nacktsein an. Nur nicht auf positive Art.

„Ja."

Die Ärztin betrachtete es aus zusammengekniffenen Augen und nickte schließlich anerkennend. „Gute Arbeit. Ihr Ophthalmologe hat gute Arbeit geleistet."

„Danke."

„Ihr Bruder macht sich gut. Er ist jung, stark und hat hervorragende Ärzte." Sie schob sich den Stift hinters Ohr und suchte in ihren Taschen nach einem Pfefferminzbonbon. Knisternd wickelte sie das rot gestreifte Bonbon aus. „Im Moment gibt es keinen Grund, das Schlimmste zu befürchten. Bleiben Sie bei ihm. Ich schicke eine Schwester zu Ihrer Mutter, um sie zu informieren, dass es ihm besser geht."

Sie warf sich das Bonbon in den Mund, tätschelte seinen Arm und entfernte sich kauend. Mit seinem Bruder allein gelassen holte Kelly tief Luft und stieß dann den Atem wieder aus. Der Geschmack nach Putzmittel, Antiseptikum und Schmerzen blieb auf seiner Zunge haften.

Kelly konnte sich nicht an viel von den Geschehnissen erinnern, nachdem er sein Auge verloren hatte. Das meiste waren Erzählungen vom Rest der Familie, die so oft wiederholt worden waren, bis es ihm *wie* eine Erinnerung vorkam. Doch den Geruch von Antiseptikum und Blut in der Luft und Byrons Stimme im Ohr, der ihm in der Dunkelheit Gesellschaft leistete, hatte er nicht vergessen.

Jetzt befand sich Byron in der Dunkelheit und Kelly an seinem Bett.

„Mom ist unten", sagte er laut. „Sie wird in einer Minute hier sein."

Hinter den geschwollenen Lidern flackerten Byrons Augen, als hätte er ihn gehört. Kelly strich sich mit der Hand über den Mund. Unter den Fingern spürte er die rauen Stoppeln. Er wünschte, er hätte der Ärztin gesagt, sie solle sich keine Umstände machen und dass er Kathleen selber holen würde. Wäre es Cole, er hätte seine Hand gehalten und von dem Bier erzählt, das sie nach seinem Aufwachen zusammen trinken würden.

Doch so einfach war das mit Byron nicht. Nie gewesen.

Die Minuten verstrichen und die Stille senkte sich wie ein Gewicht auf Kellys Schultern. Irgendwie fühlte es sich bedrückender an, als wenn Byron wach gewesen wäre. Gerade als ihm der Gedanke kam, dass er gehen und seine Mom suchen sollte, begann Byron zu husten und leckte sich über die Lippen.

„Was zur Hölle ...?", nuschelte er und öffnete die Augen.

Er versuchte den Arm zu heben, zuckte jedoch beim Klappern des Tropfs zusammen. Kelly legte ihm beruhigend die Hand auf die Schulter. Die Haut unter seiner Hand fühlte sich gleichzeitig heiß und kalt an … klamm.

„Du bist im Krankenhaus. Es ist alles okay."

Byron registrierte blinzelnd den Schmerz unter den Medikamenten, mit dem sie ihn vollgepumpt hatten. Er verzog schwerfällig den Mund. „Nein."

„Versuch einfach, dich zu entspannen", riet ihm Kelly und erhob sich. „Ich hole jemanden."

Sie wirkten wie eine nette, kleine Familie, nachdem die Ärzte fertig waren. Auf einer Seite des Bettes die schlanke, rothaarige Freundin, auf der anderen die liebende Mutter und in der Mitte der verletzte Held, der liebevoll sein Baby in der Armbeuge wiegte. Nur der überflüssige Onkel am Türrahmen war fehl am Platz.

Maxie gab ein weinerliches Geräusch von sich und krümmte sich. Er schlug mit den Füßen und legte die Hände mit gespreizten Handflächen auf die Augen. In ungefähr fünf Minuten würde er losheulen, untröstlich darüber, ein Baby zu sein. Die Macht der Gewohnheit trieb Kelly dazu, sich von der Wand abzustoßen. Bevor er jedoch irgendetwas sagen konnte, hob Kathleen Maxie von den rauen Laken.

„Ein Lichtblick ist immerhin, dass du jetzt Zeit hast, eine enge Bindung zu Maxie aufzubauen", stellte Kathleen fest, während sie das Baby an ihrer Schulter wiegte. „Du kannst bei Dad und mir wohnen. Wir werden Wildes altes Zimmer über der Garage herrichten. Dort kannst du bleiben, bis du wieder fit bist. Dein Dad hat recht. Es ist nicht fair, zu erwarten, dass sich Kelly um ein Baby kümmert. Er hat sein eigenes Leben."

Die plötzliche Verbitterung überraschte Kelly. Wie ein Klumpen Brennnesseln steckte sie in seinem Hals; ungeachtet der Tatsache, dass das – anders als Byrons aufgeschlitztes Bein – immer so geplant gewesen war.

„Das macht mir nichts aus", warf er ein.

„Ein Junge sollte bei seinem Vater sein", stellte Kathleen nachdrücklich klar. „Ich weiß noch, wie ihr als Kinder gewesen seid. Ihr habt unentwegt gestritten, um Jims Aufmerksamkeit auf euch zu ziehen. Man hätte glauben können, dass sie einander hassen, Claire. Alles nur, damit ihr Dad kommt und es beendet."

„Du hast mich immer schon durchschaut, Mom", sagte Byron in schleppendem Tonfall. Vorsichtig veränderte er seine Position im Bett. Sein bleiches Gesicht wurde noch eine Spur grauer, als sich sein Fuß in der Schlinge verschob. „Apropos Dad, wo ist er eigentlich?"

„Er wird bald hier sein. Sie sind schon unterwegs." Kathleen reichte Maxie an Byron zurück, der mit einer Grimasse auf das Baby hinabblickte. Sie zog ihre Tasche auf den Schoß und begann darin herumzuwühlen. Sie grub sich durch Quittungen, eine Rolle Münzen, eine Handvoll zerknitterter Kundenkarten aus Pappe bis zu ihrem Handy durch. Dann neigte sie es in Richtung der Nachttischlampe, um auf das Display sehen zu können. „Oh. Worth möchte, dass sich einer von uns mit ihm im Nordturm trifft und ihm sagt, wo wir sind. Dein Dad und er drehen im Moment Runden."

Das bot eine gute Entschuldigung. „Ich gehe", sagte Kelly. Die an Byrons Seite hockende Claire protestierte halbherzig. Sie gehöre schließlich nicht zur Familie, daher solle lieber Kelly bei seinem Bruder bleiben. Er wedelte mit seinem Handy. „Ich muss sowieso noch einige Dinge wegen der Arbeit erledigen und man soll hier drinnen sein Handy nicht benutzen."

Er trat auf den Gang hinaus. Hinter ihm gab Kathleen gegenüber dem quengeligen Maxie missbilligende Geräusche von sich und sagte dann in den Raum. „Seht ihr, er hat keinen Moment für sich. Es ist nicht wie bei den anderen Jungs. Wenn man selbstständig ist, kann man nicht einfach mal eben so frei machen. In den letzten Wochen hatte er ganz schön viel zu tun."

So war Kathleen. Anderen Leuten gegenüber erzählte sie nur das Beste von ihren Jungs. Kelly marschierte den Gang hinunter, weg von dem Bett seines Bruders und den hässlichen Gefühlen, auf die er kein Recht hatte.

Aus einem der Zimmer kam eine Frau mit einem weinenden, kleinen Jungen im Schlepptau und einem verunsicherten Kleinkind auf der Hüfte. Sie wischte sich mit dem Ärmel übers Gesicht und zerrte den Jungen am Arm hinter sich den Gang hinunter. Tragödien stellten kein Hindernis für die kindliche Blase dar.

Kelly verspürte einen Anflug von … Schuld …, weil sein Bruder wieder gesund werden würde, während das bei jemandem, den diese Frau liebte, offensichtlich nicht der Fall war. Es war dumm. Vielleicht wirkte es so, als ob Byron das Glück aus anderen Menschen saugte, doch das stimmte nicht wirklich.

Zumindest nicht von einem Krankenhausbett aus.

Bei den Aufzügen angekommen, begann das Kleinkind abgehackt zu schluchzen. Seine Mutter unternahm einen schwachen Trostversuch, gab dann jedoch auf, legte den Kopf in den Nacken und beobachtete, wie die Anzeige die Stockwerke hinabzählte, während das Kind heulte.

Kelly nahm die Treppe. Der Tag war zu anstrengend gewesen, um sich mit Fremden und ihrem bitterem Krankenhauskummer in eine enge Metallbox einzusperren.

Als er den Parkplatz erreicht hatte, begann sein Handy in der Gesäßtasche zu vibrieren. Kelly zog es heraus und erwartete beim Draufschauen mehr oder weniger, die Nummer seines Dads zu sehen.

Es war Clayton. Beim Anblick des Namens fühlte sich Kelly besser, als das der Fall sein sollte, obwohl es sich bestimmt nur um einen arbeitsbedingten Anruf handelte. Das frustrierte ihn. Clayton hatte zwar nicht ausdrücklich gesagt, dass er nur etwas Zwangloses wollte, aber Kelly brauchte keinen neuen Freund. Da gab es die Arbeit, da gab es Maxie. Außerdem sollte die Liebe *einfach* sein, und wie er bereits wusste, war an Clayton nichts einfach.

Im Übrigen ging es in der Nachricht um die Arbeit und nicht um etwas Privates.

Nadine hat mir getextet. Sie hat geschrieben, dass sie ihre Meinung wegen der Scheidung geändert hätte. Hat nicht nach Harry gefragt.

Das ergab keinen Sinn. Schnell schrieb Kelly zurück.

Glaubst du, sie ist in Sicherheit?

Keine Antwort. Kelly starrte auf das nicht reagierende Display und fragte sich, was er jetzt tun sollte. Er fühlte sich hin und her gerissen zwischen dem Widerstreben, Clayton hängenzulassen und der Loyalität gegenüber seiner Familie. Dass er sich darüber überhaupt Gedanken machte, verursachte ihm ein noch schlechteres Gewissen, aber … Dad und Worth würden in Kürze hier sein, sodass Kelly nicht mehr gebraucht wurde. Ihm kam der bittere Gedanke, dass das nie wirklich der Fall und er nur der Lieferdienst für Maxie gewesen war.

Normalerweise hätte ihn das nicht gestört. Kathleen liebte alle ihre Söhne. Im Moment war er jedoch erschöpft, sauer und nicht in der Stimmung, in Selbstmitleid zu versinken. Gerade hatte er zur Hälfte das Angebot an Clayton, vorbeizukommen und ihm zu helfen, getippt, da wurde mit scharfer Stimme sein Name genannt.

„Captain, wir wissen nicht, was passiert ist", erklärte eine Männerstimme, die verzerrt vom nackten Beton des Parkplatzes widerhallte. „Wir hatten noch nicht die Gelegenheit, mit Detective Kelly zu sprechen."

Trotz der undeutlichen Wiedergabe brachte die Stimme etwas in Kellys Erinnerung zum Klingeln. Sie klang vertraut. Vorsichtig nahm er die letzten Stufen und stieß mit dem Fuß die schwere Treppenhaustür auf. Das Erste, das er durch den Spalt erblickte, war das hübsche Allerweltsprofil des Mannes, der ihm am Vortag eine äußerst professionelle Tracht Prügel verabreicht hatte.

„Wissen Sie, im Grundsatz stimme ich Ihnen zu. Die Glendale Situation ist instabil", sagte Allerweltsgesicht. „Wir können jedoch diesen Unfall zu unserem Vorteil nutzen. Kevoian die Schuld geben, ihn aus der Gleichung nehmen. Dann kann niemand außer Jimmy die Lücke füllen. Sie werden ihn nehmen müssen."

Unter Kellys Haut begann das Adrenalin zu kribbeln und zu versuchen, seine Muskeln zum Zucken zu bringen. Eine Kampf-oder-Flucht-Situation wäre im Moment allerdings nicht allzu hilfreich. Abwesend presste er den Daumen in den Winkel seines Veilchens. Der schwache Druck löste ein Pochen in der leeren Augenhöhle aus. Außerdem war die vorige Schlägerei nicht allzu gut für ihn ausgegangen. Er musterte den Mann neben Allerweltsgesicht. Er hatte kurzes, graues Haar und ein tief gebräuntes Gesicht. Das war keiner der Muskelprotzbrüder. Für eine Sekunde kamen ihm Zweifel – vielleicht lag er falsch und das herausragende Merkmal des Mannes bestand in dessen völlig durchschnittlichem Aussehen – doch dann senkte er den Blick. Das waren dieselben Stiefel: die völlig abgetragenen, mit Kratzern übersäten Springerstiefel mit der T-förmigen Kerbe am Zeh, die ihm Tritte versetzt hatten.

Scheiße.

Ihre Anwesenheit hier ergab keinen Sinn … es sei denn, Byrons Unfall war gar kein Unfall gewesen. Es sei denn, Jimmys neue Partner – wer auch immer das sein mochte – gingen davon aus, dass der Kelly, der Fragen über sie gestellt hatte, ein Cop war. Angesichts des säuerlichen Schuldgeschmacks in seinem Mund verzog Kelly das Gesicht. Das würde er sich nie verzeihen.

Aber das müsste er auch nicht, oder? Die Puzzleteile lagen alle vor ihm: der sorgsame Schutz der falschen Identität, die einsame Frau, die plötzliche Abwesenheit vor drei Monaten … Trotz Kellys Bemühungen, begann alles einen Sinn zu ergeben.

Bei ihnen stand noch ein dritter Mann, der jedoch von einem weißen Pfeiler verdeckt wurde. Kelly konnte nur eine schwarze Schulter und ein Stück Bart erkennen.

„Ich weiß, wie viel Zeit ihr in Jimmy investiert habt", sagte der Mann mit einem leisen Krächzen, das mühsam zurückgehaltene Verärgerung verriet. Kelly kannte diese Stimme. Kratzend stellten seine Nackenhaare sich auf. „Ich will diese Identität ebenso wenig wie ihr vernichten, werde aber keinen meiner Beamten einem Risiko aussetzen. Selbst, wenn ich zustimmen sollte, wie wollt ihr Jimmys plötzlichen Gips erklären?"

Allerweltsgesicht warf dem Graumelierten einen Blick zu. Der Mann zuckte mit den Schultern und antwortete an seiner Stelle. „Die Menschen erleiden nun mal Unfälle. Wir erzählen einfach, dass er einen hatte."

Der dritte Mann schnaubte und trat hinter dem Pfeiler hervor. Kelly wusste bereits, um wen es sich handelte. Wie Mom gesagt hatte: Unzählige Male war er von dieser leisen, verärgerten Stimme wegen seiner Noten oder Streitereien getadelt worden.

Jim Kelly. Das weiße Haar war kurz geschoren und der Bart gewachsen, seit Kelly ihn zum letzten Mal gesehen hatte. Er ging zum Aufzug hinüber und drückte mit dem Finger auf den Knopf.

„Das gefällt mir nicht, Lepson", erklärte er rundheraus. „Sie reizen diese Tarnung bis zum Äußersten aus."

Allerweltsgesicht zuckte nur mit den Schultern. „Das ist nicht Ihre Entscheidung, oder, Sir?"

Jim knurrte: „Sie wären nicht hier, Lepson, wenn ich Ihnen das Wasser abgraben könnte. Wenn dieser Unfall kein Unfall war, hat Ihr Team versagt und einen seiner verdeckten Ermittler gefährdet."

„Dafür hat er unterschrieben", stellte der Graumelierte klar.

Kelly schmeckte Gallenflüssigkeit hinten in seiner Kehle; heiß und zornig drückte die Säure nach oben. Er drängte sie zurück und schloss behutsam die Tür. Wenn er als Byrons Bruder eines gelernt hatte, dann erst nachzudenken, bevor man sich in etwas hineinstürzte. Allerdings konnte er keine Anzeichen erkennen, dass dies etwas anderes war, als es den Anschein hatte.

Er ließ sich auf die harte Kante einer Betonstufe sinken und schaute auf sein Handy. Im verkleinerten Fenster stand noch die halb geschriebene Nachricht an Clayton. Tief Luft holend löschte er sie und fing von vorne an.

Sie ist nicht bei Jimmy, tippte er stattdessen.

Denn Jimmy lag oben auf gestärkten, weißen Laken und wartete, dass sein Dad ihm mitteilte, ob seine Tarnung aufgeflogen war oder nicht.

Scheißkerl.

13

DER KAFFEESTAND vor dem Gerichtsgebäude verkaufte auch Kopfschmerztabletten. Sie waren überteuert und wurden einzeln abgegeben, doch das störte Clayton nicht. Der Schlafmangel und die widerwärtige Helligkeit des Morgens hatten sich vereint und einen bohrenden Schmerz vom Scheitel die Wirbelsäule hinab ausgelöst. Er zog seine Kreditkarte durch das Lesegerät.

„… wird ein weiterer heißer Tag in LA", warnte das oben auf der Kühlbox balancierende Radio vergnügt. „Heute Nachmittag werden die Temperaturen voraussichtlich die 37 Grad Marke überschreiten. Damit steigt das Risiko …"

Der Verkäufer schaltete das Radio aus und schnalzte missbilligend mit der Zunge. „Irgendein Idiot wird ein Feuer verursachen", teilte er Clayton mit, während er ihm die Tabletten reichte. Vielleicht sagte er es auch zu der Frau, die gerade vorgetreten war, um ihren Kaffee entgegenzunehmen. „Irgendein Idiot verursacht immer ein Feuer."

Mürrisch knurrend griff sie nach dem Pappbecher. „Irgendein Idiot sollte für den Schaden zur Verantwortung gezogen werden."

„Bei manchen Idioten passiert das", schnaubte der Verkäufer und zeigte mit dem Daumen auf seine Brust. „Bei mir."

Clayton riss mit den Zähnen die Packung auf und schluckte die Tabletten trocken hinunter, statt die gekaufte Flasche Wasser zu öffnen. Beim Schlucken spürte er die Verspannung in seinem Kiefer. Der dumpfe Schmerz der verkrampften Muskeln und aufeinandergepressten Zähne verstärkte den Kopfschmerz noch.

Gegen diese Art Kopfschmerz konnten die Tabletten nicht viel ausrichten. Er würde andauern, um dann wie ein Abszess aufzubrechen und ihm eine Stunde lang wahnsinnige Schmerzen bereiten. Doch bis dahin musste er funktionieren und durch die Tabletten gelang es den Schmerz soweit zu dämpfen, dass das klappte.

Er ging ins Gerichtsgebäude. Nachdem Aktentasche, Handy und Brieftasche die Durchleuchtungsanlage ohne Schwierigkeiten passiert hatten, winkte der Sicherheitsmitarbeiter Clayton nach vorne.

Der Metalldetektor ging los, als er die Nägel registrierte, die Claytons linken Unterarm zusammenhielten. Das geschah jedes Mal, so wie er jedes Mal für ein rasches Abtasten von den Sicherheitskräften – die ihn und seinen Unterarm bereits kannten – zur Seite genommen wurde.

Normalerweise störte ihn das nicht. Es nahm schließlich nur eine Minute seines Tages in Anspruch und noch dazu eine, die er abrechnen konnte. Doch er musste sich auf die Zunge beißen, damit ihm kein sarkastischer Kommentar entglitt, als der Mitarbeiter mit den abstehenden Ohren und den halbmondförmigen

Schweißflecken – die dunkel wurden, als sie in der Kühle der klimatisierten Luft trockneten – mit dem Stab die Innenseite von Claytons Bein hinauffuhr.

Wie viele Minuten hatte er hierbei im Laufe der Jahre wohl vergeudet, fragte er sich düster. Wenn er sie alle zusammenrechnete, wie viele Arbeitsstunden konnte er dem … dritten, vierten? … seiner Mutter in Rechnung stellen? Dem mit dem verrosteten Camaro und dem unheimlichen Blick?

Zu viele.

Hoffentlich konnte er Harry davor bewahren, die gleiche Rechnung aufzustellen. Irgendwann wäre es Jimmy nämlich leid, seine Frau zu terrorisieren, sodass er sich stattdessen an seinen Sohn halten würde. Claytons Erfahrung nach gelang es gewalttätigen Arschlöchern immer, noch tiefer zu sinken.

Der Stab piepste, als er über den Unterarm glitt. Der Mitarbeiter schenkte ihm ein entschuldigendes Schulterzucken und ließ Clayton weitergehen.

Auf der anderen Seite der Sicherheitsschleuse wartete Baker auf einer der Bänke auf ihn. Den Arm auf die Lehne gelegt, beobachtete er die vorbeigehenden Menschen. Einige der Angeklagten wirkten nervös, als sie ihn erblickten. Übrigens auch einige der Anwälte.

„Ich hätte diesen Fall nicht annehmen sollen", sagte Clayton ohne Einleitung, als er zu ihm stieß. „Er ruft zu viele Erinnerungen an zu Hause wach."

Baker nahm den Arm von der Lehne und richtete sich auf „Tun sie das nicht alle?" Auf Claytons scharfen Blick reagierte er mit einem Schulterzucken. „Hintergrundrecherchen gehören zum Standard und du bist durch viele Zuhause gehüpft."

„Nur Haus", korrigierte ihn Clayton. Für ein Zuhause brauchte es mehr als ein Dach und ein Wi-Fi-Passwort. Er wartete auf das altbekannte Schamgefühl, weil jemand über sein Leben Bescheid wusste … wusste, dass seine Mutter ihr Leben versaut hatte. Es kam nicht. Vielleicht hatte der Kopfschmerz keinen Platz mehr dafür gelassen oder aber er hatte den Komplex endlich abgeschüttelt.

„Außerdem", fügte Baker hinzu, „bist du denn eine reiche alte Frau, dass du deinen Drang Gutes zu tun nur einem Fall widmest? Bei dem hier kommt etwas Persönliches dazu."

Hinten in seiner Kehle konnte Clayton immer noch Puder und Chemikalien schmecken. Schließlich schraubte er doch den Deckel seiner Wasserflasche ab und trank einen Schluck. Laut Etikett waren Cranberrys und grüner Tee zugesetzt, doch es war ziemlich geschmacklos und nur schwach grün.

„Im Moment tu ich gar nichts Gutes", stellte er klar.

Baker schlug ihm aufmunternd auf die Schulter. „Bis jetzt ist Harry noch nicht zurück bei seinem Vater." Doch die Notfallunterbringung bei Maureen und ihren Hunden würde nur eine gewisse Zeit möglich sein. Wenn Nadine nicht zurückkam, blieben nur noch Jimmy oder Pflegeeltern. „Nadine kann immer noch ihre Meinung ändern."

Es war unfair, sauer auf Nadine zu sein.

Clayton kannte die Statistiken und Diskussionspunkte. Er hatte Zitate gehört – das hatte er zumindest *behauptet* – darüber, wie lange es dauerte, bis ein misshandelter Partner den anderen tatsächlich verließ. Er wusste sogar, wie sehr das der Wahrheit entsprach. Als er jedoch gestern Abend in das leere Haus gekommen war, in dem nach drei Uhr morgens ein Kinderfilm lief und ein Stuhl an die Küchentheke geschleppt worden war, weil Harry versucht hatte, sich etwas zu Essen warm zu machen, hatte sich langsam Ärger in ihm aufgebaut.

Wie er Baker gesagt hatte, erinnerte es ihn zu sehr an Zuhause. Er konnte sich immer noch daran erinnern, wie beängstigend und unangenehm es sich anfühlte, über Nacht – oder länger – alleine Zuhause zu sein. Einmal hatte seine Mutter zwei Wochen in Vegas verbracht. Dazu kam die Pflicht, es vor den Nachbarn und der Schule geheim zu halten.

Er war also sauer. Das war allerdings sein Problem. Solange er nicht ihre Nachricht bestätigte, gehörte Nadine immer noch zu seinen Klienten.

„Ich hoffe, das tut sie", sagte Clayton. „Falls das der Fall sein sollte, was hast du über Jimmy Graham herausgefunden?"

Baker antwortete mit finsterem Blick: „Spinnenweben. Alte Fliegenleichen. Bis jetzt keine Spinne. Ich habe mit Richterin Ebel gesprochen. Sie hat mir – ganz im Vertrauen – bestätigt, dass sie … gebeten wurde, jede Bewegung deines Antrags auf eine einstweilige Verfügung hinauszuzögern. Die Verfügung liegt übrigens in deinem Büro."

„Danke."

Baker tat es mit einem Schulterzucken ab. „Ich habe mich umgehört. In Glendale gibt es eine Reihe von Fällen, die äh, sozusagen auf der Strecke geblieben sind. Deals wurden ausgehandelt, Klagen aus Gründen abgewiesen, die jeder Anwalt nur als letzten, verzweifelten Versuch wagen würde. Im Wesentlichen jede Menge Missgeschicke, durch die jetzt alles festhängt."

„Kelly hatte also recht. Ist er ein Informant?"

„Ich wäre sehr überrascht, wenn nicht", erwiderte Baker. Umständlich richtete er sich die Krawatte und schaute sich um, um sicherzugehen, dass niemand nahe genug war, um ihn zu hören. „Ich habe bei einem … Kollegen nachgefragt, der Zeit im Los Angeles County Gefängnis verbringt. Er war früher ziemlich einflussreich und teilweise basierend auf dem, was er nicht gesagt hat, gibt es eine Menge Gerede darüber, wie viel Schwein Jimmy gehabt hat, dass er den Spitznamen schmieriger Graham erhalten hat. Allerdings klebt nicht so viel an ihm, dass man ihm unter der Dusche ein Stecheisen in den Körper rammen würde."

Hätte man Clayton vor einem Monat gefragt, hätte er Geld darauf gesetzt, dass Baker niemals das Wort *Stecheisen* sagen würde, ohne es in imaginäre Anführungszeichen zu setzen. Das Lächeln und Nicken, mit dem er vorbeigehende Bekannte grüßte, ließen den nüchternen Tonfall nur noch surrealer wirken.

„Nicht optimal", sagte er zurückhaltend. „Aber möglicherweise kann ich es trotzdem als Druckmittel benutzen. Das könnte Jimmys Vorgehensweise verschärfen, aber wenn er als Informant geoutet wird, legt sich eine Schlinge um seinen Hals."

Baker zuckte zusammen. „Das ist ... riskant. Wenn sie deinen Bluff durchschauen ..."

„Sie werden merken, dass es kein Bluff ist", erklärte Clayton gelassen. „Ich bin kein Assistenzstaatsanwalt, Daniel. Meine Verantwortung gilt in erster Linie meiner Klientin, nicht dem Mann, der sie manipuliert hat oder dem Polizeirevier, das meinen" – eine Sekunde lang stockten ihm die Worte, da ihn kurz der Drang überkam, Kelly als etwas anderes zu bezeichnen – „Ermittler zusammengeschlagen hat."

Baker sah immer noch nicht glücklich aus. Um fair zu bleiben, es war eine üble Sache, sich mit den falschen Leuten beim LAPD anzulegen. Das würde den anderen Partnern Gründe liefern, einige der extravaganten Zugeständnisse zu beschneiden, mit denen Baker in die Kanzlei gelockt worden war. Ganz zu schweigen von den repressiven Strafzetteln und möglichen Straftatbeständen, die folgen würden, wenn Clayton nicht vorsichtig vorging.

„Ich weiß, wie viel ich dir schulde, Daniel. Ich werde dich da nicht mit reinziehen. Wenn es darauf hinausläuft, dass ich diese Information nutzen muss, werde ich die volle Verantwortung übernehmen."

Baker schnaubte.

„Du bist mein Angestellter und mein Freund", stellte er klar und klopfte Clayton auf die Schulter. „Du schuldest mir Arbeitsstunden und keine Skandale. Sonst nichts. Es sein denn, du möchtest mir erzählen, was du so früh am Morgen in Kellys Haus gemacht hast?"

Vor langer Zeit war Clayton so unschuldig gewesen, dass er rot angelaufen war. Seiner Meinung nach zum letzten Mal während seines ersten Besuchs in dem Schwulenviertel, The Zone, nach seinem Umzug nach LA. Doch mit Sicherheit breiteten sich jetzt gerade rote Flecken über Nase und Wangen aus. Er starrte Baker an.

„Er hätte ein Schädel-Hirn-Trauma haben können", verkündete er großspurig.

Baker prustete los. Das Lachen begann in seiner Nase und entwickelte sich zu einem bellenden Lachen, bei dem sich Fältchen in seinen Augenwinkeln bildeten. Entschuldigend wedelte er mit der Hand. Clayton verdrehte die Augen und blickte auf sein Handy.

Die zwei Nachrichten mussten angekommen sein, während sein Handy in der Sicherheitsschleuse in einer Schale gelegen hatte. Er hatte noch fünfzehn Minuten Zeit, bis er in den Gerichtssaal musste.

„Na gut. Möglicherweise empfinde ich eine Art Schwärmerei für unseren hiesigen Piraten. Bist du jetzt glücklich?"

Baker wischte sich mit den Daumen unter den Augen entlang. „Bist du's?"

Das war genau die Art Frage, bei der Clayton nie wusste, wie er sie beantworten sollte. Er war gut in seinem Job und hatte alles, was er sich bei seiner

Abreise aus Utah erträumt hatte: Einen Platz zum Leben, den er mit niemandem teilen musste, genug Geld auf dem Konto, um sich sicher zu fühlen und er war nicht von dem guten Willen irgendeines anderen abhängig.

Glücklich genug in seinen Augen. Für die meisten Menschen bedeutete Glück jedoch ein warmes Haus und einen noch wärmeren Partner – jemanden, der sie zum Lächeln brachte und den sie zum Lächeln brachten.

Es war beim Pizzaessen auf dem Boden passiert, während er beobachtet hatte, wie sich Kellys Mund zu diesem breiten, unbekümmerten, warmen Lächeln verzogen hatte und ihm entfallen war, was er gerade erst gesagt hatte, weil er mit den Gedanken ganz woanders war. Zur Hälfte war es Begierde und zur Hälfte eine langsame, bittersüße Wärme. Weil es nicht halten würde.

In dem Moment hatte Clayton jedoch fast vergessen, dass es nie funktionieren würde. Es hatte sich wie Glück angefühlt.

Mit dem Daumen tippte er entschlossen die erste Nachricht an. „Der Sex ist gut", erklärte er munter. Das gehörte zur ersten Regel, die man in einem Haushalt, wie dem, in dem Clayton aufgewachsen war, lernte: Gib niemals zu, dass dir irgendetwas wichtig ist. Dann erfuhren die Leute auch nicht, dass es schmerzlich sein würde, es zu verlieren.

Baker verdrehte mit einem ungläubigen Schnauben die Augen.

Die Nachricht stammte von Nadine. Sie ruckelte in aneinandergereihten Konsonanten das Display hinab, nicht durch Absätze unterbrochen. Claytons Augenbrauen zogen sich zusammen, als er die vertrauten Abkürzungen und das nach spontaner Kurzschrift Aussehende zusammensetzte.

„Stimmt etwas nicht?", wollte Baker wissen.

„Nadine", antwortete Clayton langsam. Er las die Nachricht erneut, um sicherzugehen, dass er nichts überlesen hatte. „Sie wiederholt nur, dass sie wieder bei ihrem Mann ist. Der Versuch, sich von ihm scheiden zu lassen, war ein Fehler und sie möchte, dass ich nicht weiter daran arbeite."

„Bei manchen Eltern nicht ungewöhnlich. Wir hatten alle schon Klienten, die sich bis aufs Blut über einen drei Jahre alten Lexus gestritten haben, bevor die Sprache auf das Sorgerecht kam."

„Nein. Sie liebt ihren Sohn", widersprach Clayton. „Sie ist nicht gegangen, weil Jimmy sie verletzt hat. Sie ist gegangen, weil Harry es gesehen hat."

Baker lehnte sich zurück und legte die Beine übereinander. Abwesend klopfte er sich mit der Kindle-Hülle gegen den Unterarm.

„Vielleicht denkt sie, dass er ohne sie besser dran ist?"

„Oder sie wird gezwungen", warf Clayton ein. „Sie hatte bereits Angst vor Jimmy, aber vielleicht hat er beschlossen, dass die Angst noch nicht groß genug war."

„Oder er benutzt ganz einfach ihr Handy. Das ist eine Textnachricht. Sie könnte es natürlich getippt haben. Da aber kein Fingerabdruck enthalten ist, handelt es sich formal gesehen auch nicht um eine Kündigung unserer Dienste."

Clayton schaute ihn irritiert an. „Dessen bin ich mir bewusst."

Ein Einschreiben würde als formelle Kündigung gelten. Clayton bat sie stattdessen jedoch um ein persönliches Gespräch. Zumindest könnte er so sehen, ob es Nadine gut ging und hoffentlich beurteilen, ob sie gezwungen wurde oder nicht.

Er drückte auf Senden und wischte weiter zu Kellys Nachricht. Angesichts der eindeutigen Aussage auf dem Display runzelte er die Stirn.

„Kelly schreibt, dass sie nicht bei Jimmy ist."

„Woher weiß er das?"

„Keine Ahnung." Clayton starrte auf die Nachricht und schaute dann auf die Uhr. „Ich muss in den Gerichtssaal. Daniel, ich weiß, dass ich meine Gefallen ausgereizt habe, aber könntest du Larry damit beauftragen, zu versuchen, irgendeine Spur von Nadine zu finden? Kreditkarte? Handy? Ihr Bewegungsprofil?"

Baker entfaltete seinen Körper von der Bank, schob eine Taste an seinem Kindle und steckte ihn dann in die Jacketttasche.

„Das nimmt fünf Minuten meines Tages in Anspruch. Ich kann es auf dem Weg zur Hundebetreuung erledigen. Na ja, ich kann Heather damit beauftragen. Trotzdem, kein Problem." Er versetzte Clayton einen Klaps auf die Schulter. „Du weißt schon, dass du kein Single sein musst, um Erfolg als Anwalt zu haben?"

Das Handy kam zurück in Claytons Tasche und er schenkte Baker ein gequältes Lächeln. „Und doch sind wir das doch irgendwie alle", stellte er fest. „Die meisten Menschen – sogar solche wie Nadine und Jimmy – heiraten in der Erwartung, dass es für immer ist. Du und ich wissen, dass nicht einmal zehn Jahre machbar sind. Mein heutiger Klient hat nicht mal einen vollen Monat geschafft." Mit einem Schulterzucken drehte er sich um und wollte gehen.

„Ich sage nicht, dass du unrecht hast. Wie Gott weiß, hat es bei mir nie geklappt. Allerdings könnte das auch an meinem furchtbaren Geschmack liegen", sagte Baker. „Aber äh, ich habe das Thema Heirat nicht angesprochen."

Nein, hatte er nicht. Clayton verzog das Gesicht. Deshalb fing er nichts mit Menschen wie Kelly an – sie waren ansteckend. Zwei Nächte in Kellys Bett und mit einem Mal kam ihm der Gedanke an eine Beziehung und … mehr … nicht mehr so abwegig vor.

Allerdings war er das immer noch.

„Ruf einfach Heather an", bat Clayton über die Schulter. „Und häng bloß nicht deinen Beruf an den Nagel. Als Anwalt bist du viel besser als als Kummerkastenonkel."

Das Letzte, was er von Baker hörte, war ein Glucksen.

UM EINE Blitzscheidung hässlich werden zu lassen, brauchte es nur ein betrunkenes Geständnis aus der Nacht zuvor. In diesem Fall das Eingeständnis, dass Claytons Klientin während der Hochzeit in Vegas etwas mit der Brautjungfer ihrer Frau gehabt hatte. Jetzt hatte die Brautjungfer ein reines Gewissen, Claytons Klientin ein blaues Auge und Clayton einen mit Bleichmittel beschmutzten Anzug. Größtenteils Bleichmittel.

Während er in sein Büro ging und Heather im Vorbeigehen ein Knurren zuwarf, wiederholte er im Kopf Bakers Bemerkung. *Es hätte schlimmer kommen können. Immerhin hat niemand geweint und niemand ist gestorben.*

Clayton fummelte seine Krawatte ab. Den Tag begonnen hatte sie in einem gedämpften Benzinblau. Jetzt war es ein ausgebleichtes Grau und gelbliches Weiß. Er stopfte sie in seine Anzugtasche und schälte sich wegen eventueller, feuchter Tropfen vorsichtig aus dem Jackett. Nachdem er es auf links gezogen hatte, hängte er es über einen Stuhl.

Das Jackett hatte den Großteil der Schweinerei aufgesogen, aber seine Hose war ebenfalls beschmiert. Lange Streifen und Spritzer verblassten zu einem schmutzigen Grau. Einige davon waren durch das Hemd gesickert. Auf der Fahrt war es getrocknet, sodass der Stoff inzwischen an seinen Bauch klebte. Er verzog das Gesicht und löste ihn mühsam.

„Es tut mir leid", ertönte draußen plötzlich Heathers Stimme. „Sie können jetzt nicht reingehen. Eine Minute noch."

„Das ist okay. Ich warte", erwiderte Kelly. Seine Stimme klang außergewöhnlich angespannt. „Sagen Sie ihm bitte, dass ich …"

„Das ist in Ordnung", unterbrach Clayton sie mit erhobener Stimme, damit sie ihn auch hörten. „Lassen Sie ihn herein, Heather."

Sein Bauch juckte an der Stelle, an der das – seiner Meinung nach Ei – und Bleichmittel an seinem Schienbein getrocknet waren. Er rieb sich die gereizten, roten Flecken und drehte sich zur Tür.

Kelly schob sich hinein und stoppte beim Anblick des halb nackten Clayton. Mit schräg geneigtem Kopf musterte er ihn schnell von oben bis unten und biss sich auf die Unterlippe. Ein anerkennendes Lächeln erhellte sein Gesicht, wich jedoch schnell wieder einem ernsten Ausdruck.

Er wirkte merkwürdig auf Kellys Gesicht – als würde er schwer wiegen.

„Was ist denn mit dir passiert?"

„Eine Zweiundzwanzigjährige, die nicht schnell genug nüchtern war, um zu merken, dass so etwas vor Gericht eine schlechte Idee ist. Berufsrisiko. Normalerweise ist es allerdings Farbe."

Kelly rieb sich mit dem Daumen über den Wangenknochen. Unter seinem Auge hatte sich Blut gesammelt und die blaugrün gefleckte Prellung breitete sich bis zu seinem Augenlid aus. „Möchtest du gegen die Risiken meines Jobs tauschen?"

„Dein Gesicht wird heilen", stellte Clayton klar. Er warf das Hemd über den Stuhl mit dem Jackett. „Mein Anzug dagegen wird nie wieder wie früher. Schließt du bitte die Tür?"

Kelly stupste sie zu, bis sie ins Schloss fiel, und lehnte sich dann mit dem Rücken dagegen. Er schob die Hände in die Taschen – irgendwann war er nach Hause gefahren und hatte sich schwarze Jeans und ein zu grau verblasstes T-Shirt irgendeiner Band angezogen – und sah zu, wie sich Clayton die Hose auszog. Mit den Augen zog er eine brennende Spur von Claytons Schultern bis hinab zur eng anliegenden Unterhose.

Dem Auge wohl eher, dachte Clayton, obwohl es nur bei genauem Betrachten auffiel. Sein frisch aus der Reinigung kommender Ersatzanzug hing bereits am Aktenschrank. Heather hatte ihm sogar ein neues, gestärktes Hemd besorgt. Es war blassrosa – nicht seine Farbe – doch sie hatte erklärt, wenn sie sie schon kaufen musste, dürfte sie auch die Farbe bestimmen. Er musste unbedingt ihr diesjähriges Weihnachtsgeld erhöhen.

„Was hast du vorhin gemeint?", fragte er, während er das Hemd auseinanderfaltete. Man konnte sehen, wie die Anspannung zurück in Kellys Schultern kehrte. „Du hast geschrieben, dass Nadine nicht bei Jimmy ist. Ich bin auch der Meinung, dass irgendetwas nicht stimmt, aber wie kommst du zu der Annahme, dass er nicht beteiligt ist?"

Kelly setzte an, etwas zu erwidern, stoppte und biss sich auf die Unterlippe. Die plötzliche, geradezu spürbare Erinnerung, wie genau sich Kellys Lippe zwischen den Zähnen anfühlte – der Geschmack und die weiche Kurve – ließen Claytons Mund trocken werden. Er räusperte sich, wandte die Aufmerksamkeit von seinem Schwanz ab und wartete auf eine Antwort.

„Ich hätte warten sollen", sagte Kelly schließlich, „bis ich mit Harry geredet habe, bis ich mich vergewissert habe, dass …"

„Vergewissert über was?"

Kelly verzog das Gesicht und rieb über sein Veilchen. Er presste den Handballen so fest gegen die knochige Augenhöhle, dass es schmerzen musste.

„Ich … es klingt verrückt."

Clayton zog seine Hose hoch und ließ den Hosenbund offen, sodass er tief auf den knochigen Hüften hing. Dann durchquerte er den Raum und zog Kelly die Hand vom Gesicht. Da er schon einmal da war, gab er dem Impuls nach, sich hinabzubeugen und ihn zu küssen.

Kellys Mund fühlte sich genauso an wie in seiner Erinnerung. Nach einem kurzen Moment der Überraschung, entspannte sich Kelly. Seine angespannten Muskeln lockerten sich und er drehte die Hand, um seine Finger mit Claytons zu verflechten.

„Wofür war das denn?", fragte er. Auf seinen Lippen spielte immer noch ein Lächeln, als Clayton schließlich zurückwich.

„Bis jetzt habe ich heute eine Klientin verloren, bei der ich wirklich dachte, dass sie sich von ihrem gewalttätigen Mann trennt, und wurde mit verfaulten Eiern und Bleichmittel beworfen. Ich wollte einfach, dass auch mal etwas nach meinem Willen läuft."

„Mich küssen?", fragte Kelly skeptisch.

Das war nicht die ganze Wahrheit. Clayton wusste über seine eigene und über Kellys Erfolgsbilanz Bescheid. Früher oder später würde Clayton … das hier zum Einsturz bringen, da könnte er es genauso gut auch selber beenden. Es würde zerbrechen. Das war das einzig Brauchbare, das seine Mutter ihm beigebracht hatte – abgesehen davon, wie man ein Grillkäsesandwich macht. Wenn Clayton es jedoch selbst beendete, würde es nicht so wehtun. Und Kelly würde jemand anderen finden, jemanden, der sein Märchenprinz sein wollte und nicht zurückschauen. „Wenn wir Zeit hätten", erklärte er, während er mit einer Hand über Kellys Hüfte glitt und den Hintern umfasste, „würde es nicht bei dem Kuss bleiben."

Kelly prustete los, verzog dann jedoch das Gesicht, als ihm das – was auch immer ihm im Kopf rumspukte – erneut einfiel. Er schloss die Hand um Claytons Schulter und schob ihn einen Schritt zurück.

„Möglich, dass du deine Meinung darüber gleich änderst." Auf Claytons neugierigen Blick reagierte er mit dem entschuldigenden Zucken einer breiten Schulter. „Ich glaube nicht, dass ich deinen Tag irgendwie leichter machen werde."

Er schien es ernst zu meinen, doch Kelly zu küssen hatte Claytons Leben noch nie leichter gemacht. Allerdings war es die Schwierigkeiten wert. Es fühlte sich jedoch komisch an, dieses Gespräch in Strümpfen zu führen.

„Okay." Clayton deutete auf einen Stuhl. „Setzt dich und warte, bis ich mich fertig angezogen habe. Dann kannst du mir erzählen, was du heute Morgen herausgefunden hast."

Kelly ließ sich auf den Stuhl plumpsen und streckte die Beine aus. Er starrte auf die abgewetzten Spitzen seiner Stiefel, während Clayton den Reißverschluss der Hose über seinen schmerzenden Eiern schloss und sich die Schuhe wieder anzog. Dann glitt er mit dem Arm in den Ärmel eines frischen Jacketts. Es fühlte sich wie eine Rüstung an: eine Schicht Anwalt zwischen ihm und der Welt. Normalerweise wusste er das zu schätzen. Die exakten Stiche und die maßgeschneiderte Passform stellten eine Erinnerung an alle – einschließlich Clayton selbst – dar, dass er der Mann war, den er aus eigener Kraft erschaffen hatte, nicht der, zu dem ihn seine Kindheit hatte machen wollen.

Zum ersten Mal kam es ihm wie eine Maske vor.

Und wenn schon, dachte er bissig, während er sich eine neue Krawatte um den Kragen schlang. Er brauchte diese Maske. Oder wollte er wirklich, dass Kelly – der perfekte, glückliche Kelly mit dem fröhlichen, glücklichen Leben – erfuhr, dass Claytons Mutter im Gefängnis saß, er einen Halbbruder im Jugendknast hatte und sein Dad sich nach wie vor nicht blicken ließ?

Kelly hatte sich gemeldet, um einen Anwalt zu ficken, der die Kontrolle über sein Leben hatte; der genau wusste, was er wollte und wie lange; nicht einen gestörten Miesepeter, der verzweifelt versuchte vorzugeben – wenigstens eine Zeit lang –, dass diese Beziehung nicht vor die Hunde gehen würde.

Clayton zog den Knoten genau in der Mitte der Schlüsselbeine fest und glitt hinter seinen Schreibtisch. Er legte die Ellenbogen auf die Schreibtischunterlage und verschränkte die Finger.

„Wenn Nadine nicht bei Jimmy ist, wo dann?"

„Ich weiß es nicht", erwiderte Kelly. Er blickte beim Sprechen nicht hoch und richtete seine Aufmerksamkeit auf seine verletzten Knöchel statt auf Clayton. „Ich weiß nur, wo Jimmy – wahrscheinlich – ist und sie ist nicht dort."

„Und? Wo ist Jimmy?"

Kelly schüttelte den Kopf. „Wenn ich unrecht habe …"

„Hast du?"

Endlich schaute Kelly von seinen Händen auf. „Nein", sagte er langsam. In seiner Stimme lag ein unerwarteter Hauch echter Verbitterung, als er hinzufügte: „Aber vorher hat das nie eine Rolle gespielt."

Clayton presste frustriert die Zähne aufeinander. Seine Nackenhaare sträubten sich in einer Mischung aus Besorgnis gegenüber Kelly, den das hier – was auch immer es war – mehr zu treffen schien als die Prügelei am Vortag und einem minütlich schlimmer werdenden scharfen, besorgten Kribbeln wegen Nadine.

„Sag's mir einfach", bat er. „Wo ist Jimmy?"

„Im Krankenhaus." Kelly rieb sich erneut übers Auge. „Das ist es aber nicht. Das Problem ist, *wer* Jimmy ist."

„Ein Informant", sagte Clayton. „Das wissen wir. Ich habe mit Baker darüber gesprochen und offensichtlich hat es seine Quelle mehr oder weniger bestätigt."

Kelly schnaubte humorlos. „Ja. Sie hatten unrecht. Jimmy Graham ist kein Informant der Polizei. Er ist mein Bruder. Er *ist* die Polizei. Und jetzt gerade ist er mit meiner Mom zusammen. Kein Anzeichen von Nadine."

Clayton kamen ein Dutzend verschieden Fragen in den Sinn, jede begierig darauf, sich an den anderen vorbei nach ganz vorne auf seine Zunge zu drängeln. *Was zur Hölle? Welcher Bruder? Warum erzählst du mir das erst jetzt?*

„Bei wem ist Nadine dann?", schaffte es als erstes über seine Zunge, während er sich hinter seinem Schreibtisch erhob. „Und warum lügt sie mich deshalb an?"

Kelly konnte ihm als Antwort nur ein Schulterzucken bieten.

14

HEATHER DRÜCKTE das Telefon gegen ihre Schulter, um die Sprechmuschel zuzuhalten, als Clayton aus seinem Büro marschiert kam. Heute hatte sie sich für ein natürliches Aussehen und damit für den lockigen Flaum der kürzlich abrasierten Haare entschieden. Das einfache Outfit aus Bluse und Hose wirkte allerdings mehr wie ein Kostüm als alles, was sie sonst trug.

Mit beunruhigter Stimme teilte sie ihm mit: „Mr Baker ist nicht im Büro, sondern bis heute Nachmittag im Gericht. Ich habe eine Nachricht für ihn hinterlassen, Sie so schnell wie möglich anzurufen."

„Versuchen Sie es weiterhin", bat Clayton. „Sollten Sie ihn vor mir erreichen, bringen Sie ihn bitte auf den neusten Stand. Heute Nachmittag habe ich keine Termine, schicken Sie daher bitte meine Akten in meine Wohnung. Ich arbeite heute Abend daran."

Heather nickte bestätigend und schaute ihn dann mit großen Augen an. „Es ist wie in einer dieser Sendungen, die meine Großmutter immer schaut", flüsterte sie. Dann nahm sie erneut den Hörer ans Ohr. „Ja. Entschuldigen Sie bitte. Könnten Sie ..."

Clayton ließ sie weiter mit Bakers Telefondienst herumzanken und ging zum Aufzug. Er wusste, dass sich Kelly hinter ihm befand, war jedoch noch nicht bereit, jetzt schon mit ihm zu sprechen. Seine Wut hatte sich in seiner Brust wie ein Knäuel heißes Eisen zu einem Knoten zusammengeballt und bei jedem Luftholen stachen ihm Widerhaken in die Rippen. Er traute seiner Wut nicht und konnte nicht gut mit ihr umgehen. So sauer er auf Kelly war, wollte er doch nichts Gemeines zu ihm sagen – oder noch schlimmer, etwas Gemeines tun.

Kelly schwieg, bis sie den Aufzug erreichten. „Du musst zuerst mit Harry reden", empfahl er. „Dich vergewissern, dass ich recht habe."

„Glaubst du denn, er hat sie unter dem Bett versteckt?" Als er ihn anfauchte, konnte Clayton seine schlechte Laune regelrecht schmecken. Ungeduldig stieß er den Daumen auf den matt-goldenen Aufzugsknopf und bemühte sich, seine Gereiztheit herunterzuschlucken. „Ich weiß deine Loyalität deinem Bruder gegenüber zu schätzen ..."

Die Worte verfingen sich an den harten Kanten seiner Wut, sodass es ihm nicht gelang, sie auszuspucken. Denn er wusste sie nicht zu schätzen und verstand es auch nicht. Es kam ihm wie Verrat vor. Vielleicht stand es ihm nicht zu, sich so zu fühlen – er hatte schließlich klargemacht, dass er keine Versprechungen wollte – aber Nadine und Harry hatten es besser verdient. Sie vertrauten Kelly.

„Nadine ist meine Klientin", erklärte er. „Ich bin ihr gegenüber verpflichtet, nicht dem LAPD. Ihre Sicherheit wird nicht zum Kollateralschaden, um die Identität deines Bruders zu schützen. Sie hat etwas Besseres verdient als …"

„Ich habe nicht …"

Die Aufzugtüren öffneten sich. Ein Praktikant und eine der Prozessanwältinnen – Claytons Meinung nach Janet – fuhren auseinander, liefen rot an und gingen nach einem Nicken unbeholfen durch das angespannte Schweigen. Clayton stieg in den nach billigem Parfüm, verbranntem Kaffee und Fehlverhalten stinkenden Lift und drückte den Knopf für das Erdgeschoss.

Bevor sich die Tür wieder schließen konnte, stellte Kelly seinen Fuß dazwischen.

„Ich hatte keine Ahnung."

„Er ist dein Bruder", sagte Clayton vernichtend. „Erwartest du ernsthaft, dass ich glaube, dass du ihn nicht erkannt hast? Dass er sich nicht – wenigstens – mit dir in Verbindung gesetzt hat, nachdem er wusste, dass ich Nadines Anwalt bin?"

Die Türen prallten ein zweites Mal gegen Kellys Fuß. Fluchend trat er schließlich in den Aufzug. Ohne das Hindernis schlossen sich die Türen problemlos und die Kabine begab sich surrend auf den Weg nach unten. Kelly fuhr sich mit der Hand durch die Haare, bis es in alle Richtungen abstand.

„Ich habe dir alle Informationen geschickt, die ich bei der Hintergrundrecherche herausgefunden habe. Es gab keine Fotos von ihm. Den Beschreibungen nach hätte es jedes Arschloch Mitte dreißig sein können. Natürlich wusste ich, dass Byron verdeckt ermittelt, aber doch nicht, dass er noch eine andere Familie hat. Verflucht noch mal."

Die Verärgerung, die seine Stimme brechen ließ, klang echt, die Worte dagegen nicht. Auf der Anzeige über der Tür wurden die Stockwerke eines nach dem anderen runtergezählt.

„Ich habe deine Familie getroffen", sagte Clayton. „Die sich extrem nahestehenden Kellyjungs, deine Schwägerin und dann gibt es da eine Mutter, die dir jede Stunde eine Textnachricht schickt. Und keiner davon wusste etwas vom geheimen Leben deines Bruders? Ernsthaft?"

Kelly setzte zu einer Antwort an, schluckte die Worte dann jedoch erkennbar hinunter und versuchte es erneut.

„Ich habe keine Ahnung. Mein Dad wusste einiges. Mein Bruder Cole vielleicht. Normalerweise ist er derjenige, der Byron hilft, die Scherben aufzusammeln."

„Könnte Cole bei Nadine sein?"

„Was? Nein!" Kelly schüttelte den Kopf. „So ist das nicht. Cole ist ein guter Mann, ein guter Cop. Er würde nie gegen das Gesetz verstoßen; niemanden verletzen. Normalerweise geht es nur um Geld oder darum, alles so zu regeln, dass nichts offiziell wird, damit meine Mom nichts mitbekommt."

„Ich wette, deine Mom wäre überglücklich, zu erfahren, dass sie eine Schwiegertochter hat, die früher bei Hooters gearbeitet hat", sagte Clayton. „Und einen Enkel, den sie nie gesehen hat und der Angst vor seinem Vater hat. Würde Cole das nicht vor ihr verheimlichen wollen?"

Kelly konnte sich nicht überwinden, die Frage zu beantworten. Sein Schweigen verriet genug. Es dauerte an, bis der Aufzug im Eingangsbereich ankam.

„Könntest du dich deiner Meinung nach irren?", wollte Clayton wissen, bevor sich die Türen öffneten.

„Ich halte Byron für einen sehr guten Lügner", antwortete Kelly. „Wenn du ihn nicht ganz genau festnageln kannst, wird er sich irgendwie herauswinden. Das tut er immer."

„Gut."

HARRY SASS in der Küche des Frauenhauses auf einem zusammengeflickten Stuhl. Auf dem Glastisch vor ihm lag ein unberührtes Hühnchensandwich. Das billige Weißbrot wellte sich bereits an den Kanten. Clayton setzte sich neben ihn und gab sich Mühe, den hinter ihm in der Türöffnung stehenden Kelly zu ignorieren. Auf der Fahrt hierher hatten sie nicht geredet. Kelly hatte es versucht, aber Clayton hatte ihn zum Schweigen gebracht.

Er war immer noch sauer und traute sich diesbezüglich immer noch nicht.

„Ich will nicht zurück zu meinem Dad", verkündete Harry, die Hände unter dem Tisch zu engen Fäusten geballt, die er fest gegen seine Knie presste. Die Knöchel traten weiß hervor. „Er ist die ganze Zeit gemein. Nicht nur, wenn er betrunken ist oder spät arbeiten muss. Die ganze Zeit. Am besten ist es, wenn er weg ist. Dann ist Mom glücklich. Sie vermisst ihn nicht einmal. Ich weiß nicht, warum sie zurückgegangen ist."

Plötzlich holte er aus und fegte mit einem Ruck den Teller vom Tisch. Der Plastikteller hüpfte und das Sandwich fiel auseinander. Einer von Maureens kleinen Hunden – ein schielender Malteser mit Überbiss – übernahm mit Feuereifer die Reinigungspflicht. Harry krümmte sich zusammen, als würde er damit rechnen, angeschrien zu werden.

„Wann ist er weg?", fragte Clayton stattdessen.

Harry schniefte und wischte sich mit dem Ärmel durchs Gesicht. „Immer. Mom sagt, es ist wegen der Arbeit. Sie sagt, dass er hart für uns arbeiten muss und ich mich nicht beschweren soll, wenn er nicht zu meinen Spielen und solchen Sachen kommen kann. Dabei ist es mir egal, weil ich ihn nicht mal da haben will. Ich will nur Mom."

Für eine Sekunde zog sich sein Gesicht zusammen und er sah unglücklich und bockig aus. Er war nur ein kleiner, müder und verängstigter Junge. Nicht zu weinen, war hart.

„Sie kommt zurück", versicherte ihm Clayton.

„Aber dann wird sie Ärger bekommen", wandte Harry ein. „Weil sie mich verlassen hat. Littys Mom hat sie alleine gelassen und … und Litty musste zu ihrer Oma ziehen."

„Omas sind gar nicht so übel", wandte Kelly ein. Unbeholfen veränderte er seine Position auf der Türschwelle und schob die Hände in die Taschen. Claytons bohrendem Blick wich er dabei schuldbewusst aus. „Manchmal sind sie gute Menschen."

„Ich kenne sie nicht. Sie wohnt ja nicht einmal hier", erklärte Harry mit der ganzen Verachtung, die ein kleines Kind aufbringen konnte. „Ich will bei *Mom* bleiben."

Die Tränen begannen in einer hässlichen Sturzflut herauszuströmen. Er legte die Arme auf den Tisch und vergrub den Kopf darin. Seine Schultern bebten und sein Nacken färbte sich beim Schluchzen rot.

Clayton legte ihm eine Hand auf die Schulter. Er konnte jeden Knochen und die ganze Verzweiflung spüren.

„Deine Mom wird keine Probleme bekommen. Versprochen. Das war nicht ihre Schuld."

Mit ziemlicher Sicherheit entsprach das der Wahrheit. Falls Nadine in den letzten vierundzwanzig Stunden nicht etwas ausgesprochen Verabscheuungswürdiges getan hatte, wäre es für das LAPD die Schwierigkeiten nicht wert, Untersuchungen gegen sie einzuleiten, bei denen sie sich selbst bloßstellten.

Das tröstete Harry allerdings nicht sonderlich. Er schreckte vor Clayton zurück und stieß abgehackte Schluchzer aus, während er sein T-Shirt hochzog und sich damit übers Gesicht wischte. Der kleine Malteser ließ den Brotrest, an dem er gerade kaute, stehen, tapste zu Harry und begann ihn zu beschnüffeln.

Der Junge beugte sich zu ihm hinab und streichelte ihn voll Zuneigung so ruppig, dass er die Hundehaare plattdrückte. Seine Fingernägel waren bis ans Nagelbett abgekaut.

„Harry, wir wollen deiner Mom immer noch helfen", erklärte Clayton. Er winkte Kelly heran, der seinen Platz an der Tür verließ und umständlich auf einen Stuhl auf der gegenüberliegenden Tischseite glitt. „Dazu musst du dir etwas anschauen. Erkennst du einige von diesen Männern?"

Kelly legte sein Handy auf den Tisch und wischte vor Harrys Augen darüber. Der Junge rieb sich erneut das Gesicht am T-Shirt ab, schniefte und blickte dann auf das Foto. Blinzelnd fummelte er mit vom Schnodder klebrigen Händen am Display, um das Bild zu vergrößern.

„Das ist mein Dad." Nachdrücklich stieß er den Finger auf das Handy. „Die anderen kenne ich nicht."

Clayton blickte auf das Telefon. Die meisten anderen Männer waren ihm ebenfalls unbekannt, doch hinten stand Cole mit silbrig-rotbraunen Haaren. Der blondere Wilde klemmte neben dem Mann, dessen Gesicht Harry mit klebrigem Fingerabdruck herausgepickt hatte.

Er sah aus wie Kelly, hatte das gleiche offene, auf raue Art hübsche Gesicht, die gleichen hellen Augen und das gleiche unschuldige, breite Lächeln. Doch bei Byron erreichte es nicht die Augen so wie bei Kelly, obwohl der nur das eine besaß.

Bei dieser Überlegung blickte Clayton über den Tisch. Das durch das Fenster strömende Licht fiel auf die Verletzungen in Kellys Gesicht und betonte die halb unter den Bartstoppeln auf der Wange verborgenen Wunden. Erst gestern Nacht hatte Clayton die Spur der Schlägerei von den Schultern bis zu den Oberschenkeln mit dem Mund nachgezogen.

Kelly hatte es nicht gewusst.

Diese Erkenntnis hätte Claytons Zorn eigentlich abkühlen müssen, doch er spürte immer noch den sauren Geschmack in seinem Magen, schob das aber für später beiseite.

„Was ist mit den Männern, die in euer Haus gekommen sind?", fragte Kelly und zog sein Handy wieder zu sich. „Kannst du dich an irgendetwas an ihnen erinnern?"

Harry verzog die Lippen, als hätte er gerade in eine Zitrone gebissen. Er schüttelte den Kopf, zog die Schultern hoch und presste die Hände zwischen die Knie.

„Du hast sie nicht gesehen?"

„Äh, nein", murmelte Harry durch die immer noch zusammengekniffenen Lippen. Verneinend schüttelte er schnell nervös den Kopf und trat mit den Füßen gegen die Stuhlbeine.

Clayton debattierte mit sich, ob es helfen würde, Harry unter Druck zu setzen. Er log ganz offensichtlich und war unglücklich darüber. Bei einem Erwachsenen würde sich das Märchen dadurch leicht zum Einsturz bringen lassen. Bei Kindern war es komplizierter. Sie sahen richtig und falsch nicht auf die gleiche Art und Weise.

„Weißt du, manchmal machen sogar Mütter Fehler", sagte Kelly. „Sie bitten dich, etwas zu tun, obwohl es falsch ist. Als ich klein war, habe ich mich ziemlich schlimm verletzt."

Harry schielte zu ihm. „Hast du dir das Bein gebrochen?"

„Etwas in der Art", antwortete Kelly mit einem flüchtigen Grinsen. „Meine Mom wusste, was passiert war, hat mir aber gesagt, dass es zu viele Probleme gibt, wenn ich das jemandem erzähle. Sie hat mir eingeredet, dass ich mich nicht an das, was passiert ist, erinnern könnte. Das sollte ich allen erzählen."

Harry krümmte sich auf dem Stuhl zusammen. „Meine Mom sagt, dass ich immer auf sie hören soll."

„Fast immer", bestätigte Clayton. „Aber im Moment ist sie nicht hier. Wir wollen ihr helfen. Hast du in der Nacht, in der die Männer zu euch nach Hause gekommen sind, irgendetwas gesehen? In der Nacht, in der deine Mom verletzt wurde."

Einen Augenblick glaubte Clayton, dass es geklappt hatte. Harry blickte mit feuchten Augen auf. Mit gequältem Blick öffnete er den Mund, um etwas zu sagen. Dann jedoch schloss er ihn wieder, schüttelte voller Verzweiflung knapp den Kopf und starrte auf den Tisch.

„Ich habe nichts gesehen", wiederholte er leise. Durch tränenbesetzte Wimpern blickte er hoch. „Genau, wie Mom gesagt hat."

Clayton drängte seine Frustration zurück. Er verspürte den Drang, mit der Hand auf den Tisch zu knallen, sodass das Glas klirrte und alle zusammenzuckten. Das war effektiv. Daran konnte er sich noch aus seiner Kindheit erinnern: wie die Haut über den Schultern erschauderte, wenn egal welcher Mann gerade anwesend war – der Geldeintreiber, der neuste Freund seiner Mutter, sein Großvater, bevor der Krebs den Kampf gegen den gemeinen alten Bastard gewonnen hatte – und sich die stickige Wohnwagenküche mit dem Gestank nach Wut und dem Geräusch von Fleisch auf Resopal füllte.

Genau wie er selber würde auch Harry wissen, dass er auf dieses Geräusch achten musste. Es entsprach dem Rasseln einer Klapperschlange. Das Nächste, das sie trafen, warst immer du.

Clayton schluckte die hitzigen, zornigen Worte in seiner Kehle hinunter. Genau deshalb wurde er nicht gerne sauer. Es … blutete … alles voll.

„Denk einfach darüber nach", sagte Kelly gelassen. Er stützte die Ellenbogen auf den Tisch und zuckte unbeschwert die Schultern. „Es ist nie zu spät, uns etwas mitzuteilen, Harry."

„Ich habe nicht gelogen", nuschelte Harry schnell.

„Vielleicht ist dir ja gerade erst etwas eingefallen", erwiderte Clayton steif und bemühte sich, seine Stimme neutral klingen zu lassen. „Manchmal können sich die Menschen sofort nachdem etwas passiert ist nicht mehr daran erinnern. Die Erinnerung benötigt Zeit, um wieder zurückzukommen. Niemand wird böse sein, weil dir etwas vorher nicht eingefallen ist."

Harry begann auf seinem Stuhl herumzuzappeln und platzte dann heraus: „Ich muss Pipi." Er wartete – seine Knöchel traten weiß hervor, so fest umklammerte er die Stuhlkante – bis Clayton nickte. Dann kletterte er hinunter und flitzte aus der Küche. Der kleine Hund folgte ihm. Sein begeistertes Kläffen war auch noch zu hören, als das Stampfen von Harrys Sneakern bereits verklungen war.

„Wenn Nadine wollte, dass er über das, was er gesehen hat, lügt, dann muss er sie gekannt haben", sagte Kelly nach einer Sekunde. „Jimmy – Byron – hat viele seiner Geschäfte in dem Haus abgewickelt. Seine Partner haben sich ständig dort aufgehalten. Vielleicht hat Harry sie wiedererkannt?"

Clayton rieb sich mit den Fingerspitzen über das Kiefergelenk. Es war so fest angespannt, dass er die Muskelknoten unter der Haut ertasten konnte.

„Oder sie hat uns angelogen", erwiderte Clayton. Er zuckte mit einer Schulter. „Und meiner Erfahrung nach lügt ein misshandelter Ehepartner, um den anderen zu schützen. War es nicht der Mann, ist die Tür schuld."

Der in Claytons Kehle steckende, dumpfe Zorn schmeckte wie kalter Tee. Es war nicht fair, aber für die meisten Menschen war Blut nun mal dicker als Wasser.

Dadurch würden Kelly und er auf gegenüberliegenden Seiten stehen. Der Gedanke schmerzte mehr, als er Baker gegenüber jemals zugeben könnte.

„Du glaubst, Byron hat …" Kelly schüttelte den Kopf. „Nein. Das würde er nicht tun. Abgesehen davon war sie gerade dabei, ihn zu verlassen. Es gab für sie keinen Grund mehr, ihn zu schützen."

Clayton erklärte schulterzuckend: „Sie hat sich verantwortlich gefühlt, Schuld verspürt, ihn immer noch geliebt. Es ist schon schwer, einen Täter körperlich zu verlassen, aber noch schwerer, auch emotional mit ihm abzuschließen."

Zweifel zeigte sich in Kellys Gesicht. Das war mehr, als Clayton erwartet hatte, doch es reichte nicht.

„Ich … Nein", sagte Kelly. „Byron ist eine ganze Menge, aber er verliert nicht derart die Beherrschung."

„Das bekomme ich fast ebenso oft zu hören wie die Ausrede mit der Tür", erklärte Clayton.

„Wenn er es getan hat – und ich bin sicher, dass er das nicht hat – wo ist dann Nadine?", fragte Kelly.

Clayton stand vom Tisch auf. Seiner Meinung nach machte es keinen Sinn, auf Harry zu warten. Durch Druck würde sich der Junge nur noch mehr verschließen. Sollte er eine Weile darüber nachdenken. Vielleicht fiel ihm ja etwas Nützliches ein, das er ihnen erzählen konnte.

„Ich weiß es nicht", sagte Clayton auf dem Weg zur Tür. „Wo sind die Kerle, die dich zusammengeschlagen haben?"

Die Stille hinter ihm war ohrenbetäubend.

„GEH NACH Hause", hatte ihm Baker befohlen, als er sich endlich bei ihm meldete. „Sorg dafür, dass sie nicht mitbekommen, dass wir hinter ihnen her sind. Lass mich das regeln."

Clayton wägte seine Frustration, wie einer von Bakers Dachshunden weggerufen zu werden, gegen den ihm ansonsten winkenden, angestauten Ärger in der Stimme seines Mentors ab. Er kam zu dem Entschluss, dass er Baker vertraute. Er hatte keine Ahnung, wann es dazu gekommen war oder ob es ihm gefiel, doch er tat es.

Daher überließ er es Kelly, seinen Bruder im Auge zu behalten und kehrte in sein Büro zurück. Zu diesem Zeitpunkt schien es nicht viel Sinn zu machen, in seine Wohnung zu fahren. In der widerhallenden Stille des fast leeren Bürogebäudes – ein Reinigungsmann war bereits zwei Mal mit einem Wagen zu seiner Tür gerollt gekommen, hatte seine Anwesenheit mit einem überraschten Nicken zur Kenntnis genommen, um dann wieder zu verschwinden – reagierte Clayton seine Frustration durch harte Arbeit und berufsmäßig anerkannte Grausamkeit ab.

Er zerlegte den Vergleichsvorschlag eines Anwalts der Gegenseite, setzte eine Liste schriftlicher Beweisfragen für seinen „hätten heute Morgen geschieden werden sollen" Fall auf, die die Gegenseite beantworten musste. Außerdem schickte er Declan Tates Anwalt eine unverhohlene Drohung entweder die Scheidungsvereinbarung abzuschließen oder sich darauf einzustellen, vor Gericht zu gehen. Manche Leute schauten sich Fotos mit Kätzchen an oder meditierten. Er zerlegte zur Entspannung Ehen. Es funktionierte zwar, machte ihn aller Wahrscheinlichkeit nach aber nicht zu einem netten Mann.

Dem am nächsten war er vor ein paar Tagen gekommen, als er mit dem Gedanken gespielt hatte, dass er einen netten Mann *haben* könnte.

Clayton stieß ein Schnauben aus und schickte die für eine Zeugenvorladung notwendigen Dokumente per E-Mail an Heather. Sofern er nicht auf überflüssige Tätigkeiten zurückgriff, würde sein Schreibtisch bis morgen leer sein.

Doch dann wäre er mit seinen Gedanken alleine, und daran hatte er kein besonderes Interesse. Er stand auf und streckte sich. In der Mitte seiner Wirbelsäule gab es einen Knoten, der sich nicht lockern wollte. Ein dumpf schmerzender Höcker direkt unterhalb des Schulterblatts.

Clayton fasste sich mit dem Arm auf den Rücken und versuchte, den Knoten mit den Fingerspitzen zu ertasten. Die langen, über den Computer gebeugten Stunden waren ein Fehler gewesen, aber zur Hölle damit. Sie konnten sich zu all den anderen Fehlern aus letzter Zeit gesellen.

Er verließ das Büro – der Reinigungsmann würde erleichtert sein, wenn er bei seinem nächsten Vorbeirollen bemerkte, dass er seine Arbeit machen konnte – und ging den Gang hinunter in die enge Küche des Stockwerks. Sie war bereits für den Feierabend leergeräumt. Die Joghurtbar war trockengelegt, das einen Tag alte Gebäck bereits weggeräumt. Im Kühlschrank lagen jedoch immer noch jede Menge Brötchen und die Kaffeepads standen immer zur Verfügung.

Clayton war nur wegen des Kaffees gekommen, doch sein Magen erinnerte ihn mit einem Knurren daran, dass er den ganzen Tag lang lediglich Schmerztabletten und bei Maureen einen trockenen Keks zu sich genommen hatte. Daher nahm er sich einen Bagel und etwas Salat und aß beides, während er wartete, bis sein Espresso fertig war.

„Das ist aber nicht sehr umweltfreundlich", bemerkte Baker hinter ihm.

Angesichts der unerwarteten Störung verschluckte sich Clayton fast an einem Bissen welkem Grünzeug. Hustend befreite er seine Luftröhre, drehte sich um und blickte Baker verärgert an.

„Auch fünf Jahre später ist es immer noch nicht witzig", stellte er klar.

Baker sah müde aus. Seine Krawatte hing gelockert über dem schlaffen Hemdkragen, die Ärmel waren hochgerollt. Mit großer Sorgfalt hatte er sie so gefaltet, dass der modische Aufdruck auf der Manschettenunterseite zu sehen war. Trotzdem machte er einen erschöpften Eindruck, zwang sich aber zu einem schiefen Grinsen.

138

„Gönn mir doch die eine, kleine Freude", bat er. „Ihr Leute hier vergesst immer, dass ich der Partner mit der Arbeitsethik bin. Wirst du das trinken?"

Clayton nahm die Tasse aus der Maschine und reichte sie ihm. Dann legte er ein neues Pad ein und drückte erneut auf den Knopf.

„Danke." Mit dem Fuß zog Baker einen Stuhl unter einem der Stehtische hervor. Dann stützte er sich mit den Hüften dagegen und nahm einen genüsslichen Schluck Kaffee. „Das habe ich gebraucht. Ich hatte vergessen, wie … unerbittlich … das Strafgesetz sein kann."

Der Bagel lag schwer in Claytons Magen. Er drückte das restliche Viertel zusammen und warf es in den Mülleimer.

„Wo stehen wir?", wollte er wissen. „Mit Nadine? Der Polizei? Mit allem."

Baker trank noch etwas von seinem Kaffee und rieb sich mit dem Zeigefinger über die Furche zwischen den Augenbrauen.

„Tja, im Nachhinein gesehen hätte ich den Bezirksstaatsanwalt vielleicht lieber nicht als gequirlte Katzenscheiße bezeichnen sollen, als ich gekündigt habe, bevor er mich feuern konnte. Das hat dem Ganzen buchstäblich die Krone aufgesetzt. Um fair zu bleiben, nachdem ich ihm ein bisschen Honig um den Bart geschmiert habe, hat er mich angehört. Der Fall wurde an das Dezernat für interne Ermittlungen übergeben. Dort war man natürlich nicht allzu erfreut darüber, dass einer der verdeckten Ermittler ein Ehefrauen schlagender Bigamist ist." Boshaft zog Baker die Mundwinkel nach unten, bevor er den restlichen Espresso hinunterkippte. „Vermutlich ist es zynisch, anzunehmen, dass ihr Entsetzen weniger der Bigamie und den Schlägen und viel mehr der Tatsache galt, dass die Frau einen ausgezeichneten Anwalt hat?"

Die zweite Tasse Kaffee war endlich fertig. Clayton zog sie – Bakers hoffnungsvollen Blick ignorierend – aus der Maschine und suchte nach einem Löffel, um etwas Zucker hineinzurühren.

„Das ist zynisch. Was aber nicht bedeutet, dass du falsch liegst."

„Sie wollen nicht, dass Detective Kelly – keiner davon – erfährt, dass er unter Beobachtung steht. Aus diesem Grund wird es im Moment nur als Vermisstenfall behandelt", erläuterte Baker. „Früher oder später wird Detective Kelly jedoch eine Menge Schwierigkeiten bekommen, Clayton."

„Gut."

Baker hob die Augenbrauen. „Bekommst du deshalb Probleme? Mit deinem Kelly?"

„Er ist nicht mein Kelly." Clayton trank einen Schluck Kaffee. Auf seiner Zunge schmeckte er die nicht ganz aufgelösten Zuckerkörner. „Das ist seine Familie, Baker. Wenn es darauf ankommt, wird er sich um des lieben Friedens willen hinter seinen Bruder stellen."

„Vielleicht schätzt du ihn falsch ein."

Clayton stoppte – die Kaffeetasse auf halbem Weg zu seinen Lippen – und warf Baker einen herausfordernden Blick zu. „Wann hast du zum letzten Mal jemanden falsch eingeschätzt?", fragte er. „Bei mir ist es nämlich schon eine ganze Weile her. Kelly kann nicht mal eine Wandfarbe für sein Wohnzimmer aussuchen, ohne dass sich seine Familie einmischt. Er wird sich nicht wegen des Rufs seines Bruders gegen sie stellen. Und wofür? Wegen einer Frau, die er nicht kennt und einen Mann, den er gelegentlich gefickt hat?"

Die Logik war unanfechtbar. Selbst Baker schien das einzusehen, da er seufzte und seinen langen Körper wieder vom Stuhl weg und damit zurück in die Senkrechte schob. Er spülte die Tasse im Spülbecken ab, schüttelte das Wasser ab und stellte sie dann umgedreht auf das Abtropfgestell.

„Normalerweise mische ich mich nicht in das Leben anderer Leute ein", stellte Baker klar. Auf Claytons Schnauben reagierte er mit einem Schulterzucken. „Jemanden damit aufziehen ist kein Einmischen. Aber ... gib ihm einfach die Chance, dich zu enttäuschen. Selbst, wenn er das tut, bist du nicht derjenige, der die Brücken hinter sich abgebrochen hat."

„Das ist kein Rat, dem du einem Klienten geben würdest."

„Vielleicht sollte ich das." Baker trocknete sich die Hände ab und rollte die Ärmel nach unten. „Vielleicht werde ich das auch. Aber jetzt gehe ich erstmal nach Hause und schaue, ob mich mein Freund abgeschrieben hat oder nicht. Du solltest zusehen, dass du etwas Schlaf bekommst. Nadines Fall ist in den richtigen Händen und du musst morgen den Ehevertrag und die Tate Scheidung zum Abschluss bringen."

Nachdem er Clayton einen Klaps auf die Schulter gegeben hatte, ging er. Clayton trank noch etwas von dem zu süßen Kaffee und beschloss, dass er Bakers Beispiel genauso gut folgen könnte.

Während Clayton seinen Kaffee getrunken hatte, war der Reinigungsmann da gewesen und hatte ein sauberes Büro mit dem Duft nach Orangenöl hinterlassen. Clayton schnappte sich seine Jacke, ließ seine Aktentasche stehen und schaltete auf dem Weg nach draußen das Licht aus.

Es war leise, als er das Gebäude verließ – für LA sowieso. Der Verkehrslärm und die Geräusche der Menschen waren zu einem schwachen Rauschen mit einer gelegentlichen Lachsalve im Hintergrund verblasst. Clayton blieb stehen, um sich das Jackett anzuziehen.

Es war zwar spät, aber noch nicht zu spät, um jemanden zu finden, mit dessen Hilfe er die Brücken hinter sich abbrechen konnte. St. Felix war nicht unbedingt ein Abschleppladen, doch das hieß nicht, dass man keine Gesellschaft fand, wenn man das wollte. Außerdem würde er dort in seinem Anzug nicht fehl am Platze sein.

Ein unkomplizierter One-Night-Stand – ohne dummes, warmes Lachen, ohne Papageientätowierung und auch ohne betrügerischen Bruder – würde seine Beziehung zu Kelly dort hinlegen, wo er sie hätte lassen sollen: auf Eis.

Die Wahl lautete: Entweder das oder in seine Wohnung zurückzukehren und daran zu denken, dass er viel lieber in Kellys Bett wäre; in Kellys freundlichem, halb fertigen Haus mit den Babyfonen und der Wand, die ihn Clayton überreden könnte, rot zu streichen.

Vater Mutter Kind spielen. Als ob er jemals in ein solches Leben passen würde.

Der bittere Gedanke ließ Clayton eine Entscheidung treffen. Mit einer Hand lockerte er die Krawatte und machte sich auf den Weg zu seinem Motorrad. Seine Aufmerksamkeit galt der vor ihm liegenden Nacht, daher bemerkte er die schemenhafte Gestalt, die an der Ecke lauerte, erst, als sie sich auf ihn zubewegte.

Mist. Na, das war nicht sein erster Überfall. Er hatte die Hand bereits nach seinem Portemonnaie ausgestreckt – darin befanden sich lediglich mehrere Quittungen über Trinkgeldzahlungen und eine Kreditkarte, die er innerhalb von fünf Minuten sperren lassen konnte – als die Person ins Licht trat, sodass er sie erkannte.

„Nadine?" Er joggte zu ihr hinüber und fasste sie an den Schultern. „Wo sind Sie gewesen? Geht es Ihnen gut?"

Sie sah nicht danach aus, aber andererseits hatte sie das vorher auch nicht. Er hatte ihre blauen Flecken nicht gezählt, aber die Schnitte waren immer noch durch Nähte verschlossen und der Gips um ihren Arm war intakt, wenn auch schmutzig. Als sie nach ihm griff, gruben sich ihre nicht eingegipsten Finger in sein Handgelenk. Dabei fielen ihm die zerschrammten und aufgeschürften Fingerknöchel auf. Im Safe House war sie noch nicht bereit gewesen, den protzigen Ehering abzunehmen. Diese Entscheidung hatte ihr jemand abgenommen.

„Ich ... ich ... das spielt keine Rolle", stammelte sie. „Ich möchte keine Scheidung. Sie müssen ... sie müssen alles stoppen. Okay? Sorgen sie dafür, dass es nicht dazu kommt. Bitte."

„Warum?", fragte Clayton. „Wer zwingt Sie dazu? Warum kümmert es sie?"

Sie stieß ein abgehacktes, tonloses Lachen aus und blickte sich um. „Das ist egal. Niemand." Es war nicht nur gelogen, sondern ein nachträglicher Einfall. „Ich will einfach nicht geschieden werden. Er ist ein guter Mann. Wirklich. Hat nur jede Menge Stress. Ich will es nicht noch schlimmer machen und wir brauchen ... wir brauchen Geld."

Mit tränenfeuchten Augen blickte sie nervös erneut in Richtung Straße. Am Bordstein parkte ein großer, blauer SUV, den Clayton zuvor nicht beachtet hatte.

„In Ordnung", erwiderte er langsam, löste ihre Finger von seinem Handgelenk und drehte sie in Richtung Gebäude. „Sie müssen nur einige Dokumente unterschreiben. Dann können Sie tun, was Sie wollen."

Nadine widerstand dem Druck seiner Hand. „Ich kann nicht", flüsterte sie. Ihr entwich eine Träne. Ärgerlich wischte sie sie mit den Fingerspitzen weg. „Sie tun Jimmy weh. Wenn sie ihr Geld nicht bekommen, werden sie mir wehtun. Oder Harry."

Als sie seinen Namen aussprach, zog sich ihr Gesicht kurz zusammen und sie sah genauso herzergreifend verletzlich aus wie ihr Sohn.

„Harry ist in Sicherheit. Sie müssen sich keine Sorgen machen."

Schniefend schüttelte Nadine den Kopf. „Sie wissen, wo er ist. Sie haben Fotos von ihm gemacht. Von meinem *Sohn*."

Sie wand ihren Arm aus seinem Griff und wich zurück.

„Kommen Sie einfach mit mir, ich bringe Sie in Sicherheit", versuchte Clayton, sie zu überzeugen. Jetzt war es an ihm, zum Auto zu schauen, als sich eine Tür öffnete und ein schlanker, drahtiger Mann in einem verblassten, grauen Sweatshirt mit Schweißflecken am Kragen und unter den Armen hinauskletterte. Er ähnelte einer Ratte, aber einer bösartigen. „Die Polizei weiß, was vor sich geht. Sie werden Sie beschützen und dafür sorgen, dass Harry nichts passiert."

Sie verzog ihre ungeschminkten, geschwollenen Lippen zu einem humorlosen Lächeln.

„Das haben Sie mir schon einmal versprochen", erinnerte sie ihn. Ihre Stimme enthielt keine Bissigkeit, doch die Anschuldigung traf Clayton. „Ich hätte nicht auf Sie hören sollen. Sie wollen nur das Geld und ich werde es ihnen geben. Inzwischen ist mir egal, was mit Jimmy passiert. Zur Hölle mit ihm … und Ihnen. Ich muss einfach meinen Sohn schützen."

Sie drehte sich um und ging mit energischen Schritten zurück zum Auto. *Scheiße.* Clayton holte das Handy aus der Tasche und wählte 9-1-1, während er ihr nachlief.

„Sie wissen nicht, was passiert ist", sagte er, als er sie eingeholt hatte. Er griff nach ihrem Ellenbogen und zog sie einen Schritt zurück. Die bösartige Ratte blickte auf der Suche nach Anweisungen ins Auto. „Jimmy kann Ihnen nicht mehr wehtun. Und die werden das ebenso wenig."

Sie schluckte angestrengt. „Das kann ich nicht riskieren. Irgendwie ist das sowieso alles meine Schuld. Lieber ich als Harry."

Die Ratte stieß sich vom Wagen ab und stolzierte quer über den Bürgersteig auf sie zu. Eine Hand hielt er hinter dem Rücken verborgen. Seine Armmuskeln spannten sich an, als er den Gegenstand fester umfasste.

„Sie kommt mit mir."

Die Verbindung kam zustande und die blecherne Stimme der Telefonistin fragte nach der Art des Notfalls. Clayton ignorierte sie und verstärkte den Griff um Nadines Ellenbogen.

„Dort drinnen gibt es ein Sicherheitssystem … Wachmänner", verkündete er. „Dort können sie Ihnen nichts tun. Ich kann Harry ebenfalls dorthinbringen. Wir können Sie schützen. Wenn Sie mit ihnen gehen, können wir das nicht."

Sie blickte erst auf ihren Arm hinab und dann in sein Gesicht. „Werden Sie mich zwingen, zu bleiben? Mich gegen meinen Willen dort hineinzerren?"

Er zögerte, überwand sich jedoch schließlich, sie loszulassen. Selbst wenn er bereit wäre, sie mitzuschleifen, würden die Männer sie schnell einholen. Clayton wandte sich an die Ratte.

„Du hast keine Idee, auf was du dich da einlässt", erklärte er. „Lass sie los. Mach mit Jimmy, was du willst. Das juckt mich nicht. Er ist derjenige, mit dem ihr ein Problem habt. Ganz offensichtlich."

Ratte schnaubte. „Nicht mehr lange. Und halt die Schnauze. Steig ins Auto, Weib."

Nadine ging einen Schritt, zögerte und blickte zurück zu Clayton. „Ich muss nicht gerettet werden. Es tut mir leid, dass ich Sie da mit reingezogen habe. Es tut mir leid. Tun Sie einfach, worum ich Sie bitte."

„Ich habe dir gesagt, du sollst ins Auto gehen", knurrte die Ratte drohend. Er griff nach ihrer Schulter, schwang sie herum und schob sie in Richtung SUV.

Es war keine Waffe, die er sich hinten in die Jeans schob. Nur ein Hammer.

Clayton stieß einen schnellen Fluch aus und hob das Handy ans Ohr. „Hallo?", sagte er zur besorgt klingenden Telefonistin. „Vor dem Symons Building wird gerade eine Frau entführt. Es ist ein blauer Nissan …"

Er ging einen Schritt zurück, um die Nummernschilder des SUV sehen zu können. „… Rogue. Das Nummernschild lautet …"

„Idiot", fauchte die Ratte und stieß Nadine grob zum Auto. Mit einem Ruck riss er den Hammer aus dem Hosenbund und sprang auf Clayton zu. „Du hättest besser deine Nase da rausgehalten, Arschloch."

Wahrscheinlich.

In einem niedrigen, fiesen Bogen schwang die Ratte den Hammer, visierte dabei jedoch nicht Claytons Kopf an, sondern wollte ihn nur dazu bringen, zurückzuweichen.

„SWR", teilte Clayton der Telefonistin mit. „Der Rest ist unkenntlich gemacht."

Dieses Mal zielte der Hammer auf sein Gesicht. Clayton riss den Kopf zurück. Sein Nacken begann wie früher zu prickeln. Das stumpfe Ende des Hammers erwischte seine Hand und er spürte es unter der Haut knirschen. Es tat nicht weh – noch nicht – doch er konnte bereits den straffen Druck an der Stelle fühlen, wo das der Fall sein würde. Krachend fiel das Handy zu Boden.

Die Ratte grinste fies, doch Clayton versetzte ihm schnell einen Schlag auf den Mund. Knöchel gegen die Zähne gekracht zu bekommen, traf die Ratte völlig unerwartet. Schließlich wären die meisten Menschen vom Schock des Überfalls und der Gewalt eingeschüchtert gewesen. Clayton hatte jedoch früher schon – auch noch im Erwachsenenalter – Prügel abbekommen. Eine überraschend große Anzahl Menschen fand es völlig okay, den Anwalt des Ex-Partners zu schlagen.

In den Augen der Ratte blitzte Überraschung auf. Er taumelte rückwärts, spuckte Blut auf den Asphalt und wischte sich mit dem Arm über den Mund. Wütend starrte er Clayton an.

„W'n isch mit dir fertich bin …", nuschelte er undeutlich durch die aufgeplatzten Lippen. „… siehste auch in teueren Anzügen nisch mr hübsch aus."

Mit den Fingern umfasste er den Gummigriff des Hammers und trat einen Schritt auf Clayton zu. Trotz der derben Wörter wirkte er nervös, als hätte er nicht mit einer Eskalation gerechnet. Mit einem Mal gingen die Lichter an. Er zuckte zusammen und hob eine Hand, um seine Augen zu schützen.

„Hey! Sie! Verschwinden Sie sofort von hier!" Es war das erste Mal, dass Clayton den Wachmann etwas anderes als „Einen schönen Abend" sagen hörte. Der stämmige Mann hatte den Kampf endlich bemerkt und war nach draußen gekommen. Jetzt rannte er mit der Waffe in der verschwitzten Hand quer über den Platz.

Wie Clayton wusste, handelte es sich dabei um einen Elektroschocker. In dem Moment wirkte das Gerät jedoch echt genug.

Nadine befand sich bereits im Auto. Wer auch immer der Fahrer war, er schrie scharf: „Steig ins Auto. Lass es."

Die Ratte drehte sich um, rannte los und warf sich hinten in den bereits losfahrenden SUV.

An diesem Punkt beschloss Claytons Hand zu schmerzen.

Jim kratzte sich am Kinn und hinterließ dabei mit den Fingern ölige Flecken in dem grauen Dreitagebart, den er bis Montagmorgen züchten würde. Manchmal fiel es einem schwer, zu glauben, dass es zwanzig Jahre zurücklag, dass er Kelly gezeigt hatte, wie das Öl im Auto gewechselt wird und er ihm seinen ersten Boxhieb beigebracht hatte. Damals – als alle davon ausgegangen waren, dass Kelly einfach nur keine Mädchen küssen wollte, weil er sich noch in der Mädchen-sind-doof-Phase befand – hatte er Jim für allwissend gehalten. Das von Father Peters sonntags gepredigte Wort Gottes hatte in Kellys Augen dem Wort Jims nicht das Wasser reichen können.

„Okay, ja. Das ist mir in den Sinn gekommen. Du weißt ja, wie das ist. Die Leute denken sich ihren Teil, stimmt's? Erfinden Dinge. Auf der Arbeit erlebe ich das ständig. Andauernd erhalten wir Anrufe von Leuten, die einen Mann vor einer Schule beobachtet haben oder mitbekommen, wie ein Kleinkind einen Anfall bekommt, weil es von einem Mann hochgehoben wurde. Fast immer handelt es sich dabei um den Vater oder den Onkel, aber wir müssen trotzdem Fragen stellen. Es muss nur eine von den Kirchenfreundinnen deiner Mutter erwähnen, dass sie es komisch findet, dass du kein Problem damit hast, Maxie die Windeln zu wechseln und dann … Nun, die Menschen denken immer gleich das Schlimmste."

„Ja", stimmte Kelly resigniert zu. „Vermutlich tun sie das."

Er ließ das Bier bei Jim und ging ins Haus. Vielleicht musste er sich einfach damit abfinden, dass Erwachsene nicht unfehlbar waren. Maxie durfte sich gerne noch ein paar Jahre Zeit lassen, bevor ihm das klarwurde.

ALS KIND hatte sich Byron bei einem Mitschüler mit Windpocken angesteckt. Eigentlich hatte Kelly sie zuerst bekommen, doch da das in den Erzählungen unerwähnt blieb, neigte sogar er dazu, dieses Detail zu vergessen. Kathleen hatte Byron damals eine Glocke gegeben, die er läuten sollte, wenn er etwas benötigte.

Da er diese Glocke alle zehn Minuten geläutet hatte, war sie ihm am Ende von Dole abgenommen und irgendwo im Garten vergraben worden. Genaugenommen könnte sie sich immer noch dort befinden. Niemand hatte sie je wiedergefunden.

Dieses hartnäckige Bimmeln hatte jahrelang einen Ehrenplatz in Kellys Vorstellung für das störendste Geräusch überhaupt eingenommen. Offensichtlich gab es dafür jetzt eine App mit einer Vielzahl verschiedener Glocken.

Der Gong war es, der Kelly durch und durch ging.

Alle blickten auf, als sein Dröhnen in maximaler Lautstärke den Flur hinunter hallte.

„Aggie", bat Kathleen, die gerade ein Päckchen Schinken aus dem Kühlschrank nahm. „Gehst du mal schauen, ob er irgendetwas benötigt, Liebes?"

Die Muskeln in Aggies Kiefer spannten sich an. Sie tauchte die Hände in das Seifenwasser im Spülbecken und schüttelte sie dann ab.

15

„BIER?", FRAGTE Jim misstrauisch, als sein Sohn ihm den Bierkrug mit der kalten Flüssigkeit reichte.

„Ingwerbier", teilte Kelly ihm mit. „Mom meinte, der Arzt …"

Jim unterbrach ihn mit einem angewiderten Grunzen.

„Kein Alkohol, kein Rauchen, keine frittierten Lebensmittel", grummelte Jim und steckte den Kopf wieder unter die Motorhaube des Autos, an dem er in seiner Freizeit herumschraubte: ein alter Willys Jeepster in klassischem Jeansblau, der zur Hälfte fahrtüchtig war. Auf seinem sonnenverbrannten Nacken perlten Schweißtropfen. „Ich weiß nicht, ob sie mir ein längeres Leben bescheren oder ob es sich nur *länger* anfühlt. Das wird ein verdammt grässliches Barbecue."

Trotz seiner Nörgelei stürzte er die Hälfte des gekühlten Ingwerbiers hinunter, wischte sich den Mund ab und rülpste diskret. Dann stellte er den Krug auf dem Motorrand ab und schob die Hände in die halb fertiggestellten Eingeweide. Das Auto würde in nächster Zeit nicht auf die Straße kommen. Als Kind hatte Kelly Stunden zusammen mit seinem Dad daran gearbeitet. Normalerweise nur sein Dad und er, da es sich dabei genau um die Art Tätigkeit handelte, die Byron immer so schnell langweilte.

Während Kathleen mit der Zubereitung von Rippchen und Barbecuesauce beschäftigt gewesen war, hatte Jim die Aufhängung repariert und Kelly gezeigt, wie man die Bohrlöcher in der Stoßstange polierte und verfüllte. Zumindest so lange, bis seine Kumpel mit gekühlten Sixpacks und dem Tratsch aus der Polizeiwache angerollt gekommen waren. Dann hatte er Kelly einen Zwanziger zugeworfen und ihm aufgetragen, das Leder butterweich zu polieren und die Einfahrt aufzuräumen.

Erst Jahre später wurde Kelly bewusst, dass die Löcher in dem Metall von Einschüssen stammten. Wie bei so vielem in seiner Familie wurde die hässliche Wahrheit nicht ausgesprochen.

„Ich habe gehört, dass dein, ääh, Freund nach Irland zurückgekehrt ist", sagte Jim unter der Motorhaube. Es war das erste Mal seit Wochen, dass sie miteinander redeten. Keiner von ihnen hatte das erwähnt. Wahrscheinlich würde das auch keiner. „Es ist das Beste so, jetzt, da du Byrons Jungen zu dir genommen hast."

Kelly setzte sich auf die niedrige Mauer, die die Einfahrt von dem trennte, das wie seine Mutter steif und fest behauptete, eines Tages ihr perfekter Rasen sein würde, wenn sie Zeit hätte.

Er trank einen Schluck von seinem Bier – echtes Bier, ohne Ingwer – und wischte sich den Schweiß von der Stirn auf den Arm. Die Wettervorhersage versprach weiterhin, dass die Hitze nachlassen würde, aber jeden Tag widersetzte sich die Sonne aufs neue. Im Hausinneren verkündete Maxie mit hartnäckigem, unglücklichem Jammern seine Meinung zu der Hitze. Der konstante, monotone Ton ging Kelly unter die Haut, doch wenn er ins Haus gehen würde, würde ihn Kathleen nur wieder hinausjagen.

„Du musst ihn sich ausschreien lassen", hatte sie ihn das letzte Mal gerügt. „Byron wird ihn nicht so verhätscheln wie du. Daran muss er sich gewöhnen."

An so etwas sollte sich niemand gewöhnen müssen – vor allem kein Baby, das nicht einmal alleine sitzen konnte. Doch in dieser Sache besaß Kelly kein Mitspracherecht. Maxie war Byrons Sohn und er durfte entscheiden, selbst wenn so bereits ein Kind versaut worden war.

„Liam war mit einem Studentenvisum hier", erklärte Kelly, während er versuchte, Maxies durchdringende, sirenenartige Frustration zu ignorieren. „Es stand immer fest, dass er eines Tages nach Hause zurückkehren würde. Das wussten wir beide."

Das hatte er. So, wie er gewusst hatte, dass Joey eine Laufbahn beim Militär anstrebte, bevor er sich outen wollte, dass Harve völlig besessen von seinem Ex war und das immer so bleiben würde und dass jeder andere Mann, in den er sich je verliebt hatte, ein voreingestelltes Ablaufdatum besaß. Sich in sie zu verlieben, war leicht, weil es nie wirklich zählte. Er würde sich nie zwischen ihnen und seiner Familie entscheiden müssen, müsste sich nie dem stellen, was es bedeutete, wenn Kathleen ihn bat, vor Jims Freunden „diskret" zu sein.

„Die Sache ist, Dad, dass ich jemanden getroffen habe." Seine Kehle war trocken und er stellte sich vor, wie Clayton gerade irgendwo ein kalter Schauer über den Rücken lief. „Er ist … ich mag ihn wirklich."

Die Antwort unter der Motorhaube bestand aus einem Grunzen und der barschen Bitte um einen anderen Schraubenschlüssel. Kelly griff danach, reichte ihn jedoch nicht weiter. Das Ende war verkratzt und von einem lange zurückliegenden Aufprall gegen die Garagenwand verbogen.

„Ich dachte, ich könnte ihn irgendwann mal mit vorbeibringen", sagte er. Vielmehr *hatte* er das gedacht – sich in seinen Tagträumen ausgemalt – bevor ihm bewusst geworden war, was Byron getan hatte. Doch eines Tages würde es jemanden geben, auch wenn er jetzt nicht allzu viel Begeisterung dafür aufbringen konnte. „Vielleicht zum Essen."

„Betreibt deine Mom inzwischen ein Café?"

„Sie veranstaltet morgen ein Barbecue für die Hälfte deiner Wache", stellte Kelly verärgert klar. „So, wie sie es ein Mal im Monat tut. Selbst die Chili's Restaurants verbrauchen weniger Rippchen."

Jim schnaubte. „Das ist etwas anderes. Und deine Brüder, Father Peters, mein alter Partner und seine Frau? Das sind keine Fremden. Sie gehören zur Familie."

„Vielleicht könnte ich ihn nächstes Mal mitbringen."

„Nun, ich weiß nicht, ob das so eine gute Idee ist", erwiderte Jim. Er die Hand aus und wackelte mit den Fingern, bis ihm Kelly den besc Schraubenschlüssel reichte. „Was, wenn jemand etwas sagt?"

„Was zum Beispiel?"

Jim zuckte mit den Schultern. „Du weißt, wie die Jungs sein können. von ihnen sind nicht … politisch korrekt."

Eine Zeit lang war nur das Klirren des Schraubenschlüssels a und gelegentlich ein geknurrter Fluch unter der Haube zu hören. Kelly den Krusten auf seinen Knöcheln und versuchte sich zu erinnern, wie als Erwachsener benahm. Es fiel ihm schwerer, als das der Fall hätte se während er in der Einfahrt seines Dads saß und ihm die Sonne heiß auf der Nacken schien.

„Dad, warum willst du nicht, dass ich mich um Maxie kümm ziemlicher Sicherheit kannte er die Antwort, hatte ihr aber nie zuvor i sehen wollen.

„Ist er dein Kind?", fragte Jim. „Bist du etwa gegen den Strom ges und hast deine Schwägerin gefickt?"

Das war nicht witzig. Nichts daran war witzig. Nicht einmal d eingegipsten Knöchel ans Bett gefesselte Byron. Er mochte es verdient witzig war es nicht. Kelly hätte sich trotzdem fast an seinem überrasch verschluckt.

So war Dad: voller derbem Humor. So wie damals, als er ihner listigen Zwinkern und dem Befehl, es nicht Mom zu verraten, fünf Dol hatte.

Die ganze Situation – von der Schande darüber, was Byron get zum Schuldgefühl, weil er ihn nicht darüber informierte, dass Clayton Spur war – wäre leichter zu ertragen gewesen, wenn Kelly sie nicht li oder zumindest nicht so an sie gewöhnt gewesen wäre, dass es das gle

„Oh Mann, Dad. Nein, habe ich nicht. Sie hat mich gehasst."

„Tja, nun." Jim kam schließlich doch aus dem Auto hervor ölverschmiertes Tuch aus der Tasche und wischte sich damit di Dann schnappte er sich Kellys Bier und gestikulierte mit der halb le herum. „Du bringst gefälligst dein eigenes Leben in Ordnung, üb Verantwortung für deine eigenen Fehler. Gott hat niemanden auf diese damit du hinter ihm herräumst. Der winzige Kerl ist Byrons Sohn hätte nicht zu euch kommen sollen, damit ihr für ihn einspringt. Da auch gesagt."

Um seinen Standpunkt zu unterstreichen, trank er einen großer dem verbotenen Bier. Dabei blickte er schuldbewusst Richtung Haus

Es klang gut. Kelly wollte es gerne glauben.

„Ich dachte, es liegt vielleicht an meinem Schwulsein", s „Vielleicht hast du geglaubt, dass jemand eine dumme Bemerkung m

„Ich bin Pathologin, Kathleen. Falls er nicht stirbt, bin ich für ihn von keinem großen Nutzen."

Kathleen schnalzte missbilligend. „Er ist krank, Liebes. Sei nett."

Aggies Lippenverziehen spiegelte ihre Meinung wider, doch sie trocknete sich die Hände an einem Geschirrtuch ab und marschierte los.

„Du könntest ihn einfach ignorieren", schlug Kelly vor, der, eine Hand um den kleinen Kopf gelegt, Maxie auf seinem Knie auf und nieder hopsen ließ. „Er wird sich daran gewöhnen."

Jim wäre es wahrscheinlich gar nicht aufgefallen, doch Kathleen erkannte das Echo ihrer eigenen Worte. Sie warf eine Handvoll Essiggurken auf das Sandwich und klatschte die obere Brotscheibe darauf.

„Er hat ein gebrochenes Bein. Was soll er also tun? Zum Essen runtergehüpft kommen? Ich bin nur froh, dass er glaubt, heute etwas untenbehalten zu können."

Kelly verdrehte die Augen und richtete seine Aufmerksamkeit wieder auf Maxie. Das Ausziehen der Socken und der schrägen, kleinen Babyjeans hatten die Tränen gestoppt. Die Wangen waren jedoch immer noch wund und rosa von der Frustration. Kelly wischte sie mit dem Saum seines T-Shirts ab und machte ein Quatschgesicht.

Offenbar hatte Maxie noch nie etwas derart Witziges gesehen, denn er stieß ein glucksendes, begeistertes Babygekrähe aus und wedelte voll unkontrollierter Freude mit Armen und Beinen. Kelly musste mitlachen, schnappte sich eine von Maxies Händen und drückte einen Kuss darauf.

Sie war klebrig, doch das Kitzeln brachte Maxie erneut zum Lachen.

„Er mag dich", stellte Kathleen fest. Liebevoll wuschelte sie Kelly durchs Haar. „Eines Tages wirst du sein Lieblingsonkel sein."

Kelly hob Maxie hoch, bis er auf seinen jeansbedeckten Knien stand. „Hast du das gehört?", fragte er, als Maxie ihn trat. „Ich bin der beste Onkel, auch wenn du das jetzt noch nicht weißt."

Maxie stieß rülpsend eine skeptische Spuckblase aus und streckte sich auf die Zehenspitzen. Irgendwann im Laufe der letzten Tage hatte er ein merkwürdiges Babyding vollzogen und ähnelte jetzt tatsächlich mehr einem Baby als einem mürrischen Aliensäugling. Er war immer noch spindeldürr und stand dieser ganzen Lebenssache skeptisch gegenüber, wirkte jedoch robuster.

„Deshalb wollte ich eine große Familie haben", sagte Kathleen wehmütig, als sie sich wieder umdrehte, um Kaffee zu kochen. „Damit ihr das hier habt: Familie, die einspringt und hilft, wenn es nötig ist. Als ich euch Jungen bekommen habe – meine Familie so weit weg in Donegal und die eures Dads in Derry – habe ich mich einsam gefühlt. Ich bin so stolz, dass meine Jungs sich immer noch alle nahestehen ... dass ihr zusammenkommt und euch gegenseitig unterstützen könnt."

Schuld zwickte Kelly heftig an einer weichen und verletzlichen Stelle. Er begrüßte es nicht. Schließlich schuldete er Byron nichts und hatte das zuletzt vor

149

langer Zeit. Selbst, wenn das der Fall gewesen wäre – und selbst, wenn es sich um Cole oder Wilde gehandelt hätte – das Nadine und Harry Angetane war immer noch völlig inakzeptabel.

Natürlich wusste er das, doch es zu glauben, fiel ihm trotzdem schwer. Vielleicht war ihm auch bewusst, dass, wenn alles herauskäme, seine Mutter es nicht glauben würde.

„Mom, vielleicht sollte ich Maxie heute wieder nehmen", sagte er.

Sie erwiderte in missbilligendem Tonfall: „Schatz, ich weiß, dass du dich einsam fühlst, seit Liam weg ist, aber Maxie ist kein Hund. Er sollte bei seinem Dad sein."

„Ich meine ja nur, weil Byron doch verletzt ist", wandte Kelly ein. Dann stand er auf und trug Maxie zu dem Bettchen, das Mom aus dem Gästezimmer – jetzt wieder Byrons – geholt und in die Küche gestellt hatte. An der ganzen Seite entlang waren dicke weiße Polsterungen festgebunden, die auf den Baby-Webseiten, die Kelly gelesen hatte, überhaupt nicht befürwortet wurden. Er ignorierte den Drang, zu widersprechen und legte Maxie auf das Laken. Das Baby wand sich hin und her und gluckste vor sich hin. „Er braucht seinen Schlaf und Maxie schläft nicht durch. Vermutlich könnten du und Dad aufstehen …"

Kathleen schnaubte. Ihrer Behauptung nach ließ sich an einer Hand abzählen, wie viele Male Jim nachts aufgestanden war, um einen seiner Söhne zu füttern. Für einen Mann, der beim Geräusch eines die Treppe hochschleichenden Teenagerfußes sofort hellwach aus dem Bett sprang, schlief er während Babygejammers so seelenruhig weiter, als hätte er eine Schlaftablette genommen.

„Ich weiß nicht", wich sie aus. „Cole hat erzählt, dass du neulich einen Freund bei dir hattest. Ich habe nichts dagegen, dass du wieder ausgehst. Ich möchte, dass du einen netten Mann findest, jemandem, mit dem du länger zusammen bist. Es ist nur … nun ja, du kannst nicht Fremde „aufreißen", wenn sich ein Baby im Haus befindet. Wer weiß, was sie tun könnten?"

„Ich arbeite mit Clayton zusammen. Ich kenne ihn schon eine ganze Weile", erklärte Kelly und ignorierte den bitteren Geschmack. „Abgesehen davon glaube ich nicht, dass er zurückkommen wird."

Kathleen schürzte die Lippen. „Na, dann ist er ein Dummkopf. Jeder Mann kann sich glücklich schätzen, dich zu haben, Schatz. Du hast einen guten Job, ein gutes Herz und schau dir nur dein Gesicht an. Byron und du, ihr seid beide das Ebenbild deines Vaters. Er hätte in Kinofilmen mitspielen können."

Ja. Kelly kannte beide Versionen der Geschichte. Die, die Kathleen für ihre Söhne und die anderen Polizistenehefrauen aufpoliert hatte und die, die Jim erzählte, wenn man in der Bar genug Whiskeys in ihn kippte. In Kathleens Version blieb unerwähnt, dass der Regisseur nur Chaps getragen und betrunken gewesen war, als er das Angebot gemacht hatte.

Trotzdem stützte es – wie Kelly annahm – den Gedanken, dass sein Dad hübsch war.

„Es hat einfach nicht funktioniert", gestand Kelly. „Er ist nicht an etwas Langfristigem interessiert und ich im Moment ebenso wenig. Ich habe genug anderes um die Ohren."

Das entsprach der Wahrheit. Das tat es wirklich. Irgendwie kam es ihm trotzdem wie eine Lüge vor.

Kathleen seufzte. „Du wirst einen anderen finden", versicherte sie ihm. „Du bist immer noch jung und musst dir schließlich keine Gedanken um deine biologische Uhr machen."

Hinten im Haus schrie Aggie: „Fahr zur Hölle, Byron!", und knallte die Badezimmertür zu.

Kathleen gab vor, nichts zu hören und stellte Byrons Mahlzeit fertig. „Öffnest du bitte die Tür für mich?"

Kelly ging hinüber, um sie aufzudrücken und lehnte seinen langen Körper an die Wand, während er sie aufhielt. „Okay", sagte er. „Was meinst du also? Ist es nicht wirklich besser, wenn Aggie oder ich heute Nacht Maxie hüten?"

Kathleen zuckte im Hinausgehen mit den Schultern ein „wahrscheinlich schon" in seine Richtung. „Sorg nur dafür, dass du ihn morgen Vormittag zurückbringst. Ich will, dass er Byron besser kennenlernt." Sie ging durch den Flur zum Gästezimmer und Kelly steuerte das Badezimmer im oberen Stockwerk an. Seine Vermutung erwies sich als richtig. Nachdem er einmal gegen die Tür geklopft hatte – nur für den Fall, dass Aggie das Bad tatsächlich für den beabsichtigten Zweck nutzte – stieß er sie auf.

Seine Schwägerin stand auf dem Toilettensitz, die Ellenbogen auf die Fensterbank gestützt und blies durch das einen spaltbreit geöffnete Fenster Rauch in den Nachbargarten. Der Ausdruck, mit dem sie sich zu Kelly herumdrehte, schaffte es, gleichzeitig sowohl schuldig als auch herausfordernd auszusehen.

„Erzähl das nicht Cole."

„Das ist nicht gut für dich."

Schnaubend nahm sie noch einen Zug. „Ich bin Ärztin. Ich weiß, dass es nicht gut für mich ist. Ins Gefängnis zu kommen, wäre auch nicht gut für mich. Daher musste ich Nutzen und Risiko gegeneinander abwägen." Beim Reden wich Rauch aus ihrem Mund, den sie mit der Hand wegwedelte. „Ich werde dir etwas sagen und das ist etwas, das du Cole erzählen darfst. Ich hasse deinen Bruder."

Kelly setzte sich auf den Badewannenrand, dabei bohrte sich sein Handy unangenehm in seine Hüfte.

„Cole oder Byron?"

Sie schnipste Asche in die Tasse in ihrer Hand. „Beide."

„Was hat Byron getan?"

Sie hielt die Hand mit der Zigarette aus dem Fenster. Die Haltung ihres Mundes und des Kiefers verriet nicht nur Wut, sondern auch etwas, das Schmerz sehr nahe kam.

„Er hat angeboten, uns Maxie zu verkaufen."

Einen beunruhigenden Moment lang empfand Kelly nicht viel – nicht einmal den Zorn und die Frustration, die er seit dem gestrigen Tag ganz unten in seinen Magen gestopft zurückhielt. Es war die Art Behauptung, die ohne den Kontext eines Fernsehbildschirms bei einem toughen, vertrauenswürdigen Polizisten keinen *Sinn* ergab. Normale Menschen mit Jobs, die von ihrer Mutter zubereitete Schinken-Gurken-Sandwiches aßen, versuchten nicht ein Kind an andere, völlig normale Menschen zu verkaufen.

Nur, dass Byron anscheinend genau das tat.

„Scheiße", brachte er schließlich heraus.

„Genau", stimmte Aggie zu. „Das habe ich auch gesagt. Ich weiß nicht. Vielleicht hat er es ja nicht so gemeint und wollte mich nur auf die Palme bringen. Aber wer sagt denn so etwas? Über sein eigenes Kind?"

Der Zorn rann wieder in seinen Körper zurück. Kelly konnte seine versengende Hitze beim Atmen spüren, ähnlich dem Brennen von schlechtem Whiskey. Das war alles andere als hilfreich – zu einer harten Lektion aus seiner Kindheit hatte gehört, dass, nachdem Byron dich auf die Palme gebracht hatte, er dich als den Bösen hinstellte – aber er konnte es nicht verhindern.

„Das Positive daran ist, dass es wenigstens du warst. Wenn er auf den Beinen wäre, hätte Maxie bis zum Morgen verschwunden sein können."

Aggie warf ihm einen verärgerten Blick zu. „Das ist nicht witzig."

„Ich habe nicht gescherzt."

Ein Anflug von Grau überzog Aggies Gesicht. Ihre Finger zitterten, als sie die Hand durch das Fenster zurückzog, um an der Zigarette zu ziehen.

„Er würde …"

„Geht es immer noch um das Geld, das er von Cole wollte?", unterbrach er sie schroff.

Aggie presste den Handballen gegen die knochige Wölbung ihrer Braue. Der Rauch verlor sich in ihren dunklen Locken, als sie den Gedankengang fallen ließ.

„Ja. Ich habe Cole erklärt, dass ich mich scheiden lasse, wenn er vorhat, das Haus zu verkaufen und wir den Erlös dann fifty-fifty aufteilen können. Dass die Entscheidung bei ihm liegt. Er ist stinksauer auf mich – hat die letzten drei Nächte im Büro geschlafen – scheint aber verheiratet bleiben zu wollen. Jedenfalls genug, um Byron gegenüber nein zu sagen. Statt eines Darlehens hat er also einen Verkauf angeboten."

„Wofür braucht er es?", wollte Kelly wissen.

Aggie zuckte mit den Schultern und drückte die Zigarette zwischen Daumen und Zeigefinger aus. „Arschloch zu sein, ist nicht billig?"

Kelly fuhr sich mit den Händen unsanft übers Gesicht. Die meiste Zeit kompensierte sein Hirn das fehlende Auge, indem es Details ergänzte und die Ränder um das fehlende Teil verwischte. Allerdings wurde es durch die Hand direkt vor dem Gesicht verwirrt. Urplötzlich war er sich des toten Winkels und des kalten Glasauges *bewusst*.

Aus unerfindlichen Gründen begann seine Augenhöhle zu schmerzen. Schuld daran waren die fehlgezündeten Nerven direkt auf der Augenrückseite. Abrupt stand er auf.

„Was hast du vor?", fragte Aggie. Sie steckte den Stummel in ihre Tasche, sprang von der Toilette und griff nach seinem Ärmel. „Mach nichts Dummes."

„Du weißt nicht einmal … du weißt nicht einmal die Hälfte von dem, was er getan hat", fauchte Kelly. Seine Stimme hallte von den Fliesen wider. Die Macht der Gewohnheit und der Wunsch, seine Mutter nicht aufzuregen, brachten ihn dazu, die Stimme zu senken. Dabei war er gar nicht sicher, ob sie das überhaupt verdiente. „Ich bringe ihn um."

Aggie zuckte zusammen und verstärkte ihren Griff. Ihre Nägel gruben sich in seinen Bizeps. „Sei nicht dumm. Das hilft keinem."

Und genau das war immer das Problem. Zu dem Zeitpunkt, an dem die Information darüber – welchen Schaden Byron auch immer angerichtet hatte – bei einem angelangt war, schien der am wenigsten schädliche Kurs im Aufräumen und Weitermachen zu bestehen. Jedes Mal. Irgendwann musste man sich eingestehen, dass es immer ein nächstes Mal geben würde.

„Ich muss etwas tun", platzte er heraus und zog seinen Arm aus Aggies Griff.

Die laute Melodie von „Mackie Messer" in seiner Tasche unterbrach ihn. Wahrscheinlich hätte er Byron trotzdem nicht getötet. Das hoffte er zumindest. Sich selbst zuliebe. Er wusste nicht, ob Father Peters bereit wäre, einen Brudermord zu vergeben.

„Nimm den Anruf an", forderte Aggie ihn auf und schob ihn den Flur hinunter. „Geh nach draußen und rede mit der Person am anderen Ende, wer auch immer es ist. Mach das. Was wir wegen deines Bruders unternehmen, können wir später besprechen."

16

KELLY NAHM den Anruf nicht an. Nicht sofort. Er ließ es zu Ende klingeln und ging die Straße so weit hinunter, dass es sich anfühlte, als ob er ganz weit weg wäre. Dann erst rief er Clayton zurück. Sein Zorn war durch das schnelle Gehen nicht verflogen, doch da er so weit vom Haus entfernt war, konnte er nichts dagegen unternehmen.

„Ich kann das nicht", platzte er heraus. Er hatte nicht vorgehabt, das Gespräch so zu beginnen, sondern mit *Hallo* anzufangen und von dort überleiten zu wollen. Doch in der Sekunde, in der die Verbindung zustande kam, waren alle anderen Wörter wie weggeblasen und nur diese vier zur Gesprächseröffnung geblieben. „Alle haben Mitleid mit ihm, aber ich will ihn einfach nur umbringen. Meine Mom hat ihm ein Sandwich gemacht. Ich hoffe, er erstickt daran. Dieses blöde, egoistische Arschloch."

Am anderen Ende herrschte Stille, dann erklang ein kurzes, raues Lachen.

„Und ich habe damit gerechnet, dass du Skrupel bekommst, gegen ihn auszusagen", sagte Clayton.

Er klang gelassen und bestimmt – seine Anwaltsstimme. Kelly hatte Clayton mehrmals im Gericht dabei zugesehen, wie er voller Höflichkeit die Geschichte einer Geliebten zu Konfetti zerrissen hatte. Diese totale Distanziertheit und der scharfe Unterton waren unglaublich heiß und boten unerwarteten Trost.

Und Gelassenheit und Distanz waren die beiden Dinge, die Kelly jetzt benötigte, selbst, wenn er sie bei einem Anruf aus der Stimme eines anderen Menschen schöpfen musste.

„Nein", erwiderte er. Dann presste die Ehrlichkeit die restlichen Worte aus ihm heraus. „Jedenfalls nicht jetzt. Ich meine, ich werde keinen Rückzieher machen oder so. Allerdings wird es auch nicht einfach werden."

Am Ende der Straße angelangt, stoppte er. Wenn er sich jetzt nach links wandte, könnte er zu dem Café gehen, an dem sein Dad früher immer auf dem Heimweg gehalten hatte, weil ein nach Burgern und Kaffee riechender Atem einen leichteren Streit versprach als der nach Rauch und Alkohol. Ging er stattdessen nach rechts kam ein Park, in dem er herumgehangen und Leute mit ihren Hunden beobachtet hatte. Er hatte sich immer einen gewünscht, aber wegen Byrons Allergien hatten sie keinen haben können.

Statt sich für eine der Richtungen zu entscheiden, setzte er sich auf den Bordstein. Es war ruhig und niemand in der Nähe. Sollte ihn jemand für betrunken halten, würde es seiner Familie nur recht geschehen.

„Vielleicht brauchst du das gar nicht", erklärte Clayton. „Ich muss mit Byron reden. Im Krankenhaus haben sie mir mitgeteilt, dass er sich selbst entlassen hat."

„Jaah. Dort haben sie ihm ständig gesagt, was er zu tun hat. Das hasst er. Mom hat das Gästezimmer für ihn hergerichtet, bis er wieder alleine klarkommt. Warum willst du jetzt mit ihm reden? Hat Baker nicht gesagt …"

„Wie lautet die Adresse?" Die Stimme war nicht mehr so heiß, wenn dieser bestimmte, herablassende Ton einem eine Hautschicht abriss. Er zögerte.

„Kelly."

„Hey, wenn du meine Eltern triffst, wird das zwischen uns zu etwas Festem. Ich habe dich deswegen bereits gewarnt", scherzte Kelly, um sich eine Minute Zeit zum Nachdenken zu verschaffen. Vermutlich war der Witz nicht besonders gut, sondern etwas jämmerlich. Und das hier bildete auch nicht den Anfang von irgendetwas, sondern nur das Ende. Nicht, dass Clayton je mehr gewollt hätte, aber wer wünschte sich schon eine zwanglose Beziehung mit jemandem, der eine derart verkorkste Familie hatte wie er? Er fuhr sich mit der Zunge über die Lippen und blickte mit düsterem Blick in die Betonrille des Rinnsteins zwischen seinen Füßen. Um seine Stiefel krabbelten Ameisen. „Sieh mal, ich verstehe, dass du Byron verprügeln möchtest, aber mein Dad besitzt eine Knarre. Wenn du auf einen Kampf aus bist …"

„Nicht heute." Er konnte das schwache, leicht belustigte Lächeln in Claytons Stimme hören – es beinahe auf seiner Haut spüren. „Ich muss nur mit ihm reden. Es ist wichtig."

Kelly rieb sich mit der Hand über den Nacken. Die Haut fühlte sich heiß unter den Fingern an.

„In Ordnung", stimmte er endlich zu. Dabei handelte es sich um kein großes Entgegenkommen. Wenn Clayton wollte, konnte er die Adresse herausfinden. Er müsste sich nicht einmal allzu sehr anstrengen. „Aber da ist noch was. Meine Familie weiß bisher noch nichts von der Sache. Sie glauben immer noch, dass er … ein guter Cop ist, der vom Auto überfahren wurde."

„Dicht dran. Er ist ein böser Cop, der vom Auto überfahren wurde. Wo ist er?"

Kelly leierte die Adresse herunter. Es war die erste Adresse, die er gelernt hatte. Die, die er den Lehrern in der Schule und dem Taxifahrer genannt hatte, wenn Mom oder einer seiner Brüder nicht hatten kommen können. Wahrscheinlich würde er diese Adresse auch im Krankenhaus angeben, sollte er als Notfall eingeliefert werden.

Lover mit Ablaufdatum bedeutete, dass man sich in einer Krise nicht auf sie verlassen durfte.

Urplötzlich fühlte es sich nicht mehr wie Zuhause an.

Clayton wiederholte die Adresse einer anderen Person gegenüber und legte dann auf.

„Sind Sie okay, mein Lieber?", fragte eine Frau. Ihre sandalenbedeckten Füße stoppten in sicherer Entfernung. „Ist Ihnen schlecht?"

Kelly erhob sich. „Tut mir leid. Mir geht's gut. Ich habe nur einen Anruf bekommen und …"

Die Frau erschrak und tippte sich mitfühlend auf den Wangenknochen, als sie sein Gesicht sah. „Oh, Ihr armes Gesicht."

Mit schiefem Grinsen rieb er sich mit dem Daumen über die Augenbraue. „Harte Woche."

„Hoffentlich wird es bald besser."

„Dafür gibt es bisher keine Anzeichen."

Sie lächelte ihn teilnahmsvoll an und ging die Straße hinunter zu ihrem Haus. Kelly bürstete sich den Split vom Hosenboden und fragte sich, wie langsam er wohl zurückgehen könnte.

Nicht langsam genug, um den Verkehr in LA zu besiegen.

Es war eine Stunde voller steifer Gespräche, geläuteter Gongs und schwerem, Übelkeit verursachenden Zorn in seinem Magen. Die Wut erwachte jedes Mal von neuem zum Leben, wenn er gerade gedacht hatte, sie wäre verschwunden. Und eine halbe Stunde stummer, besorgter Blicke von Aggie, bis sie ins Leichenschauhaus gerufen wurde.

„… nur warten, bis der Verteiler geliefert wird", sagte Jim und riss demonstrativ die Lasche einer Dose Ingwerbier auf. Er sah verschwitzt aus, die Kopfhaut schimmerte rosa durch das kurz geschorene Haar. Die Knöchel hatten Krusten durch die Arbeit am Motor. „Ein Kerl aus Idaho, den ich im Internet gefunden habe."

Kelly nahm sich eine Handvoll Chips. „Du bringst diesen alten Jeep tatsächlich zum Laufen?"

„Äh, keine Ahnung. Ich habe ein paar Kaufanfragen bekommen. Macht keinen Sinn, ihn fertigzumachen, wenn ich ihn einfach nur weitergebe. Außerdem … wenn man ein altes Auto, wie das hier kauft, will man mit den Händen im Motor herumwühlen." Er lehnte sich auf dem Stuhl zurück, balancierte sein Gewicht auf den knarrenden Stuhlhinterbeinen und warf Maxie einen liebevollen Blick zu. „Vielleicht suche ich mir ein neues Projekt. Etwas, das ich zusammen mit dem kleinen Kerl hier und den Mädchen machen kann. Etwas, an dem sie Spaß haben."

Kathleen schnaubte, während sie Whiskey über eine Schüssel Rippchen goss. „Betty und Lou haben keine Zeit, ihre Wochenenden damit zu verbringen, sich schmutzig zu machen, Jim", wandte sie ein. „Du weißt, dass Trisha sie zu allen möglichen Kursen angemeldet hat. Sie haben für nichts Zeit, obwohl Trishas Mutter sie überall hin kutschiert."

„Aber wenn sie und Wilde sich scheiden lassen" – sagte Jim schulterzuckend – „werden sie an einigen Tagen bei ihm sein."

„Sag nicht so was", zischte Kathleen. „Morgen kommt Father Peters. Was, wenn er dich solche Dinge sagen hört? Sie lassen sich nicht scheiden und falls doch erzählen wir es nicht Father Peters."

Selbst Maxie blickte skeptisch drein, dabei war der Großteil seiner Aufmerksamkeit darauf gerichtet, zu testen, ob er den Fuß in den Mund stecken konnte oder nicht. Bevor Kelly eine Erwiderung einfiel, begann sein Handy stürmisch zu klingeln und jemand gegen die Eingangstür zu klopfen.

„Erwartest du jemanden?", fragte Kathleen, während sie sich Barbecuesaucen-Tropfen von den Fingern schüttelte. Sie griff nach einem Geschirrtuch, um sich die Hände abzutrocknen. Als das Klopfen erneut erklang, kniff sie besorgt die Lippen zusammen. „Meinst du, sie haben etwas über Byrons Unfall herausgefunden?"

Kelly nahm sein Handy vom Tisch, als Claytons Name über das Display lief. Nachdem er es in die Gesäßtasche gesteckt hatte, schob er den Stuhl zurück, sodass die Beine laut über die Fliesen kratzten.

„Ich mache auf. Das ist für mich."

Er drückte sich vor den sofort einsetzenden Fragen und ging, um Clayton hereinzulassen.

„Himmel", sagte er erschrocken beim Öffnen der Tür. Der Schock ließ seine Stimme tonlos werden. „Bist du in Ordnung?"

Unter Claytons Augen befanden sich dunkle Ringe, die so gequetscht wirkten, als hätte jemand die Daumen in die weiche Haut gedrückt. Der Arm hing in einer weißen Schlinge quer über dem Hemd. Es war das Hemd von gestern – der Anzug von gestern – mit geöffnetem Kragen und fleckigen Aufschlägen.

Eine Sekunde lang sah Clayton überrascht aus. Dann blickte er hinunter auf seine bandagierte Hand. Steif bewegte er die Finger.

„Gestern Abend wollten mir die Freunde deines Bruders ihre Meinung zu dieser … Situation mitteilen." Clayton blickte an Kelly vorbei, während er eine Pause machte und sich dann für die letzten beiden Wörter entschied. „Das sind nur Prellungen."

Kelly berührte vorsichtig seine Hand. Die Haut unter den rauen Verbänden fühlte sich heiß an. Er streckte die Hand aus und legte sie an Claytons Wange. Mit dem Daumen streifte er leicht über die stoppelige, raue Kinnspitze und schob die Hand schließlich nach hinten in den Nacken.

„Du hättest mich anrufen sollen."

„Ich war im Krankenhaus. Und ich hatte genug mit der Polizei zu tun. Du hättest nichts tun können."

Vielleicht nicht, aber Kelly wünschte trotzdem, er wäre dort gewesen. Da es aber an Clayton gelegen hatte, diese Entscheidung zu treffen, schluckte er den bitteren Geschmack der Zurückweisung hinunter.

„Was ist passiert?"

Clayton umfasste Kellys Handgelenk und zog die Hand von seinem Gesicht. „Erzähle ich dir später."

Hinter Kelly räusperte Jim sich.

„Ist das der Freund, von dem du gesprochen hast?", wollte er wissen. „Vielleicht bittest du ihn besser, hereinzukommen."

Kelly spürte, wie ihn Ärger – ähnlich elektrischem Strom unter der Haut – durchfuhr, war sich jedoch nicht sicher, warum. Jim hatte Clayton schließlich nicht hinausschmeißen wollen. Irgendetwas an der Art, in der es Jim gesagt hatte, ärgerte ihn aber trotzdem. Vielleicht lag es an dem sorgfältig wertungsfreien *Freund*. Allerdings war dies nicht der richtige Zeitpunkt, um sich damit zu befassen. Kelly ignorierte das frustrierte Knurren ganz hinten in seinem Kopf, das fragte, ob es dafür jemals den richtigen Zeitpunkt geben würde.

„Clayton", sagte er, als er endlich dazu kam, ihn loszulassen. Er trat einen Schritt zurück und wies auf seinen Vater. „Mein Dad, Jim. Jim, das ist Clayton."

Jim kratzte sich an der Nase, räusperte sich und nickte steif.

„Clayton." Nach einem kurzen Blick auf Kelly rieb er sich schnell die Hand an der Jeans ab und streckte sie ihm entgegen. „Nett, Sie kennenzulernen. Ich habe schon viel von Ihnen gehört."

Danach herrschte Stille, die so lange andauerte, dass es peinlich wurde. Dann lockerte sich Claytons kühle Miene etwas, er ergriff Jims Hand und schüttelte sie sachlich.

„Ganz meinerseits. Tut mir leid, aber eigentlich bin ich hier, um mit Ihrem anderen Sohn, Byron, zu sprechen. Falls das für Sie in Ordnung ist."

Jim wirkte verwirrt, doch als er halb durch ein zustimmendes Schulterzucken war, mischte sich Kathleen aus der Küche ein. „Warum?", fragte sie scharf und kam heraus. „Es geht ihm nicht gut. Ich weiß nicht, ob er Besuch haben möchte."

„Das ist in Ordnung, Mom", beschwichtigte Kelly sie. „Clayton ist Anwalt. Er ist nur hier, um zu sehen, ob Byron einen rechtlichen Anspruch geltend machen kann."

Kathleen stemmte die Hände in die Hüften und musterte Clayton von oben bis unten. „Er sieht nicht wie ein Anwalt aus."

„Ihr Sohn arbeitet für mich", erklärte Clayton. Seine Stimme war nicht übermäßig kühl, enthielt jedoch auch keine Wärme. Raumtemperatur-Distanziertheit. „Ich habe zugestimmt, ihm diesen Gefallen zu tun. Sollten Sie Einwände gegen meine Anwesenheit haben, befolge ich den Rat der Krankenschwester aus der Notaufnahme, gehe nach Hause und verarbeite den Überfall."

Bevor Kathleen irgendetwas erwidern konnte, legte Jim ihr die Hand auf die Schulter.

„Sie arbeiten für den stellvertretenden Bezirksstaatsanwalt Baker? Den früheren, genauer gesagt?" Als Clayton nickte, wirkte Jim wohlwollend. „Er war ein guter Anwalt und ein guter Mensch. Ich habe das, was passiert ist, immer Scheiße gefunden. Lass sie, Kath. Wahrscheinlich freut sich Byron über einen Besuch. Dann hat er mal eine Pause von deinem Betüddeln. Er ist im Gästezimmer."

Damit drehte er sich um und schob Kathleen zurück in die Küche. Kelly hob kurz die Augenbrauen. Dass Jim Baker kannte, kam nicht überraschend – das war einer der Gründe, aus denen Kelly den Auftrag der Kanzlei für die Ermittlungstätigkeiten an Land gezogen hatte – doch er hatte noch nie gesehen, dass sein Vater jemanden so aus vollstem Herzen befürwortet hatte. Vor allem keinen Anwalt.

Clayton versetzte ihm einen leichten Stoß. „Das Gästezimmer?"

Kelly zögerte.

„Hast du deine Meinung geändert?", wollte Clayton wissen. Er hob die Hand und zerrte an dem gegen seinen Hals scheuernden Knoten der Schlinge. „Bisschen spät."

„Ich dachte, Baker will, dass wir uns zurückhalten, bis die Untersuchung abgeschlossen ist", sagte Kelly leise. Vorsichtig warf er einen Blick in Richtung Küche, um zu sehen, ob ihnen jemand zuhörte. „Das war gestern."

In Claytons Kiefer spannte sich ein Muskel so fest an, dass Kellys Kiefer aus Sympathie zu schmerzen begann.

„Ich bin nicht Bakers Anwalt, sondern Nadines", stellte Clayton klar. „Mein Job besteht darin, ihre Interessen zu vertreten, sie von deinem Bruder wegzubekommen und nicht darin, für das LAPD aufzuräumen. Das Gästezimmer?"

Letztendlich entschied Kelly, dass seine Loyalität am ehesten Clayton galt. Er deutete den Flur hinunter.

„Nur … lass ihn nicht an dich rankommen. Byron ist gut darin, die Leute auf die Palme zu bringen."

Ein flüchtiges Lächeln huschte über Claytons Gesicht. „Ich bin gut darin, mich nicht darauf bringen zu lassen."

Kelly fragte sich, ob er ebenso skeptisch aussah, wie er sich fühlte. Am Schluss zuckte er nur die Schultern und bedeutete Clayton mit einer Handbewegung, vorzugehen.

Die Türangel quietschte beim Öffnen. Byron blickte bei ihrem Eintreten auf und lächelte so breit, dass die weißen Zähne blitzten.

„Du bist vermutlich Nadines Anwalt", stellte er fest und schob sich in eine sitzende Position. Sein Bein war vorsichtig auf einen Stapel Kissen gestützt, das spitze Halofixateur-Haltesystem machte einen schmerzhaften Eindruck, da es sich unten in die Haut bohrte. „Du weißt, dass mein kleiner Bruder deinetwegen verprügelt wurde?"

„Halt die Schnauze, Byron." Kelly schloss die Tür hinter sich.

Clayton sagte überhaupt nichts. Er umrundete das Bett, schob sich den Küchenstuhl mit der ovalen Lehne zurecht und nahm Platz. Byrons Lächeln wurde an den Mundwinkeln etwas angespannter. Unter dem durchtriebenen Charme verbarg sich etwas Hässliches.

„Was? Hast du gar nichts zu sagen? Oder hast du dich beim Schwanzlutschen verausgabt?"

„Und ich dachte, du wärst gut darin, die Leute auf die Palme zu bringen", erwiderte Clayton und holte unbeholfen sein Handy aus der Tasche. Mit einer Hand wischte und drückte er auf das Display. „Zu sagen, dass ein Schwuler Spaß am Schwanzlutschen hat, ist eher ein Kompliment."

„Das ist so wie bei allem anderen", stellte Byron liebenswürdig klar. „Du musst nach Geschmack würzen, dich auf jeden Einzelnen einstellen. Ich brauche deine Ausgangsbasis, bevor ich mich an die Arbeit machen kann."

„Halt die Klappe", befahl Kelly.

„Verpiss dich. Jetzt reden die großen Jungs."

Diese dumme Bemerkung hätte das Fass nicht zum Überlaufen bringen dürfen – nicht nach allem, das Byron in den letzten Tagen und die ganzen Jahre lang getan hatte – doch die Spöttelei durchbrach Kellys Panzer. Er griff seinem Bruder am T-Shirt, zerknitterte dabei das Logo der Polizeischule in der Faust und zerrte ihn von den Kissen. Das Gewicht verursachte ein Ziehen an Kellys Schulter. Der schwere und vor Überraschung schlaffe Byron roch nach Jod, Schweiß, Blut und sonderte einen strengen Krankenhausmief ab.

„Halt die Klappe und hör ihm zu", befahl Kelly tonlos. „Oder ich werde …"

„Was? Mich schlagen?" Byron fing an sich zu wehren, griff in Kellys Haare und riss daran. Mit zusammengebissenen Zähnen ignorierte Kelly den scharfen Schmerz auf seiner Kopfhaut und weigerte sich, den Kopf zu bewegen. „Wie lange hast du das schon tun wollen? Ich musste erst vom Auto überfahren werden, bis du die Eier dazu hattest."

Kelly besaß genügend Geistesgegenwart, um zu befürchten, was er möglicherweise tun würde. Das reichte jedoch nicht, um Byron loszulassen. Er war es einfach nur … leid. Alles unendlich leid. Nicht nur Nadine – die Darlehen, die Lügen, die Anrufe mitten in der Nacht, um Byron, aus welchem Mist auch immer er wieder verursacht hatte, herauszuholen.

Das musste sich auf seinem Gesicht gezeigt haben. In Byrons Augen flackerte Sorge auf und er drehte seine Stimmung, so wie andere Menschen eine Münze drehen würden. Schnell stellte er das spöttische Grinsen ein und bemühte sich sowohl beschämt als auch verletzt zu wirken.

„Ich wusste nicht, dass du der rumschnüffelnde Privatermittler warst. Hätte ich das gewusst, hätte ich Lepson zurückgepfiffen. Wir halten doch zusammen."

Neben dem Bett änderte Clayton die Position. „Ihn zu schlagen, hilft Nadine nicht weiter. Außerdem ist das nicht dein Stil."

„Hör lieber auf deinen Freund", redete Byron ihm gut zu. „Er hat recht. Das hilft keinem."

Kelly grinste. Es ähnelte dem harten, spöttischen Lächeln, mit dem Byron sie begrüßt hatte.

„Aber ich würde mich besser fühlen", wandte er ein. Die Erkenntnis, wie wahr das war, brachte ihn schließlich dazu, Byrons T-Shirt loszulassen. Mit einem angewiderten Knurren schubste er seinen Bruder zurück auf die Kissen. „Gut. Rede mit Clayton, du Arschloch."

Er schlenderte zu dem breiten Fenster hinüber und starrte auf die Straße. Die Hände schob er dabei lieber in die Taschen, um nicht in Versuchung zu geraten.

„Wie du weißt, bin ich der Anwalt deiner Frau", begann Clayton.

„Na ja, der Anwalt von Jimmys Frau." Byron bewegte sich und die alte Matratze ächzte unter seinem Gewicht. „Ich bin nicht sicher, wie unser gesetzlicher Status aussieht."

„Nun, sollte ich vor Gericht gehen, würde ich argumentieren, dass es Vergewaltigung war", erklärte Clayton. „Es gibt genügend Präzedenzfälle, sodass eine Klage gute Erfolgsaussichten hat."

Schweigen. Dann entfuhr Byron ein trockenes, humorloses Kichern. „Sie hat sich nie beschwert."

„Halt die Klappe", fuhr Clayton ihn an. „Das Dezernat für interne Ermittlungen weiß, was du getan hast. Sie können Klage gegen dich erheben. Ich will nur Nadine sicher nach Hause bringen. Jemand hat sie aus dem Safe House geholt und sie bedroht. Sie haben das Leben deines Sohnes bedroht. Wo ist sie?"

Kelly drehte sich abrupt um und starrte Claytons Hinterkopf an. Er hatte beim Hereinkommen gewusst, dass sie gegen Bakers Anweisungen verstießen, aber nicht, dass Clayton vorhatte, dem Dezernat für interne Ermittlungen Knüppel zwischen die Beine zu werfen.

„Tja, bei mir ist sie nicht", antwortete Byron. „Du kannst gerne unter dem Bett nachschauen."

„Herrgott noch mal, Byron", platzte Kelly heraus. „Sie ist deine Frau. Die Mutter deines Kindes. Sind sie dir denn völlig egal?"

Byron verzog nachdenklich das Gesicht. „Sie haben mich verlassen. Weißt du noch?"

„Du hast ihr den Arm gebrochen", sagte Clayton. „Sie in einem Abstellraum eingeschlossen."

„Sie ist gefallen. Ich habe sie nie angefasst", fauchte Byron abwehrend. „Der Abstellraum war zu ihrem eigenem Besten. Hätte das Kind sie nicht rausgelassen, hätte ich bis jetzt alles in Ordnung gebracht. Wenn sie behauptet, dass ich sie geschlagen hätte, lügt die Hexe."

Clayton beugte sich vor. „Du schuldest jemandem eine Menge Geld, Detective Kelly. Das ist es, was sie wollen. Du weißt, wessen Geld du genommen hast."

Byron schwieg und blickte Clayton mürrisch an. Er nestelte an der Decke auf seinem Schoß herum, rollte den Saum zwischen Finger und Daumen zusammen, um ihn dann wieder zu glätten.

„Ist das das Geld, das du von Cole wolltest?", fragte Kelly. „Du wolltest sie auszahlen, damit du Nadine zurückbekommst?"

Das waren Kathleens Worte in Kellys Mund, wie ihm in der Minute, in der er sie ausspuckte, bewusst wurde. Eine vorgefertigte Entschuldigung, die Byron im besten Licht erscheinen ließ. In seinem Mund blieb ein schlechter Geschmack zurück. Doch Byron war die Entschuldigung nicht gut genug. Er blieb stumm.

Kelly hörte mit halbem Ohr zu, wie Clayton mit schlichter Logik und einem Proforma Appell an dessen besseres Ich versuchte, Byron zu überzeugen, ihnen mitzuteilen, was er wusste. Doch schon nach wenigen Minuten stand fest, dass das nicht der vielversprechendste Weg war.

„Nadine passiert nichts. Sie ist ein süßes Mädchen", sagte Byron. „Ich bin nicht sicher, ob es in meinem Interesse ist, dass ihr sie gerade jetzt findet."

Kelly rieb sich über das Auge und presste den Handballen fest gegen die kühle Glasrundung unter dem Augenlid. Es war verrückt, aber er konnte immer noch manchmal verschwommenen die Phosphene – die Lichtwahrnehmungen – „sehen". Die Ärzte verglichen das mit Phantomgliedern und meinten, dass seine Sehrinde die größten Anstrengungen unternahm, die fehlgezündeten Nerven zu überbrücken.

„Entweder, du hilfst uns Nadine zu finden", unterbrach er schroff Clayton, „oder ich erzähle alles."

„Du hast es bereits erzählt, du Idiot", erwiderte Byron verächtlich. „Du kannst mir nicht damit drohen. Schließlich ist dein Lustknabe hier bereits damit zum Dezernat für interne Ermittlungen gerannt. Kapier 's."

„Nicht dem Dezernat."

„Wem dann? Mom?" Byron tat diesen Gedanken mit einem Schulterzucken ab und legte den Kopf wieder auf die Kissen. „Sie wird sauer sein, aber darüber hinwegkommen. Das tut sie immer. Schließlich bekommt sie einen neuen Enkel. Das muntert sie immer auf."

„Nein", sagte Kelly. „Ich werde es Dad erzählen."

Byron besaß die Frechheit, beleidigt auszusehen. Clayton machte einen … gereizten Eindruck und schien Kelly für kindisch zu halten. Aber das verstand er nicht – das hier war eine Familienangelegenheit.

Sie sagten Jim nie etwas. Das war sozusagen Kathleens Slogan gewesen. Jim würde nur einen Streit mit dem Nachbarn anfangen, dessen Fenster zerbrochen war. Er brauchte nicht zu erfahren, dass Worth Kathleens Auto eine Beule verpasst hatte, weil sie es schon ausgebessert hatten und als Byron erwischt wurde, weil er bei einer Nachbarstochter gespannt hatte? Er würde sich nur schämen.

Erzählt es nicht eurem Vater. Kein Grund, ihn aufzuregen.

„Wie kommst du darauf, dass er es nicht weiß?", tobte Byron. „Dad und ich sind beide Cops. Wir wissen, was getan werden muss."

„Er weiß von Jimmy", gab Kelly zu. „Vielleicht weiß er auch von Nadine. Aber ich wette, dass er nichts von Harry weiß. Dad liebt die Kinder. Das hätte er nicht ignoriert."

Es fühlte sich wahr an und Byrons Blick bestätigte das.

„Du wirst ihn umbringen", erklärte Byron. „Er befindet sich immer noch in der Genesungsphase. Du ziehst ihn mit rein in dieses ..."

Kelly schlenderte zum Bett hinüber, beugte sich hinab und stützte einen Arm gegen das Kopfteil. „Nicht nur in das hier. In alles. Ich werde ihm von all den Malen berichten, die Cole dir im Lauf der Jahre aus der Patsche geholfen hat. Von der Klage wegen Trunkenheit am Steuer, die dann einfach fallen gelassen wurde und dass du versucht hast, deinen Sohn zu verkaufen."

„An die Familie", wandte Byron ein. „Das zählt kaum."

Das tat es sehr wohl. Doch es war sinnlos, zu versuchen, Byron das zu erklären. Kelly hob die Hand und drehte mit dem Finger sein Auge. Es gab ein befriedigendes, zerbrechliches Ping von sich.

„Ich werde ihm erzählen, was damals wirklich mit meinem Auge passiert ist. Dass du den Saugnapf vom Pfeil genommen, ihn mit dem aus der Küche gestohlenen Messer geschärft und mir dann befohlen hast, loszurennen."

Er hatte immer geglaubt, es würde sich gut anfühlen, das endlich laut auszusprechen; die Wahrheit aus dem Winkel hervorzuziehen, in dem er sie hinter Kathleens „du erinnerst dich nicht" Aufforderung versteckt hatte. Er war davon ausgegangen, dass ihn ein Gefühl der Befreiung überkommen würde. Stattdessen schmerzte nur seine Kehle und ihn überkam die gleiche übelkeitsauslösende Angst wie damals, als Byron „lauf" gesagt hatte. Byron war nicht viel älter als Kelly, hatte aber durch die Verbissenheit in seiner Stimme älter gewirkt.

An Byrons unrasiertem Hals war eine Schluckbewegung erkennbar. Er wandte den Blick von Kelly ab und fuhr sich mit der Zunge über die Lippen.

„Mann", meckerte er. „Willst du unsere ganze dreckige Wäsche ans Licht zerren?"

Kelly stieß sich vom Bett ab. „Ja. Jede beschissene Sache, die du je getan hast, werde ich jedem erzählen, der mir über den Weg läuft. Mein Auge, das arme französische Mädchen, das du damals in Mexiko einfach hast stehenlassen, sodass Worth hinfahren und sie holen musste. Bis dich alle in der Familie – auch Cole, auch Dad – links liegen lassen. Sie werden dir nie wieder aus der Klemme helfen. Oder aber du hilfst uns und spielst Mom gegenüber den Martyrer, wenn das Dezernat für interne Ermittlungen zu Besuch kommt. Erzähl ihr einfach, dass ich dich wieder verpetzt habe."

Während Byron darüber nachdachte, rollte er den Saum der Decke in den Fingern vor und zurück. Das gestärkte Weiß war bereits schmutzig durch die Behandlung. Als sich Kelly umdrehte, bemerkte er Claytons merkwürdigen Gesichtsausdruck.

Wahrscheinlich die Miene von jemandem, der das Glück gehabt hatte, der gestörten Familie gerade noch entkommen zu sein. Aggie würde das nachempfinden können. Sie hatte ihre Chance verpasst.

„Ich tue es", erklärte Byron schließlich, „und dann sind wir quitt, richtig?"

Kelly vermisste den Zorn. An irgendeiner Stelle seines Gesprächs mit Byron war er einfach aus ihm herausgeflossen. Zurückgeblieben war lediglich eine Art schmerzhafter Widerwillen. Er war wie bei dem emotionalen Pendant: der Moment im Boxring, wenn man flach auf dem Rücken auf dem Canvas liegend einfach keinen Sinn mehr darin sieht, aufzustehen.

„Ja", stimmte er zu. „Warum nicht. Du hilfst uns, Nadine zu finden und wir sind quitt."

Byron begann zu grinsen. Angesichts seiner fröhlichen, strahlenden Miene stellte sich die Frage, ob er dieses Mal seine Dämonen tatsächlich losgeworden war.

„Cool. Weil euch das hier nämlich nicht gefallen wird."

17

„ICH DACHTE, ihr habt vielleicht Durst. Schließlich unterhaltet ihr euch schon so lange."

Mrs Kelly – „Nennen Sie mich Kathleen" – reichte ihnen mit strahlenden Augen und kessem Altem-Damen-Charme Gläser mit kalter Limonade. Clayton erkannte es wieder. Seine Mutter hatte die Sozialarbeiter mit der gleichen angestrengten Freundlichkeit begrüßt, wenn der Geruch des frisch aufgetragenen Reinigungsmittels es nicht geschafft hatte, über die abgenutzten Sessel und die Löcher in den Wänden hinwegzutäuschen.

Hier gibt es nichts zu sehen, nur eine ganz normale, liebevolle Familie.

Clayton trank die Limonade und schenkte ihr ein nichtssagendes Sozialarbeiterlächeln.

„Hey, vielleicht bleibt dieser ja", scherzte Byron und zwinkerte Clayton zu. „Mr Reynolds hier könnte mein Schwager werden. Wir müssen nur sicherstellen, dass er dem gewachsen ist."

„Hör auf, deinen Bruder aufzuziehen", schimpfte Kathleen, während sie das Laken festzog. „Er findet das nicht witzig."

„Das liegt daran, dass es nicht witzig ist", erwiderte Kelly.

„Du musst lernen, über dich selbst zu lachen." Kathleen strubbelte auf dem Weg nach draußen liebevoll durch Kellys Haare. Der scharfe Drang, ihre Hand wegzustoßen, überraschte Clayton und er umfasste das geeiste Glas fester. Kelly schien es jedoch nicht zu stören. Er kämmte sich lediglich das Haar zurück, nachdem sie fertig war. Die beiläufige Zuneigungsbekundung kam Clayton jedoch unecht vor.

Ich kann mich nicht wirklich erinnern. Die Art Lüge bekam man von einem Elternteil beigebracht.

„Wir sind fast fertig, Mrs Kelly", sagte Clayton. „Wenn wir bitte noch ein paar Minuten bekommen könnten."

Mit fragend gehobenen Augenbrauen schaute sie Byron an. Ungeduldig nickte er und winkte sie aus dem Raum.

„Okay. Ich gehe. Und nennen Sie mich bitte Kathleen, Clayton. Wenn Sie Eis für Ihre arme Hand haben möchten, melden Sie sich einfach."

Sie klemmte sich das Tablett unter den Arm und ging.

„Sie hat mich immer noch nicht nach meinem Auge gefragt", murmelte Kelly und lehnte sich zurück, um sein Limonadenglas auf die Fensterbank zu stellen.

„Oh, ich habe ihr erzählt, dass du mit einem Kerl gefickt hast und daraufhin von dessen Frau verprügelt wurdest", erklärte Byron. Er trank einen Schluck

Limonade und wischte sich mit dem Arm über den Mund. „Dachte, du würdest sie nicht beunruhigen wollen."

„Großartig", erwiderte Kelly trocken. „Danke."

Byron zuckte mit den Schultern und wandte sich wieder Clayton zu. „So, was willst du wissen?"

„Wen hast du so sehr verärgert, dass er deine Frau entführen und dein Kind bedrohen würde?"

„Möglicherweise müssen wir das eingrenzen. Ich habe eine Menge Leute beschissen, die mir vertraut haben. Manche davon waren richtige Arschlöcher. Jeder der Männer, die ich als Jimmy ans Messer geliefert habe … Wenn sie herausgefunden haben, dass ich eigentlich ein Cop bin, werden sie mir wohl kaum eine Auszeichnung für gute Arbeit verleihen."

„Wer will dich im Moment umbringen?"

Byron rieb sich das Kinn. Seine Finger kratzten durch die Stoppeln. Sie waren schneller ergraut als sein Haar und dadurch bereits fast silberfarben.

„Das ist es ja. Niemand. Jimmy kommt klar. Er hat die richtigen Menschen beeindruckt, den Fuß in die Tür des Drogenrings bekommen, hinter dem wir her sind. Außerdem bin ich auf Nummer sicher gegangen, sodass niemand einen Grund hat, mich zu verdächtigen. Meine Nachbarn würden nicht auf mich pinkeln, wenn ich brennen würde, aber andererseits hätte auch keiner von ihnen den Mumm, das Feuer anzuzünden."

„Ich wette, Mrs Sirkasian schon", wandte Kelly ein.

Byron brach in Kichern aus. „Die alte Schachtel", bemerkte er beinahe liebevoll. „Sie würde es tatsächlich tun. Habe ein paar Mal Tacheles mit ihr geredet, aber sie mochte Nadine. Hatte das Kind gerne."

„Harry", sagte Clayton.

„Ja, ihn."

„Nadines Erzählung nach kanntest du die Männer, die damals nachts ins Haus gekommen sind", sagte Clayton. „Und hast ihnen Geld geschuldet."

„Dann hat sie entweder gelogen oder es falsch verstanden. Ich weiß nicht, was in jener Nacht passiert ist. Wir hatten Streit. Ich habe sie eine dumme Kuh genannt und sie fing an zu heulen, als ob ihr das neu wäre. Das Kind schrie „So kannst du nicht mit meiner Mom reden." Es begann mich zu nerven. Daher habe ich mich verpisst und sie zurückgelassen. Als ich zurückgekommen bin, war sie ein blutiges Bündel auf der Couch und das Kind wollte nichts sagen. Sie hat versucht, die Polizei zu rufen. Allerdings ist das in meiner Branche nicht sehr praktikabel. Daher habe ich ihr das Telefon abgenommen und bin Lepson Bescheid sagen gegangen. Bei meiner Rückkehr hatte sie sich zu dir geflüchtet. Hat mir nie erzählt, dass sie die Kerle kannte. Das ergibt keinen Sinn. Ich habe Schulden. Nicht Jimmy."

„Du hast versucht, Cole dazu zu bringen, eine Hypothek auf sein Haus aufzunehmen", erinnerte ihn Kelly. „Und Aggie angeboten, ihr für ein paar Riesen deinen Sohn zu verkaufen. Wofür brauchst du das Geld?"

„Weil meine Ex ihr Auto gegen eine Wand gefahren hat und danach nicht sofort gestorben ist, sondern erst noch ins Krankenhaus eingeliefert wurde." Byron setzte sich anders hin, verzog das Gesicht und grub die Knöchel tief in seinen Oberschenkel. Clayton hatte nicht vor, auch nur das geringste Mitgefühl an ihn zu verschwenden, aber ein kurzer Blick hinab auf den rohen, geschwollenen Brei, der einmal Byrons Unterschenkel gewesen war, und er verspürte Erleichterung, dass es nicht seiner war. Die gerissenen Sehnen in seiner Hand schmerzten schon genug. „Ich musste Rechnungen bezahlen, ihre Schulden begleichen, Mom in einem Hotel unterbringen und dann noch Max' ganzes Babyzeugs. Ich brauchte schnell Geld und nun ja, ich kann nicht gut mit Geld umgehen."

Kelly seufzte. „Aber Jimmy mit der Hilfe des LAPD schon."

Byron formte mit den Fingern eine Waffe und richtete sie auf Kelly.

„Ich hatte Zugang zu den Geldmitteln für operative Zwecke, um ein Lagerhaus mieten zu können. Damit wollten wir uns bei dem Dealer einkaufen und ich sollte notfalls mit dem Geld wedeln können. Falls sie mich unter die Lupe nehmen würden, musste ich schließlich glaubwürdig wirken." Byron rieb sich erneut den Oberschenkel. „Das Geld war da. Ich brauchte es. Ich habe mir gedacht, dass ich es später zurückzahlen könnte – durch die Verschiebung von ein paar Geldern – sodass niemand einen Schaden hätte. Aber dann habt ihr Idioten Jimmys Konten eingefroren. Daher musste ich das Risiko eingehen und mich beeilen, um meinen Hintern zu retten. Falls ihr also nicht glaubt, dass das LAPD zum Schuldeneintreiben Knochenbrecher beschäftigt ... hat das nichts mit mir zu tun."

Clayton rieb sich über die Augen. Sein Kopf schmerzte im selben übelkeitsauslösenden Takt wie seine Hand. Seit sie bandagiert worden war, schmerzte sie noch stärker und der gegen die empfindlichen Knochen drückende Verband verstärkte das Pochen zusätzlich. Ganz hinten in seiner Kehle schmeckte er Versagen, das an Utah-Staub und billiges Bier erinnerte. Es war ein Fehler gewesen, immer noch unter Adrenalin stehend und voller Wut hierher zu kommen, um eine Entscheidung zu treffen. Damit hatte er Byron nur gewarnt, dass er unter Beobachtung stand.

„Ich habe euch ja gesagt, dass es euch nicht gefallen würde", sagte Byron selbstgefällig. „Ich weiß nicht, wer Nadine mitgenommen hat, geschweige denn woher sie überhaupt wussten, dass sie Jimmy verlassen hat. Das ist nicht unbedingt etwas, mit dem ich herumgeprahlt habe ..."

„Scheiße."

Clayton drehte sich zu Kelly um. Schuld zeigte sich deutlich in seiner Miene. Clayton kannte das Gefühl. „Was?"

Nach einem kurzen Zögern verzog Kelly das Gesicht.

„Was ist mit Kevoian?", fragte er. „Zwischen euch herrscht doch böses Blut, oder?"

Byron wirkte verwirrt. „Gregor?" Er schnaubte abfällig. „Nee, er ist Jimmys Geschäftspartner. Sie sind ganz dicke miteinander. Wir benutzen ihn schon seit Jahren. Er war Jimmys „Eintrittskarte" in Glendale. Autodieb der untersten Stufe, strebt aber nach Macht und das macht ihn nützlich. Es gibt keinen Grund, ihn zu verärgern."

„Hast du ihm das gesagt?", wollte Kelly wissen. „Denn mir hat er erzählt, dass Jimmy ihn hintergangen hätte. Außerdem hat er angedeutet, dass du deine neuen Partner ebenfalls hintergangen hast und die darüber alles andere als glücklich waren."

Byron stieß leise einen deftigen Fluch aus und schleuderte das halb leere Limonadenglas gegen Kellys Kopf. Eine Sekunde, nachdem Kelly die Arme hochgerissen hatte, um sein Gesicht zu schützen, spritzten rosafarbene Flüssigkeit und Erdbeerstückchen auf ihn und die Wand dahinter. Es zerschmetterte an seinen Unterarmen und die Splitter verteilten sich über den Boden.

„Fünf Jahre", schrie Byron und griff nach dem Teller auf dem Nachttisch. „Fünf verfluchte Jahre, in denen ich vorgegeben habe, das schmierige Arschloch zu mögen und du machst alles in fünf Minuten zunichte. Hast mein Leben versaut, als du geboren wurdest. Hast es jetzt versaut."

Blitzschnell erhob sich Clayton, riss den Arm aus der Schlinge und schubste Byron zurück aufs Bett, bevor der den Teller werfen konnte.

„Klingt, als hättest du das ganz alleine geschafft", fauchte Clayton. Die Verletzungen hatten keine großen Auswirkungen auf Byrons Muskeln gehabt, sodass es nicht einfach war, ihn unten zu halten. Die aus ihm strömenden Hasstiraden und Beleidigungen konnte das jedoch nicht verhindern. Die verletzten Sehnen in Claytons Hand zerrten, als er seinen Griff verstärkte. Sie schienen sich kurz vor dem Reißen zu befinden. Das Gegenspiel von Schmerz und Zorn ließ ihn die Kontrolle verlieren. Er schüttelte Byron und schnappte boshaft wie ein Terrier, um ihn zum Schweigen zu bringen. „Warum sollte sich dieser Geschäftspartner gegen dich wenden?"

Byron spuckte nach ihm. Die Spucke traf Claytons Schulter. Voller Ekel spürte er, wie sie durch sein Hemd drang.

Am Ende des Flurs rief eine ängstliche Stimme: „Ist da drinnen alles in Ordnung? Was ist los?"

Hinter Clayton knirschte Glas, als Kelly zur Tür ging. Er öffnete sie und steckte den Kopf hinaus.

„Es ist alles in Ordnung, Mom. Byron hat nur sein Glas fallen gelassen." Nachdem er die Tür geschlossen hatte, lehnte er sich mit dem Rücken dagegen. Mit kalter Miene blickte er Byron an. „Wenn Nadine oder dem Jungen irgendetwas zustößt, will ich nichts mehr mit dir zu tun haben."

Der Zorn wich aus Byron, als hätte jemand einen Hahn zugedreht. Einen Moment lang – als der wütende Körper unter ihm sich nicht mehr regte – befürchtete

Clayton schon, ihn umgebracht zu haben. Er schob sich von Byrons Schultern und trat einen Schritt zurück.

„Das meinst du nicht so, schließlich sind wir doch eine Familie." Der Mann, der seinem Bruder gerade erst ein Glas ins Gesicht geworfen hatte, besaß tatsächlich die Frechheit, beleidigt zu klingen. „Spiel wegen des Glases bloß nicht die beleidigte Leberwurst. Hätte ich dich wirklich treffen wollen, hätte ich ja wohl gewartet, bis ich mich in deinem toten Winkel befinde."

Kelly stieß ein ersticktes Schnauben aus. „Oh ja, ich erinnere mich an die Baseballspiele mit dir." Von seinen Unterarmen, wo ihn das zerbrochene Glas geschnitten hatte, tropfte Blut. „Und ich meine es genau so. Wenn du uns nicht hilfst, bist du nicht mehr mein Bruder."

In Byrons hellen Augen blitzte Berechnung auf, während er versuchte, herauszufinden, wie ernst Kelly das meinte. Schließlich warf er einen Blick auf Clayton und spuckte die Wörter aus.

„Ein Teil von dem Geld, das ich bewegt habe, gehörte eventuell nicht Jimmy. Genau genommen. Könnte sein, dass ich es nur für Gregor und unsere Geschäftspartner ... gelagert habe. Wenn Gregor nachgeschaut und es herausgefunden hat? Er würde diese Art schwachsinnigen *Der Pate* Scheiß abziehen, anstatt einfach zu versuchen, herauszufinden, was wirklich los ist. So ein Trottel."

Die Tür hinter Kelly knarrte, weil Kathleen sie öffnen wollte. Er drückte die Schultern dagegen. „Nicht jetzt, Mom."

„Was ist mit der neuen Gang, mit der du zusammengearbeitet hast?", wollte Clayton wissen. Er zog sein Handy aus der Tasche und gab die ersten Ziffern einer Nummer ein. Dann löschte er sie wieder und schickte stattdessen eine Nachricht an Nadine. Manchmal war man einfach gezwungen, Risiken einzugehen. *Sie müssen den Antrag auf Klageabweisung der einstweiligen Verfügung unterschreiben. Bankkonten sind wieder freigegeben*, tippte er und fragte: „Könnten sie dahinter stecken?"

Byron verzog das Gesicht. „Sie hätten mich angerufen und mir gedroht, Nadine etwas anzutun, falls ich es ihnen nicht zurückzahle. Gregor dagegen weiß, dass das nicht funktioniert hätte."

„Warum hast du sie überhaupt geheiratet?", fragte Kelly, während er von der Tür wegtrat, um Kathleen und Jim hereinzulassen. „Hast du sie überhaupt geliebt?"

Byron knurrte wütend und wehrte Kathleens Versuch ab, ihn zu betüddeln.

„Ungefähr so wie dieses französische Mädchen. Sehr, bis sie mir langweilig wurde und ich sie in Mexiko stehen gelassen habe. So, wenn ihr euch dann alle verpissen würdet – und damit meine ich auch dich, Mom – kann ich Lepson Bescheid sagen, dass die Kacke am Dampfen ist, weil er nicht aufgepasst hat."

CLAYTON HIELT das Baby, während Jim Kelly ungeduldig die blutigen Arme seines Sohnes mit *Monster High* Pflastern flickte. Irgendwo im Haus flehte eine bestürzte Kathleen Byron weinend an, sich zu rechtfertigen.

„Diese Wut wird ihn noch umbringen", murmelte Jim, wischte mit einer Hand Jod auf die Wunde, um danach mit der anderen das Pflaster darauf zu klatschen. „Er ist wie ein ausrastendes Kind; kann sich einfach nicht kontrollieren."

„Er konnte sich immerhin schnell genug beruhigen, nachdem ihm das Werfen von Gegenständen nicht den gewünschten Erfolg gebracht hat", wandte Clayton kühl ein. „Vielleicht sollten Sie das mal versuchen."

Jim billigte den Vorschlag nicht – es sei denn, der angespannte Kiefer unter dem kurz geschnittenen Bart zählte – doch er hielt den Mund. Das reichte schon. In der Armbeuge von Claytons gesundem Arm zappelte Maxie herum, quakte und streckte verlangend die Arme nach jemandem aus, den er besser kannte. Vermutlich widersprach das der guten Kindererziehung, doch Clayton tauchte den Finger in ein Glas Limonade und steckte ihn dann in Maxies Mund.

Er hatte sich irgendwie nie viel aus Kindern gemacht, aber er kam ganz gut mit ihnen klar. Einige der Pflegefamilien, in denen er gelebt hatte, hatten Kinder in Pflege genommen, als wären es Kaninchen: drei Betten in einem Zimmer und das Geld ging direkt in ihre Tasche. Andere hatten es gut gemeint, aber durch ein überfordertes System so viele Kinder in ihr Haus gepresst bekommen, dass sie sich nicht um jedes einzelne kümmern konnten. Babys hatten keine großen Erwartungen und da Clayton alt und vernünftig genug gewesen war, hatte man sie ihm anvertraut.

Der Geschmack nach Zucker und Limone brachte Maxie dazu, irritiert das Gesicht zu verziehen, lenkte ihn jedoch vom Zappeln ab.

„So", sagte Jim, klebte das letzte Pflaster und erhob sich. Dann sammelte er alle Papier- und Wattefetzen ein und warf sie in den Müll. „Hol dir ein sauberes T-Shirt aus meinem Zimmer. Auf deinem ist Blut."

Kelly zupfte das T-Shirt von seinem Körper und schaute prüfend darauf. Beim Anblick der Blutspritzer auf dem abgenutzten, grauen Pogues Logo zog er eine Grimasse.

„Danke." Er stand auf, blieb dann jedoch zögernd stehen. „Kannst du Mom sagen, dass es mir leidtut? Ich habe das nicht getan, um Byron zu ärgern."

„Trotzdem hast du es getan", erwiderte Jim müde. „Ganz egal, was er verbockt hat, er ist immer noch dein Bruder. Du hättest zuerst zu uns kommen sollen. Nicht ..."

Er warf Clayton einen verärgerten Blick zu. Anscheinend half einem die Verbindung zu Baker auch nur bis zu einem bestimmten Punkt. Trotzdem war es besser, wenn er Clayton die Schuld gab und nicht Kelly.

170

„Er hat eine Frau unter Vorspiegelung falscher Tatsachen geheiratet", erwiderte Kelly leicht verärgert. „Mit ziemlicher Sicherheit ist er ein Bigamist. Er hat einen Sohn. Was hättet ihr tun können?"

Er zog sich das T-Shirt aus und rieb sich mit dem beschmutzten Stoff über das limonadenverklebte Haar. Anscheinend – stellte Clayton fest – bildete er gar nicht den Grund für Kellys Angewohnheit, halb nackt herumzulaufen.

Das hinderte ihn jedoch nicht daran, den Anblick zu genießen. Die Schwellungen stachen immer noch dunkelviolett auf der gebräunten Haut hervor, verblassten aber langsam an den Rändern zu einem trüben, moorigen Grün. Das lenkte jedoch nicht von den harten Linien des Körpers oder den ausgeprägten Muskeln ab.

Bei der Erinnerung an diesen schweren, festen Körper unter seinem – und daran, wie mühelos er sich ihm ausgeliefert hatte – wurde Claytons Hals trocken.

Er zwang sich, die Aufmerksamkeit auf etwas anderes zu richten und fing Jims noch finsterer werdenden Blick auf. Er verspürte eine düstere Befriedigung, dem Mann den Tag noch mehr zu versauen, wenn auch nur ein kleines bisschen.

„Wir hätten das hinbekommen", antwortete Jim. „Hätten das geregelt. Ihn beschützt."

„Und sie?", wollte Clayton wissen.

Kelly warf ihm einen strengen Blick zu. Die Katze mochte in Bezug auf Byrons Bigamie aus dem Sack sein, aber Kelly hatte sein Wort gehalten und ansonsten nichts verraten.

„Wir hätten unser Möglichstes getan", erklärte Jim. „Soweit sie das gewollt hätte."

„Tja, nun ist es vorbei", sagte Kelly. „Ich gehe mir jetzt eins deiner T-Shirts holen. Danach bist du uns los."

Auf dem Weg aus der Küche hinaus warf er sein T-Shirt in die Mülltone. Clayton verlagerte Max' Position auf seinem Arm. Sein Ellenbogen schmerzte von dem ungewohnten Gewicht und er bewegte die Hand, damit er seine Finger krümmen konnte. Sie fühlten sich steif an und die Knochen zwickten bei der Bewegung.

Jim ging zum Mülleimer und stieß den heraushängenden T-Shirt-Zipfel durch den Klappdeckel. „Mit Ihnen habe ich kein Hühnchen zu rupfen, schließlich haben Sie nur Ihren Job gemacht. Aber Kathleen hat keine Geduld mit Leuten, die ihre Söhne verletzen. Daher glaube ich, dass meine Familie für sie erledigt ist."

Wahrscheinlich. Da machte sich Clayton nichts vor. Vielleicht waren die Kellys nicht ganz die perfekte Familie, für die er sie immer gehalten hatte, aber sie waren eng verbunden. Natürlich *könnte* er Kelly bitten, sich zwischen seiner Familie und ihm zu entscheiden, würde das aber nicht tun.

Er blickte auf Maxie hinunter. In einer der Pflegefamilien waren fünf verschiedene Babys ein- und ausgegangen, bevor er woanders hingeschickt worden war. Alle waren sie nach Hause zurückgekehrt: Zu Eltern, die geschworen hatten, dass sie ihr Leben wieder im Griff hatten.

„Wissen Sie, warum ich Nadines Anwalt geworden bin?"

„Wegen des Geldes?"

„Weil sie in das Frauenhaus gekommen ist, für das ich manchmal arbeite und mich darum gebeten hat." Jim zuckte zusammen. „Er hat ihr Selbstbewusstsein so erschüttert, dass sie glaubte, zu verdienen, wie er sie behandelte. Aber sie wollte ihren Sohn schützen."

Clayton hatte Byron überhaupt nichts versprochen.

„Er würde niemals die Hand gegen eine Frau erheben", sagte Jim. Er bemühte sich, verärgert zu klingen, schien aber nicht überzeugt zu sein. „Er weiß es besser. Für einen Mann, der eine Frau oder ein Kind verletzt, gibt es keine Entschuldigung."

„Vielleicht. Vielleicht auch nicht." Clayton hörte, wie sich quietschend eine Tür schloss, deren Angeln etwas Öl vertragen könnten. „Aber Sie wissen ebenso gut wie ich, dass es mehr Arten von Misshandlung gibt als nur ein blaues Auge."

Möglicherweise hätte Jim darauf etwas erwidert, doch bevor er die Chance dazu hatte, kam Kelly in die Küche zurück. Über seinen Schultern spannte sich der Stoff des alten T-Shirts, hing aber sackförmig um seine schlanke Taille. Es saß so locker und betonte andererseits die falschen Stellen, dass Clayton bei einem Blick zur Seite gerade noch bemerkte, wie Jim den Bauch einzog.

Dabei Genugtuung zu verspüren, war kleinlich, aber Clayton tat es trotzdem.

„Dad …"

„Es reicht", zischte Jim. „Du hast deine Mutter traurig gemacht. Was auch immer Byron getan oder nicht getan hat, er hat gerade erst das Krankenhaus verlassen. Lass es einfach gut sein."

Claytons Handy verkündete endlich den Eingang einer neuen Nachricht. Auf dem Display stand zwar Nadines Name, doch er bezweifelte, dass sie die knappe, über den Bildschirm laufende Nachricht selber geschrieben hatte.

Safe House. Heute Abend um sieben.

Sein Magen krampfte sich zusammen, doch er ignorierte es und tippte eine schnelle Bestätigung. Hoffentlich würde es nicht nötig sein, an dieser Verabredung festzuhalten. Er wollte nur, dass ihnen klar war, dass sie Nadine noch eine Weile länger gut behandeln mussten und sie in dem Glauben lassen, dass sie das Gewünschte bekommen würden.

„Wir müssen gehen", sagte er.

Kelly warf ihm einen schnellen, entschuldigenden Blick zu. Clayton hasste sich selber, weil er einen kurzen Moment Überraschung verspürte. Die Menschen enttäuschen einen nun mal. Das wusste er bereits und wappnete sich daher für Kellys Absage. Den ursprünglichen Gefallen hatte Kelly schließlich bereits mehr als erfüllt.

„Maxie nehme ich trotzdem mit", erklärte er.

Jim blickte ihn finster an. „Einen Teufel wirst du. Deine Mutter kann sich um ihn kümmern."

Er ging einen Schritt auf Clayton zu und streckte die Arme nach dem Baby aus, doch Kelly versperrte ihm den Weg. „Dad, ich werde das Kind nicht bei Byron lassen. Nicht im Moment. Ich traue ihm nicht."

„Warum nicht?", tobte Jim. „Was glaubst du denn, was er tun wird? Das ist sein eigen Fleisch und Blut, Junge."

„Willst du das wirklich wissen?", fragte Kelly nach einer kurzen Pause mit harter Stimme. „Denn ich werde es dir erzählen, Dad."

Der Anwalt in Clayton begrüßte die geschickt ausgeworfene Falle. Entweder Jim erfuhr etwas über Byron, das er nicht wissen wollte oder er gab zu, gewusst zu haben, dass es etwas an seinem Sohn gab, das er nicht hatte wahrhaben wollen. Welche Tür auch immer er öffnete, es würde wehtun.

„Was soll ich denn deiner Mutter erzählen?", fragte Jim und wandte den Blick ab. „Sie wird noch vor dir vor deinem Haus stehen."

Clayton räusperte sich. „Das würde ich ihr nicht empfehlen. Falls die Sache ein rechtliches Nachspiel hat, wird das nicht gut für Byron ausgehen."

Es dauerte zwar etwas, aber dann knickte Jim ein. Mit über der Brust verschränkten Armen starrte er Kelly an. „Ich bin enttäuscht von dir", erklärte er. „So haben wir dich nicht erzogen."

„Tja", fiel ihm Kelly unsanft ins Wort und holte eine Tasche unter dem Tisch hervor. „Ich bin auch von dir enttäuscht, Dad."

Ohne einen Blick zurück, marschierte Kelly aus der Küche und bemerkte deshalb Jim Kellys verletzten Gesichtsausdruck nicht.

18

„ENTSCHULDIGE", KRÄCHZTE Kelly.

Das Wort schien schon eine ganze Weile in seiner Kehle festgehangen zu haben. Vom Haus der Kellys hatten sie zwanzig Minuten auf der I-10 benötigt, bis diese sie in der Baustelle an der Ausfahrt nach Sacramento wieder ausgespuckt hatte. Nachdem Maxie hinten eingedöst war – vom Motorendröhnen in den Schlaf gelullt – war es eine ruhige Fahrt gewesen.

Clayton rieb sich den Nacken. Trotz der Klimaanlage klebte beim Zurückziehen Schweiß an seinen Händen. Das Schweigen hatte ihn zwar nicht gestört, doch er verspürte trotzdem Erleichterung, dass es vorüber war. Die Stille hatte sich nicht wie Kelly angefühlt.

„Das ist deine Familie. Nicht dein Fehler", sagte Clayton. Erneut überprüfte er sein Handy. Das schnelle Darüberwischen und das Suchen nach neuen Nachrichten waren seiner Nervosität geschuldet. Die Aktion war sinnlos und alles andere als beruhigend. Immer noch nichts. Mit einem festen Daumendruck schloss er die Bildschirmansicht. In einer Minute würde er wieder darüberwischen und erneut suchen, doch er bemühte sich, die Aufmerksamkeit wieder auf Kellys, im Schneckentempo dahinkriechenden Wagen zu richten. „Ich hätte dir glauben sollen, dass du nicht wusstest, dass Byron Jimmy ist. Es gab keinen Grund, dich für einen Lügner zu halten."

Kellys Antwort bestand aus einem Schulterzucken. Er steuerte das Auto mit einer Hand. Die hell auf den gebräunten Arm scheinende Sonne verlieh den feinen Härchen einen goldenen Glanz.

„Das kann ich dir nicht verdenken. Was, wenn es nicht Byron, sondern Cole oder Wilde gewesen wären? Vielleicht hätte ich sie gedeckt. Oder sie zumindest früher eingeweiht. Ich wusste, wie Byron ist, aber so etwas habe ich ihm nicht zugetraut. Und es tut mir leid, dass du verletzt worden bist."

Es war immer noch eine schlechte Idee. Clayton würde es trotzdem tun. Er schien nicht anders zu können.

„Mir auch." Clayton streckte den Arm aus und fuhr mit dem Daumen über Kellys geschwollenes Jochbein. Er spürte die Wärme der Verletzung und das überraschte Zucken, das durch Kellys Körper rann. „Wie alt warst du?"

„Drei. Byron war … entweder gerade sechs geworden oder kurz davor … ich glaube, er wollte einfach sehen, was passiert, wenn er jemanden verletzt. Er musste – wie er sagte – sein Verhalten justieren."

„Sehen, wie weit er gehen konnte."

„Nichts Persönliches." Das schiefe Lächeln, das seine Mundwinkel hob, streifte Claytons Handfläche. „Um ehrlich zu sein, ich glaube, die viele Aufmerksamkeit, die mir zuteilwurde, hatte eine größere Abschreckungswirkung als der Ärger, den er bekam. Bitteschön. Das ist meine Geschichte. Was ist gestern Abend passiert?"

Die Autos vor Kellys Pick-up krochen eine Autolänge weiter, sodass Kelly mit dem Auto vorwärts rollte, um die Lücke wieder zu schließen. Es hatte nicht den Anschein, als würde sich der Stau auflösen und Clayton so auf wundersame Weise einen Ausweg eröffnen.

Er wusste nicht, warum er sich nach einem sehnte. Es war nicht gerade das Highlight seiner Woche gewesen, aber er war schon vorher überfallen worden und übler daraus hervorgegangen.

„Sie haben Nadine gestern Abend zum Büro gebracht. Sie müssen stundenlang draußen gestanden haben. Ich habe lange gearbeitet." Clayton erzählte ihm die Kurzfassung des Abends. Angefangen bei der Schlägerei auf der Straße bis zum antiseptischen Krankenhausbesuch, um die Hand röntgen zu lassen. Es war tatsächlich – obwohl er das nicht erwähnte – sein erster Krankheitstag in fünf Jahren. Für den davor war eine Blinddarmentzündung verantwortlich gewesen. Er beendete die Erzählung und spürte erneut, wie sich eine harte Faust des Bedauerns in seinem Magen zusammenballte. „Nadine hätte flüchten können, wenn der Wachmann nur früher gekommen wäre. Sie hat mir nicht geglaubt, dass ich sie und Harry schützen kann."

„Uns. Wir haben es beide versprochen", verbesserte Kelly ihn. „Und ohne mich hätte Kevoian nichts von der Trennung erfahren."

Das Auto vor ihnen bewegte sich wieder; dieses Mal sogar etwas weiter. Clayton vermisste sein Motorrad. Als er die Finger krümmte, rief ihm der Schmerz ins Bewusstsein, warum es immer noch vor der Kanzlei stand.

„Ich war derjenige, der dort war. Es … als Kind war ich in Pflegefamilien untergebracht", sagte er plötzlich. Aus dem Augenwinkel bemerkte er, dass Kelly sich zu ihm wandte und ihn ansah. Die blauen Augen betrachteten ihn eine Sekunde lang forschend, bis er den Blick wieder auf die Straße richtete. Was auch immer er in Claytons Gesicht gesehen hatte … er sagte nichts, sondern wartete einfach ab.

Das ganze Geständnis lief durch Claytons Kopf: Dass seine Mutter ihn vielleicht geliebt hatte, aber nicht so sehr wie das Arschloch, dem sie entweder gerade begegnet war oder dem sie in Kürze in einer Bar begegnen würde; die Schläge, das Blut; die Arschlöcher, die mit jedem Jahr, das sie älter wurde, schlimmer wurden. Oder das eine Mal, als er versucht hatte, den Kerl abzuwehren, der sie fertiggemacht hatte und dann durch einen Schlag und eine emotionslose, kalte Drohung dazu gebracht worden war, sich zusammengekauert in seinem Zimmer einzuschließen.

Am nächsten Tag hatte ihn seine Mutter aus den gleichen geschwollenen Augen angeschaut wie Nadine.

Aber das war zu viel, zu schmutzig. Clayton wusste nicht einmal, warum er den Wunsch verspürte, es zu erzählen. Das tat er nie. Das war Vergangenheit. Daher kürzte er die verhedderten Stränge der Geschichte bis aufs Notwendigste.

„Meine Mutter hat sich in viele Frösche verliebt", erklärte er mit einem bewussten Aufblitzen schwarzen Humors. „Allerdings haben sie sich nach dem Küssen immer in Nieten verwandelt. Für sie hat sich nie etwas geändert. Ich dachte, bei Nadine wäre das vielleicht möglich."

Er hatte geglaubt, dass er es *für* sie ändern könnte. Seine Mutter hatte nicht gewollt, dass er sie rettete – das sollte der nächste Frosch tun – und er hatte geglaubt, sich damit abgefunden zu haben. Anscheinend nicht.

Nun lag die Überraschung bei ihm, als Kelly die Hand ausstreckte und in seinen Nacken legte. Die warmen, schwieligen Finger glitten in Claytons Hemdkragen und streichelten über das Schlüsselbein. Die Geste besaß kaum etwas Intimes, doch trotzdem brachte sie eine Saite in Clayton zum Klingen. Aufgrund seiner Größe berührten seinen Nacken, außer ihm selbst, sonst nur Männer, mit denen er im Bett war.

„Es spielt keine Rolle ob Nadine uns traut. Wir werden ihr trotzdem helfen", stellte Kelly klar. „Vielleicht gelingt es ihr, dann selber etwas zu ändern."

Clayton stöhnte theatralisch. „Ein Optimist und Romantiker. Was finde ich noch mal an dir?"

Und mit einem Mal war, einfach so, das breite, ungezwungene, warme Lächeln zurück. Kelly lachte, während er bremste und einen verärgerten Mann in einem Beetle vor sich einscheren ließ. „Nun, mein Hintern schien dir gefallen zu haben."

„Das stimmt", gab Clayton zu. „Es ist ein netter Hintern."

Und es gab noch mehr. Eine ganze Menge lächerlicher, kitschiger, weiterer Dinge, aber Clayton war kein Optimist oder Romantiker. Daher hielt er den Mund.

„Ich sollte besser Aggie anrufen", verkündete Kelly und blickte nach hinten. Clayton hatte beinahe vergessen, dass sich Maxie dort befand. „Sie fragen, ob sie babysitten kann. Obwohl Cole … Wenn Mom ihn unter Druck setzt, wird er einknicken."

Clayton lächelte. „Um ehrlich zu sein, dafür ist gesorgt."

„DAS WICHTIGSTE zuerst. In Bezug auf Babys gibt es Regeln in diesem Büro", erklärte Baker ernst, als er sich hinter Claytons Schreibtisch erhob. Dann streckte er die in teuren Ärmeln steckenden Arme aus. „Gib ihn mir."

Gehorsam überreichte Kelly ihm Maxie. Der nach dem langen Nickerchen im Auto wache und muntere Junge quäkte und wedelte entweder triumphierend oder aber beunruhigt mit den klebrigen Fäusten. Baker sah entzückt aus.

„Was bist du doch für ein Süßer", gurrte er und kuschelte Maxie in seine Armbeuge. Seine große Hand bedeckte Maxie fast vollständig vom Knie bis zur

Schulter, als er ihn schaukelte. „So viel Ärger um dich herum und du hast nicht die geringste Ahnung, worum es überhaupt geht, hmm?"

„Es ist sogar ausgesprochen viel Ärger", räumte Clayton ein. „Tut mir leid, dass ich dich da mit rein …"

Baker schüttelte den Kopf und befreite seine Hand aus den Babyfingern, sodass er auf Clayton deuten konnte. „Nicht dieses Mal. Wenn das hier schiefgeht, bist du auf dich alleine gestellt. Du hättest vorher mit mir reden sollen."

Verdient oder nicht, Clayton zuckte trotzdem zusammen, als er daran dachte, wie sich diese Sache auf seine Karriere auswirken würde. Gerne hätte er behauptet, dass ihn das nicht kümmerte, dass nur Nadine zählte. Aber es kümmerte ihn sehr wohl.

Ein Scheitern bedeutete, dass er sein Anwaltsschild in irgendeiner schäbigen Kleinstadt aufhängen konnte – nicht die gleiche, in der er angefangen hatte, nicht in Utah, wenn er es verhindern konnte; aber trotzdem auf gewisse Art die gleiche – und gezwungen wäre, Frauen mit Veilchen etwas dafür zu berechnen, dass sie ihre Exmänner wegen Kindesunterhalts verfolgte. Wenn er Glück hatte.

„Das ist schon okay", verkündete er. „Bedeutet das, dass du uns nicht helfen wirst?"

Baker warf ihm einen schiefen Blick zu. „Das hängt ganz davon ab, was ihr wollt. Und ob es etwas ist, bei dem ich mir nicht meinen knackigen Prachthintern verbrenne."

„Wir wollen Sie nicht in Schwierigkeiten bringen", sagte Kelly. „Wir können …"

Baker bedeutete ihm, zu schweigen. „Wenn man bedenkt, wie viele Gefallen ich verballert habe, nur damit ihr die Untersuchung des Dezernats für interne Ermittlungen versauen konntet? Ihr dürft mir keinen Korb geben. Entweder ihr akzeptiert dankbar meine Hilfe oder ihr könnt euch eure Bitte nach dem, was ihr benötigt, dahin stecken, wo kein Licht scheint. So oder so ist es meine Entscheidung. Also?"

„Kannst du Maxie hüten?"

„Oh, das kann ich." Baker blickte auf Maxie hinunter, der gerade auf einem handgefertigten Knopf kaute und verkündete: „Ich werde dir die Bedeutung eines wasserdichten Vertrags in Bezug auf das Eheglück beibringen. Was noch?"

„Zuerst muss ich mit Harry reden. Maureen hat erzählt, dass die Polizei ihn in Schutzhaft genommen hat?"

Baker blickte nicht von Maxie auf, während er nickte, doch seine Stimme blieb knapp und sachlich. „Einige Menschen würden diesen Staat vielleicht nicht als übervorsorglich bezeichnen, aber wenn einer unserer Anwälte auf offener Straße angegriffen wird, wird die Polizei informiert. Und da ich nicht wusste, dass du dich entschlossen hast, von unserer Vereinbarung abzuweichen, habe ich meinen Kontaktmann beim Dezernat für interne Ermittlungen informiert. Sie waren besorgt genug, um Harry eine Weile im Auge behalten zu wollen. Warum?"

„Ich muss mit ihm reden."

Baker hob den Blick und betrachtete Clayton eine Sekunde prüfend. „Mir hat immer gefallen, wie hart du arbeitest, wie weit du für einen Klienten gehst. Dein Einsatz. Hat gefallen, Vergangenheitsform."

„Ich bin dir was schuldig. Alles."

„Ja, das tust du", stimmte Baker zu. Er dachte darüber nach, während er Maxie fachmännisch in seinen Armen schuckelte. „Ich werde sehen, was ich tun kann. Das sollte nicht allzu lange dauern. Die Antwort wird entweder ein Ja oder Gelächter sein. Wenn es das Erste ist, was kommt als Zweites?"

„Nur ein weiterer Anruf", bat Clayton. „Das wird nicht mehr als ein paar Minuten dauern."

„Hi." Harrys leise Stimme klang angespannt. Im Hintergrund bellte ein Hund und ein gereizter Mann murmelte irgendetwas, dass er niemals mit Hunden oder Kindern hatte arbeiten wollen.

„Harry, hast du seit der Nacht in dem Safe House mit deiner Mom gesprochen?", fragte Clayton. In der schuldbewussten, folgenden Stille hörte er, wie sich Heather und Kelly draußen leise unterhielten.

„Sie hat dort angerufen", flüsterte Harry.

„Du musst mir vertrauen. Das fällt dir vielleicht schwer, aber ich verspreche, dass ich nur helfen will", antwortete Clayton. „Die Männer sind an dem Abend, an dem deine Mutter verletzt wurde, in euer Haus gekommen. Du hast sie gesehen, stimmt's?"

„Nein."

Es war nicht nur Loyalität, die Harrys Nase verstopfte und seine Stimme brechen ließ. Es war Schuld. Die Schuld eines Kindes, das nie vergessen würde, dass es sich versteckt hatte, während jemand seiner Mutter wehgetan hatte. Eines Tages würde er jedoch hoffentlich verstehen, dass es nicht seine Schuld gewesen war.

„Du hättest sie nicht aufhalten können. Das waren Erwachsene, böse Männer."

„Dad hat gesagt ... als er zurückgekommen ist ... hat er gesagt, dass er mich gegen einen Hund tauschen würde. Ein Hund bellt wenigstens."

Clayton wünschte, er hätte Kelly nicht daran gehindert, seinen Bruder zu schlagen.

„Hat Maureen dir einen ihrer Hunde mitgegeben, damit er dir Gesellschaft leistet?" Er spürte den Zeitdruck im Nacken und das war alles andere als hilfreich. Als Harry am anderen Ende ein Ja murmelte, fragte er: „Wenn der Hund damals abends bei dir gewesen wäre, hättest du ihn dann losgeschickt, damit er die Männer aufhält?"

„Nein!", antwortete Harry entsetzt. „Sie hätten Giz wehgetan. Sie ist doch nur ein Welpe."

„Dir hätten sie ebenfalls wehgetan und sie tun immer noch deiner Mom weh. Stattdessen bist du ihnen aus dem Weg gegangen und konntest so helfen. Du hast nicht getan, was dein Dad gesagt hat. Das war tapfer."

„Ich weiß nicht."

„War Gregor Kevoian an dem Abend dabei? War er einer der Männer, die deiner Mom wehgetan haben?"

„Nein."

Mist. Clayton rieb sich mit der Hand durchs Gesicht, als könne er so das spinnenwebenartige Gefühl der Niederlage wegwischen. Hatten sie in Bezug auf Kevoian falsch gelegen oder war es ihm nur nicht gelungen, zu Harry durchzudringen?

„Aber ich habe ihn draußen gesehen", gestand der Junge. Er wirkte nervös, als er die Worte schnell ausspuckte. „Draußen, in einem großen Auto. Es war nicht sein Auto, aber er benutzt viele verschiedene Autos. Dad wird immer sauer auf ihn, weil ihnen die Autos nicht gehören. Onkel Gregor hat ihm gesagt, dass er sich entspannen soll. Mir hat es gefallen."

Clayton dachte an den großen blauen SUV, ein Vorstadtauto, und damit eine merkwürdige Wahl für gewalttätige Verbrecher. „Hast du diese Autos gesehen?"

„Ich sollte eigentlich nicht. Aber manchmal hat mich Dad bei Onkel Gregor gelassen und der hat mit mir eine Fahrt in einem gemacht. Sie waren alle in einer großen Werkstatt eingeschlossen … Mr Reynolds, als Mom angerufen hat, hat sie gesagt, dass Onkel Gregor Dad wehgetan hat. Ich … geht es ihm gut?"

Egal, wie sehr sie es auch verdient hatte, manchmal fiel es einem schwer, seine Familie zu hassen.

„Er hat sich nur am Knöchel verletzt", log Clayton. Er zog eine Schublade auf und durchwühlte die Unterlagen, die er für eine schnelle Einsichtnahme dort hineingestopft hatte – den Finanzbericht der Tates, einen Stapel beendeter und ausgezahlter Eheverträge. Aber das Gesuchte fand er nicht. Er schob die Schublade wieder zu und erhob sich. „Harry, du hast mir sehr geholfen. Weißt du das?"

„Wirklich?"

„Deine Mom wird sehr stolz auf dich sein und dein Dad sollte das auch."

„Das wird er aber nicht", widersprach Harry traurig. „Aber das ist schon okay."

Clayton zögerte. Er schien noch etwas sagen zu müssen, aber das ließ sich nicht in einem Telefonat vermitteln.

„Das ist sein Problem", sagte Clayton. „Ich muss gehen, Harry. Okay?"

„Okay."

Harry legte auf. Kinder. Keine Zeit für Erwachsenensentimentalitäten oder in die Länge gezogene Verabschiedungen. Clayton steckte das Handy in seine Tasche, ging um den Schreibtisch herum und steckte den Kopf aus der Tür.

„… er klingt einfach so streng." Heather befand sich mitten in einem Satz. „Ich stelle mir gerne vor, dass er ein Ritter und ich seine Gemahlin bin und er mir befiehlt, keusch zu bleiben, während er sich auf den Kreuzzug begibt. Und dann ficke ich die Dienstmagd."

„Bevor Sie das tun, wohin haben Sie Jimmy Grahams Hintergrundrecherche gelegt?"

Heather drehte sich in ihrem Stuhl um. Dem Stress der letzten Tage war es zu verdanken, dass sie immer noch die gleiche Frisur wie gestern trug. Sie rieb mit der Hand über den Flaum.

„Da die Polizei involviert war, dachte ich, dass sich der Klient für uns erledigt hätte", erklärte sie. „Das Zusatzmaterial habe ich im Archiv abgelegt. Nach den Vorkommnissen von gestern Abend, habe ich die Kollegen jedoch gebeten, es wieder herauszunehmen. Bis jetzt ist es noch nicht wieder zurückgekommen, befindet sich aber vermutlich in der Poststelle."

„Könnten Sie bitte nachsehen?"

Heather nickte und erhob sich blitzschnell von ihrem Stuhl. „Geben Sie mir fünf Minuten. Vielleicht muss ich mit Bets flirten, damit sie sich durch die unsortierte Post wühlt."

Sie ging den Flur hinab und Clayton warf Kelly einen Blick zu. „Worüber genau habt ihr gesprochen?"

„Dass ich keine Ahnung hatte, warum Baker Maxie haben wollte", antwortete Kelly. Er hockte auf der Schreibtischkante und drehte sich, um Clayton ansehen zu können. „Ich habe ihn einfach so überreicht. Er hätte ihn aus dem Fenster werfen können."

„Die Fenster lassen sich nicht öffnen."

„Trotzdem." Kelly rieb sich mit einem Finger zwischen den Augenbrauen. „Man macht einen Riesenwirbel gegenüber seiner Familie, dass dem eigenen Bruder nicht getraut werden kann, und übergibt es dann dem erstbesten, teuer gekleideten Mann, der einen darum bittet."

Kellys missmutige Stimme brachte Clayton zum Lachen – nicht sehr, aber genug, um einige der alten Schmerzen und den Klumpen der neuen in seiner Brust zusammengeballten Schuld zu durchdringen.

„Die Regel lautet: Wenn man ein Baby mit ins Büro bringt, darf Baker es halten", erläuterte er. „Babys liebt er noch mehr als Manschettenknöpfe und teuren Tee."

„Das ist viel."

„Ja." Clayton drückte beruhigend Kellys Schulter. „Du hast die richtige Entscheidung getroffen, ihn nicht dort zu lassen. In die Ecke gedrängte Leute treffen keine guten Entscheidungen und selbst in Bestform sollte man deinem Bruder nicht mal Flöhe anvertrauen."

„Vermutlich hast du recht", stimmte Kelly zu. Er senkte das Kinn und küsste vorsichtig Claytons geschwollene Knöchel. „Danke."

Clayton spürte, wie die Röte versuchte, unter seinen Wangenknochen nach oben zu kriechen. Er zog die Hand weg und blickte sich um, ob sie jemand beobachtet hatte. Das war nicht der Fall und er verspürte eine leichte Enttäuschung.

Dann verdrehte er die Augen über sich selbst. Je schneller er dieses „kleines bisschen verliebt" Ding überwand, desto besser. Sonst wurde er am Ende noch gefühlsduselig.

„Möchtest du das aussitzen?", wollte er wissen. „Das würde eine weitere Einmischung in eine Untersuchung des Dezernats für interne Ermittlungen bedeuteten."

Kelly kratzte sich das Kinn. „Warum übergeben wir die Sache nicht einfach an die Polizei? Das ist schließlich ihr Job."

Die Frage war nicht unberechtigt. Clayton zog sich die lockere Schlinge über den Kopf und warf sie auf Heathers Schreibtisch. Seine Hand schmerzte immer gleich, egal, was er tat. Wenn er sie nicht benutzte, machte es keinen Sinn, sich die Schlinge wie den Abklatsch eines hippen Schals um den Hals zu hängen.

„Ich traue ihnen nicht", gestand er. „Die Polizei hatte keine Probleme Byron – oder Jimmy – mit der schlechten Behandlung von Nadine davonkommen zu lassen, als es ihnen gelegen kam. Das Dezernat für interne Ermittlungen hatte keine Probleme, den Fall ruhen zu lassen, während sie überlegt haben, was sie wegen Jimmy – oder Detective Byron Kelly, falls dir das lieber ist – unternehmen wollen. Ich will, dass sie frei davon ist – von allem. Das schafft man am besten, wenn man die ganze Sache richtig unschön werden lässt und das Ganze öffentlich macht."

„Okay."

„Okay was?"

„Du hast recht", stimmte Kelly zu. „Egal, welche Sanktionen auf Byrons Schoß landen, das LAPD wird versuchen, das Ganze so weit wie möglich zu vertuschen. Es ist beschämend. Das könnte aufwändig werden. Für Nadine und Harry wird der beste Ausgang so aussehen, dass sie Geld bekommen, damit sie verschwinden und nicht einfach unter den Teppich gekehrt werden. Übrigens habe ich mich bereits in eine interne Ermittlung eingemischt. Da kann ich das auch gleich richtig tun."

Clayton stieß ein Schnauben aus.

„Was willst du überhaupt mit meinem Bericht?", fragte Kelly.

„Der Bericht enthielt eine Liste mit Grundstücken, die Jimmy Graham gehören, entweder ihm selbst oder unter Nadines Namen. Ich bin auf der Suche nach einer Lagerhalle, die groß genug ist, um eine große Anzahl vermutlich gestohlener Autos darin unterzubringen."

Kelly biss sich auf die Unterlippe und runzelte nachdenklich die Stirn. „Ich kann mich erinnern, dass es eine ganze Reihe Gewerbegrundstücke gab. Allerdings weiß ich nicht, ob ich tief genug gebohrt habe, dass ich ihre Abmessungen habe."

„Das finden wir heraus", sagte Clayton.

Am Ende des Flurs öffneten sich die Aufzugstüren und Heather wedelte beim Heraustreten triumphierend mit einer dicken Akte.

„Die hättest du dir auch selber besorgen können", stellte Kelly fest und glitt vom Schreibtisch.

„Ich bin mir nicht allzu sicher, in welcher Etage sich die Poststelle befindet", gestand Clayton. „Aber ich bin absolut sicher, dass Bets aus der Poststelle nicht mein Typ ist und andersrum ebenso."

Kelly begann zu kichern. „Keine Sorge", beruhigte er ihn, während er auf Heather zuging. „Du hast ja immer noch mich."

Ja, aber nicht mehr lange.

19

DAS LAGER entpuppte sich als leergeräumte Fabrik ein paar Kilometer außerhalb von Glendale. Den Unterlagen nach hatte man sie vor ein paar Jahren wegen der Beschäftigung illegaler Einwanderer geschlossen. Danach war das Gebäude bei einer Polizeiauktion versteigert worden … nur, dass das anscheinend nicht stimmte.

Kelly parkte auf der gegenüberliegenden Straßenseite. Dicker, sandiger Staub legte sich auf die Windschutzscheibe des Pick-ups, doch er machte sich nicht die Mühe, die Scheibenwischer anzuschalten. In einigen Stadtteilen zogen dreckige Autos weniger Aufmerksamkeit auf sich als saubere.

„Letzte Chance", sagte er zu Clayton. „Bist du sicher, dass du das tun willst?"

Clayton warf ihm einen vernichtenden Seitenblick zu und ignorierte die Frage ansonsten. Mit dem Kinn deutete er auf den im Gebäudeschatten stehenden, großen, blauen SUV. Dahinter hockte ein Mann in einem verschmutzten, blauen Overall und arbeitete an der Stoßstange.

„Das ist der Wagen, in dem sie Nadine zum Büro gebracht haben."

Sie beobachteten, wie der Mann schnell das Nummernschild abnahm und ein neues anzuschrauben begann. Die Ärmel waren bis zu den Ellenbogen hochgerollt – der aufblitzenden, bleichen Haut nach zu urteilen, ein paar Zentimeter höher als sonst.

Kelly machte den Motor aus. Damit schaltete sich gleichzeitig auch die Klimaanlage ab und die schwere Hitze des Tages begann durch das Metall zu dringen.

„Sie scheinen es noch mal benutzen zu wollen", stellte er fest. „Bist du bereit?"

Mit einer Grimasse erwiderte Clayton: „Das ist irre, gefährlich und wird wahrscheinlich meiner Karriere ein Ende setzen. Ich bin also so bereit, wie ich nur sein kann."

Er stieg aus dem Auto. Die Sonne ließ seine kurzen Locken gold- und sandfarben aufleuchten und zeichnete harte Schatten auf seine schmalen Wangen. Kelly wusste, dass er sich lieber konzentrieren sollte, aber sein Magen lenkte seinen Kopf ab, in dem er sich bei dem Anblick ungestüm zusammenkrampfte. Er wusste, dass Claytons dünner, strenger Mund durch ein Lächeln weich werden konnte und dass ein unerwarteter Kuss die strenge Miene verscheuchen konnte.

Oder das einmal gekonnt hatte. Kelly wollte wissen, ob das noch mal so sein könnte, ob es ihm gelingen würde, mit einem Scherz und einem unanständigen Annäherungsversuch Clayton dieses leise Lachen zu entlocken. Er wollte … mehr, als Clayton wahrscheinlich zu geben bereit war. Definitiv mehr, als Kelly sich im Moment erlauben konnte.

Sein Leben war zu kompliziert, um jemanden einzuladen, Teil davon zu werden und zu erwarten, dass derjenige bleiben würde. Und es würde nur noch schlimmer werden. Er wusste nicht einmal genau, ob er seine Familie überhaupt gerne mochte. Aber sie waren immer noch seine Familie. Selbst, wenn das Dezernat für interne Ermittlungen die Sache nicht weiterverfolgte, war für Leute, die keinerlei Erfahrung damit hatten, trotzdem noch mit einer schrecklichen Menge Wahrheiten um sich geworfen worden.

Menschen waren wie Fische. Fügte man ihrer Umgebung etwas Neues zu und ließ man sie, zogen sie es vor, vor Schock zu sterben.

Aber er *wollte* es trotzdem immer noch. Normalerweise funktionierte sein Herz in Sachen Logik sehr gut – Trennungen schmerzten zwar, aber nachdem man sie als notwendig akzeptiert hatte, weil man immer gewusst hatte, dass sie notwendig waren – aber dieses Mal wollte es einfach nicht loslassen.

Kelly beugte sich herunter und tastete unter dem Fahrersitz nach der dort versteckten, alten Brechstange. Danach kletterte er aus dem Auto und steckte die schwere Metallstange hinten in seine Jeans.

„Meinst du wirklich, dass das eine Hilfe ist, wenn das hier schiefgeht?", wollte Clayton wissen.

„Wahrscheinlich nicht", gab Kelly zu und zog sein T-Shirt über die Stange. Beim Einatmen drückte die raue Kante gegen seinen Rücken.

„Ich fühle mich damit einfach besser … so, als würde ich nicht unvorbereitet da rein gehen."

„Ich finde, eine Waffe wäre besser."

„Meine Zielsicherheit ist nicht unbedingt die beste."

Clayton lachte verdutzt auf. Es war nicht so, wie Kelly es sich ausgemalt hatte. Dazu gehörte mehr Haut, weniger heiße Fabrikluft … aber es fühlte sich trotzdem gut an. Albern, aber gut.

„Wenn das hier nicht funktioniert", sagte Clayton beim Überqueren der Straße, „du hast wirklich einen wunderhübschen Hintern."

Kelly stieß ein Schnauben aus.

Die Fabriktore standen offen. Auf der einen Seite baumelte eine Kette mit einem Vorhängeschloss am Rahmen. Clayton drückte schnell Kellys Schulter, wünschte ihm Glück und verschwand. Kelly wartete, bis er ihn nicht mehr sehen konnte, und schritt dann durch die Tore. Als er über den Vorplatz ging, trottete der schmuddelige Mann, der an dem SUV gearbeitet hatte auf ihn zu, um ihn abzufangen. Kelly glaubte, in ihm einen der Mechaniker wiederzuerkennen, die hinter Kevoian in der Werkstatt gelauert hatten. Allerdings war er nicht ganz sicher.

„Hey", sagte er durch die geschwollenen, aufgerissenen Lippen. „Das ist ein Privatgrundstück. Zieh Leine."

„Ich will mit Gregor sprechen", sagte Kelly.

„Was du nicht sagst", grinste der Mann höhnisch. Dabei platzten die Krusten auf den Lippen auf und Kelly fielen die geschwollenen Knöchel an Claytons gesunder Hand ein. Er presste die Zähne zusammen, um sich gegen die Wut zu wappnen, die ihn urplötzlich überkam. Das war nicht hilfreich. Nicht jetzt. Aber er prägte sich das Gesicht des Mannes ein. Die gemeinsame Kindheit mit Byron hatte ihn gelehrt, dass Groll einen Großteil der Zeit in Anspruch nimmt und sich nur selten stillen lässt. Trotzdem würde er sich die Chance nicht entgehen lassen, den Kiefer dieses Mannes zu zertrümmern. „Wie zur Hölle kommst du darauf, dass er dich sehen will?"

„Ich habe eine Nachricht von Clayton Reynolds für ihn", erklärte Kelly. „Dem Anwalt. Er wird sie hören wollen. Es betrifft sein Geld."

Der Mann leckte sich das Blut von den Lippen, spuckte auf den Asphalt und blickte sich aufmerksam um. Prüfend betrachtete er die Büsche um sie herum, entdeckte aber nichts. „Dann hoffe mal lieber, dass er sie auch tatsächlich hören will", sagte er, zog sein Handy aus der Tasche und begann zu wählen. „Denn wenn nicht, ist das dein Ende."

EINER VON Kevoians Männer tastete Kelly schnell von den Knöcheln, über die Eier und weiter hinauf ab. Er brauchte nicht lange, bis er die Brechstange gefunden und entfernt hatte. Prüfend wog er sie in seiner Handfläche, um das Gewicht zu bestimmen und warf sie dann weg. Laut scheppernd prallte sie auf den Boden und rutschte unter eins der Autos.

Kelly zuckte zusammen. Die Stange wäre vielleicht keine große Hilfe gewesen, aber er hatte sich besser damit gefühlt.

Damals in Glendale, vor Frank's Body Shop, hatte Kevoian mit seinen ölverschmierten Fingern wie ein Möchtegerngangster einer örtlichen Gang gewirkt, der über etwas Bargeld und Wahnvorstellungen über seine eigene Härte verfügte. In der ausgeschlachteten, alten Fabrik, inmitten von halb zerlegten Autos und Säcken voll mit weißem Puder in Plastikfolie, wirkte er immer noch wie ein Möchtegerngangster – aber wie ein wesentlich gefährlicherer.

„Das ist nichts Persönliches", erklärte Kevoian, während er sich die Hände an einem zerrissenen T-Shirt abwischte. „Jimmy dachte, er könnte mich beklauen, mich aus dem Deal ausschließen und so die ganze Anerkennung für sich alleine beanspruchen. Jetzt läuft's andersrum. Wird es zumindest bald."

Nadine kauerte auf einem verschlissenen Autositz. Die Hände hatte sie nervös unter die Oberschenkel geschoben. Ihr schmutziges T-Shirt klebte schweißnass am Bauch und an den Seiten. „Ich habe dir doch gesagt, dass ich nicht weiß, was mit deinem Geld passiert ist, Gregor. Ich habe nie etwas über James' Geschäfte gewusst."

Er packte ihr Kinn und bog ihren Kopf nach hinten, sodass seine Finger ölige Fingerabdrücke auf ihrer Haut hinterließen. „Und ich glaube dir. Jetzt.

Unglücklicherweise ändert das überhaupt nichts. Ob du es nun weißt oder nicht, dein Mann hat immer noch mein Geld. Und ich will es zurück."

Nadine zog ihr Kinn aus seinem Griff. „Das Geld ist mir egal. Du kannst es haben." Ihr Blick schoss zu hoffnungsvoll zu Kelly. „Das stimmt doch? Mr Reynolds kümmert sich doch darum? Er sorgt doch dafür?"

„Natürlich", beruhigte Kelly sie. „Morgen früh sind die Konten wieder frei. Sie müssen nur das hier unterschreiben."

Er zog einen zu einem Rechteck gefalteten Stapel Zettel aus der Tasche und trat – sie vor sich haltend – einen Schritt nach vorne. Bevor er jedoch einen weiteren Schritt tun konnte, bedeutete ihm Kevoian, stehen zu bleiben und winkte einen seiner Männer herbei, der Kelly die Zettel aus den Fingern riss.

„Nichts für ungut", sagte Kevoian, „aber wollten wir uns nicht eigentlich heute Abend in diesem schäbigen, kleinen Safe House treffen? Warum die Planänderung?"

Er nahm das Rechteck, faltete es auf und durchblätterte die Zettel, als wüsste er, wonach er suchte. Dabei hinterließen seine Finger schmutzige Abdrücke auf dem schweren, hochwertigen Papier. Die sperrige Juristensprache ließ ihn die Stirn runzeln, aber zumindest formte er die Wörter beim Lesen nicht mit den Lippen nach.

„Das kam für Mr Reynolds nicht infrage", erklärte Kelly. „Sein letztes Treffen mit Ihnen ist nicht gerade reibungslos verlaufen. Daher dachte er, es wäre besser, sich mit Ihnen an Ihrem Arbeitsplatz zu treffen."

Kevoian lachte auf. Kelly spürte in seinem Magen ein gereiztes, wütendes Brennen, biss sich jedoch auf die Wangeninnenseite, damit er nichts sagte, das Kevoian dazu brachte, Gewalt anzuwenden. Für ihren Plan musste er noch etwas mehr Zeit schinden. Außerdem brauchte er seine Zähne noch.

„Die Bohnenstange und die halbe Portion", spottete Kevoian. Er warf dem Mann mit den geschwollenen Lippen einen Blick zu und deutete mit dem Kopf auf Kelly. „Die beiden sollten als Komikerduo auftreten, was, Vic? Die verdammten Witzbolde versuchen, mich einzuschüchtern. Tja, du Zwerg. Ich habe nichts zu befürchten. Die Polizei wird mich nicht belästigen. Hat sie nie getan und wird sie auch nicht."

Kelly hakte die Daumen in seine Jeanstaschen und grinste Kevoian an.

„Sie meinen wohl, Jimmy hatte nichts zu befürchten. Er war doch der wichtige Mann, oder? Der mit der Erfolgsbilanz. Er war es, der die Cops in der Tasche hatte."

In Kevoians unrasiertem Kinn zuckte ein Muskel. „Na und? Jimmy Graham war alles mögliche. Jimmy Graham war eine ganze Menge Dinge. Jetzt liegt er im Krankenhaus und ich habe seine Geschäfte, seine Frau – und sobald sie diese Papierfetzen unterschreibt – auch sein Geld. Dann wandelt ein Stapel Geldbündel und diese süße, bestochene, rothaarige Polizistin, mit der er zusammengearbeitet hat, in meine Tasche. Nicht in seine. Was glaubt Reynolds denn, gegen mich in der Hand zu haben?"

Kelly zuckte mit den Schultern. „Ich habe gehört, dass Jimmy nicht mehr im Krankenhaus ist. Er hat einige Beulen und Kratzer und stellt eine Menge Fragen darüber, was hier vor sich geht. Glauben Sie wirklich, dass er die Cops nur mithilfe von Geld in der Tasche hatte? Wenn mir oder Nadine irgendetwas passiert, wird Reynolds Jimmy erzählen, wer die Schuld daran trägt."

„Meinst du denn, dass er auch nur einen Gedanken an sie verschwendet?", fragte Kevoian mit hämischem Lachen. Mit der Hand fuhr er so grob durch Nadines Haare, dass sich seine Finger in dem Gewirr verhedderten. „Sie hat versucht, ihn zu verlassen. Sein Kind mitgenommen. Und du glaubst wirklich, dass es ihn auch nur im Geringsten kümmert, was jetzt mit ihr geschieht?"

„Sie haben versucht, ihn umzubringen", stellte Kelly klar. An seinem Kreuz juckte der Schweiß. „Sie haben vor, ihn zu bestehlen. Ich wette, das kümmert ihn sehr."

Mit einem Schnauben blickte sich Kevoian um und versuchte diese Vorstellung mithilfe seiner Männer ins Lächerliche zu ziehen. „Die halbe Portion hier denkt, dass ich Angst vor Jimmy Graham habe. Einen Scheiß habe ich, stimmt's?" Mit einem Knurren wandte er sich wieder zu Kelly. „Weißt du, was Jimmy Graham war, bevor ich ihm begegnet bin? Ein Niemand. Ich war der mit den Kontakten. Der mit dem Geschäft. Du meinst also, dass Jimmy Graham hinter all dem hier steht? Alles, was er mit eingebracht hat, waren ein paar zwielichtige Cops und ein Haftstrafenregister."

Ohne das Geschrei hätte es sehr viel überzeugender gewirkt. Vermutlich hätte Kelly mehr Mitgefühl empfinden sollen. Schließlich wusste er besser als viele andere, wie verwirrend der Umgang mit den sprunghaften, plötzlich aufflammenden, fragilen Launen war, die Byron von guter Stimmung zur Raserei und zurück wechseln ließen.

Clayton hatte ihm aufgetragen, dafür zu sorgen, dass Kevoian zehn Minuten redete. Ihm kam es vor, als sei die Zeit bereits um. Es fühlte sich eher wie eine Stunde an, aber er hatte jedes Zeitgefühl verloren.

„Dann gibt es ja nichts, über das Sie sich Sorgen machen müssten", sagte er.

„Und ich schätze, dass Sie damit endlich in einer Sache richtig liegen, Privatermittler Zwerg", stimmte Kevoian mit einem gezwungenen Lachen zu. Er ging zu ihm hinüber und drückte ihm die zerknitterten Zettel mit ausgestrecktem Arm gegen die Brust. „Zeig ihr, wo sie unterschreiben muss. Dann werden wir ja sehen, wer Angst vor Jimmy Graham hat."

Kelly schritt zu Nadine hinüber und ging neben ihr in die Hocke. Er glättete die zerknitterten Zettel etwas, doch durch seine Handbewegung schmierte er die zähen Ölkleckse nur noch weiter über das schwere Papier. Dann deutete er aufs Geratewohl auf drei Lücken im Text.

„Hier, hier und hier."

Nadine nickte zitternd. Sie ließ den Blick zum Anfang schnellen und begann, sich durch das Textdickicht zu lesen. Einen Finger unter die jeweilige Textstelle gelegt, arbeitete sie sich nach unten vor.

„Du musst es nicht noch lesen", fauchte Kevoian. Der barsche Tonfall ließ Nadine zusammenzucken und sie verlor die Textstelle. „Unterschreib einfach. Gibt ihr mal jemand einen Stift."

Einer der Männer – nicht Vic– trat mit einem gut durchgekauten Stift vor und drückte ihn Nadine in die steifen Finger. Eine Sekunde beobachtete sie, wie er in ihrer Hand zitterte, und krakelte dann versuchsweise auf dem leeren Rand, um die Tinte zum Laufen zu bringen.

„James hat immer gesagt, dass ich nichts unterschreiben soll, ohne es vorher zu lesen", erklärte sie angespannt.

Kevoian schrie frustriert auf, als er Jimmys Namen einmal zu oft hörte. Er griff nach einem losen Lenkrad aus einem der Autos und warf es in Nadines Richtung. Es verfehlte sie um einige Meter und es polterte gegen eine aufgebockte Limousine. Als sie zurückzuckte und dabei den Stift fallen ließ, legte Kelly beschützend den Arm um sie und zog ihren Kopf nach unten. Als er sie an sich zog, nahm er ihren säuerlichen und schwach metallischen – nach Schweiß und Angst – Geruch wahr und spürte ihr nervöses Zittern.

Mit einem Mal begann irgendwo in dem Gebäude ein Feuermelder zu heulen. Das laute, von den hohen Decken und nackten Wänden widerhallende Sirenengeräusch, ließ alle zusammenzucken. Kelly atmete erleichtert auf und drückte sanft Nadines Knie.

„Es ist alles in Ordnung", flüsterte er ihr ins Ohr. „Wir kommen hier raus. Harry ist gesund und munter. Keiner kommt an ihn ran."

Sie verzog das Gesicht. „Geben Sie ihnen einfach das Geld", hauchte sie. „Mich kümmert nicht, was er mit mir macht."

„Unterschreib einfach die verdammten Papiere, Nadine", schrie Kevoian mit rauer Stimme. Sein Gesicht war bis zum Haaransatz rot gefleckt. Die Wut war echt. Der Ausbruch nicht. Kevoian hatte sich eine Sekunde Zeit genommen, um sich ein Wurfgeschoss auszusuchen und es zu weit geworfen, sodass er nicht wirklich glaubwürdig vermitteln konnte, dass er versucht hatte, sie zu treffen. Es wirkte, als hätte er Byron – vielmehr Jimmy – beobachtet, allerdings nicht oft genug, um den Auftritt wirklich durchzuziehen.

„Es wird alles gut", beruhigte Kelly Nadine. Er wusste nicht, ob sie ihm glaubte oder nicht. Vermutlich hatte sie keine große Wahl, aber er hob den Stift vom Boden auf und reichte ihn ihr. „Hier, hier und hier", wiederholte er.

Fest umklammerte sie den Stift, bis sich ihre Knöchel weiß verfärbten. Sie benutzte ihre Knie als Unterlage, während sie eine wackelige, ungleichmäßige Version ihres Namens in die erste Lücke kritzelte. Hinter ihnen packte Kevoian einen der Männer am Kragen und trug ihm knurrend auf, den „verfluchten Alarm auszuschalten".

„Nicht mehr lange", raunte Kelly Nadine zu.

Sie warf ihm einen besorgten Blick zu, blätterte um und kritzelte nochmals holperig ihren Namen. „Sind Sie sicher, dass Harry in Sicherheit ist?"

Wie weit konnte man der Polizei vertrauen, fragte sich Kelly. Sie hatten ihre eigenen Beweggründe für die Untersuchung, und die bestanden darin, Byron bloßzustellen – nicht darin, Nadine zu schützen. Doch Zweifel brauchte Nadine jetzt am wenigsten.

„Ganz sicher", log er.

Erleichtert schloss sie die Augen. Die letzte Unterschrift war die präziseste.

Der Alarm heulte, stockte und verklang dann mit einem letzten Wimmern.

„Endlich", motzte Kevoian, steckte sich den Finger ins Ohr und drehte ihn hin und her. Dann wandte er sich um. „Hast du unterschrieben?"

Stumm überreichte ihm Nadine die Papiere. Kevoian schaute darauf, grunzte zufrieden und faltete sie zusammen, um sie in sein T-Shirt zu stecken.

Dann verfinsterte sich seine zufriedene Miene, er griff nach Nadines Arm und zog sie hoch.

„Alles, was du jetzt noch tun musst, ist das Geld für mich aus der Bank zu holen", erklärte er und schubste sie unsanft zu Vic. Nachdem sie aus dem Weg war, wandte er sich um und blickte zu Kelly. Um seinen Mund lag ein selbstgefälliger Ausdruck, als er verkündete: „Was dich angeht, dich brauche ich überhaupt nicht."

Er zog die Faust zurück und schlug mit einem kurzen, angeschrägten Hieb nach unten in Kellys Gesicht. Kelly blockte die Faust mit seinem Unterarm ab, fiel dabei aber rückwärts auf seinen Hintern. Den Ruck, mit dem sein Steißbein auf den Betonboden prallte, spürte er bis hinauf in seinen Schädel.

„Du musst wissen, ich werde Freude an dem hier haben", erklärte Kevoian, während er sich breitbeinig über Kellys Beine stellte. „Du hast nämlich etwas an dir, das ich nicht ausstehen kann."

Draußen hämmerte jemand so laut gegen die Tür, dass sie in ihrem Rahmen rüttelte. „Aufmachen!", schrie jemand. „Polizei."

Die Loyalität von Kevoians Männern reichte anscheinend aus, eine Frau und ihr Kind zu terrorisieren, aber nicht, um zu bleiben, wenn die Cops auftauchten. Sie stoben auseinander und rannten in Richtung Gebäuderückseite.

„Wahrscheinlich erinnere ich Sie an meinen Bruder", half ihm Kelly auf die Sprünge. Dann zog er ein Knie an die Brust und trat Kevoian mit der Ferse in die Genitalien. Mit einem schmerzerfüllten Aufstöhnen krümmte Kevoian sich nach vorne, als die Luft aus seinem Körper und die Farbe aus seinem Gesicht wichen. „Arschloch."

Kelly krabbelte auf die Knie und zielte mit einem kurzen, brutalen Aufwärtshaken gegen Kevoians Kinn. Krachend prallten seine Knöchel gegen Kevoians Zähne und lösten einen Blutstrahl aus.

Kevoians Blick wurde trüb und er taumelte rückwärts gegen eins der Autos. Er versuchte noch, sich daran abzustützen, brach jedoch nur den Seitenspiegel ab und rutschte dann zu Boden.

Die Polizisten rammten irgendetwas gegen die Tür, sodass das Holz zersplitterte. Kelly schüttelte seine Hand, bis er wieder ein Gefühl darin verspürte, und trat einen Schritt vor.

„Wer ist jetzt die halbe Portion?", höhnte er.

Nadines Stimme durchschnitt den Lärm. „Achtung!"

Er hatte Vic vergessen. Gerade noch rechtzeitig drehte sich Kelly um, um mitzubekommen, wie Vic einen Hammer fallen ließ und sich an den Hals fasste. Blut strömte um den Stift herum, den ihm Nadine in den Hals gerammt hatte.

„Schlampe", zischte er empört. „Schaut nur, was die Schlampe getan hat!"

Er zerrte den Stift heraus und schleuderte ihn weg. Das erwies sich jedoch als Fehler. Eine Flut frischen roten Blutes ergoss sich auf seinen Oberkörper. Sein Blick wurde glasig und er fiel wie ein blutbefleckter Baum zu Boden.

„Ist er ...?" Nadine wischte sich mit einer fehl am Platz wirkenden Pingeligkeit die blutigen Hände am dreckigen T-Shirt ab. Sie fuhr sich mit der Zunge über die Lippen und fragte mit leiser, geschockter Stimme: „Tot?"

„Nein", erwiderte Kelly.

Noch nicht.

Die Versuchung, nichts zu unternehmen, war unglaublich stark. Es war natürlich nicht allein Vics Schuld, aber der Mann hätte einen einfachen Sündenbock abgegeben.

Ein toter Verbrecher würde jedoch vermutlich mehr Probleme verursachen, als gut für sie war.

Er zog sich sein T-Shirt – das T-Shirt seines Dads – über den Kopf und humpelte zu dem blutigen, auf dem Bauch liegenden Vic hinüber. Wie groß sah die Menge bei „zu viel Blut verloren" wohl aus, fragte er sich, während er sich neben ihn kniete. Es wirkte wie sehr viel, aber vielleicht nur, weil der Boden voll davon war. Es konnte doch nicht so leicht sein, jemanden zu töten. Er knüllte das T-Shirt zusammen und presste es fest auf Vics Hals.

„Lassen Sie die Polizei rein, Nadine", forderte er sie auf.

Sie wischte sich erneut die Hände am T-Shirt ab und hinkte zur zersplitterten, blauen Tür.

„Ich werde jetzt die Tür öffnen", schrie sie. „Lassen Sie mich die Tür öffnen!"

Das Hämmern stoppte eine Sekunde, sie stolperte vor und begann an dem Schloss herumzufummeln. Dann zog sie die Tür auf. Zwei Polizisten und drei Feuerwehrleute stürmten hinein.

Schmutzig, hatte Clayton gesagt. Und laut.

190

20

KELLY TRAT seinen Platz an einen Sanitäter ab und ließ sich von einem uniformierten Polizisten nach draußen führen. Kevoian saß bereits in Handschellen in einem Streifenwagen. Allem Anschein nach waren die meisten der Männer beim Versuch, das Gebäude zu verlassen, erwischt worden.

Ein Pressewagen befand sich schon vor Ort. Wenn ein ehemaliger, stellvertretender Bezirksstaatsanwalt anrief und der Redaktion einen Tipp gab, wäre der Moderator mehr als dumm, nicht zumindest ein Team zwecks genauerer Prüfung vorbeizuschicken.

„Verdammt", murmelte der Polizist und drehte Kelly von den Kameras weg. „Lassen Sie den Kopf unten."

Dann schob er ihn zu einem der leeren Autos.

„Moment. Er arbeitet mit mir zusammen", erklärte Clayton, der über den mit Schlaglöchern übersäten Parkplatz auf sie zuschritt. An seinen Händen klebte Asche und auf dem T-Shirt Schmutz, weil er durch eine Öffnung in das Lager gekrabbelt war. „Ich bin der, der angerufen und seine Beobachtung gemeldet hat."

Der Polizist schob sich zwischen Kelly und Clayton, eine Hand demonstrativ auf die Waffe gelegt.

„Sir, Sie müssen zurücktreten. Solange wir nicht mit unseren Befragungen fertig sind …"

„Lass ihn gehen." Kelly erkannte die Stimme noch bevor Claire den Schutzhelm abnahm. Ihr rotes Haar kräuselte sich durch den Schweiß und klebte an ihren Wangen. „Er ist Captain Kellys Sohn."

Der Polizist musterte Kelly skeptisch. „Ich habe Cole größer in Erinnerung."

„Captain Kelly hat mehr als nur einen Sohn", erklärte Claire ungeduldig. „Lass ihn in Ruhe. Er hat nichts damit zu tun. Geh lieber wieder rein und hilf die Fabrik ausräumen."

Der Uniformierte zögerte – hin und her gerissen zwischen Pflicht und Befehl – tat aber schließlich wie befohlen.

„Danke", sagte Kelly.

Er ließ sich gegen den Polizeiwagen sinken. Die Hitze des Metalls drang durch seine Jeans. Clayton strich ihm mit der Hand über den Nacken und legte sie ihm dann auf die Schulter.

„Danken Sie mir noch nicht", antwortete Claire. Mit den Fingern kämmte sie sich das leuchtende Haar aus dem Gesicht und klemmte es hinter die Ohren. Ihr Gesicht war rosafarben und verschwitzt. Auf ihrer Stirn und über den Augenbrauen – wo sich das Visier befunden hatte – hatte sich eine Linie in die Haut gegraben. Sie blickte hinüber zu Nadine, die gerade von zwei anderen Polizisten befragt wurde. „Sie behauptet, Jimmy Grahams Frau zu sein."

Sie bemühte sich um einen sachlichen Tonfall, doch man hörte den Schmerz dahinter.

„Kennen Sie ihn?", wollte Kelly wissen.

Claire wischte sich mit dem Unterarm über die Stirn und verzog gereizt das Gesicht. Dann blickte sie sich schnell um und sagte leise: „Ich war sein Mittelsmann zu Lepson. Immer, wenn Jimmy eine Nachricht übermitteln musste, haben wir ihn verhaftet. So habe ich Byron näher kennengelernt. Ich wusste, dass er in Trennung lebte, dachte aber, sie wäre gestorben. Eure Mutter hat erzählt, dass Maxie deshalb bei ihm ist."

Kelly zögerte. „Sie sollten mit Byron reden. Das ist seine Angelegenheit."

„Sie sollten mit dem Dezernat für interne Ermittlungen reden", korrigierte ihn Clayton. „Das ist jetzt deren Angelegenheit."

Claire holte tief Luft und presste die Lippen zu einem festen, weißen Strich zusammen. „Also ja", murmelte sie und zog das Visier wieder über die Stirn. „Sie sagt die Wahrheit. Was zur Hölle hat er sich nur gedacht?"

Kelly zuckte mit den Schultern. Das wurde er nicht zum ersten Mal gefragt. Und nie wusste er darauf eine Antwort. Die meiste Zeit bezweifelte er, dass Byron sich jemals Gedanken über irgendetwas gemacht hatte. Er tat es einfach und dachte erst später darüber nach.

„Tun Sie mir bitte einen Gefallen", bat ihn Claire hastig und klappte das Visier zu. Ernst schaute sie ihn durch das verkratzte Plastik an. „Sagen Sie Ihrer Mutter, dass ich morgen nicht zum Barbecue kommen kann."

Sie joggte davon.

Kelly war sich ziemlich sicher, dass seine Mutter in nächster Zeit keine Anrufe von ihm annehmen würde. Vermutlich könnte er die Nachricht durch Cole übermitteln lassen. Sein Bruder hatte es immer schon geschafft, schlechte Neuigkeiten so zu drehen, dass seine Mutter einwilligte, sie zu hören.

„Hör sofort auf", befahl Clayton.

„Was?"

Clayton verstärkte den Griff um Kellys Nacken, zog ihn näher und drückte ihm einen Kuss auf die Schläfe. Eine Sekunde verweilten seine Lippen dort.

„Mach dir nur dieses eine Mal keine Gedanken über deine Familie. Sie können das alleine mit sich ausmachen."

Kelly überlegte, wie das wohl aussehen würde. Es war ein seltsames Gefühl. „Leichter gesagt als getan", gestand er erschöpft. Besonders jetzt, da *Familie* Maxie und die traumatisierte neue – alte? – Frau seines Bruders mit einschloss. „Das ist das, was ich immer getan habe."

„Das ist das, was ich immer versucht habe, nicht zu tun", erwiderte Clayton und ließ seine Hand – angefangen bei den Schultern bis zur Vertiefung direkt über der Jeans – Kellys Rücken hinabgleiten. Dann zog er sie weg und trat vom Auto zurück. „Jedenfalls sollte ich jetzt gehen und sehen, wie es Nadine geht. Falls sie nicht ihre Meinung geändert hat, ist sie immer noch meine Klientin."

Kelly nahm die Resignation in Claytons Stimme wahr und schaute zu ihm auf.

„Das klingt so endgültig."

Clayton strich sich mit einer Hand die Haare aus dem Gesicht. „Wie schon gesagt, bin ich niemandes Märchenprinz", erklärte er voller Bedauern. „Nicht einmal deiner. Vielleicht hätten wir es noch ein bisschen hinauszögern können, bevor es schieflief …"

„Mein Rekord liegt bei einem Jahr", versuchte Kelly, den dummen Schmerz in seiner Brust mit einem Witz zu überspielen. Er hatte nicht genügend Zeit investiert, um Schmerzen hierüber verdient zu haben. Trotzdem verspürte er sie. Anscheinend war sein Herz noch nicht bereit, die Wahrheit zu akzeptieren.

„Meiner bei weitem nicht", sagte Clayton. „Ich bin Nadines Anwalt, du Byrons Bruder. Wie mir jetzt bewusst geworden ist, besteht ein Interessenkonflikt."

„Zurzeit bin ich Byron nicht allzu wohlgesonnen", warf Kelly ein, machte sich jedoch nicht allzu viel Hoffnung auf Erfolg.

„Trotzdem."

Trotzdem. Er hätte leichter argumentieren können, wenn Clayton nicht recht gehabt hätte. Sie mochten sich beide wünschen, dass es funktionierte – zumindest etwas länger funktionierte – doch das würde es nicht. Das war ihnen nie vorherbestimmt gewesen.

Kelly konnte jedoch einem letzten Fehler nicht widerstehen. Er hakte die Finger in Claytons Hosenbund und zog ihn für einen Kuss wieder zu sich. Auf Claytons Lippen lag Staub und Kelly spürte das säuerliche Adrenalin auf seiner Zunge. Dennoch sandte der Kuss nicht nur einen stumpfsinnigen, heftigen Schmerz den ganzen Weg hinab bis in Kellys Oberschenkel, sondern auch Süße.

„Ich glaube immer noch, dass du ein guter Mensch bist, Clayton", verkündete er an den warmen Lippen.

Clayton umfasste mit den Händen Kellys Gesicht und fuhr mit den weichen Daumenballen die Unterlippe nach. Unter der kurzen Berührung begannen die Nerven zu prickeln.

„Und ich glaube immer noch, dass du damit falsch liegst." Kelly erwartete einen Kuss, doch Clayton schien das Bedürfnis, schlechte Entscheidungen zu treffen, bezwungen zu haben. „Aber ich hoffe, du findest einen. Du verdienst es."

Kelly schluckte das trocken kratzende Bedauern hinunter und zauberte ein Lächeln hervor, während Clayton zurücktrat.

„Ich hatte schon schlimmere Trennungen", gestand er. „Aber dieser ganze dramatische Abschied wird uns bei meinem nächsten Besuch im Büro ein bisschen merkwürdig vorkommen."

Claytons zuckende Lippen bestätigten das. „Sicherlich werden wir in der Lage sein, zivilisiert miteinander umzugehen."

Er ging davon. Kelly drückte die Daumen und wartete auf den gewohnten, schuldbewussten Anfall von Erleichterung. Egal, wie wichtig ihm der Betreffende auch immer gewesen war, normalerweise war es einfacher gewesen, derjenige zu sein, von dem sich getrennt wurde, als der, der die Trennung aussprach. Außerdem fiel dadurch ein Grund für die Spannung zwischen ihm und seiner Familie weg.

Dieses Mal jedoch nicht. Als er zusah, wie sich Claytons schlanke, einem Messer ähnelnde Gestalt entfernte, fühlte er sich einfach nur beschissen.

Es STELLTE sich heraus, dass Clayton mit „zivilisiert" gemeint hatte „sich so weit wie möglich aus dem Weg zu gehen". In den zwei Wochen, die seit Nadines Rettung – oder seit Nadine Kelly gerettet hatte – vergangen waren, waren sie sich drei Mal begegnet und hatten ein Mal miteinander gesprochen.

Und selbst das nur, weil Kelly schamlos jede Entschuldigung nutzte, um zufällig Claytons Weg zu kreuzen.

Das war jämmerlich, dachte Kelly gereizt, während er in den Aufzug stieg. Er war immer gut gelaunt, hoffnungslos romantisch, aber niemals jämmerlich. Zumindest hatte er sich nie dafür gehalten.

Diese Erkenntnis würde ihn in nächster Zeit jedoch wahrscheinlich trotzdem nicht daran hindern können.

Er ließ sich gegen die verspiegelte Aufzugswand sinken und beobachtete, wie die Etagen hochgezählt wurden. Einmal stoppte der Lift, damit ein Student mit einer Koffeinüberdosis – in seinem Haar steckten drei Stifte und auf dem Jackettärmel hatte er einen Staubstreifen – sein Aktenwägelchen hineinschieben konnte.

Beim Anhalten geriet die oberste Aktenschicht ins Wackeln und verrutschte. Kelly fing sie auf, bevor sie auf dem Boden auftrafen.

„Tut mir leid. Danke", sagte der Student. „Suchen Sie jemanden? Jemanden, der Sie vertritt?"

Angesichts seines eifrigen Tons fragte sich Kelly, ob der junge Mann hoffte, zwischen den Stockwerken seinen ersten Klienten zu gewinnen.

„Nein danke." Kelly dachte an die wenigen, letzten Gespräche mit seiner Familie zurück und verzog das Gesicht. Darin war er des Verrats bezichtigt und an seine Loyalität gegenüber der Familie appelliert worden. Garniert hatten sie das Ganze mit der unausgesprochenen Mahnung, dass das alles *seine* schuld war. „Jetzt noch nicht."

Der Student wirkte verwirrt, aber Kelly stieg beim nächsten Stockwerk aus, bevor er es erklären musste. Auf dem Weg zum Büro quietschten seine Schuhe auf dem gebohnerten Holzboden. Eine Hälfte von ihm bedrängte ihn, sich eine Entschuldigung auszudenken, um in Claytons Büro abzubiegen – glücklicherweise hatte er die besten bereits an anderen Tagen verbraucht, sodass er jetzt ein Problem hatte – doch er brachte sie zum Schweigen und setzte seinen Weg fort.

Er war mit Baker verabredet. Clayton *wollte* er einfach nur sehen.

Die letzte Person, die er in Bakers Büro erwartet hätte, war Nadine. Ihr Haar war zu einem Pixie Bob geschnitten und auf ihrem Gips prangten Kritzeleien und Namen in allen Farben. Zögernd blieb er im Eingang stehen. Sein Magen krampfe sich mit einer Mischung aus Neugier und Schuld zusammen.

Nicht, dass er ihr etwas angetan hatte … nicht direkt. Anderseits hatte er auch nichts unternommen, um ihr zu helfen, seit er herausgefunden hatte, wer Byron wirklich war. Er wusste, er hätte es tun sollen … aber es war einfacher gewesen, das nicht zu tun. Seine Familie war schon sauer genug auf ihn.

„Kelly", sagte Nadine überrascht, als sie ihn beim Hochschauen entdeckte. Sie stand abrupt auf und blieb dann unbeholfen stehen. „Ich meine …"

Schnell streckte er seine Hand aus. „Kelly. So nennen mich alle."

Nadine nickte. Verlegen verlagerte sie das Gewicht von einem Bein auf das andere und schaute auf die Papiere, in die sie vertieft gewesen war. „Es tut mir leid", platzte sie urplötzlich heraus. „Ich wusste nicht, dass du hier sein würdest. Ich weiß, dass sich das komisch anfühlen muss."

„Das tut es nicht", beruhigte sie Kelly. Obwohl es stimmte, verbesserte er sich trotzdem. „Und wenn, ist das nicht deine Schuld."

Sie lächelte müde. „James … Byron … hat bei unserem letzten Gespräch etwas anderes behauptet. Anscheinend ist alles sehr wohl meine Schuld. Wenn ich nur eine bessere Frau gewesen wäre, hätte er mich seiner – eurer – Familie vorstellen können."

Hier fühlte sich Kelly auf sicherem Boden. „Byron hat noch nie die Verantwortung für irgendetwas übernommen. Ich glaube auch nicht, dass er das jemals wird. Wie geht es dir?"

„Ich bin in Ordnung. Harry ebenfalls. Er möchte eure Familie kennenlernen. Ich weiß allerdings nicht, ob das eine gute Idee ist?"

Sie brachte ihn nicht mit einer direkten Frage in Verlegenheit, doch die Unsicherheit in ihrer Stimme deutete eine an. Kelly überlegte, was passieren würde, wenn Harry seine Familie kennenlernte. Sie würden den Jungen lieben – so sehr sie ihn persönlich auch frustrierten, seine Familienangehörigen waren keine Monster – ihn jedoch auch unter Druck setzen. Oder vielmehr Mom würde ihn drängen, seinem Vater zu verzeihen; seine Mutter dazu bringen, mit dem aufzuhören, was sie dem armen, missverstandenen Byron antat. Und alle würden das zulassen.

„Noch nicht", sagte er. „Sie wären euch wohlgesonnen, aber meine Mom war es, die Byron beigebracht hat, Verantwortung aus dem Weg zu gehen. Besser erst, nachdem die Sache mit Byron abgeschlossen ist."

Sie setzte sich und wartete, bis er vorsichtig ihrem Beispiel folgte. „Meinst du, dass ich das Richtige tue?", wollte sie wissen. „Mr Baker sagt, ich bin …"

„Baker?", fragte Kelly nach.

Sie nickte. „Er ist jetzt mein Anwalt. Clayton meinte, dass das effizienter wäre, da Mr Baker sowohl meine Scheidung als auch die Klage gegen das LAPD bearbeiten kann. Er ist ein … merkwürdiger Mann, aber Harry und der Welpe lieben ihn. Hunde haben Byron nie gemocht."

Die alte Angewohnheit, seinen Bruder zu verteidigen, stupste ihn an. Das tat man für seine Familie: man fand Entschuldigungen und übersah Warnsignale. Kelly bemühte sich seit Kurzem, damit aufzuhören. Wie er sich gerade erst eingestanden hatte, hatte das nie etwas gebracht.

Es war ein vorsichtiges Gespräch, das allzu Schmerzvollem auswich und Konfliktthemen nur streifte, aber es war ein Gespräch. Das Eis war gebrochen und vielleicht würde es Kelly dadurch das nächste Mal einfacher fallen, das Richtige zu tun.

Oder jetzt.

„Würdest du ihn gerne kennenlernen?", fragte er. „Maxie. Ich meine, würde Harry das gerne?"

Einen Moment schaute Nadine ihn verständnislos an. Dann weiteten sich ihre Augen. „Du meinst das Baby? Byrons Sohn. Den, den er wollte."

„Den, den er hatte", korrigierte Kelly.

Nadine runzelte kurz die Stirn, schüttelte dann aber den Kopf. „Nein. Ich denke nicht. Das ist zu viel. Wenn mein Mann nur eine andere Familie gehabt hätte, vielleicht. Aber sie waren seine echte Familie. Wir dagegen … Nicht jetzt."

„Das ist deine Entscheidung. Ich verstehe, dass es nicht einfach ist."

Ihrem Blick nach, schien sie das zu bezweifeln, nickte jedoch. „Wenn sich alles etwas beruhigt hat, werde ich Harry fragen. Wenn er Maxie kennenlernen möchte, können wir das tun. Nur … er hat bisher soviel durchgemacht. Ich möchte ihn nicht noch mehr Druck aussetzen."

„Du hast meine Nummer."

Bakers Tür öffnete sich und er kam heraus. Als er sie miteinander reden sah, hob er die Augenbrauen. „Mr Kelly. Brauchen Sie und Mrs Kelly noch eine Minute?"

Sie blickten sich an und gelangten stillschweigend zu der Übereinkunft, dass ihnen die Gesprächsthemen ausgegangen waren.

„Ich glaube, wir sind fertig", erklärte Kelly, erhob sich und streckte Nadine die Hand entgegen. Sie schüttelte sie aufgrund ihres Gipses unbeholfen mit der falschen Hand. „Wenn du irgendetwas brauchst, ruf mich an."

„Das werde ich." Nadine lächelte zaghaft. „Ich vertraue dir."

Er überließ sie wieder ihrem Papierkram und folgte Baker ins Büro.

„Sind Sie sich wegen dieser Sache wirklich sicher?", wollte Baker wissen, nachdem Kelly die Tür geschlossen hatte. Er nahm hinter seinem langen, schwarz glänzendem Schreibtisch Platz und legte das Kinn auf die spitz gefalteten Finger. „Das wird nicht einfach werden."

Das wusste Kelly. Es war nichts Neues. Das Richtige zu tun, war nie einfach – gegen den um Frieden bemühten Strom seiner Familie zu schwimmen –

doch manchmal, wenn man keine andere Möglichkeit sah, blieb einem nichts anderes übrig.

„Ich bin mir sicher."

SECHS STUNDEN später klopfte jemand gegen Kellys Tür. Obwohl er eine ziemlich gute Vorstellung hatte, wer das sein könnte, konnte er sich doch nicht ganz gegen die Hoffnung wehren, dass es sich um Clayton handelte. Das würde sein Herumlungern vor Claytons Büro weniger traurig und etwas hoffnungsvoller machen. Er legte den Pinsel ab, wischte sich lila Farbe auf die Jeans und ging den Flur hinunter, um die Tür zu öffnen.

Davor stand Jim mit einem Bier in der Hand und einer finsteren Miene im Gesicht. Kelly wusste nicht, was von beidem ihn mehr verärgerte.

„Dad?"

„Was verflucht noch mal tust du?"

„Jemand muss es tun", erwiderte Kelly. „Du weißt doch, wie Byron ist … er ist nicht in der Lage, ein Kind aufzuziehen. Du hast ihn nicht mal einen Hund haben lassen."

„Er ist nicht dein Sohn."

Kelly zuckte mit den Schultern. „Ich liebe ihn. Er braucht mich. Wer wird es sonst tun?"

Genau diese Art Antwort brachte Jim gewöhnlich dazu, aus der Haut zu fahren und loszupoltern. Heute Abend sackte er jedoch in sich zusammen, als hätten sich mit einem Mal schwere Gewichte auf seine Schultern gelegt.

„Ich weiß es nicht", gestand er müde. „Eigentlich sollte ich das übernehmen. Byron ist mein Sohn und damit meine Aufgabe. Aber deine Mom … Sie meint, wenn sie Byron nur genug liebt, wird er dieser Liebe irgendwann gerecht."

„Ich weiß. Möchtest du hereinkommen?" Er trat von der Tür zurück und deutete auf die Wohnzimmertür. „Ich habe zwar kein Auto, das wir reparieren könnten, aber du kannst mir helfen, die Wand zu streichen."

In seinem ganzen Leben – selbst als er im Krankenhaus gelegen hatte und alle anderen geweint hatten – hatte Kelly seinen Vater nie weinen sehen. Das wollte er auch gar nicht. Doch einen kurzen Moment lang, als Jim die Lippen zusammenpresste und tief durch die Nase Luft holte, befürchtete er, dass das jetzt der Fall sein könnte. Stattdessen drückte er Kelly die Dosen gegen die Brust und marschierte an ihm vorbei ins Wohnzimmer.

Es stellte sich heraus, dass Kelly es nicht richtig gemacht hatte. Er wusste zwar nicht, was genau er falsch gemacht hatte, aber als er hinaufging, um Maxie sein Abendessen zu geben, begann Jim das bereits Gestrichene zu überstreichen.

„Dein Opa war Anstreicher", sagte Jim nach einer Weile, während er in die Hocke ging und mit dem Pinsel die abgeklebten Fußbodenleisten entlangfuhr. „Na ja, er hat gestrichen, tapeziert, alle möglichen Jobs gemacht. Habe ich dir das je erzählt?"

„Nein." Kelly klatschte Farbe auf den ihm zugeteilten Quadratmeter Wand. „Du hast nie über meinen Opa väterlicherseits geredet."

„Weil er ein Bastard war." Jim richtete sich auf und verzog schmerzerfüllt das Gesicht. Er drückte die Knöchel in sein Kreuz und streckte sich, bis etwas so laut knackte, dass auch Kelly es hörte. „Er sah ein bisschen wie Byron aus. War auch genauso aufbrausend, wenn er einen sitzen hatte. Ich habe mich immer gefragt, ob ich deshalb vielleicht zu hart zu Byron war. Ob ich nicht fair war."

„Hat Byron denn je etwas Schlimmes getan?" Das fragte Kelly sich schon lange – seit ihm bewusst geworden war, wie oft sie umgezogen waren, bevor sie sich in LA niedergelassen hatten. Seit ihm klar geworden war, dass Byron einen neuen Arzt gehabt hatte, bevor der Rest von ihnen überhaupt eine Schule ausgesucht hatte. Als kleines Kind hatte er sich immer gewundert, warum sein Kinderarzt ihn nicht einmal in der Woche sehen wollte und warum sie keinen Welpen besaßen. „Irgendetwas wirklich Schlimmes?"

„Schlimmer als das, was er dir angetan hat?", fragte Jim. Dabei schaute er Kelly nicht an, sondern blickte weiterhin auf die Wand, trat zurück und betrachtete sein Gestrichenes.

„Du hast es gewusst." Vermutlich hätte Kelly Wut verspüren sollen. Oder irgendetwas in der Art. Doch dafür kam es zu überraschend. Dass Jim es nicht wusste, es nicht wissen konnte, hatte er immer als wahr vorausgesetzt.

„Ja. Nein. Nicht wirklich. Dein Freund Clayton … dein Partner … er hat es mir erzählt. Ich war jedoch nicht überrascht. Also habe ich es vermutlich auf eine gewisse Art immer geahnt."

Er stellte den Farbeimer ab und begann an den Farbflecken auf seinen Handrücken zu knibbeln. Kelly wusste immer noch nicht, was er empfinden sollte. Er hatte nie erwartet, aus Jims Mund zu hören, wie dieser jemanden als seinen Partner bezeichnete.

„Ich glaube nicht, dass er wollte, dass ich erblinde", sagte Kelly. Das Gespräch stellte etwas derart Neues dar, dass er dem Reiz, in alte Gewohnheiten zu verfallen, nicht widerstehen konnte. „Sondern mich nur verletzen."

Jim zuckte zusammen. „Das ist kein bisschen besser."

„Nein, vermutlich nicht. Ich weiß nur einfach nicht, was ich sagen soll."

Jim setzte sich auf die Couch und ließ die farbbespritzten Hände zwischen den Knien baumeln. „Ich auch nicht", gestand er. Er seufzte so tief auf, dass sich seine Schultern hoben und senkten. „Mein ganzes Leben lang war ich auf eine Sache besonders stolz: dass ich ein besserer Vater als euer Großvater war. Keins meiner Kinder musste jemals Kälte oder Hunger ertragen. Euch hat es nie an neuen Anziehsachen gemangelt. Aber ich habe diese Sache nie unterbunden. Ich habe mich von deiner Mutter überzeugen lassen, dass die Ärzte alle unrecht hatten, dass Byron lediglich hyperaktiv oder … was auch immer wäre, nur nicht das, was die

Ärzte behaupteten. Ich habe zugelassen, dass Cole Byron sein Leben lang gedeckt hat. Dir habe ich gesagt, dass du verbergen sollst, wer du bist, damit es keinen Tratsch gibt. Stattdessen hätte ich einfach den Tratsch stoppen sollen. Mein ganzes Leben lang war ich so stolz auf mich selbst, dabei habe ich euch alle im Stich gelassen. Ich habe Maxie im Stich gelassen. Ich habe den kleinen Jungen im Stich gelassen, den ich vielleicht nie kennenlernen werde."

„Harry."

Jim nickte und rieb sich mit der Hand über den Nacken. „Aus lauter Angst, euch vor bestimmten Dingen nicht beschützen zu können, habe ich sie lieber ignoriert, statt wenigstens zu *versuchen*, euch davor zu beschützen."

„Was heißt das?", wollte Kelly wissen.

„Das heißt, du hättest nicht gezwungen gewesen sein sollen, den Sohn deines Bruders aufzuziehen, dass ich aber stolz bin, dass du das freiwillig übernommen hast. Das heißt … sollte irgendjemand eine dumme Bemerkung fallen lassen, wenn du Clayton zum nächsten Barbecue mitbringst, werde ich denjenigen plattmachen." Jim schaute mit einem fast flehenden Blick zu Kelly auf. „Das heißt, dass ich es hätte besser machen müssen, es aber nicht mehr ändern kann. Ich kann nur versuchen, es in Zukunft besser zu machen."

Kelly schluckte angestrengt.

„Dad, würde es dir etwas ausmachen, heute Nacht auf Maxie aufzupassen?"

Das schien nicht ganz die Antwort zu sein, auf die Jim gehofft hatte. „Warum?"

„Ich muss etwas erledigen."

„Etwas, das dir gerade erst eingefallen ist?"

Kelly kratzte sich am Kinn und pulte ein Farbklümpchen aus den Stoppeln. „Etwas, das mir gerade erst bewusst geworden ist. Ich weiß nicht, ob das, was du gerade gesagt hast, irgendetwas ändert. Bis gerade wusste ich ja nicht mal, dass ich sauer auf dich war. Daher weiß ich es einfach nicht. Aber wenn du es in Zukunft besser machen willst, musst du das hier für mich tun."

Nach einem kurzen Moment der Verblüffung schüttelte Jim den Kopf und spreizte hilflos die Hände. „Ich denke schon", sagte er. „Wenn es wichtig ist."

Kelly dachte einen Moment darüber nach. „Das ist es und das wollte ich mir nicht eingestehen … so wenig, wie du dich mit Byrons Verhalten auseinandersetzen wolltest. Daher tun wir heute Abend vermutlich beide das Richtige."

CLAYTON ÖFFNETE seine Wohnungstür mit einem Glas Whiskey in der Hand. Die Satinhose hing tief auf seinen Hüften. Er wirkte überrascht, Kelly auf seiner Türschwelle zu sehen. Allerdings ließ sich schwer beurteilen, ob die Überraschung positiv oder negativ war.

„Ich will dich heiraten", platzte Kelly heraus. Auf dem Weg hierher hatte er eine vollständige Rede ausgearbeitet. Sie war zwar nicht eloquent, aber eindeutig gewesen. Seiner Meinung nach hatte sie seine Gefühle ziemlich gut wiedergegeben. Doch jetzt hatte sie sich wie Zuckerwatte aufgelöst und die einzigen Wörter, die ihm einfielen, klangen schwachsinnig. „Unsere Flitterwochen möchte ich in Frankreich verbringen. Ich will, dass du dir Sorgen machst, ich könnte bei der Arbeit verletzt werden. Ich will, dass du kein Verständnis dafür hast, wenn ich mir Sorgen mache, dass ein durchgeknallter Exmann versuchen könnte, dich umzubringen. Und du solltest vorsichtig sein, weil wir vielleicht Kinder haben werden. Aber das weiß ich jetzt noch nicht so genau. Ich werde Maxie adoptieren, aber das wird nicht einfach. Ich will es dennoch. Und dich. Ich will dich."

Er stoppte nur, weil ihm die Luft ausging.

„Was?", fragte Clayton.

Kelly rieb sich mit den Händen übers Gesicht und schob sie dann in seine Haare, bis sich seine Finger in der dichten Matte verfingen.

„Da ist noch mehr. Zuerst aber: Ist jemand bei dir? Denn dann wäre das hier gerade richtig peinlich."

Clayton trat zurück und stieß die Tür weit auf. Mit einem saloppen, leichten Schwenken des Whiskeyglases bedeutete er Kelly, einzutreten.

„Ich bin vielleicht kein Romantiker", sagte Clayton mit belegter Stimme, während Kelly an ihm vorbeiging. „Aber trotzdem tut es weh, etwas zu beenden."

„Warum tust du es dann?", fragte Kelly.

„Weil ich, wie ich dir gesagt habe …"

„Du niemandes Märchenprinz bist", fiel ihm Kelly ins Wort. Er marschierte durch die Wohnung, so voller nervöser Energie, dass er nicht stillstehen konnte. In seinem Körper befanden sich soviel Koffein und Unruhe, dass er kurz davor war, auf Nummer sicher zu gehen und sich zu verdrücken. Die Wohnung eignete sich gut zum Hin- und Herlaufen, da man auf den weitläufigen Holzböden keinem Babyspielzeug oder unfertigen Heimwerkerarbeiten ausweichen musste. „Tja, vielleicht ist das ja gut. Mein ganzes Leben lang ist eine märchenhafte Liebesgeschichte auf die nächste gefolgt. Ich wurde im Sturm erobert. Mir wurden die Sterne vom Himmel versprochen. Nichts davon war echt. Zu dem Zeitpunkt hat es sich echt angefühlt, vielleicht haben wir uns beide gewünscht, dass es echt ist. Aber wenn es echt ist, erscheint kein „The End"."

Clayton lachte. Es schwankte irgendwo zwischen bitter und sehnsüchtig – nicht überzeugt, aber gewillt zuzugeben, dass er das gerne wäre.

„Und du denkst, das hier ist echt?", fragte er, während er zur Ledercouch hinüberschlenderte und sich darauf lümmelte. Missmutig trank er einen Schluck Whiskey. Kelly fragte sich, ob er wusste, wie schön er mit dem hellen Haar und der hellen Haut auf dem dunklen Leder aussah. „Wenn wir nach zwei Mal Ficken heiraten, ist das echt?"

Er hätte einfach lachen und einen Rückzieher machen können. Es als Scherz abzutun und dem Drink, den er nicht gehabt hatte, die Schuld zu geben. Allerdings hatte ihn das Beispiel seines Vaters hierhin gebracht. Einfach zu versuchen, etwas zu ignorieren, von dem man wusste, dass es wahr war, hatte noch nie geholfen.

Kelly kletterte auf die Couch und schob sich breitbeinig über Claytons schlanke Oberschenkel. Seine Knie drückten sich in die Polster, er vergrub die Finger in Claytons ungebändigte Locken und zog dessen Kopf zurück, bis der frisch rasierte Hals straff und kussbereit vor ihm lag. Das frische Aftershave brannte an Kellys Kinn, als er eine Spur aus Küssen vom Schlüsselbein bis zum Mundwinkel zog.

„Ich weiß nicht, was es ist", gestand er an Claytons weiche Lippen. „Ich weiß nur, was ich mir wünsche. Dass ich will, dass es okay ist, das zu wünschen. Vielleicht ist diese Heiratssache verrückt, aber … ich meine ja nicht gleich morgen. Nicht mal nächstes Jahr. Ich verstehe nur nicht, warum es nicht eines Tages möglich sein soll."

„Was, wenn ich nicht will?"

Kelly küsste ihn leidenschaftlich, süß, ungeduldig. Vielleicht handelte es sich hierbei um das letzte Mal, und wenn das hier das Ende war, wollte er etwas Besseres in Erinnerung behalten, als ihren lauwarmen, zaghaften Kuss unter den Blicken der Cops in aller Öffentlichkeit.

„Dann ist das hier noch peinlicher, als wenn jemand bei dir gewesen wäre", erklärte Kelly und lachte nervös auf. „Dann bin ich der romantische Idiot, als den du mich immer bezeichnest. Wenn ich das aber nicht bin, wenn das hier möglich ist, dann bist *du* der Idiot, falls du es nicht mal versuchst."

Clayton schnaubte, fuhr mit den Händen Kellys Oberschenkel hinauf und umfasste dessen Hintern. „Ich glaube nicht daran, dass Liebe hält, Kelly. Jede meiner Beziehungen hat geendet. Jede Beziehung, die ich kenne, hat geendet."

„Bei mir auch." Kelly griff zwischen ihre Körper und griff nach Claytons Schwanz. Schwer und dick fühlte er ihn durch den Satin. Mit dem Daumen rieb er von der Wurzel bis zur feuchten Spitze. Lust stellte kein Eingeständnis für irgendetwas dar, allerdings sah das hier auch nicht nach Desinteresse aus. Mit einem leisen Fluch lehnte Clayton den Kopf nach hinten gegen die Couch, während Kelly seinen Hals küsste. „Ich will es trotzdem versuchen. Schließlich hatte jedes Paar da draußen eine Reihe gescheiterter Beziehungen, bevor sie der richtigen Person begegnet sind. Und selbst, wenn wir zu den Paaren gehören, deren Beziehung scheitert, will ich es trotzdem. Ich will so viel von dir."

„Warum?", fragte Clayton.

„Weil …" Kelly zögerte. Er konnte es verschleiern. Konnte es als zukünftiges Ziel ausgeben. Aber er beabsichtigte, ehrlich zu sein. „Ich glaube, ich bin in dich verliebt. Nein, ich bin es tatsächlich. Vielleicht wird es nicht für immer halten – ich weiß nicht, ob es das wird – aber jetzt gerade? Ich liebe dich und will, dass das so bleibt."

Clayton knurrte scharf und erbost auf und wand sich unter Kelly hin und her. Seine schmalen Hüften rieben gegen Kellys Erektion und lösten eine so starke

Reizüberflutung aus, dass ihm der Atem wegblieb und er keinen klaren Gedanken mehr fassen konnte. Clayton nutzte Kellys Verwirrung aus, um sie von der niedrigen Couch auf den Boden rollen zu lassen. Er schloss die Finger um Kellys Handgelenke und presste sie auf den Boden.

„Das kannst du nicht einfach tun", sagte er mit rauer und fast verzweifelt klingender Stimme. Während des Redens zog er Kelly das T-Shirt aus. Seine Hände, sein Körper und sein Schwanz waren überzeugt, dass es wahr war, obwohl sein Hirn davor zurückschreckte. Er drückte einen Kuss auf die Prellung unterhalb von Kellys Schlüsselbein. Es war ein grober, besitzergreifender Kuss mit dem Einsatz von Zunge und Zähnen. „Du kannst nicht … du kannst doch nicht einfach sagen, dass du mich liebst, verflucht noch mal. Das ist nicht fair, Kelly."

Das Ausziehen und Wegtreten der Jeans erforderte etwas mehr Zeit, da sich seine Sneakers in den Hosenbeinen verfingen. Er zerrte eine zerknitterte Tube Gleitgel aus der Tasche.

„Aber das tue ich", wiederholte Kelly dreist. „Ich liebe dich. Vielleicht ist das dumm, aber so fühle ich nun mal und du kannst mich nicht daran hindern."

Clayton küsste ihn. Durch die Wucht begann Kellys Kiefer zu schmerzen. Clayton versuchte, ihn einzusaugen, bevor er wirklich Schluss machen musste.

„Ich will dich nicht daran hindern", stöhnte Clayton schließlich. Er legte die Stirn an Kellys und schloss die Augen, presste die Zähne zusammen, während er um Selbstbeherrschung rang. „Ich glaube nur nicht, dass ich das hier kann. Ich könnte dich nicht gehen lassen, wenn du mich liebst."

„Mein Name ist Shelley."

Zum ersten Mal, seit er vier Jahre alt war, sprach Kelly den Namen freiwillig laut aus. Clayton starrte ihn perplex an, ob wegen des Themenwechsels oder wegen des schrecklichen Namens war nicht ganz klar.

„Shelley Kelly?" Er lachte nicht wirklich, aber in seinen Augen tanzte der Schalk, als er Kelly die Tube abnahm und aufriss. Helles Gel benetzte seine Finger, während er sie unsanft ausquetschte. „Du lügst."

Wimmernd hob Kelly die Hüften vom Boden, als Clayton die langen Finger in ihn stieß. Das kühle Gel ließ erwartungsvolle Hitze durch seinen Körper strömen und seinen Schwanz steif werden. Hart und erwartungsvoll drückte der Penis gegen seinen Körper.

„Ich wünschte, das wäre so", keuchte er. Er umklammerte Claytons Schultern und versuchte, sich zu konzentrieren. „Das habe ich noch nie zuvor jemandem gesagt, mit dem ich geschlafen habe. Einige haben es gewusst, einige haben es herausgefunden. Du bist der Einzige, dem ich es freiwillig erzählt habe, weil ich will, dass du ihn weißt. Ich will, dass du weißt, dass ich dich liebe. Du musst mich nicht zurücklieben. Du musst es nicht einmal versuchen."

Mit einem Schnauben schob Clayton die Arme unter Kellys Oberschenkel und hob sie an. Dabei presste sein Schwanz unverhohlen gegen Kelly, der sich auf der Suche nach mehr zusammenkrümmte. Grob zog Clayton seine Lippen über Kellys.

„Du bist ein Idiot", stellte er fest und rollte die Hüften nach vorne. Mit einem harten, ungeduldigen Stoß stieß er seinen heißen, dicken Schwanz in Kelly. „Ich liebe dich doch längst. Ich habe dich zuerst geliebt."

Sie liebten sich feucht, schmutzig und gierig auf dem Boden. Kellys Hintern blieb am gebohnerten Holzboden kleben und Clayton stieß sich den Ellenbogen an der Sofakante. Es war nicht perfekt. Es war kein Märchen. Aber es war definitiv echt.

Kelly stöhnte gegen Claytons Schulter, während jeder Stoß Begierde und Lust durch seinen Körper pulsieren ließ. Er verhedderte sich in dem spannungsgeladenen Gewirr aus Verwirrung und Nervosität, die ihn so weit gebracht hatten. Sie verknoteten sich in und um ihn, bis es ihm vorkam, als könne er nicht mehr atmen. Er griff nach unten und schloss die Hand um seinen Schwanz. Schnell und ungeduldig streichelte er ihn – es war ein Wettrennen bis zur Ziellinie.

Dieses Mal.

Nächstes Mal würden sie es vielleicht ruhiger angehen lassen.

Er kam zuerst. Die feuchte, pulsierende Lust ergoss sich direkt in seine Hände. Clayton griff nach dem Handgelenk und zog den Arm so, dass er die klebrigen Finger und eine feuchte Handfläche küssen konnte. Er leckte sich das Sperma von den Lippen und kam mit einem heftigen Stoß, der ihn so tief in Kelly vergrub, dass es fast wehtat.

Sie ließen sich aufeinandersinken. Kelly fühlte sich völlig schlaff und erschöpft. Ein warmes Gefühl der Zufriedenheit erfüllte ihn von den Ohren bis zur Mitte der Oberschenkel. All die hektische Energie, die sein verzweifeltes, über das Ziel hinausgeschossene Geständnis angetrieben hatte, war verschwunden.

Ohne fühlte er sich unsicher und äußerst dumm.

Immer noch verliebt, nur verlegen.

„Ich hasse Frankreich", murmelte Clayton, während er sich endlich aus Kelly zurückzog und sich auf dem Boden neben ihm ausstreckte. „Ich würde lieber nach Hawaii fliegen."

„Frankreich hat Kultur", erklärte Kelly. „Ich habe es nur gewählt, weil ich dachte, das würde dir gefallen."

Clayton küsste ihn. Es schmeckte klebrig und metallisch – nach Sperma und Whiskey. „Ich weiß. Du wirst Hawaii lieben, und wenn wir warten, bis Maxie alt genug ist, wird er das ebenfalls." Er erschauderte und vergrub dann lachend das Gesicht in Kellys Haaren. „Ich hätte dich gehen lassen. Ich wollte nicht zwischen dir und deiner Familie stehen. Ich weiß, wie sehr du sie liebst. Aber wenn wir das hier tun … Ich weiß nicht, ob ich darauf verzichten kann, dass du mich liebst."

Kelly lachte und klemmte sich in die Krümmung von Claytons Körper. Er passte überhaupt nicht hinein, aber es fühlte sich trotzdem perfekt an.

„Dann verzichte nicht darauf. Ich wusste, dass irgendwo da drinnen ein Romantiker versteckt war."

Clayton schnaubte skeptisch gegen Kellys Schulter.

EPILOG

DAS GERÄUSCH seines Handys, das klingelnd … irgendwo … zum Leben erwachte, riss Clayton aus dem Schlaf. Er drehte sich herum. Seine Beine verhedderten sich in den kühlen Satindecken, als er sich in seinem Bett lang ausstreckte. Ein Blick auf die Uhr zeigte, dass der Minutenzeiger kurz vor fünf Uhr stand.

„Mist", murmelte er. Ein Anruf um fünf Uhr morgens bedeutete nichts Gutes.

Nachdem er vorsichtig seine Beine aus den Decken befreit hatte, krabbelte er aus dem Bett. Sein Handy lag in einem Gewirr aus Satin, Baumwolle und Jeansstoff, das sie am Abend zuvor auf dem Boden zurückgelassen hatten. Er pflückte es heraus und wischte über das Display, um den Anruf anzunehmen.

„Ja?", meldete er sich.

Er blickte zum Bett, um sich zu vergewissern, ob Kelly noch schlief. Er lag auf dem Bauch. Seine Rückenansicht ließ Claytons Gedanken abschweifen und die straffe Wölbung seines Hinterns wirkte unwiderstehlich.

„Ist es noch zu früh?", fragte Nadine.

„Ich bin wach", erwiderte Clayton. Er nahm das Handy ans andere Ohr und zwang sich, sich vom Bett zu entfernen. Es war zu verlockend, sich auszumalen, wie er Kelly herumdrehte, um sich über seinen Hals hinab zur Brust und weiter zu den festen Knospen seiner Nippel zu küssen, ohne dass Nadine es mitbekam. Vorsichtig begab er sich auf der eingeprägten Route der sicheren, nicht knarrenden Dielenbretter auf den Weg nach unten in den Flur. „Geht es um den Fall?"

„Nein, nicht um den Fall." Nadine seufzte und gestand: „Es geht um einen Gefallen. Ich weiß, dass es eine große Bitte ist. Ihr seid frisch verheiratet und gerade erst nach Hause gekommen, aber …"

Sie stoppte. *Oh verflucht.*

Clayton stupste die Kinderzimmertür auf und ging hinein, um nach Max zu sehen. Der kleine Junge lag auf dem Rücken und blies leise schnarchend feuchte Spuckeblasen aus. Clayton streckte die Hand ins Bett und strich ihm die dunklen Locken aus dem Gesicht. Er wirkte älter als drei und schien nur aus langen, schlaksigen Gliedmaßen und dickem, von der Sonne stumpf gewordenem Haar zu bestehen.

„Worum geht's?", fragte er. Im Kopf ging Clayton seinen Tagesplan durch, um zu sehen, ob er sie falls nötig einschieben konnte. Das Treffen mit Declan Tate war mit einer Drohung verknüpft: Wenn Declan nicht etwas Überzeugendes lieferte, würde Clayton sich weigern, ihn zu vertreten. Der Mann war auf der anderen Seite des Tisches schon schlimm genug gewesen und hatte seinem Anwalt graue Haare verursacht. Er wartete auf Nadines Antwort.

„Darf Harry zu euch kommen und das Wochenende bei euch verbringen?",
wollte sie wissen. „Er möchte gerne Max besuchen und sein Opa hat versprochen,
ihm zu zeigen, wie man einen Reifen wechselt."

Declan musste also letzten Endes wirklich abgewiesen werden.

„Das sollte klargehen. Ich bespreche das nachher mit Kelly."

„Danke. Entschuldige, dass ich so kurzfristig anrufe. In letzter Zeit habe ich
abends immer lange gearbeitet und dabei anscheinend jedes Zeitgefühl verloren.
Übrigens nochmals herzlichen Glückwunsch."

Sie legte auf.

„Was mit mir besprechen?", fragte Kelly. Er schlang von hinten die Arme
um Claytons Taille und küsste ihn auf die Schulter. „Muss ich mir Sorgen machen?"

„Das war nur Nadine. Geh wieder ins Bett."

„Wie wäre es, wenn du mich begleitest?", schlug Kelly vor.

Clayton lachte und ließ sich von Kelly aus dem Zimmer und den Flur
hinunterziehen. Er sollte lieber noch etwas schlafen. Der Tag in der Kanzlei würde
anstrengend werden, auch ohne, dass er einen weiteren Termin einschieben musste.
Er musste hellwach sein. Schließlich war er jetzt der jüngste Partner und hatte viel
zu beweisen. An erster Stelle wollte er allerdings sich selbst beweisen, dass das
alles immer noch echt war.

Als sie in einem Gewirr aus langen Gliedmaßen und Fingern auf das Bett
fielen, schmeckte die Wirklichkeit nach seinem Sperma in Kellys Mund und fühlte
sich wie ein zu kleiner, zu muskulöser Mann an, der immer noch das heißeste war,
was Clayton je gesehen hatte.

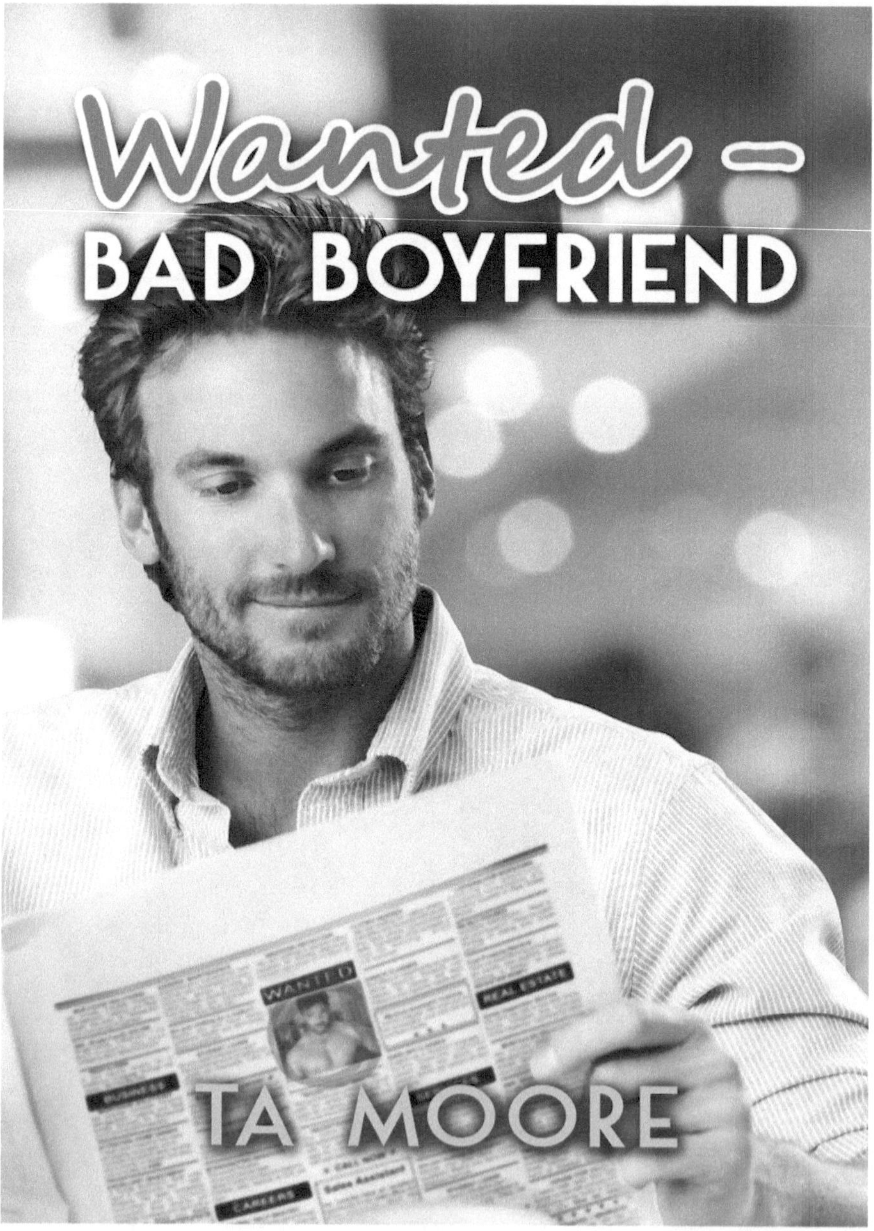
Wanted –
BAD BOYFRIEND
TA MOORE

Seine Mutter. Sein bester Freund. Die Bardame im ortsansässigen Pub. Sie alle sind entschlossen, einen Freund für Nathan Moffatt zu finden. Dabei ist es das Letzte, was Nathan sich wünscht. Nachdem er jeden Tag dafür sorgt, dass seine Kunden nichts als romantische Magie erleben, möchte der Hochzeitsplaner des Granshire Hotel nur nach Hause gehen, sich stundenlang Krimiserien ansehen und in Unterwäsche Pizza essen.

Da ihm jedoch leider niemand glaubt, muss er sich Vorträge über einen einsamen Tod anhören. Bis er eine Idee hat: Er muss die Menschen in seinem Leben dazu bringen, ihn ebenfalls lieber als Single sehen zu wollen. Er braucht einen schlechten Freund.

Und für diese Rolle ist ein Mann perfekt.

Obwohl Flynn Delaney daran gewöhnt ist, dass die Bewohner der Insel Ceremony von ihm das Schlechteste denken, ist er nicht sicher, ob er die zweifelhafte Ehre annehmen möchte, der schlimmste Freund auf der gesamten Insel zu sein. Andererseits kann er, wenn er bei der Sache mitspielt, Zeit mit dem umwerfenden Nathan verbringen und gleichzeitig die Besitzer des Granshire Hotel ärgern – sehr lohnenswert.

Es gibt nur ein Problem: In Wirklichkeit ist Flynn ein ziemlich guter Freund, weshalb sich Nathan nun fragt, ob es tatsächlich das Schlimmste der Welt ist, sich hin und wieder von seinem Sofa zu trennen.

www.dreamspinner-de.com

DIE
SPÜRNASEN

TA MOORE

Cloister Witte hat eine dunkle Vergangenheit und einen niedlichen Hund. Über den Hund redet er immer gern, doch seine von einem verschwundenen Bruder, einem nichtsnutzigen Vater und einem kriminellen Stiefvater überschattete Kindheit lässt er lieber in Montana. Heute gehört er zur Hundestaffel des San Diego Sheriff's Department und entrichtet seinen Tribut an die Geister seiner Vergangenheit, indem er tut, was niemand für seinen Bruder tun konnte: Er findet die Vermissten und bringt sie heim.

Er besitzt ein Talent dafür, schwierige Fälle zu lösen. Der Hund erst recht.

Diesmal handelt es sich bei der vermissten Person um einen zehnjährigen Jungen, der mitten in der Nacht in den Wald ging und nicht zurückkehrte. Mit der feindselig angehauchten Hilfe des ablenkend gut aussehenden FBI-Agenten Javi Merlo findet er schnell heraus, dass Drew Hartley nicht einfach fortlief. Er wurde entführt und die Spuren deuten darauf hin, dass er nicht das erste Opfer ist. Als die Suche voranschreitet, werden alte Bitterkeit und Tragödien der Vergangenheit ans Licht gezerrt. Gleichzeitig scheint es mit jedem neuen Hinweis weniger wahrscheinlich, dass Drew lebend gefunden werden kann.

www.dreamspinner-de.com

TA MOORE war als kleines Kind der festen Überzeugung, eine Cabbage Patch Puppe zu sein. Das war der Beginn ihrer lebenslangen Verbundenheit zum Sonderbaren und Fantastischen. Heute lebt sie in einer kleinen, nordirischen Stadt am Meer. Ihre Freunde haben die Regel aufgestellt, dass sie ihnen nur drei bizarre und verstörende Links pro Monat schicken darf. Sie hält jedoch immer noch daran fest, dass eine Anleitung zur Penisbifurkation – der Spaltung des Glieds – interessant und keineswegs verstörend ist. Sie glaubt, dass durch den Zusatz „außerirdisch!" alles mindestens 40 Prozent cooler wird; versucht so ziemlich jedes Tier, dem sie begegnet, zu streicheln – das schließt Schlangen ein und Käfer aus. Einmal hat sie eine Freundin angelogen und behauptet, sie wäre bis zum Tintagel Castle in Cornwall hinaufgewandert, obwohl sie bei ihrer Ankunft am Strand realisiert hatte, dass es echt hoch war und deshalb einen Rückzieher gemacht hat.

Sie strebt danach, eine zynische Menschenhasserin zu werden. Unglücklicherweise wird sie von ihrem heiteren Charakter und der Unfähigkeit, Fremden gegenüber gemein zu sein, daran gehindert. Wenn TA Moore gemein zu dir ist, bedeutet das, dass ihr ab sofort Freunde seid.

Website: www.nevertobetold.co.uk
Facebook: www.facebook.com/TA.Moores
Twitter: @tammy_moore

Von TA MOORE

Gefährliche Liebe
Die Spürnasen
Wanted – Bad Boyfriend

Veröffentlicht von DREAMSPINNER PRESS
www.dreamspinner-de.com

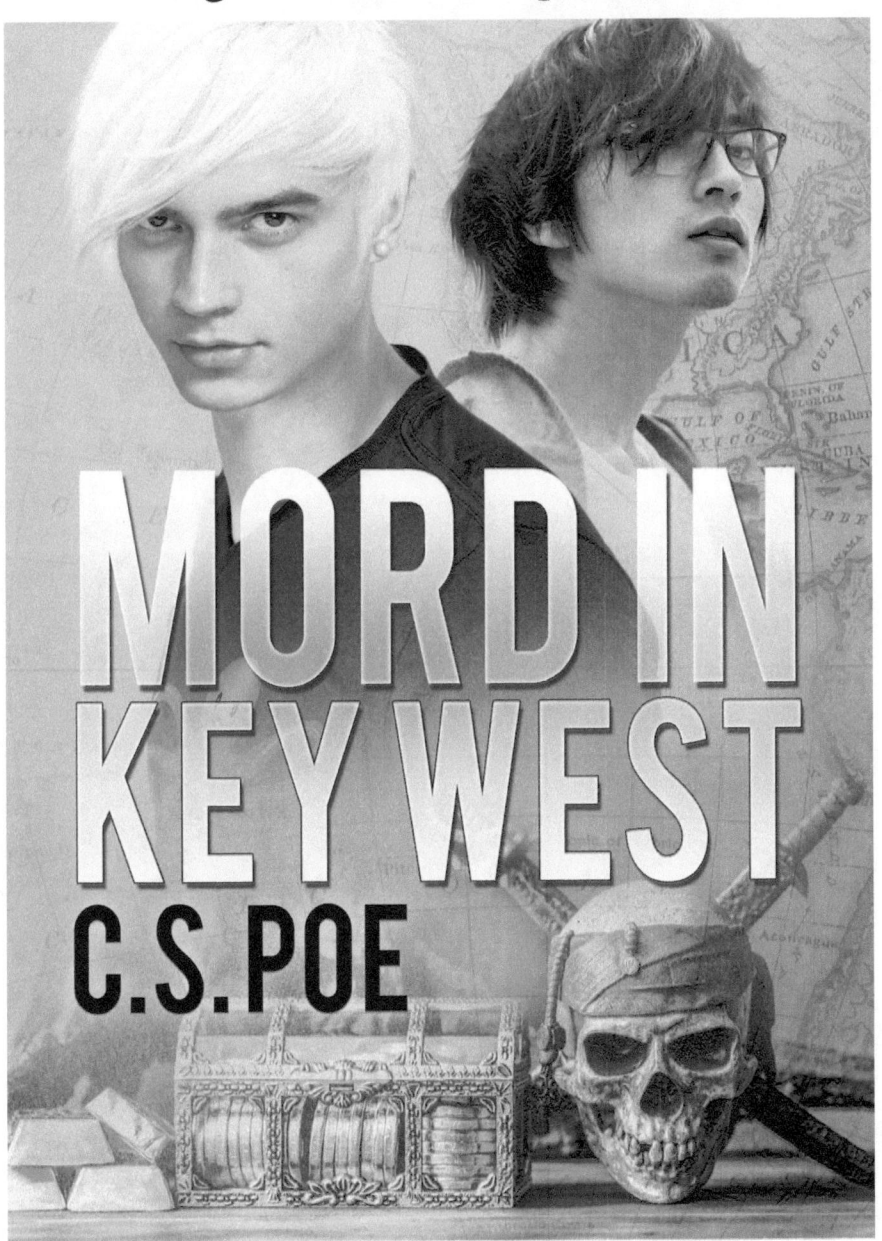

MORD IN KEY WEST

C.S. POE

Verfügbar von Dreamspinner Press

JOHN INMAN

www.ingramcontent.com/pod-product-compliance
Lightning Source LLC
Chambersburg PA
CBHW022141240626
47153CB00007B/2454